한국남북문학100선

이 순 신

이광수/지음

▨ 작품 해설
이광수의 문학세계
신동한

일신서적출판사

■ 작가의 말

  나의 외우 고하(古下·宋鎭禹)는 과거 조선에 우리가 숭앙할 사람이 삼인이 있다 합니다. 한 분은 단군, 한 분은 이조의 세종대왕, 그리고 또 한 분은 이순신이라고 합니다. 그리고서 고하는 날더러 삼부작으로 단군, 세종대왕, 이순신이란 소설을 쓰라고 권합니다.

  단군은 조선 민중의 최초의 지도자로, 세종대왕은 조선문화의 집대성자로, 이순신은 충의의 권화(權化)인 무인으로 우리 조선 민족의 전형이요, 숭앙의 표적이 된다는 뜻입니다.

  나도 이 점에서 고하의 말에 공명합니다. 그래서 나는 이 제목을 택하게 되었습니다. 이 기회에 나는 하몽(何夢·李相協)이 이순신을 소설화할 것을 간권(懇勸)하던 것을 회억(回憶)하지 아니할 수 없습니다.

  나는 이순신을 철갑선의 발명자로 숭앙하는 것도 아니요, 임란의 전공자로 숭앙하는 것도 아닙니다. 그것도 위대한 공적이 아닌 것은 아니겠지마는, 내가 진실로 일생에 이순신을 숭앙하는 것은 그의 자기희생적, 초훼예적, 그리고 끝없는 충의(애국심)입니다.

  군소배(群小輩)들이 자기를 모함하거나 말거나, 군주가 자기를 총애하거나 말거나, 일에 성산(成算)이 있거나 말거나, 자기의 의무라고 믿는 바를 위하여 국궁진췌(鞠躬盡瘁)하여 마침내 죽는 순간까지 쉬지 아니하고 변치 아니한 그 충의, 그 인격을 숭앙하는 것입니다. 그러므로 이 소설 '이순신'에서 내가 그리려는 이순신은 이 충의로운 인격입니다. 나는 나의 상상으로 창조하려는 생각이 없습니다. 고기록에 나타난 그의 인격을 내 능력껏 구체화하려는 것이 이 소설의 목적입니다.

                        1931년 5월 30일

                              이 광 수

이 순 신

차례

거북선 ······ 7
경보 ······ 21
부산 동래 싸움 ······ 25
달아나는 이들 ······ 40
상주와 충주의 싸움 ······ 44
몽진 ······ 55
29일 회의 ······ 60
출발 ······ 68
옥포 승전 ······ 70
당포 승전 ······ 84
쫓기는 길 ······ 116
한산도 큰싸움 ······ 168
안골포 싸움 ······ 184
부산 싸움 ······ 192
이통제 ······ 201
칠천도 대패전 ······ 276
남원 함락 ······ 287
벽파정 ······ 293
죽기까지 ······ 333
이광수의 문학세계 ······ 359
作家年譜 ······ 367

작가소개

이광수(李光洙 : 1892~1950)

    호는 춘원(春園). 평북 정주에서 출생했다. 소작농 가정에서 태어나 1902년 부모를 잃고 고아가 된 후 동학(東學)에 들어가 서기(書記)가 되었으나 관헌의 탄압이 갈수록 심해지자 1904년에 상경하였다. 다음해에 친일단체인 일진회의 추천으로 일본으로 건너가 메이지학원에 편입하여 공부하면서 소년회를 조직하고 회람지 〈소년〉을 발행하는 한편 시와 평론 등을 발표하기 시작했다. 1910년에 일시 귀국하여 오산학교에서 교편을 잡기도 했으나 다시 도일하여 와세다대학 철학과에 입학하였다. 1917년에는 우리 나라 최초의 근대 장편소설인 《무정(無情)》을 매일신보에 연재하여 일대 센세이션을 일으키며 우리 나라 소설문학의 새로운 지평을 열었다. 1919년에는 도쿄 유학생의 독립항쟁의 상징인 2·8 독립선언서를 기초하기도 하였다. 그 후 상하이로 망명하여 임시정부에서 활동하다가 1923년 동아일보에 입사하여 편집국장을 지내고 1933년에는 조선일보 부사장도 역임하는 등 언론계에서 활약하기도 했다. 이 당시에 《마의태자》《단종애사》《흙》등의 많은 작품을 썼다. 1937년에 수양동우회 사건으로 투옥되었다가 병보석으로 석방되었는데 이때부터 급격히 친일행위로 기울어졌다. 1939년에는 친일어용단체인 조선문인협회 회장이 되었고 가야마 미쓰로오라는 일본 이름으로 창씨개명도 하였다. 광복 후 반민법으로 다시 투옥되었다가 석방된 후 작품활동을 계속하다가 6·25 사변 때 납북되어 자강도 만포시에서 병사하였다. 그는 한국 근대문학사의 선구적인 작가로서 계몽주의·민족주의·인도주의의 작가로 평가되는데 전기한 작품 외에도 《원효대사》《유정》《사랑》《무명》 등의 장편소설과 많은 작품들을 남겼다.

거 북 선

1

아무리 전라 좌수영이 남쪽 끝이라 하여도 2월이면 아직도 춥다. 굴강(병선을 들여매는 선창) 안에 있는 물은 잔잔해서 마치 봄빛을 보이는 것 같지마는 굴강 밖에만 나서면 파란 바닷물이 사물거리는 물결에서는 찬 기운이 돌았다.

굴강 안에는 대맹선 2척, 중맹선 6척, 소맹선 2척, 무군소맹선 7척, 도합 17척의 배가 매여 있다. 그러나 명색은 갖추었어도 배들은 반 넘어 썩고 이름모를 조개들만 제 세상인 듯 배의 가슴과 옆구리를 파먹느라고 디닥디닥 붙어 있다. 법으로 말하면 병선은 새로 지은 지 8년 만에 한 번 중수해야 하고, 그로부터 6년 만에 개조해야 하며 또 그로부터 6년 만에 낡은 배는 내어버리고 새 배를 지어야 하건마는 차차 법이 해이하여 1년에 두 번 뱃바닥을 굽는 것(배를 매어달고 그 밑에 불을 피워 뱃바닥 창널을 그슬리는 일)조차 벌제위명(伐齊爲名)이 되고 말았다.

금년(신묘년) 정월, 새 수사(水使) 이순신(李舜臣)이 도임함으로부터 배와 군사는 전부 엄중한 점고를 받아서 쓸 것 못 쓸 것을 가리어 놓게 되었다.

수군 580명 중에 쓸 만한 자는 3백 명도 못 되고 그 나머지 280여 명 중에 백여 명은 나이 60이 넘어 군사 노릇 못 할 늙은이들이요, 그 밖의 180여 명은 이름뿐이요, 사람은 없었다. 사람이 이러하니 병기는 말할 것도 없다.

지금 저 굴강 안에 있는 썩은 배에 달라붙은 사람들은 신관 사또 도임 후에 배를 고치는 목수들이다. '쓱쓱……' 하는 톱질 소리, '떵떵 떵떵……' 하는 못 박는 소리, 뱃바닥 굽는 화롯불 연기.

그리고 저 바로 복파정(伏波亭) 앞 넓은 마당에 가로놓인 괴물이야말로 새 수사 이순신이 몸소 도편수가 되어서 짓는 맨처음의 거북선이다.

선조(宣祖) 신묘 2월!

이것은 세계 최초의 장갑선(배를 윗집으로 덮어서 사람이 밖에 드러나지 아니하고 윗집 밑에서 활동하게 만든 배)인 조선 거북선이 처음으로 지어진 심히 영광스럽고 기념할 만한 달이다.

'땅땅 땅땅……' 복파정 앞에는 까뀌소리, 끌소리, 톱소리, 못 박는 소리……, 실로 기운차고 바쁘다. 청홍 동달이 소매 좁은 군복에 홍전복을 입고 옥로, 금패, 패영 단 전립을 쓴 아랫수염 길고 키는 중키요, 얼굴 희고 눈초리 약간 위로 올라가고 콧마루 서고 귀 크고 두터운 45, 6세의 장관, 그는 물어볼 것 없이 정읍 현감으로 있다가 우의정 유성룡(柳成龍)의 천으로 전라좌도 수군절도사가 되어 지난달에 도임한 이순신이다. 이 수사는 뒷짐을 지고 지어지는 중에 있는 거북선 가로 돌아다니면서 이리 보고 저리 보고 친히 지휘를 하고 있다.

배는 거의 다 완성이 되어 앞으로 십여일이면 손을 뗄 예정이다. 그래서 아무리 늦더라도 3월 15일에는 요샛말로 이르면 진수식을 할 작정이었다.

벌써 배는 거북의 모양을 거의 이루었다. 아직 눈알은 박지 아니하였으나 길이가 4척 3촌, 너비가 3척이라는, 알아듣기 쉽게 말하면 키작은 사람 둘을 가로놓은 듯한 거북의 머리도 이제는 완성이 되고 그 등의 귀갑 무늬도 반이나 그려졌다.

2

이 수사는 흉물스럽게 딱 벌린 거북의 입을 바라보고 마음에 드는 듯이 고개를 끄덕거렸다.

"인제 저 입에다가 유황 염초 불을 피워서 구름같이 연기를 피우고 적진 중으로 달려 들어가 그 입으로 불길과 포환을 뿜어······."

하고 수사는 자신 있는 듯이 빙그레 웃었다.

"저 배도 뜰까?"

사람들은 새 수사의 계획에 의심을 가졌다. 첫째는 그 배가 너무 큰 것, 둘째는 그 배에 쓰는 널이 너무 투박한 것, 셋째로는 대관절 저런 흉물스러운 배는 해서 무엇하느냐 하여 그 용도를 모르는 것——이러한 이유로 사람들——그 중에도 물에 익고 배에 익다는 사람들이 뒷구멍으로 수사의 어리석은 계획을 비웃었다. 병선이면 예로부터 대맹선도 있고 중맹선도 있고 소맹선도 있지 아니하냐.

이러한 좋은 배들도 다 쓸 데가 없어서 법수에 매여 썩는 판인데 저런 만고 역대에 보지도 못하던 배는 지어저 무엇하느냐 하는 것이 사람들의 생각이었다. 수사의 부관이라고 할 김우후(金虞候)까지도 감히 입 밖에 내어서 말은 못 하나 경험 없는 수사의 철없는 장난이라고밖에 생각히지 아니하고, 만일 새로 짓는 배가 실패하게 되면 비밀히 자기와 척분 있는 병조판서에게 보고하여 한번 새 수사 이순신이 떨어지는 양을 보리라 하였다.

그러나 이 수사는 남들이야 무엇이라고 비웃든지 공사만 끝내고는 아침부터 저녁까지 배 짓는 감독을 몸소 하였다. 다행히 도편수 한대선은 수사가 정읍에 있을 때부터 사귀어 여러 번 거북선 모형을 만들게 한 사람이기 때문에 수사의 뜻을 잘 알아들어서 이를테면 수사의 유일한 동지라 할 것이요, 그 밖에 수사의 병선 신조, 수군 대혁신의 정신을 알아 주는 사람으로 바로 이 수사의 부하 되는 전라 좌수영 군관 송희립(宋希立)과 녹도 만호 정운(鄭運)이 있을 뿐이었다. 군관 송희립은 본래 순천부 사람으로서 활 잘 쏘고 담력 있고 충의 있는 사람이었다. 나이 오십이 가까웁되 본래 시골 사람이어서 좌수영 군관 이상에 오를 수가 없었다. 역대 수사나 우후 중에 송희립을 별로 알아 주는 사람이 없었으나 이번 수사 이순신은 도임한 지 며칠이 아니 되어서 군관 송희립이 녹록한 사람이 아닌 것을 간파하였다.

그리고 녹도 만호 정운도 만일 서울에 반연을 두 사람이라면 벌써 병사나 수사 한 자리는 할 만한 인물이요, 연조였다. 이순신도 꽤 푸대접 받은 사람이지마는 그래도 그에게는 유성룡과 같이 알아서 천해주는 사람이 있었으나 정운은 전혀 서울에서 끌어주는 사람이 없기 때문에, 또 천성이 개결하고 자부가 자못 높아서 남의 앞에 무릎을 굽히지 아니하기 때문에 오십 평생을 권관(權管), 만호(萬戶)로만 돌아다니고 첨절제사(僉節制使), 동첨절제사(同僉節制使) 한 자리 얻어 하지 못하였다.

이 녹도 만호 정운이 이 수사의 눈에 띄게 된 것은 이 수사가 새로 도임하여 관하 각진을 순회할 때에 녹도진의 병선 군사 군기가 가장 정제한 것을 발견한 데에 있었다. 이때에 중앙과 지방을 물론하고 위로 정승 관서로부터 밑으로는 외방 말직에 이르기까지 모두 속속들이 부패하여 빙공영사(憑公營私)로 일을 삼음으로 4만 8천8백 수군, 5천 9백6십 조졸(漕卒), 8백여 병선이라고 하여도 명색뿐인 중에 정운 같은 장수를 만난 것은 실로 놀라운 일이었다.

3

신묘 3월!

이날은 조선의 거북선이 처음으로 물 위에 나뜨는 날이다. 정월 보름께 기공하여 만 2개월 반을 들여 처음으로 이루어진, 전고에 듣지도 보지도 못한 거북선이란 것이 물에 나뜨는 것을 보고자 좌수영 백성들은 말할 것도 없고 인근 제읍에서도 많이 구경을 하러 모여들어서 좌수영에는 이날 수만 명 사람이 북적하였다.

이날은 늦은 봄날이라고 하기에는 너무 더웠다. 그러나 바다에서는 이날을 축하하는 듯이 서늘한 바람이 불었다. 새로 지은 산더미 같은 거북선에는 이물, 고물이며 좌현 우현에 오색기를 달아서 그 깃발들이 기운차게 바람에 펄렁거렸다.

　복파정에는 수사, 우후, 조방장, 오위장, 군관, 각읍 수령, 첨사, 만호, 도위들이 각기 군복 전립에 칼 차고 전통 지고 위의를 갖추어 좌정하였고, 굴강(방파제)에는 5백 명 수군이 새로운 군복을 입고 가슴에 달덩어리 같은 수군패를 붙이고 행렬 지어 벌여 서고 굴강 법수에 매여 있는 대맹선, 중맹선, 소맹선들도(각진에서 첨사, 만호들이 타고 온 배를 합하여 30여 척이었다) 모두 깃발을 날리며 명령을 기다리고 섰다.

　좌수영 병선들은 물론이요, 좌수영에 속한 6읍 7진의 병선들도 새 수사의 엄명으로 조금씩이라도 더 손질을 하였었다. 그중에도 녹도진 병선들은 좌수영 병선에 지지 아니하게 깨끗하고 새로웠다.

　구경꾼들은 돌산도 대섬(지금 장군도)의 모든 산에까지 하얗게 둘러섰다. 하늘은 푸르고 구름은 희었다.

　정오가 되어 봄바다의 사리물이 앞바다에 두둑히 올리어 밀었다.

　이때에 쿵하고 큰 북소리가 울리자 쾅하는 아단 단지(폭발탄 같은 것)가 터지고 그 속에서 무수한 화전이 나와 공중에 샛별같이 떠돌았나. 이 화전도 새 수사가 '귀동이' '딜쇠' 두 사람을 시켜 크게 개량한 것이니, 이것으로 첫째는 적군의 간담을 서늘하게 하고, 둘째로는 적선에 불을 놓자는 것이다.

　이 북소리와 아단 단지 소리를 군호로 도편수 한대선이 거북선을 잡아 맨 줄을 끊고, 500명 군사의 손에 벌이줄이 끌려서 산 같은 거북선으로부터 요란한 소리와 용이 오르는 듯한 큰 물보라를 내면서 그 위대한 뱃바닥을 물속에 집어 넣었다. 이 순간 복파정에 모인 수사 이하 30명 장수들과 천여 명 군졸들은 기약하지 아니하고 일제히 '으아' 하고 고함을 쳤다. 그러고는 그 고함을 따라 군악이 일어나고 군악과 고함소리 속에 조영도감인 우후 김운규(金雲珪)가 앞장을 서고 수사 이순신 이하 부사, 첨사, 위장, 현감, 만호 등 제장이 뒤를 따라서 다릿널을 밟고 거북선으로 올라갈 때에 그 위엄이 비길 데가 없었다.

　제장이 다 배에 오르고 160명의 수군이 올랐다. 대맹선에 군사 80

명, 중맹선에 군사 60명, 소맹선에 군사 30명인데, 거북선에는 장수 외에 군사 160명이다. 그중에 40명은 노를 젓는 사람이요, 20명씩 두 패로 갈라서 번갈아 20노를 젓고 72명은 거북선 72포혈에 한 구멍씩을 맡고 36명은 포수의 번을 가는 사람이요, 나머지 12명은 밥을 짓고 배를 소제하고 기타 잡역을 하는 군사다.

군사들은 모두 통 좁은 바지와 긴 저고리를 입고 저고리 위에 동달이 적삼을 걸치고 옷빛은 바닷물과 같은 푸른 빛이다. 그리고 머리에 검정 벙거지를 쓰고 가슴에는 소속한 진(鎭)명과 성명과 생년과 주소를 쓰고 한문 글자로 '水軍' 두 자를 전자로 새긴 화인을 찍은 둥근 목패를 찼다.

4

이렇게 수백 명이 올라탔건마는 밖으로 보기에 거북선은 텅텅 빈듯하였다. 그 무서운 쩍 벌린 거북의 아가리, 오직 그것만 생명이 있어서 금시에 무슨 요란한 소리를 지를 듯하였다.

사람들의 눈은 이 괴물에게로 못박힌 듯이 향하였다. 이윽고 거북선의 아가리에서 '우후후' 하는 산과 바다가 진동하는 듯한 길고 흉물스러운 소리가 나며 그 뒤를 이어 시커먼 연기가 나오고 또 그 뒤를 이어서 쾅 하는 대완구 소리와 함께 아름드리 불길이 확 나오더니 무수한 화전(火箭)이 살별과 같이 해상과 공중으로 쏟아져 나갔다. 그러자 좌우에 뻗은 20개의 노가 일시에 물을 당기니 '저것도 물에 뜨나' 하던 크나큰 거북선은 바람과 물결을 한꺼번에 일으키며 굴강을 벗어나 그야말로 살같이 앞바다로 내달았다.

대맹선, 중맹선, 소맹선들이 있는 힘을 다하여 거북선의 뒤를 따라가나 마치 젖먹이와 날랜 어른과의 경주 같았다. 거북선은 둥둥 울리는 선장(船將)의 북소리를 따라 마치 자유로 날아 돌아가는 갈매기 모양으로 좌수영 앞바다를 몇 바퀴 돌았다. 처음 그를 따르려던 병선들은 저 뒤에 떨어져서 거북선이 화살같이 돌아가는 것을 구경하고 섰을 뿐이었다. 사방 산에 둘러서 구경하는 백성들은 '야아, 야아' 하고 경탄하며 환호하는 소리를 질렀다.

이때에 어떤 장수 하나가 거북선의 등인 갑판 위로 쑥 올라섰다. 육지에 있는 사람으로는 그 얼굴을 볼 수 없지마는 또 새 수사 이순신을 한 번도 보지 못한 사람들도 그것이 이 수사인 줄을 번개같이 알았다. 그리고 이러한 무섭고 신통한 물건을 지어 낸 이 수사는 필경 신인이요, 범상한 사람이 아니라 생각하였다.

그러나 이렇게 거북선을 칭찬하고 그것을 만들어 낸 사람을 칭찬하는 것은 순박한 백성들뿐이었다. 우후 김운규 이하로 한아비, 외한아비, 외한아비의 외한아비, 이 모양으로 조금이라도 서울의 조정이라고 일컫는 곳에 등을 댄 사람들은 거북선, 그것을 만든 사람까지 자기네가 못 하는 일을 한 사람이 밉고, 따라서 아무 마음도 없는 거북선까지도 미웠다. 그놈의 거북선이 오늘 물에 잘 뜨지를 아니했거나, 또는 생각하였던 모양으로 너무 비둔해서 속력이 빠르지 못하였던들 대단히 기뻐할 사람도 없지 아니하였다.

"사또, 이런 것이 스무 척만 있으면 왜는커녕 천하에 무서울 것이 있겠소?"
하고 취한 듯이 기뻐하는 것은 정충보국(貞忠報國)이라고 칼에 새겨 가지고 다니는 녹도 만호 정운과 기타 몇 사람이었다. 그 밖에는 첨사니 만호니 부장이니, 이름은 군직이라 하더라도 아마 대장이니 절도사니 하는 축들도 대관절 주사(舟師)가 무엇인지를 아는 이가 몇이 못 될 것이다.

거북선 한 척이 한편이 되고 다른 40여 척 병선이 한편이 되어서 대수조(大水操)를 거행하게 되었다.

북소리와 거북선의 소라(小鑼)소리와 각 배에서 울어 나오는 방포소리에 천지가 흔들리고, 유황 염초의 연기는 백일을 가리어 빛이 없게 하였다. 더구나 거북선 72포혈에서 일시에 방포가 될 때에는 그야말로 산과 바다가 일시에 흔들리는 듯하였다.

5

 40여 척 병선이 다 합하더라도 거북선 하나의 위력을 당하지 못할 것은 물론이다. 첫째로 거북선은 속력이 다른 배의 세 갑절이 되고, 둘째 거북선은 군사를 다 가리웠으매 내가 남을 쏘아 죽이기는 해도 남이 나를 쏘아 죽일 수는 없고, 셋째 거북선은 전후 좌우에 72포혈이 있기 때문에 그것이 일시에 방포를 하고 활을 쏘면 전선이 도시 불이요, 화살이어서 적선이 감히 접근할 수가 없고, 넷째 원체 체대가 큰 데다가 배를 지은 재목이 든든하고 배의 중요한 곳에는 철갑을 씌웠기 때문에 적선과 마주 부딪치면 나는 성하고 적선은 부서지고, 다섯째 바람의 힘을 빌리지 아니하니 돛대가 필요 없고 갑판에는 철판을 덮어 날카로운 못을 수없이 거꾸로 박았으니 적이 아무리 불을 놓으려 하더라도 불을 놓을 수가 없을뿐더러, 비록 적병이 배에 뛰어오르려 하더라도 뛰어오르는 대로 쇠못에 꿰어 죽게 되고, 여섯째 입으로 연기를 토하여 몸을 감추고, 일곱째 배가 크기 때문에 물과 양식을 많이 실어서 오래 항행할 수가 있었다. 이러한 배는 그때에 있어서는 동양 서양을 물론하고 다시 없는 것이었다.
 이제 거북선의 제도를 잠깐 보자.
 밑판이 열 쪽에 길이가 64척 8촌이요, 머리 너비가 12척이요, 허리 너비가 14척 5촌이요, 꼬리 너비가 10척 6촌이요, 좌우 삼판이 각각 일곱 쪽을 모아서 높이가 7척 5촌이요, 맨밑에 쪽의 길이가 68척이요, 위로 올라갈수록 차차 길어져서 맨위인 일곱째 쪽의 길이가 113척이요, 두께는 모두 4촌이요, 노판(이물)이 네 쪽을 모았으며 높이가 4척이요, 둘째 판에는 좌우에 현자(玄字) 포혈 하나씩을 뚫었고 축판(고물)이 일곱 쪽을 모았으며 높이가 7척 5촌이니 위의 너비가 14척 5촌이요, 아래 너비가 10척 6촌인데, 여섯째 한복판에 직경 1척 2촌 되는 구멍을 뚫어 키를 꽂게 하였다.

좌우 삼판에는 세인막이(난간)를 만들고 세인막이 머리에 멍에를 걸고 바로 이물 앞에는 말이나 소의 가슴패기 모양으로 세인막 위에 연하여 판장을 깔고 패를 둘러 막고 패 위에 누인막이라는 난간을 거니 삼판에서 누인막까지의 높이가 4척 3촌이다. 누인막이 좌우에 각각 판장 열한 쪽을 비늘을 달아 덮고, 등에 1척 5촌 되는 틈을 내어 돛대를 세우고 뉘기에 편하게 하였다.

이물에는 거북의 머리를 만들었으니, 길이가 4척 3촌이요, 너비가 3척이다. 그 속에 유황과 염초를 피워 입을 벌리고 내를 토하면 안개와 같아서 적으로 하여금 내 몸을 보지 못하게 한다.

좌우에 노가 각각 열이요, 좌우 패에 각각 포혈 22와 문 12를 뚫고 거북의 머리 위에 포혈 둘을 뚫고 아래에 문 둘을 내고 문 곁에 각각 포혈 하나를 내고 좌우 개판에도 각각 포혈 열둘을 내었다.

좌우 마루 밑에는 각각 방 열두 칸이 있으니 두 칸에는 철물을 두고 세 칸에는 화포, 활, 살, 창, 검을 갈라 넣고, 나머지 열아홉 칸은 군병이 쉬는 곳이다. 왼편 마루 위에 있는 방 한 칸에는 선장이 거처하고 우편 마루 위에 있는 방 한 칸에는 장교가 거처하게 되었다.

군사들이 쉴 때에는 마루 밑에 내려가고, 싸울 때에는 마루 위로 올라간다. 포혈마다 화포가 있어서 쉴새 없이 재어서 쏘게 되었다. 그리고 등에는 거북 무늬를 그려 바다에 뜨면 물결과 흡사하게 보이고 앞가슴에는 닻을 매었다. 좌우에 도합 스무 노를 40명이 번갈아 저으면 하루에 족히 오백 리를 갈 수가 있었고 가까운 거리에서 전속력으로 저으면 마치 화살과 같이 빨랐다.

6

"어, 과연 장하오. 사또는 신인이시오."

수조가 다 끝난 뒤에 순천 부사가 이순신에게 인사말을 하였다.
"거북선 스무 척을 지어 놓은 뒤면 왜병이 오더라도 염려가 없겠소마는."
하고 수사는 배에서 복파정으로 걸음을 옮기다가 고개를 돌려 거북선을 바라보며,
"그러할 동안이 있을는지 알 수 없소."
하고 쇠북개(鍾浦) 목으로 멀리 동해를 바라보았다.
"웬걸 왜병이 올라구요. 김성일의 말을 들으면 평수길은 큰일을 할 위인이 못 되더라는 걸요."
순천 부사 심유성이 선견지명을 자랑하는 듯이 말하였다.
그것은 풍신수길(豊臣秀吉)의 위인과 그의 뜻을 염탐하러 보냈던 사신 황윤길(黃允吉)과 김성일(金誠一)과의 복명한 말을 가리킨 것이다. 황윤길은 말하기를, '풍신수길은 눈에 정기가 있고 비범한 인물이니 반드시 큰 뜻을 품어 조선을 엄습할 근심이 있다' 하고, 김성일은 그와 반대로, '풍신수길은 눈이 쥐 눈 같고 외모로 보나 언행으로 보나 하잘것없는 위인이니 족히 두려울 것이 없다'고 하였다. 정사인 황윤길의 말과 부사인 김성일의 말이 이렇듯 엄청나게 틀리니 조정에서는 그 어느 말을 믿을 바를 몰랐다. 그래서 동인들은(유성룡도 그 중의 한 사람이었다) 김성일의 말이 옳으니 군비를 할 필요가 없다고 하고, 서인들은 황윤길의 말이 옳으니 그 말을 믿어 수륙의 군비를 일으키자고 하였다. 이렇게 어전회의에서 끝날 줄 모르는 말다툼을 하였다. 대세를 보기에 어두운 왕은 처음에 황윤길의 말을 믿어 일본이 내습할 것을 가상하고 수군과 육군을 일으키기로 결심하였으나 다시 동인들의 말에 기울어져서 단연히 수륙 군비를 아니하기로 결정하였다. 이래서 김성일은 심부름 잘하였다 하여 상을 받고, 황윤길은 공연히 조정을 놀라게 하였다 하여 왕에게 크게 꾸지람을 받았다. 순천 부사 심유성은 서인이었다. 그는 동인인 유성룡의 추천을 받아서 수사가 된 이순신의 하는 일을 곱게 볼 리가 없었다. 이순신은 그것을 알았기 때문에 다만 잠자코

있었다.

  순천 부사 심유성은 대수조를 마치고 순천으로 돌아온 길로 호군(護軍) 신립(申砬)에게 이순신의 거북선과 또 순신이 거북선 20척을 건조할 계획을 가졌다는 말을 보고하였다. 신립은 이 보고를 받아 몇몇 서인 선배들의 의향을 들은 후에 이순신으로 하여금 큰 공을 이루게 함은 유성룡 일파의 세력을 증진함이라 하여 단연히 순신의 수군 대확장, 특히 성공이 미지수인 거북선 건조를 금지할 것을 왕에게 진언하였다. 이 때에 서인 중에서도 윤두수(尹斗壽), 이항복(李恒福) 같은 이들은 이순신의 계획을 적극적으로 억제할 것까지는 없다고 생각하였으나 구태여 규각을 내어서 반대하기도 원치 아니하였다.

  왕은 신립의 '청컨대 주사를 파하고 육군에만 힘을 쓰게 하소서(請罷舟師專意陸戰)'라는 계사를 받고 놀라지 않을 수 없었다. 왜 그런고 하면 그때 마침 왕은 이순신의 장계를 받아 거북선의 그림과 아울러 그 시험 성적을 보고 혼자 기뻐하던 때인 까닭이다. 이렇게 좋은 거북선을 왜 없이 하라는가, 적이 바다로 오거든 어찌하여 주사를 폐하라고 하는가, 이에 대하여 왕은 의심하지 않을 수 없었다.

7

  신립과 그 당파들이 수군을 폐하자는 논리는 이러하였다.

  '지금 묘의가 군비를 파하기로 하였거늘 쓸데없이 수군을 확장해서 일본뿐 아니라 명나라에게까지라도 의심을 받을 필요가 없다는 것이 하나요, 또 설사 일본이 침입한다 하더라도 일본은 사방을 바다로 두른 섬나라여서 백성이 모두 물에 익으므로 도저히 수전으로 일병을 막기가 어려우니 차라리 육지로 끌어 올려 대번에 씨도 없이 부셔 버리는 것이 상책이라는 것이 둘이니 이 두 가지 이유로 수군을 확장할 필요가 없을뿐더러 있던 것도 파해 버리고 오직 육전에만 전력을 하자'는 것이었다. 여기에는 동인들을 빈정대는 뜻이 많이 담겨 있었음은 물론이다.

왕은 어느 말을 좇을 바를 몰랐다. 그는 심히 결단성이 없고 이 말에는 이리로, 저 말에는 저리로 솔깃하는 성격을 가진 이였다. 신립의 계사는 조정에 큰 파문을 일으켰다. 그래서 서인과 동인은 국가라는 견지도 다 버리고 오직 자기네 당파라는 견지에서 서로 물고 뜯었다. 이 모양을 본 유성룡은 거북선의 성공으로 해서 조정에 일어난 풍파를 자세하게 이순신에게 편지하였다. 그리고 그 끝에 '우리 나라 사람들의 마음이 나라를 생각함보다 제 몸을 생각함이 많고 공번된 마음보다 남의 잘함을 시기함이 많으니 그대도 눈에 띄게 수군을 늘리어 너무 사람들의 미움을 받게 말라' 하는 구절을 썼다.

이순신은 유성룡의 편지를 받아 보고 길게 한숨을 쉬었다. 이때에는 둘째 거북선을 짓기 시작한 때였다.

순신은 곧 분향하고 엎드려 장계를 지었다. 그는 근래에 동해 일본쪽으로부터 나뭇조각이 많이 떠온다는 것과 일본에 표류하였던 어민의 말을 들으면, 일본에서는 미구에 조선과 명나라를 치기 위하여 삼십만 대병을 발한다는 소문이 있고 또 포구마다 병선을 짓는다는 말을 자세히 정성된 말로 쓴 후에 '바다로 오는 도둑을 막는 데는 수군 밖에 없사오니 수군이나 육군을 어느 것이나 하나를 폐할 수 없나이다(遮遏海寇. 莫如舟師. 水陸之戰. 不可偏廢.)'라 하여 수군을 폐함은 나라 운명을 위태케 함이라고 하였다.

왕은 마침 신립의 계청대로 육군에 전력하고 수군은 파한다(罷舟師專陸戰)는 교서를 이순신에게 내리려고 승지에게 붓을 들렸던 차에 이 장계를 받았다. 왕은 몸소 그 장계를 읽고 무릎을 쳐서 순신의 글 잘함을 칭찬한 뒤에 수군 혁파를 주장하는 제신들에게 그 장계를 돌려 보이고 더 다른 의견을 묻지 아니하고 순신의 장계에 '옳다(允)' 신립의 장계에 '옳지 아니하다(不允)'는 비지를 내렸다.

이 모양으로 신립의 수군 혁파안은 이순신의 수륙 병존안에 지게 되었다.

'순신의 글씨 때문에 왕의 뜻이 기울어졌다' 하는 말을 서인들이 돌렸다. 순신의 의견이 옳기 때문이라고 하기 싫은 것은 말할 것도 없지마는 '글을 잘해서'라는 말조차 하기 싫었다. 그래서 '글씨를 잘 써서'라는 것으로 순신의 말이 선 이유를 삼은 것이다.

이것이 물론 이순신의 명예는 아니었다. 도리어 전보다도 더 심각하게 순신은 서울에서 세도 잡은 무리들의 미움을 받는 장본이 되었다. 더욱이 당당한 신립이 일개 무명한 이순신에게 졌다는 것은 참을 수 없는 수욕이었다. 그는 한번 보자고 이를 갈았다.

8

이렇게 이순신의 장계가 효과를 내어서 수군 혁파만은 면하게 되었으나 한편으로 유성룡 등 동인들의 비전론에 화를 받고 다른 편은 서인들의 육군주의의 화를 받아서 거북선 20척 건조, 기타 수군 대확장안은 뜻대로 되지 아니하였다.

이렇게 조정에서는 군비를 할까 말까, 수군을 둘까 말까 하고 갈광질광하며 당파 싸움만 일삼는 동안에 일본에서는 대륙 침입의 계획을 착착 실행하게 되었다.

대마도주 종의지(宗義智)는 원래 전쟁이 있기를 원치 아니할 처지에 있기 때문에 조신(調信)과 중 현소(玄蘇)를 서울로 보내어 수길이 조선의 길을 빌려 명나라에 쳐들어가려 한다는 계획과 불원에 반드시 일본의 대군이 조선 지경을 범할 터이니 미리 명나라에 이 뜻을 통하여 외교적으로 일을 무사히 해결하도록 하라고 진언하였다.

현소가 김성일을 보고 귓속으로 한 말이 이러하다.

"명나라가 오래 일본과 끊어져서 조공을 통치 못하므로 수길이 이로써 마음에 분하고 부끄러움을 품어 싸움을 일으키려고 하니 조선이 만일 앞서서 이 뜻을 명나라에 전하여 일본으로 하여금 조공의 길을 통하게 하면 반드시 무사할 것이오. 일본 백성도 또한 싸움의 괴로움을 면할 것이오."

그러나 김성일은 이 말을 조정에 주문하지 아니하였다. 그것이 자기가 전에 장담한 말, 수길은 싸울 뜻이 없다는 것과 어그러지기 때문이었다.

현소는 다시 오억령(吳億齡)에게, 명년에는 일본이 대군을 끌고 조선의 길을 빌려 명나라를 칠 것을 말하자 오억령은 크게 놀라 조정에 주달하였다. 그러나 왕은 비전론자들의 말을 들어 오억령이 부질없는 소리를 한다 하여 선위사(宣慰使)를 파직하였다. 그리고 대마도주의 사신 조신에게는 가선대부를 주고 잘 대접하여 돌려보낼 뿐이요, 일본의 침입에 대한 아무런 준비도 할 생각을 아니하였다. 이러한 중에 있어서 오직 전라 좌수사 이순신 한 사람이 모든 핍박을 다 물리치고 일변 병선을 중수하고 거북선을 지으며 일변 관하 각진의 군사를 조련하고 군량을 모으며 각처에서 이름 있는 대장장이를 모집하여 화포, 창, 칼, 갈퀴, 낫, 소금가마 등속을 만들었다. 이리하여 전라도 경상도의 목수 대장장이며 활 쏘고 칼 쓰는 호협한 무리들이 좌수영으로 많이 모여들었다. 굴강을 깊이 파고 방파제를 넓게 높이 쌓고 앞바다 새 좁은 물목에는 쇠사슬을 물속에 늘였다. 이것은 적선이 침입하려 할 때에는 육지에서 쇠사슬을 감아 올려 통행을 막고 또 들물이나 썰물에 물결이 셀 때를 이용하여 대어드는 적선을 넘어뜨리기도 할 수 있는 것이었다.

그 동안 우후와 순천 부사도 갈리고 좌수사의 절제를 받는 수령, 첨사, 만호, 군관 중에는 이순신의 충성되고 조금도 사곡함이 없는 인격에 감화를 받는 자도 적지 아니하였다. 더구나 군졸들은 새 수사 도임한 지 일년이 다 못 되어 새 수사를 아버지같이 사모하게 되었다. 새 수사는 엄하기 짝이 없으나 공평하기도 그러하고, 사졸이 힘드는 일을 할 때에는 자기 먼저 힘드는 일을 하였다. 새 수사 이순신은 술을 좋아하나 밤이 아니면 먹지 아니하고, 풍류를 좋아하나 국가의 경절이 아니면 기악을 가까이하지 아니하였다.

이순신이 수사로 온 지 일년에 전라좌도의 수군은 병선이나 장교나 군졸이나 전혀 새 것이 되고 백성들의 풍기까지도 일신함이 있었다.

경 보

1

　임진 4월 15일 술시, 지금으로 말하면 오후 열 시쯤 일륜 명월이 돌산도 위로 솟아오른 지 얼마 되지 아니하여 어떤 배 한 척이 쌍횃불을 들고 좌수영으로 들어왔다. 횃불을 드는 것은 경보를 가지고 온다는 뜻이었다. 이전에 보지 못하던 쌍횃불 든 배는 좌수영의 군사들과 백성들을 놀라게 함이 적지 아니하였다. 그렇지 않아도 일본 병선이 온다는 풍설이 많이 돌아다니던 때여서 백성들의 마음이 조마조마하던 때이므로 어리석고 당파 싸움에만 분주하던 정부에서 아무리 민심을 위무한다 하더라도 그 말이 귀에 들어가지 아니하고 무슨 큰 변이 발뒤꿈치에 따라오는 것만 같았던 것이다.
　이 쌍횃불 든 수상한 배는 좌수영 순라선에게 붙들려 잠시 수험을 받고 곧 굴강에 닿았다. 이날은 국기일이어서 수사 이순신은 좌기를 폐하여 전라 관찰사 이광(李洸)에게 편지 답장을 쓰고 또 군무에 대한 보고를 지어 역자(驛子)를 떠나 보내기에 골몰하였다. 그러다가 저녁을 먹고 나서 이상하게 산란한 심서를 가지고 바다에 오르는 달을 바라보고 거닐 때에 수직군관이 경상우도 수군절도사 원균(元均)의 관(關)을 바쳤다.
　수사는 곧 동헌으로 불러 들여 경상 우수사의 관을 열어 보았다. 그 내용은 이러하였다.
　'오늘 사시(오전 열 시쯤)에 가덕진 첨절제사 전응린(田應麟)과 천성보 만호 황정(黃珽) 등의 급보를 접하건대, 매봉 봉수감고(鷹峰烽燧

監考) 이등(李登)과 연대감고(煙臺監考) 서건(徐建) 등이 나와 고하기를, 4월 13일 신시(오후 다섯 시쯤)에 왜선 수십 척, 대개 소견에 90여 척이 경상좌도 싸리섬을 지나 부산포를 향하여 나오더라 하기로 첨사 전응린은 방략대로 부산, 다대포 우요격장의 군선으로써 정제하여 바다에 내려 변을 기다린다' 운운 한 것이다.

세견선(歲遣船, 해마다 장사하러 오는 배)인지도 모르거니와 90여 척이나 온다는 것은 그 연유를 알 수 없고 또 연속하여 나온다고 하니 심상치 아니한 듯하다고 생각하고 수사는 곧 우후 이몽귀(李夢龜)를 불러서 일변 좌수영 각군에 신칙하여 방비와 망보기를 엄히 하여 주야로 대변하게 하고 또 소속 각진 각포에 말과 배를 놓아 군사와 병선을 정돈하여 강구대변(江口待變, 병선들을 언제나 떠날 수 있도록 항구 밖에 내어놓고 무슨 일이 생기기를 기다린다는 뜻)하게 하라고 명령하였다. 그리고 수사 자신은 첫째로 이 뜻으로 장계를 꾸미고 관찰사, 병마절도사, 우도 수군절도사에게 이문을 지어 말을 태워서 띄웠다.

그러나 이 일이 다 끝나기도 전에 경상우도 수군절도사 원균으로부터 둘째 관이 왔다. 신시(먼저 관은 사시였다)에 가덕진 첨절제사의 치보(급보)를 보건대, 왜선 150여 척이 해운대와 부산포로 향하여 들어온다는 것이었다. 이제는 세견선이 아닌 것은 확실하다. 세견선이면 고작 많아야 30척, 그렇지 아니하면 20척을 넘는 일이 적다. 그런데 90척, 150척이라 하면 이것은 필시 심상한 일이 아니라고 생각하였다.

이날 밤을 근심 중에 보내고 이튿날인 4월 16일 아침 진시(오전 여덟 시쯤)에 경상도 관찰사 김수(金睟)의 관이 왔다.

'이달 13일 왜선 4백여 척이 부산포 건너편에 왔었다'는 것이다.

2

"왜선 4백 척!"
하고 수사는 과거에 생각하였던 것이 맞은 것을 생각하고 고개를 끄덕

경 보 23

끄덕하였다. 이날 밤 이경에 또 경상 우수사 원균의 관이 왔다.
"부산진은 함락되고 첨절제사 정발(鄭撥)은 전사하였다."
하는 것이었다.
 18일에 또 경상 우수사 원균의 관이 왔다. 그날 일기에 이순신은 이렇게 썼다.
 '未時到嶺南右水使關. 東萊亦爲陷沒. 梁山, 蔚山兩守. 亦以助防將入城並爲見敗云. 其爲憤惋. 不可勝言. 兵使, 水使. 領軍到東萊後面. 遽卽回軍云. 尤可痛也.'
 (오후 세 시에 경상 우수사의 관이 왔다. 동래도 함몰이 되었는데 양산 군수와 울산 군수도 조방장으로 동래에 와 있다가 같이 패하였다 하니, 그 분통함을 이루 말할 수 없다. 병사와 수사가 군사를 거느리고 동래 뒤까지 왔다가 곧 회군하였다 하니 더욱 가통하다.)
 하루를 걸러 20일에 경상 감사 김수로부터 관이 왔다.
"양산도 함락이 되었다. 적의 군세가 강성하여 도무지 대적할 자가 없어 승승장구하여 무인지경같이 들어오니 전함을 정리하여 와서 구원하라."
하는 것이었다.
 이 기별을 받고 이 수사는 칼을 들어 서안을 치고 통분함을 마지 아니하였다. 더구나 병사니 수사니 하는 무리들이 군사를 끌고 동래 뒤까지 갔다가 적세가 치성한 데 겁을 집어먹고 달아난 것이며 적이 부산에 상륙한 지 4,5일이 못 되어 동래, 양산, 김해 같은 거진이 물에 소금 슬 듯 무너진 것을 생각할 때에 이순신은 가슴이 터짐을 금치 못하였다. 생각 같아서는 곧 군사를 끌고 경상도로 달려가고 싶었으나 조정의 명령 없이 자의로 움직임은 국법이 허하지 아니하는 것이므로 순신은 곧,
"경상도로 가서 구원케 하소서."
하는 장계를 썼다. 그 속에는 이러한 구절이 있었다.
"적세가 이처럼 치성하여 큰 진들이 연하여 함몰되고 내지까지 범하

게 되오니 이런 원통함이 또 있사오리까. 분함으로 간담이 찢어지는 듯하와 말할 바를 알지 못하나이다. 신자된 자 누구나 마음과 힘을 다하여 국가의 수치를 씻기를 원치 아니하는 자 없사오니, 엎디어 가 함께 싸우라시는 조정의 명을 기다리오며 소속한 주사는 물론이옵고 각 관포(官浦)에도 병선을 정리하여 주장의 명을 기다리라는 일로 본도 각 감병사에게 통의하였나이다."
하고 곧 행하지 아니하면 기회를 잃어버릴 것을 말하였으니, 이것은 조정에 있는 대관들이 당파 기타의 관계로 천연 세월할 것을 근심한 까닭이었다.

그리고 수사는 전라도 관찰사 이광, 방어서 곽영(郭嶸), 병마절도사 최원(崔遠) 등이며 경상도 순변사 이일(李鎰), 관찰사 김수, 경상 우수사 원균 등에게 도내의 수로 형세며, 양도 주사가 어디서 모일 것이며, 적의 병선이 얼마나 많으며, 지금 있는 곳이 어디며, 기타 책응할 모든 일을 급급히 회답하라는 뜻으로 말을 보내어 이문한 것 등을 자세히 아뢰고, 전라 좌수사의 소속인 방답, 사도, 여도, 발포, 녹도, 5진이며 순천, 광양, 낙안, 홍양, 보성 5읍에 명령하여 본월 29일을 기약하고 본영 앞바다로 모이라 약속하였다는 말을 적었다.

이 장계를 보내고 수사는 더욱 출전 준비에 힘을 쓰며 오늘이나 내일이나 하고 서울에서 회보 오기를 기다렸다.

부산 동래 싸움

1

임진 4월 12일 진시에 일본의 함대는 대마도의 대포(大浦)를 떠나서 신시 말에 부산진 앞바다에 다다랐다. 병선 7백여 척이었다. 이 7백여 척의 대함대가 구름과 같이 밀려 들어오는 것을 보고한 것이 곧 전라 좌수영에서 수사 이순신이 4월 15일에 받은 첫 경보였다.

이렇게 7백 척이나 되는 대함대가 국경에 침입하는 것을 보고도 아무 계책이 없던 조선 관헌들은 실로 허수아비나 다름없었다.

그 이튿날인 4월 13일 미명에 일본 함대는 아무 저항도 받음이 없이 부산에 상륙하여 부산진을 향하고 개미떼와 같이 진군하였다. 이날에 부산진을 지키는 주장인 첨절제사 정발은 절영도(絶影島)로 사냥을 나가서 자고 아침에야 비로소 일본군이 부산에 상륙한다는 경보를 듣고 타고 갔던 병선 세 척을 끌고 창황하게 부산진으로 돌아와서 아무 일도 없는 듯이 평일같이 있었다. 군사들이나 백성들이나 조금도 놀라지 아니하고 성 위에 올라가서 일본군이 이상한 갑옷을 입고 투구를 쓰고 소총을 메고 개미떼와 같이 몰려 들어오는 것을 구경삼아 보고 있었다. 이것은 조정이 김성일의 말을 믿어서 일본의 싸우러 오리라는 말을 일체 입밖에 내기를 금지하여 백성들이 전혀 난리가 난 줄을 모르는 까닭이었다. 해마다 한 번씩 일본 배들이 장사하러 오는 예가 있으니 이것도 아마 그것인가보다. 그런데 이번에는 배도 많고 사람도 많고 차림차림도 현란하구나 할 뿐이었다.

"사또, 암만해도 저 일본 사람들이 군사인가 보오. 평수길이 싸우러 온다더니 과연 그러한가 보오."

부하가 의심스럽게 말하나 곁의 사람들은 나라에서 금하는 말(싸움이 난다는 말)을 한다고 눈을 꿈적거리고 첨사 정발은 작취가 미성한 얼굴에 웃음 띠우며,

"일본이 아무리 강성하기로니 무명지사를 일으켜 가지고 천벌을 면할 수가 있느냐. 그럴 리가 없을 것이다. 또 설사 일본이 감히 싸움을 돋운다 하기로니 두려울 것이 무엇이냐. 내 이 칼 하나면, 만 명이 오기로 무슨 걱정이냐."

하고 칼을 만지며 뽐내었다. 정발은 칼쓰기를 자랑하고 또 호협한 남아다. 그 말이야 시원하다. 또 정발의 자신에는 노상 이유가 없지도 아니하였다. 부산해성에는 6천 명 군사가 있었고 성의 주위에는 깊은 못이 있고 바닷가에서 성에 이르는 동안에는 마병이 말을 달리지 못하도록 철질려(鐵蒺藜;마름쇠)를 깔았다. 이만한 병력과 설비가 있으면 웬만한 적병은 무서워 하지 아니하는 것도 그럴듯한 일이다.

첨사 정발은 이러한 모든 것을 믿고 배짱 편안하게 동헌에 앉아서 지난 밤 부족한 잠을 졸고 있었다.

이때에 일본 장수 소서행장(小西行長)에게서 부산 첨사에게 사자가 왔다. 그 사자는 공손히 첨사에게 예하고 소서의 편지를 첨사에게 드렸다. 그 편지에는 보통 편지 모양으로 한훤(寒喧)의 인사가 있고 그 끝에, 이번에 평수길이 대군을 발하여 명나라를 치려 하니 일본 군사에게 길을 빌려 무사히 명나라로 들어가게 하라 하는 것이었다. 정발은 그 편지를 보고 비웃는 듯이 껄껄 웃고 내어던지며,

"네 저놈을 성밖에 몰아내쳐라!"

하고 호령하였다. 정발의 생각에 그 편지는 괘씸한 것보다도 엉큼하였던 것이다.

2

 군졸들은 소서행장 사자의 뒷덜미를 짚어서 그야말로 발이 땅에 붙을 새가 없이 성문 밖에 몰아내쳤다. 그러나 한 가지는 판명하였다. 그것은 이 배와 사람들이 해마다 오는 세견선과 상인들이 아니라 싸우러 온 병선이요, 군사라는 것이다.
 부산진 첨사 정발은 소서행장의 사자를 몰아내고 곧 군중에 전령하여 성문을 굳게 닫고 적병을 방어할 계획을 세웠다. 군사 2천 명을 성 위에 벌여 놓아 성 밖으로 모여드는 적을 활로써 막게 하고, 남은 군사는 갈라서 성문을 지키게 하고 혹은 병기를 정리하게 하였다. 그리고 말을 놓아 다대포 첨사 윤흥신(尹興信), 경상좌도 수군절도사 박홍(朴泓), 경상좌도 병마절도사 이각(李珏), 동래 대도호부사 송상현(宋象賢)에게 일본군이 길을 빌리라 하는 말과 그것을 거절하였다는 말과 자기는 부하를 거느리고 죽기로써 부산성을 지킬 터이니, 만일 부산진의 힘만으로 적군을 막아내기 어려울 경우에는 시기를 놓치지 말고 구원해 달라는 말을 전하였다.
 다대포는 남으로 이십 리도 못 되고 좌수영은 부산에서 동래부로 가는 중로에 있어서 부산진에서는 시오리도 다 못 되는 곳이요, 거기서 동래부는 십리 남짓하였다. 좌병영은 울산 지경에 있으니, 그것도 부산진에서는 하룻길에 불과하였다.
 정발은 설사 7백여 척의 일본 병선이 4,5만의 군사를 싣고 왔다 하더라도 무서울 것이 없다고 하였다. 왜 그런고 하면 우리편 군사로 보면 부산진에 6천이 있고 좌수영에 1만 2천이 있고, 동래부에 6천이 있고, 좌병영에도 1만여 명이 있고, 게다가 적군이 가지지 못한 성과 지리가 있으며 또 인근에 거진이 많은즉 2,3일 내로 5,6만의 군사를 모으기는 어렵지 아니한 일이리고 생각하였다. 이렇게 방어의 계획을 세우고 첨사 정발이 검은 공단 갑옷에 황금 투구를 쓰고 사랑하는 '一劍報國(한칼로 나라 은혜를 갚는다)'의 칼을 차고 말에 올라 군사를 지휘하고 비장, 별장, 군관들도 모두 전복 전립에 위의를 갖추고 활시위를 팽팽하게 매고 새로 갈아서 약을 바른 살촉을 박은 화살을 전통에 가득하게 넣어 메고 성 위에 벌인 진중으로 돌아다니며 군사들을 지휘하여 적병이 몰아오기만 하면 응전할 준비를 하고 일변 소와 개를 잡아 군사들을 한밥 먹이고 싸워서 이긴 뒤에는 7백 척 배와 배 안에 있는 물건은 군사들이 마음대로 나누어 가질 것을 약속하였다. 이리하여서 하늘에 닿을 듯한 기운을 가지고 소서행장의 군사가 쳐들어오기를 기다렸다.

과연 진시가 되자 일대의 일본 군사가 뽀얗게 먼지를 날리며 장사 진형으로 부산진을 향하여 달려왔다. 멀리서 보기에 1만 명은 될 듯하였다. 맨앞에는 장수 같은 자가 말을 타고 앞섰고 중간쯤해서는 붉은 비단 갑옷을 입고 금빛이 번쩍거리는 뿔이 달린 투구를 쏜 대장이 여러 장수의 옹위를 받으며 말을 타고 오는 것이 보였다. 이 붉은 갑옷을 입은 장수는 제일군의 대장인 소서행장이요, 진의 맨앞에 선 장수는 선봉장 모리휘원(毛利輝元)이었다.

소서행장의 군대는 부산해성에서 활 두어 바탕될 만한 곳에 와서는 진형을 학익진(鶴翼陣)으로 바꾸어 부산성을 에워쌀 모양을 보이고는 잠깐 진을 머무른 뒤에 어떤 장수 하나가 단기로 부산성 남문을 향하고 달려와서 편지 하나를 전하였다. 그것은 아까 편지와 마찬가지로 길을 빌려 달라는 것이요, 만일 빌리지 아니하면 10만 대군으로써 부산성을 무찌르겠다는 최후통첩이었다.

"그놈을 죽여라!"
하고 비장들이 분개하였으나 정발은,
"단기로 온 사자를 죽이는 것이 의가 아니다."
하여 만류하고 왜어 통사를 시켜,
"길을 빌리는 것은 일개 병장이 할 일이 아니니, 우리 나라 왕께 여쭈어라."
하는 회답을 전하고 또,
"군사를 물려 서울서 회답하기를 기다리라. 그렇지 아니하면 사정없이 멸하리라."
하는 위협하는 말을 보내었다.

3

　소서행장의 군사는 정 첨사의 회답을 받아 보고는 무엇을 생각함인지 군사를 돌려서 물러갔다. 정발은 적군이 물러가는 것을 보고 심히 만만하게 여겨서, 제장을 불러서 술을 먹고 즐기고 군사들에게도 술을 주어서 질탕하게 먹었다. 마치 승전이나 한 듯하였다.
　그러나 소서행장군이 물러간 것은 결코 정발과 그 부하가 생각하는 것처럼 서울서 회보가 오기를 기다리자는 것은 아니었다. 그는 부산성의 방비가 심히 삼엄한 것을 보고 당장 공격하면 이기기가 어려운 줄을 알았기 때문에 일단 물러가서 조선군으로 하여금 마음을 놓게 하자는 것이었다.
　부산 성내에서는 군사나 백성이나 평일같이 희희낙락하게 그날을 보내고 밤에 가가 자리에 들어 단잠을 잤다. 잠을 자서는 아니 될 첨사 정발과 부하 장졸들까지도 잠을 잤다.
　이날은 곧 4월 13일이니, 보름 가까운 달은 낮과 같이 밝고 산과 들의 꽃까지도 역력히 볼 수가 있었다. 따뜻하고 생명에 찬 첫 여름의 달밤은 극히 조용하고 평화로웠다. 성문을 지키던 장졸들과 성랑으로 돌며 파수를 보던 장졸들도 잠이 들고 달이 서편 하늘에 기울어져 부산(산 이름)의 그림자가 먹과 같이 검게 부산성을 덮고 새벽빛은 아직 비치지 아니한 축시 말 인시 초쯤해서 수만 명 소서의 군사는 선봉장 모리휘원의 지휘 밑에 열 겹 스무 겹으로 부산해성을 에워쌌다.
　대개 일본군의 본진이 유둔하는 곳에서 부산진까지 오 리는 넘고 십 리는 좀 못 될 만한 가까운 거리이므로, 달이 넘어가기를 기다려서 대군을 몰아 삽시간에 부산진을 에워싼 것이다.
　초저녁에는 그나마 파수도 보았으나 닭이 울고 새벽이 가까워 오자

술 취하고 훈련 없는 군사들은 그만 잠이 들어버린 것이다.

소서군은 부산의 지리를 훤하게 잘 아는 왜호(倭戶)를 앞잡이로 성 못(성 밖에 파놓은 못)의 얕은 데를 가리어서 일변 흙으로 못을 묻어 길을 내고 일변 비제(飛梯)를 성에 놓고 깊이 잠든 부산성으로 터놓은 물같이 밀어들었다.

소서군은 성에 들어오는 대로 집에 불을 놓고 조총을 콩볶듯 쏘아 그들이 지나가는 자리에 피와 주검이 길을 막았다. 마음놓고 자던 백성들은 이 불의의 변에 놀라서 혹은 어린아이를 안고 혹은 늙은 부모를 업고 갈팡질팡하다가 혹은 총에 맞아 죽고 혹은 군사에게 밟혀 죽었다.

조선 군사들도 활을 들어 응전하였으나 벌써 겁을 집어먹을뿐더러 처음 당하는 조총의 위력에 활이 당하기가 어려웠다. 만일 먼 거리에서 마주보고 싸우면 활이 조총(그때 조총은 멀리는 못 갔다)보다 나은 수도 있었으나 단병 접전에는 도저히 당해낼 수가 없었다. 게다가 일본 군사는 시가 싸움에 익되 조선 군사는 야전에만 익어서 어느 편으로 보든지 조선이 불리하였다.

길 잘 아는 왜호를 앞세운 일본군은 내 집에 들어가듯이 성내의 요해지를 점령하고 마침내는 첨사 아문을 포위하고 첨사에게 항복을 권하였다.

"사또! 형세가 이 지경이니, 인제는 항복하는 수밖에 없지 않소."

비장 황운(黃雲)이 칼을 들고 달려나가려는 첨사 정발의 갑옷 소매를 끌었다.

4

"항복을 말하는 자는 군법에 처하리라."

정발은 여전히 싸움을 독려하였다. 영문 안에 남은 군사가 아직 천 명은 되었다. 6천 명 군사 중에 5천 명은 벌써 다 죽은 것이다. 비록 늦게 응전하였으나 정발은 잘 싸웠다.

"에크, 검은 갑옷!"

일본 군사는 정발의 검은 갑옷이 번쩍할 때면 무서워하였다. 그의 칼은 참으로 신인 듯하여, 그의 칼이 번뜩이는 곳에는 적병이 삼슬 듯하였다.

그러나 중과부적하여 정 장군은 마침내 남은 군사를 끌고 영문 속에 물러와서 최후까지 싸우기를 결심한 것이다.

해는 올라왔다. 성내에는 화광이 충천하고 성 위에는 도처에 붉은 기였다. 붉은 기는 일본 군사의 기였다.

남은 군사도 하나씩 하나씩 적군의 조총에 맞아 거꾸러지고 한량 있는 화살도 거진 다하였다. 푸르륵하는 조선 군사의 활쏘는 소리, 밖으로 들려오는 백성들의 우짖는 소리!

"사또! 인제는 살도 다하였으니, 도망하였다가 훗기회를 기다림이 어떠하오?"

비장 황운이 정발에게 청하였다.

활을 쏘자니 살조차 없는 군사들은 부질없이 활을 들고 첨사를 바라볼 뿐이있다. 안에서 화실이 나오지 않는 것을 보고 일본군은 납함(吶喊)하며 삼문 밖에 다다랐다.

정발은 웃으며,

"사내가 죽을지언정 도망을 한단 말이냐. 나는 이 성의 귀신이 될 터이니 가고 싶은 자는 가거라······."

하고 칼을 빼어 들고 삼문을 향하여 나갔다. 마지막으로 적을 하나라도 죽이고 자기도 죽자는 것이었다.

어제 저녁을 먹고는 아직 아침도 먹지 못한 군사들은 축시 말에서부터 진시가 넘도록 싸우는 통에 시장한 줄도 몰랐으나 살이 진하고 더 싸울 기력이 없으니, 일시에 시장과 피곤이 오는 듯하였다. 그러나 정발의 비장한 말에 군사들은 다시 기운을 내어,

"우리도 사또와 같이 이 성 귀신이 되려오!"

하고 칼이 있는 자는 칼을 들고 칼도 없는 자는 활집과 몽둥이를 들고

정발의 뒤를 따랐다.

정발은 삼문을 열기를 명하였다.

삼문은 열렸다. 밖에 있던 소서행장의 군사는 와! 하고 안으로 몰려들었으나 정발의 칼 바람에 경각간에 수십 명이 죽는 것을 보고 뒤로 물러섰다.

정발은 칼을 두르며 도망하는 소서행장의 군사를 따라 고루(북단다락)까지 나갔다. 군사들도 정발의 뒤를 따라 용감하게 적군을 엄살하여 수백의 적군을 죽이면서 장터거리까지 나왔으나 마침내 정발은 조총의 탄환에 십여 군데를 맞아 땅에 엎어졌다. 비장 황운은 엎어지는 정발을 안아 일으키려 하였으나 그도 탄환에 맞아 주장을 안은 채로 넘어져 죽었다.

이리하여 진시 말에 부산진 6천 명 장졸은 거의 최후의 한 사람까지 싸워 죽고, 부산진은 일본군에게 점령되었다. 이날에 일본군이 죽은 것도 4천이 넘었다.

5

정발은 형세가 위급함을 보고 여러 번 좌수영(이십리 미만)에 구원을 청하였으나 좌수영에서는 대답이 없었다. 그중의 몇 사자는 적군에 붙들린 것도 사실이지만 빤하게 바라보이는 곳에서 경상 좌수사 박홍이 부산진이 위급한 것을 몰랐을 리가 없다.

부산진을 일본군이 에워쌌다는 말을 듣고 경상 좌수사 박홍은 곧 애첩과 가족을 동래부로 피란시키고 자기는 경보를 몸에 지니고 뒷산에 올라 부산진의 형세를 바라보고 있었다. 우후, 군관 중에는 군사를 내어 부산진을 구원하자는 사람도 있었으나 박홍은,

"군사를 경솔하게 움직일 수 없다."

하는 핑계로 듣지 아니하였다.

약한 장수의 밑에는 강한 군사가 없었다.

부산진에서 위급하다는 기별이 와도 수사가 꼼짝하지 아니하는 양을 보고 군관, 군졸들은 모두 장수를 믿지 못할 것을 알고 가족과 재물을 모아 동래부로 도망하였다.
　그러다가 정발로부터,
　"위급하다. 곧 구원하라."
하는 최후의 고목(告目)이 온 때에 박홍은 창황히 말을 내라 하여 도망할 준비를 하고 그래도 후일에 책망을 두려워함인지 서울로 사람을 놓아,
　"부산성에는 붉은 기가 찼사오니 아마 적에게 함락된 듯하나이다."
하는 장계를 띄우고 군사를 시켜 군량고와 병기고와 민가에 불을 놓게 하고 말을 몰아 동래성을 향하고 달아났다.
　군사 3만을 가진 거진(巨鎭)으로 한번 싸워보지도 못하고 달아나는 수사 박홍을 향하여 군관 오억년(吳億年)은 무수히 욕질하고 마침내 분을 참지 못하여 활을 당기어 박홍의 등을 쏘니, 박홍은 맞아 말에서 떨어지고 말은 놀래어 북으로 달아났다.
　오억년은 수사 박홍을 죽이고 남은 군사를 수습하여 달려가 부산을 구하려 하였으나 한 번 흩어진 군사의 마음은 다시 수습할 길이 없어 몇 사람 동지를 규합하여 빈 성을 지키기로 하였다.
　죽은 줄 알았던 박홍이 죽지는 아니하였다. 다만 그 엉덩이에 살이 박혔을 뿐이었다. 그는 종자의 도움을 받아 천신만고로 밀양까지 도망하였다. 차마 동래부로 들어갈 염치는 없었던 것이다.
　부산진을 손에 넣은 소서행장은 선봉 모리휘원에게 명하여 곧 좌수영을 치게 하였다. 그러나 좌수영의 1만 2천 장졸은 이미 수사 박홍의 본을 받아 다 흩어지고 오직 군관 오억년이 죽기를 맹세하는 수백의 군졸을 거느리고 모리휘원의 5만 대군을 대항하였으나 그것은 손으로 바닷물을 막는 것보다도 더욱 어려웠다. 그러나 오억년과 그 동지들은 하나 아니 남고 다 죽기까지 싸웠다.
　일본군이 동래성에 다다른 것은 부산진이 함락된 14일 신시였다.

이보다 먼저 동래 부사 송상현은 일본군이 부산성을 친다는 경보를 듣고 곧 좌병사 이각, 울산 군수 이언함(李彦誠), 양산 군수 조영규(趙英珪)에게 이문하여 구원을 청하였다.

송상현의 계획으로 말하면 동래성의 일본군을 막아 한걸음도 내지에 발을 들여놓지 못하게 하자는 것이었다. 만일 동래부가 함락이 된다고 하면 일본군은 밀양을 돌아서 서울로 향할 수도 있고, 경주를 돌아서 서울로 향할 수도 있으니, 동래 한 목에서 막지 못하면 그 열배의 힘을 가지고도 막아내기가 어렵다는 것이었다.

6

경상 좌병사 이각은 동래 부사 송상현의 말을 옳게 여겨 조방장 홍윤관(洪允寬), 울산 군수 이언함과 7천 병마를 거느리고 밤 도와 행군하여 14일 오정에 동래부에 도달하고 양산 군수 조영규도 군사 2천을 거느리고 그보다 좀 일찍 동래성에 들어왔다. 이리하여 동래성에는 모두 2만의 군사가 있었다.

미시 말이나 되어서 부산진의 패보가 동래에 들어오고 또 얼마 아니하여 좌수사 박홍이 성을 버리고 달아나서 좌수영이 싸우지도 아니하고 무너졌다는 경보가 들어왔다.

이 경보를 받더니 참땋게 있던 좌병사 이각이 동래 부사 송상현을 보고,

"여보 동래. 나는 가오."

하고 동래에서 떠날 차비를 하였다.

"가시다니 사또가 어디를 가신단 말씀이오? 적병을 막으려고 밤 도와 오셨다가 적병이 온다는 소문을 듣고 가시다니 어디로 가신단 말이오?"

송 부사는 병사의 소매를 붙들었다.

"아니, 내가 피하는 게 아니오. 나는 대장이니까 밖에 있어 각진 군

사를 지휘해야지 성안에 있어서 쓰겠소. 성을 지키는 것은 동래가 맡아 하오."

이각은 동래 부사 송상현이 붙드는 것도 뿌리치고 아병 20명만 동래에 머무르게 하고 자기는 별장과 군사를 데리고 서문을 열고 달아나 소산이란 곳에 진을 치고 있었다.

좌병사 이각은 부산진이 함락되고 첨사 정발이 6천 병사로 더불어 전사하였단 말을 듣고 잔뜩 겁을 집어먹어 듣기 좋은 핑계로 동래성을 빠져나온 것이다. 그의 생각 같아서는 곧장 서울로 도망이라도 하고 싶건마는 아직도 염치가 약간 남아서 소산에 머물러 있는 것이니, 여기서 기회를 보아 동래성 싸움에 일본군이 지면 자기도 의기양양하게 동래성으로 들어가고 동래가 지면 내빼자는 계교다. 왜 태평시절에 병사 노릇을 못 하고 난시에 병사가 되었던고 하고 이각은 수없이 한탄하였다.

이각이 바로 소산에 이르러 자리를 잡을 만한 때에 동래성에서는 포향과 고각이 진동하였다. 일본군과 접전이 된 것이다. 이각은 자기가 선견지명이 있어서 도망한 것을 다행히 여겼다.

병사 이각이 달아난 뒤에 동래 부사 송상현은 그 벼슬을 따라 주장이 되어 동래성을 지킬 약속을 각군에 전하고 자기가 몸소 동래성 남문에 올라 전군을 지휘하였다. 울산 군수 이언함을 좌위장을 삼아 동문을 지키게 하고, 양산 군수 조영규로 우위장을 삼아 서문을 지키게 하고, 조방장 홍윤관으로 중군을 삼아 성중과 북문을 지키게 하였다.

14일 유시에 일본군의 선봉이 동래 남문 밖인 취병장(지금 말로 연병장)에 이르러 유진하였다.

일본 진중에서 어떤 키 큰 군사 하나가 무기를 들지 아니하고 손에 흰 목패 하나를 들고 성 가까이 오더니 그것을 성중에 던졌다. 군사가 그 목패를 집어 부사 송상현에게 드리니, 부사는 가도(假道) 문제에 관하여 평수길의 사자인 대마도주 평조신(平調信＝宗調信)과 절충한 일도 있었고 또 조정으로부터 '다시 가도에 관한 청이 있거든 단연 거절하고 일체 접제 말라'는 훈령도 있으므로,

'死易. 假道難.(죽어도 길을 못 빌린다.)'
이라고 큰 목패에 써서 성 위에 세우게 하고 곧 방포하며 활을 쏘아 싸움을 돋우었다.

7

해가 지도록 양진이 대접전을 하여 피차에 수천 명의 사상자가 생겼으나 무론 승부가 나지 아니하였다. 밤도 낮과 같이 달이 밝았으므로 으레 일본군이 엄습할 것을 믿었으나 적연히 아무 소리가 없었다. 군사들은 아마 일본군이 잠을 자고 내일 날이 밝기를 기다려서 싸우려는가 하였다.

그러나 일본 군사는 자지 아니하였다. 동래 부사 송상현이 쉽사리 달아나거나 항복할 위인이 아닌 줄을 안 일본군은 계교를 쓰지 아니할 수 없었다. 그것은 밤 동안에 군사를 성으로 돌려 방비가 약한 북문으로 쳐들어오자는 것이었다.

송 부사는 충성과 용기는 있었으나 결코 장수의 재목은 아니었다. 하물며 울산 군사 이언함은 병사 이각이 달아날 때에 같이 따라가지 못한 것을 한하여 벌벌 떨고 앉았고, 오직 조방장 홍윤관, 양산 군수 조영규 같은 장수들은 죽기로써 성을 지키려고는 하나, 적군은 5만이 넘고 이편은 2만이 다 못 되니 비록 성이 있다 하더라도 승패는 벌써 정한 일이었다. 만일 도망하였던 이각이 그 군사를 끌고 온다면 며칠 동안은 견딜 만도 하지마는 돌아올 사람이 도망할 리가 있는가.

이렇게 군사는 잔약하고 장수가 없는 동래성은 마치 도마에 오른 고기와 같은데 4월 보름의 달 그림자는 점점 금정산으로 빗기고 뒷산의 두견만 목이 메어 울었다. 그러나 일본군의 진중은 죽은 듯이 고요하였다.

지금으로 이르면 아침 네 시가 될락말락한 때에 동북방을 지키던 군사가 놀래어 일시에 소리를 쳤다. 그것은 새벽빛이 훤히 올려 쏘는 동쪽으로부터 불의에 괴상한 물건이 올라온 때문이다. 보통 사람의 세 갑절이나 큰 허수아비에 붉은 옷을 입히고 푸른 수건을 동이고 등에 붉은 기를 지고 번쩍번쩍하는 긴 칼을 찬 흉물이 성 안으로 넘실넘실 들여다보는 것이다. 밤새도록 겁을 집어먹고 있던 군사들에게 이 흉물은 완전히 정신착란을 주었다. 더구나 장수 되는 울산 군수 이언함이 소리를 치고 달아나는 것을 보고는 군사들은 병기를 던지고 통곡하였다.

그러나 이언함이 피신할 수 있기도 전에 성을 넘어 정말 일본 군사들이 칼을 두르고 조총을 놓으며 달려들었다. 울고불고하던 조선 군사들은 두 팔을 들고 땅바닥에 앉은 대로 칼과 총에 맞아 죽었다.

달아나던 이언함은 다리에 기운이 없어 일본군에게 붙들렸다.

그는 일본 군사 앞에 엎드려 합장하고 살려 달라고 빌었다. 일본군은 그가 울산 군수 이언함인 줄 알고는 죽이지 않고 뒷짐으로 결박을 지워 앞세우고 성내의 길을 인도하라고 하였다. 이언함은 길을 인도하여 부사 송상현의 진을 가리켰다.

일본군이 성을 넘어서 엄살(掩殺)하는 줄을 안 조방장 홍윤관은 군사를 돌려 일본군이 남문으로 향하는 것을 막았다. 그러나 그의 군사는 너무나 적었다. 홍윤관이 거느린 2천 명 군사는 순식간에 총에 맞아 죽었다. 그리고 홍윤관 자신도 군사들과 한가지로 맞아 죽었다.

그러나 홍윤관이 죽은 것이 결코 값이 없지는 아니하였다. 홍윤관의 저항이 없었던들 남문에 있는 본진은 아무 준비도 없는 동안 경각간에 함몰을 당하였을 것이다. 그뿐더러 홍윤관의 군사는 졌더라도 하나가 하나씩은 적군을 죽이고 죽었다.

8

홍윤관의 군사가 전멸을 당한 뒤에 일본군은 조선군의 시체를 밟고 넘어 객사 앞을 빠져 나왔다. 그러나 거기는 서문을 지키던 조영규가 지키고 있었다. 객사 앞은 길이 넓어서 양쪽 군은 수천 명이 한꺼번에 단병전을 할 수가 있었다. 그러나 이때에는 소서행장군의 주력이 남문의 본진을 습격할 때이므로 본진의 도움을 받을 수가 없었다. 무서운 혈전을 하기 약 한 시각에 조영규는 민가의 지붕에서 내려쏘는 적의 총환에 맞아 죽고 조영규의 군사도 거의 전멸하였다.

진시가 넘어서 남문을 본거로 한 본진은 복배(腹背)로 적의 공격을 받았다.

부사는 비장 송봉수(宋鳳壽), 김희수(金希壽), 향리 송박(宋泊) 등을 데리고 끝까지 싸웠으나 중과부적하여 마침내 남문은 열리고 본진은 함락이 되었다. 남문을 중심으로 길과 성에는 피를 뿜고 넘어진 군사가 몇 겹씩 덧쌓였다.

부사 송상현은 일이 끝난 줄 알았다. 죽더라도 이 나라의 신하 된 절과 예를 잃지 아니하리라 하여 갑옷 위에 조의를 껴입고 호상에 걸터앉아 싸움을 독려하였다.

이윽고 일대의 일본 군사가 남문 누상으로 침입하여 상현에게 칼을 견주었다. 그 군사들 중에 평조익(平調益)이라는 장수가 있어서 상현을 향하고 달려드는 군사를 제지하여 뒤로 물리고, 상현더러 어서 도망하기를 재촉하였다. 평조익은 대마도주 평조신의 친척으로서 작년에 동래부에 사신의 한 사람으로 와서 송상현의 관대를 받았던 까닭이었다.

그러나 상현은 듣지 아니하였다.

"내가 왕명을 받아 이 성을 지켰거든 죽기 전에 이 자리를 떠나겠느냐."

하였다.

그래도 평조익은 상현의 옷을 끌어 피할 틈을 가리켰다.

상현은 마침내 면하지 못할 줄을 알고 호상에서 내려 북향하고 절한 끝에 부채를 당기어,

'孤城月暈. 列陣高枕. 君臣義重. 父子恩輕.'

(외로운 성이 적에 에워싸였으되, 다른 진들이 본 체 아니하도다. 군신의 의는 무겁고 부자의 은은 가볍도다.)

이렇게 쓰니, 이는 그의 노부 복흥(福興)에게 보내는 결별사다.

평조익도 송상현을 구하지 못할 줄 알고 밖으로 몸을 피하자 다른 군사들이 달려들어 칼로 상현을 위협하고 항복을 청하니, 상현은 오른손에 병부를 잡고 왼손에 구리 인을 잡고 호상에 앉은 대로 움직이지를 아니하였다.

이때에 벌써 성중에는 어디나 붉은 기가 날리고 총소리와 고각 함성도 그쳤다.

"사또, 항복을 하시오. 거역하면 죽을 길밖에 더 있소?"

송상현에게 권하는 것은 울산 군수 이언함이었다. 그는 일본 장수의 복색을 입고 일본 칼을 찼다. 송상현을 대하자 부끄러워 감히 낯을 들지는 못하나 모리휘원의 명령을 거스르지도 못하여 말을 한 것이었다.

"이놈, 역적놈아!"

하고, 상현은 이언함을 보매 눈초리가 찢어질 듯하고 그의 검은 얼굴은 노기로 주홍빛이 되었다.

상현은 병부와 인을 한 손에 걸어 쥐고 한 손으로 칼을 빼어 이언함을 치려하였으나 곁에 있던 일본 군사 히니기 니는 듯이 칼을 들어 송상현의 칼 든 팔을 쳤다. 상현의 팔은 조복 소매와 함께 떨어졌다.

또 한 일본 군사가 상현의 병부와 인을 잡은 팔을 찍으니 상현의 팔은 병부와 인을 꼭 쥔 대로 마루에 떨어졌다. 두 팔을 다 잃은 상현은 오른편 발로 자기의 떨어진 손에 있는 인과 병부를 밟았다. 오른편 발과 왼편 발이 다 떨어지자 상현은 엎드려 인과 병부를 입에 물었다. 그의 목이 잘릴 때에도 그의 입은 병부와 인을 놓지 아니하였다. 병부와 인을 아니 놓는 것은 오늘날로 이르면 국기나 군기를 아니 놓는 것과 같은 일이었다.

이리하여 동래성 남문에서 송상현은 죽었다.

달아나는 이들

1

　상현이 팔과 다리와 목을 잘리어 죽은 뒤를 이어서 부사와 같이 있던 비장 송봉수, 김희수, 향리 송박, 상현을 따라다니던 신여로(申汝櫓) 등도 항복하지 아니하고 주장의 곁에서 같이 죽었다.
　이 일이 끝난 뒤에 적군의 대장 평의지(平義智)와 일본 중으로서 조선에 여러 번 사신으로도 다니고 임란을 통하여 소서행장의 군중을 떠나지 아니한 현소가 와서 송상현을 찾으니 부하가 그 참혹한 여러 시체를 가리키며 이 속에 있다고 하였다.
　"죽기 전에 무슨 말이 없더냐?"
하고 평의지가 물으니 부하가,
　"이것이 이웃 나라의 도리냐? 우리 나라가 너희 나라를 배반한 일이 없거든 네 어찌 우리를 배반하느냐 하더이다."
하고 대답하였다.
　평의지는 송상현의 시체를 수습하여 동문 밖에 장사하게 하고 남편을 따라 죽은 상현의 첩 김섬(金蟾)도 그 곁에 묻게 하였다.
　이렇게 동래성이 함락된 뒤로는 일본군은 거의 아무 저항이 없이 서울을 향하여 올라갔다.
　다대포 첨사 윤흥신이 그 아우 홍제(興悌)와 함께 죽고, 밀양 부사 박진(朴晉)이 동래를 구하러 갔던 길에 황산에서 적군을 막으려 하였으나 소서행장, 송포진신(松浦鎭信) 등의 군사에게 패하여 군관 이대수(李大樹), 김효우(金孝友)와 군사 3백여 명을 잃고 밀양으로 도망하였으나 그것도 지키지 못하여 군기고와 창고를 불사르고 산으로 달아나고, 동래를 버리고 달아난 경상좌도 병마절도사 이각은 동래가 위태하여 운명이 경각에 달린 것을 보고는 소산을 버리고 군사를 끌고 병영으로 달아 돌아와 인마를 발하여 그 사랑하는 첩과 무명 일천 필을 서울 집으로 실려 보낼 때 그것을 반대한다 하여 진무(鎭撫)를 베었다. 밤에 병영 안에 경동이 일어나기를 4,5차례 하였으나 대장인 이각이 그것을 진정하지도 못할뿐더러 새벽을 타서 성을 버리고 달아났다.

이때에 병영에는 13읍의 군사 5만여 명이 모여 있었다. 이각이 달아나려는 것을 보고 안동 관관 안성(安性)이 그 불가함을 책한즉, 그러면 그대는 제장으로 더불어 성을 지키고 그대의 정병을 나에게 달라, 내 나아가 서산에 진을 쳤다가 적이 오거든 내외 협공하자 하였다. 안성이 그 말을 좇았더니 이각이 서문으로 나아가 태화강을 가리키며,

"이놈들아, 적군이 벌써 저기 온 줄을 몰라."

하고 말을 채쳐 달아났다. 안성은 이각이 달아나는 것을 보고 칼을 만지며 분개하였다.

병사의 우후 원응두(元應斗)가 또 성밖에 나가기를 청하는 것을 안성이 소리를 높여,

"내가 이각이놈을 못 벤 것이 한이어든, 네놈도 이각이 놈을 본받아 달아나려느냐."

하니, 응두가 살려 달라고 빌었으나 얼마 아니하여 달아났다. 그 뒤를 따라 장수들과 관리들이 다투어 달아나자, 병영에 모였던 13읍 5만 대군이 한번 싸워 보지도 못하고 흩어지고 말았다.

김해 부사 서예원(徐禮元)이 성을 버리고 달아나고, 초계 군수 이유검(李惟儉)이 달아나고, 경상우도 병마절도사 조대곤(曺大坤)이 영문을 버리고 달아나고, 경상 감사 김수가 군사를 거느리고 진주에 있어서 동래와 부산을 성원하려다가 동래, 부산이 함락되었단 말을 듣고는 군사를 버리고 영산으로 달아나고, 여러 고을들이 이어 함락된다는 소문을 듣고는 영산에서 합천으로 달아나고, 또 합천에서 지례로 달아나고,

그리고도 달아나 온 초계 군수 이유검을 만나서는 성을 버리고 달아난 죄로 유검을 베었다.

경주부는 언양으로 질러온 가등청정(加藤淸正)군에게 포위되어 부윤 윤인(尹仁)은 마침 없었고, 관관 박의(朴毅)와 장기 현감 이수일(李守一)이 싸우지도 아니하고 달아나버렸다.

2

부산 함락의 경보가 서울에 올라온 것은 4월 17일이었다. 이것은 달아나기로 첫째인 경상좌도 수군절도사 박홍이 달아나면서 보낸 장계다.
"부산진에 연기 나고 붉은 기가 찼사오니 아마 적군이 들어온 모양이로소이다."

이 경보를 듣고 왕은 이것이 다 김성일이 일본을 다녀와서 보고를 잘못한 것이라 하여 우선 김성일을 잡아 올리라 하였다. 이때에 김성일은 경상우도 병마절도사가 되어 부임하는 길에 있었다. 그가 정진을 건너 해망원에 이르러서 성을 버리고 도망해 오는 갈린 병사 조대곤을 만나서 인과 병부를 받았다. 그리고 성일이 함안에 이르렀을 때에 나명(拿命)을 받은 것이다.

성일이 갈리고 조대곤이 다시 병사가 되었으나 적군이 온단 말을 듣고 다시 달아났다.

왕은 부산, 동래가 함락되고 적군이 무인지경같이 내지로 들어온단 말을 듣고 심히 놀라 곧 영의정 이산해(李山海), 좌의정 유성룡(柳成龍), 우의정 이양원(李陽元) 등을 불러 방어할 계책을 물었다.

그러나 세 대신은 맥맥히 서로 볼 뿐이었다. 왜 그런고 하면 그들은 다 일본군이 오지 아니한다고 보아 양병을 반대한 자들일 뿐더러 서울에는 군사라야 명색뿐이요, 정말 싸울 만한 것은 없음이었다.

정부 대신과 비변사에서는 빈청에 모여 장계를 올려 이일(李鎰)을 순변사로 삼아 중로(가운데 길)를 지키게 하고, 성응길(成應吉)을 좌방어사로 삼아 좌도로 보내고, 조경(趙儆)을 우방어사로 삼아 서로(서쪽 길)로 보내고, 유극량(劉克良)으로 하여금 죽령을 지키게 하고, 변기(邊璣)로 하여금 조령을 지키게 하고, 변응성(邊應星)으로 경주 부윤을 삼기를 청하였다. 그리고 군사는 없으니까 저마다 모집을 해 가지고 가기로 계책을 세웠다.

그러나 왕은 좌의정 유성룡을 신임함이 자못 두터워 유성룡의 계책을 들어 병조판서 홍여순(洪汝諄)을 갈고 김응남(金應南)으로 대신케 하고, 심충겸(沈忠謙)으로 병조참관을 삼으니, 이는 일국 병마의 권을 유성룡의 손에 잡히자는 것이었다.

그리고 왕은 유성룡으로 도체찰사를 삼아 병마의 최고감독권을 주었다. 유성룡은 병조판서 김응남으로 부체찰사를, 옥에 갇혀 있던 전 의주 목사 김여물(金汝岉)을 특사하여 수원을 삼기를 청하고, 당대 명장으로 누구나 첫 손가락을 곱는 이일을 순변사로 삼아 곧 전장으로 향하게 하였다.

새로 순변사가 된 이일은 곧 발정하려 하였으나 데리고 갈 군사가 없었다. 일병조의 선병안(選兵案)을 들이리 하여 보니, 대부분은 시정(市井), 백정(白丁), 서리(胥吏) 따위로 양반의 자제, 돈 있는 사람의 자제들은 이 핑계 저 핑계로 탈을 하고 빠지려고만 하였다. 이일이 명을 받은 지 3일이 되어도 군사가 모이지 아니하니 하릴없이 이일은 손수 부하를 데리고 먼저 발정하게 하고 별장 유옥(兪沃)으로 하여금 군사를 모집하여 뒤를 따르게 하였다.

이일이 서울을 떠나자 조정에서나 민간에서나 잠시 안심이 되었다. 그것은 이일이 명장이라는 이름을 믿은 것이었다. 그러나 밀양이 함락되었다, 경주가 점령되었다 하는 경보가 연해 오고 종남산 봉수에 세 자루의 봉화가 아니 들리는 날이 없을 때에 서울의 인심은 물끓듯 하였나.

상주와 충주의 싸움

1

도체찰사 유성룡은 신립을 불러서 계책을 물었다. 신립은 이일과 아울러 당대 명장이었다.

"대감은 무신이 아니니까, 쓸 만한 장수를 가리어서 이일의 뒤를 돕게 하시는 것이 양책이지오."

하고 신립은 자기가 나서고 싶은 뜻을 보였다.

"적군을 막을 방략이 있소?"

하고 유성룡이가 묻자, 신립은 자신있는 듯이 웃으며,

"당대 명장 신립이 적군을 못 무찌르면 살아서 돌아오지는 아니하겠소."

하고 장담하였다.

유성룡은 그 뜻을 장하게 여겨 곧 병조판서 김응남과 함께 왕께 뵈옵고 신립으로 도순변사를 삼으시기를 청하였다.

신립은 독자도 기억하시려니와 수군 전폐론자다. 《제승방략(制勝方畧)》이라는 극히 악한 계획을 세우는 데 가장 일을 많이 한 사람이다. 제승방략이라는 것은 일본군과 싸우는 데는 바다에서 막지 말고 육지에 상륙시켜 놓고 싸우자는 것이다. 그 이유는 일본군은 수전에 익으니 수전으로는 당하기 어려운즉 육지에 끌어올려 놓고 우리 편에서 능한 육전으로 싸우자는 데 있다.

이 제승방략이 조정에서 결정되자 의주 목사 김여물은 적을 바다에서 막을 수는 없다 하더라도, 육지에 내리는 길에서도 막지 아니하고 내지로 끌어들여서 싸운다는 것이 무슨 어리석은 소리냐 하고 분개하다가 묘의를 비방하였다는 혐의로 금부에 갇히기까지 하였다.

신립이 도순변사의 명을 받아 길을 떠나려 하여 왕께 하직숙배를 할 때에 왕은,

"경은 무슨 계교로 적군을 막으려 하나뇨?"

하고 물었다. 이에 대하여 신립은,

"염려 없소. 적이 용병할 줄을 모르오."

하고 아뢰었다.

"무엇을 보고 적이 용병할 줄을 모른다 하는가?"

왕의 두 번째 물음에 신립은,

"적군이 부산에 내리는 길로 내지로 들어오기만 힘쓰니, 외로운 군사를 끌고 깊이 들어가서 패하지 아니하는 자가 없소. 이런 것을 모르는 적군이니 두려운 것이 없는 줄로 아뢰오. 소신이 재주 없사와도 불출 순일에 적을 평정하겠사오니 상감, 염려 부리시오."

하고 극히 쉽게 대답하였다.

왕은 못마땅히 여기는 빛으로,

"변협(邊協)이 매양 이르기를 왜가 가장 어렵다 하거든 경의 말이 어찌 그리 쉽느뇨, 삼가라."

하고 손수 보검을 신립에게 주며,

"이일 이하로 명을 좇지 아니하는 자가 있거든 이 검을 쓰라."

하였다.

왕은 신립을 보내고 그의 경솔하고 생각이 깊지 못함을 근심하여 여러 번 변협이 없음을 한탄하였다.

신립은 빈청에 나와 영의정 이산해, 좌의정 유성룡, 우의정 이양원 등에게 하직하고 바로 계하에 내리려 할 때에 웬일인지 신립의 머리에 쓴 사모가 땅에 떨어졌다. 사모를 다시 쓰고 의기양양하게 길을 떠났으나 이것을 본 사람들은 다 불길한 징조나 아닌가 하여 실색하였다.

2

 순변사 이일, 도순변사 신립을 적군이 오는 곳으로 파견한 조정과 서울 백성들은 날마다 첩보(싸움에 이겼다는 기별) 오기만 기다렸다.

 이일은 백 명도 다 못 되는 장졸을 데리고 새재를 넘어 문경을 지나 4월 22일에 경상도 상주목에 도달하였다. 이일이 상주에 온 까닭은 이러하다.

 부산서 서울로 오는 데는 길이 셋이 있으니 이것을 삼로라고 한다. 일찍이 대장 변협이, '胡倭熟知. 三路形勢. 他日之憂. 不可言也.(되와 왜가 세 길 형세를 잘 아니 앞날 근심이 말할 수 없다)'라고 한 '세 길'이란 것이 이것이었다. 과연 일본군은 삼로의 형세를 잘 알아서 군을 셋으로 갈라 제일군은 소서행장(평행장, 평이란 성은 그때 일본 장수는 누구나 일컫는 것이었다)이 주장이 되고, 제이군은 가등청정이 주장이 되고, 제삼군은 흑전장정(黑田長政)이 주장이 되었다. 그래서 이미 아는 바와 같이 제일군인 소서행장의 군사는 4월 13일에 부산에 상륙하여 부산, 동래, 양산, 밀양, 청도를 거쳐 지금 순변사 이일이 막으려는 상주로 향하니 이것이 가운데 길이요, 제이군인 가등청정군은 4월 17일에 부산에 상륙하여 왼편 길로 향하고, 제 삼군인 흑전장정군은 4월 19일에 안골포에 내려 김해를 점령한 것이니 이것이 오른편 길로 향한 것이다.

 가운데 길이라 함은 부산에서 양산, 밀양, 청도, 대구, 인동, 선산을 거쳐 상주, 문경을 지나 새재를 넘어서 서울로 오는 길이요, 왼편 길이라 함은 곧 경상좌도의 길이라는 뜻이니, 부산에서 기장, 경주, 영천, 신령, 의흥을 거쳐 용궁강을 건너 대재를 넘어서 서울로 오는 길이요, 오른편 길이라 함은 주로 경상우도의 길이란 말이니, 김해에서 성주, 무현강을 건너 지례, 김산을 거쳐 추풍령을 넘어 충청도 영동을 지나 서울로 오는 길이다.

 이제 이일은 이 세 길 중의 가운데 길로 적군이 올 것을 예상하고 상주에 온 것이다.

그러나 이일이 상주에 들어온다는 4월 22일에 그를 나와 맞는 이는 오직 상주 판관 권길(權吉)뿐이었다.

"목사는 어디 가고 아니 나왔느냐?"

하고 이일은 판관 권길을 보고 호령하였다.

이일은 기골이 장대하고 얼굴이 희나 눈초리가 위로 찢어지고, 목소리가 커 과연 장수의 위엄이 있었다. 더구나 이날은 영남의 거진인 상주목에 도달하는 날이라 하여 중로인 함창에서부터 갑주에 위의를 갖추어 그 위엄이 만군을 누를 듯하고 수종하는 제장들도 그와 같았다. 판관 권길은 두려움을 보이며,

"사또께서 상사또 지영한다 하옵고 아침 일찍 군사 2백 명을 다 데리고 함창으로 간다 하옵고 떠났소."

하고 아뢰었다.

과연 권길은 영문 장교, 군노 수십 명을 거느렸을 뿐이었다.

"목사가 나를 맞으러 떠났어?"

순변사는 일변 노하고 일변 의심하였다.

"과연 그러하오."

판관 권길은 사실대로 아뢴 것이다.

상주 목사 김해(金澥)는 이일을 맞으러 간다 칭하고 군사 2백 명을 거느리고 상주 서문을 나섰으나 중로에서 군사를 쉬라 하고 김해는 단기로 잠깐 다녀오마 하고는 어디로 가버리고 말았다. 군사들은 목사가 낮이 기울도록 아니 돌아오는 것을 보고는 난을 일으켜 병기를 가진 채 사방으로 흩어져버리고 말았다.

3

"군사는 다 어찌 되었느냐?"

순변사 이일은 더욱 노발이 충관하였다.

"군사 없는 것은 상주만이 아니오. 영남 각읍에 군사라고 있는 것이 더러는 대구로 가옵고, 더러는 상사또 내려오기를 기다리다 못하여 흩어져 산으로 달아나옵고, 어느 고을에 가든지 남은 백성이라고는 늙은이나 병신뿐이오니 상주에 군사 없는 것이 소인의 죄가 아니오."

판관 권길은 굴치 않고 말하였다.

권길의 말은 사실이었다. 진관제(鎭官制)가 폐하고 각읍 군사가 도원수부(都元帥府)에 속하게 된 후로는 도원수부에서 주장이 내려오기 전에는 각읍 군사는 무장지졸이 되어서 움직일 수가 없었던 것이다. 그래서 부산, 동래가 적군에게 함몰되었다는 기별을 듣고 영남 각읍에서는 소속 군사를 혹은 백, 혹은 이백씩 모아 놓고 기다렸으나 십여 일이 되어도 장수는 오지 아니하니 부득이 더러는 대구 감영으로 보내고 나머지는 새로 난 순변사 이일이 오기를 기다리다가 이일이 서울서 군사를 모집하지 못하여 3일을 지체하는 동안에 다 흩어져 피난을 가고 만 것이었다. 그때 군사제도로 말하면 오늘날 징병제도와 같아서 남자로 나서 정년에 달하면 누구나 양반이나 상놈을 물론하고 국족까지도 군사가 되는 제도였지만 2백 년 태평으로 내려오는 동안에 제도가 해이해져서 양반의 자식, 돈 있는 자의 자식은 거짓 병신도 되고 늙은 부모의 외아들로 호적을 고치기도 하여 군사에 빠지고 오직 미천한 사람만이 군사가 되었던 것이다.

비록 권길의 말이 옳지마는 군사가 흩어진 책임을 이일에게 돌리는 것이 괘씸해서 이일은,

"판관을 내어 베어라."

하고 호령을 하였다.

군노들은 판관 권길에게 달려들었다. 권길은 잠깐 할 말이 있다 하고 이일에게,

"소인이 죽기는 아깝지 아니하오마는 소인마저 죽으면 상사또는 군사 한 명 없이 무엇으로 적군을 막으시려오? 소인도 오래 국은을 받았으나 만일을 갚지 못하고 죽는 것이 한이 되오. 오늘 밤만 소인을 살려

두시면 천 명 군사 하나는 모아 보리다. 그러거든 내일 아침에 소인을 죽이셔도 늦지 아니하오."
하였다.
　이일은 권길의 말을 좇지 아니할 수 없었다.
　권길은 이날 밤에 상주의 육방 관속을 총출동 시켜 인근 40리 이내에서 모두 9백 명의 군사를 모집하였다. 군사라야 아무 조련도 받아 보지 못한 농부들이었다. 그래도 그들은 아직도 기운이 다 죽지 아니하여 서울서 큰 장수가 왔단 말을 듣고 모여든 것이다.
　이일은 상주에서 달아나고 남은 기생을 셋이나 한꺼번에 수청을 들여 밤을 새우고 아침 늦게야 벌겋게 된 눈을 가지고 일어났다.
　권길은 새벽부터 대령하고 있다가 이일이 일어나는 것을 보고 곧 9백여 명의 군사 명부를 드렸다.
　낮이 지난 뒤에야 이일은 갑주에 위의를 갖추고 취병장에 나와서 신모군(新募軍)을 검열하고 부하를 시켜 그들에게 활쏘기와 칼쓰기, 창쓰기며, 법대로 진퇴하는 방법을 조련하기를 명령하고, 판관 권길을 불러 이렇게 군사가 있으면서도 미리 모아서 조련하지 아니한 것을 책망하고 공사 태만한 죄로 장 팔십에 처하였다.
　이것이 목사 김해의 책임일지언정 판관 권길의 책임은 아니었다. 이일의 이 처분을 보고 권길 이하로 다 순변사의 밝지 못함을 원망하였다.

4

　권길은 군사를 모집한 것이 도리어 죄가 되어서 장 팔십을 얻어맞았다.
　군사를 조련할 때에도 이일은 군사를 사랑하는 성이 소금도 없고 군사를 대하기를 마치 개 돼지 대하듯하여 한나절 동안에 두 사람이 베임을 당하고 매를 맞은 군사를 수효를 몰랐다. 마치 장난삼아 사람을 죽이고 때리는 듯하였다.

군사를 조련하여 날이 거의 석양이 된 때에 개령 사람 하나가 달려와서 일본 군사가 선산을 점령하였다는 기별을 전하였다.

이 말을 들은 이일은 그 개령 사람을 불러서 앞에 세우고,

"네 이놈, 죽일 놈! 14일에 일본 군사가 동래에 왔다 하거든 아무리 빨리 오기로 청도, 경산, 대구, 인동은 다 어찌하고 벌써 선산에를 온단 말이냐. 이놈, 헛소문을 내어서 인심을 소동하는 놈이다."

하고 곧 목을 베어 효시하라고 명하였다.

개령 백성은 적군이 선산에 들어온 것을 보고 그래도 이 기별을 하루라도 속히 순변사에게 알리고자 하여 허위단심으로 와서 고한 것인데 도리어 죄가 되어서 목을 잃게 되었다. 그는 땅에 엎드려 이일을 향하여,

"소인이 추호인들 거짓 말씀을 아뢸 리가 있소. 하루 동안 소인을 살려 두셨다가 만일 내일 안으로 일본 군사가 상주에 들어오지를 아니하거든 그때 죽여 주시오."

하였다.

이일은 웃고 그 개령 백성을 내려 가두라 하였다.

이튿날 상주 관관 권길이 새로 모집한 군사 9백여 명은 쥐와 좀이 먹다가 남겨 놓은 낡은 군복을 입고 머리에는 퍼런 수건을 동이고 전통을 메고 활을 들고, 칼 차는 자는 칼을 차고, 창 드는 자는 창을 들고 그래도 제법 군사답게 차리고, 그중 경군과 토군 합하여 한 3백명 가량은 말을 타서 마병이 되었다.

이일은 이날 25일 늦게 일어나서 갑주에 순변사의 위의를 갖추고 부하를 거느리고 백달마에 높이 앉아 북문 밖 천변에서 9백 명 군사를 벌여서 책에 있는 대로 진법을 연습하였다. 종사관 윤섬(尹暹), 박호(朴虎), 매맞는 관관 권길 등이 뒤에 옹위하여 서고, 이일은 큰 영기(令旗) 밑에 말을 세우고 의기양양하게 군사들을 검열하였다.

검열이 끝난 뒤에 어제 저녁에 잡아 가두었던 개령 백성을 잡아내어

목을 베어 높이 매달아 다시 적군이 온단 말로 민심을 소란케 하지 못하도록 경계하였다.

 아직도 개령 백성의 모가지에서 흐르는 피가 굳기도 전에 웬 검은 옷 입은 사람 두엇이 북천이라는 냇가 수풀 속에서 이쪽을 엿보고 달아나는 것을 군사들도 보고 이일의 막하도 보고, 그것이 일본 군사의 척후인 줄도 짐작하였으나 아무도 감히 말하지 못하고 있었다.

 이윽고 상주성 중에 연기 기둥이 일어나고 뒤이어 화광이 나자, 그제야 이일도 의심이 나서 군관 하나를 시켜 가서 성중의 모양을 알아보라고 하였다.

 군관이 말을 달려 북문을 향하고 가기를 얼마하여 북천내 굽이를 건너는 다리에 다다랐을 때에 총소리 콩볶듯 일어나며 군관이 말에서 떨어지더니 다리 밑에서 일본 군사 한 명이 뛰어나와 군관의 목을 잘라 가지고 들어가 버린다.

 이것을 보고야 비로소 이일도 개령 백성의 말이 옳은 줄 알고 놀랐으나 벌써 손 쓸 새도 없이 수없는 일본 군사가 고함을 치고 조총을 난사하며 엄습해왔다.

5

 일본군은 선봉대로 조총대 수십 명으로 하여금 관군의 전열을 엄습하게 하고 진을 좌우익으로 나누어 관군을 포위할 형세를 보였다.

 이일은 곧 영을 내려 군사로 하여금 활을 쏘게 하였으나 한두 나절밖에 활쏘기를 배우지 못한 군사들의 화살은 멀리도 가지 못하고 겨냥한 대로도 가지 못하고 함부로 날았다. 이것을 본 일본 군사들은 이게 웬 떡이냐 하는 듯이 조총을 놓으며 몰려 들어왔다. 그래서 앞줄에서 싸우던 군사 수십 명이 순식간에 총을 맞아 넘어졌다.

 순변사 이일은 이 모양을 보고 말을 채쳐 뒤로 달렸다.

 "사또, 어디로 가시오?"

하고 윤섬, 박호 등이 따라서자 이일은 뒤도 돌아볼 사이 없이,
"자네들도 따라오게, 따라와."
그 좋은 백달마의 강철 같은 말굽으로 안개같이 먼지를 찼다.
"이놈, 이일아!"
윤섬이 이일의 등을 향하여 소리를 질렀다.
"네놈이 받은 국은이 망극하거든 이제 싸우지도 않고 달아나면 무슨 면목으로 돌아가 주상께 뵈오려느냐. 남아가 이때를 당하여 한 번 죽으면 그만이지 도망이 말이 되느냐, 다들 나를 따르라."
하고 말을 채쳐 적군을 향하여 달려갔다. 군사들 중에는 윤섬을 따라서는 이도 있었으나 하늘같이 믿었던 대장 이일이 달아나는 것을 보고는 대부분이 활과 칼을 던지고 달아났다. 윤섬도 죽고, 관관 권길도 죽고, 변기의 종사관 이경(李慶)도 싸워 죽었다.

일본 군사들이 이일의 뒤를 따르자 이일이 황급하여 자기가 이일인 것을 숨기기 위하여 마상에 앉은 대로 갑주를 벗어 버리고 나중에는 탔던 말까지도 내어버리고, 그래도 급하게 되니 입었던 옷을 벗고 촌가의 바자에 빨아 널었던 헌 잠방이 하나를 훔쳐 입고 머리를 풀어 산발을 하고 엎어지며 자빠지며 산속, 수풀 속으로 도망하여 밤중에 새재를 넘어 이튿날 아침에 충주로 들어가 도순변사 신립의 진에 들었다.

이때에 도순변사 신립은 여러 도 병마 3천여를 거느리고 호기 당당하게 충주로 내려와 충주성 북 단월역에 진을 치고 있었다.

이일과 변기가 패하여 도망해 온 것은 선봉을 삼아 공을 세워 죄를 속하기로 하고, 그 밖에도 종사관 전 의주 목사 김여물, 조방장 충주 목사 이종장(李宗張) 등 여러 장수가 있었다.

일본군이 금명간에 조령을 넘어 온다 하면 어떻게 막을까 하는 데 대하여 두 가지로 의론이 갈렸다. 하나는 도순변사 신립의 주장인데, 일본 군사가 조령을 넘어 충주 평야에 들어오기를 기다려서 기병으로 이를 깨뜨리면 반드시 이기리라는 것이요, 또 하나는 종사관 김여물, 조방장 이종장 등의 주장인데, 관군은 적고 적군은 많은즉, 마땅히 새재

를 지켜 군사를 수풀 속에 숨기고 깃발과 연기를 많이 보여 적으로 하여금 관군이 얼마나 되는지를 의심하게 하자는 것이었다. 그래서 신립은 김여물과 이종장 등 수뇌부를 데리고 새재의 형세를 살피기까지 하였으나 자기의 주장을 고집하여 새재를 버리고 단월역에 본진을 두고 적군이 충주 평야에 들어오기를 기다려서 싸우기로 하였다. 주장이 하는 일이니 김여물이나 이종장도 어찌할 수가 없었다.

6

김여물은 다시 신립을 보고,
"적은 군사로 많은 군사를 대적하는 비결은 험액에 웅거하는 것이니, 적은 군사로 평야에서 많은 군사를 만나는 것은 만무일리오. 만일 새재의 험액을 이용하지 아니할진대 차라리 물러가 한강을 의지하여 서울을 지키는 것이 옳을까 하오."
하고 진언하였다. 그러나 신립은 자부심이 많고 고집이 세어 김여물의 말을 듣지 아니하고 다만,
"영감은 염려마오. 적군은 내가 당하리다."
하고 호언하였다.
김여물은 신립의 어리석음을 보고 분개하여 반드시 패하여 돌아가지 못할 줄을 알고 그 아들 유(瀏)에게 이러한 편지를 썼다.
'三道徵兵. 無一人至者. 吾輩只張空拳. 男兒死國. 固有所也. 但國恥未雪. 壯志成灰. 仰天噓氣而已.'
(삼도에 군사를 불러도 한 사람도 오지 아니하는도다. 우리는 다만 빈 주먹만 들었으니 사나이 나라 위해 죽음이 원래 할 일이어니와 오직 나라의 부끄러움을 씻지 못하고 장한 뜻이 재를 이루니 하늘을 우러러 한숨쉴 뿐이로다.)
충주를 막아내느냐, 못 막아내느냐 하는 문제는 곧 적군을 서울에 들이느냐, 아니 들이느냐 하는 문제다. 상주가 무너지고 적군을 새재로

넘겨 충주를 그 손에 맡길진대 적군은 한걸음에 한강을 엄습할 것으로 보아야 하기 때문이다.

서울서는 이일과 신립을 떠나보내고 얼마쯤 믿기는 하였으나 그래도 마음을 놓을 수는 없었다. 그래서 조정에서는 매일 대관들이 모여서 적군을 막을 방략을 토의하였다. 혹은 두꺼운 철로 전신갑(전신을 싸는 갑옷)을 만들어 군사에게 입혀 총을 막자 하였으나 실지로 만들어 놓고 보니 무거워서 몸을 운신할 수가 없어 버리고, 또 혹은 한강에 높게 책을 만들어 적군을 막자는 의견을 내는 자도 있었으나 그것도 총을 막지 못하리라 하여 파의하고 말았다. 이 모양으로 저마다 묘책을 내노라 하였으나 쓸 만한 것은 없었다.

그러는 동안에 27일 석양에야 순변사 이일이 상주에서 패하여 달아나고 상주는 적군의 손에 들어갔다는 신립의 장계가 올라왔다.

이 기별을 들은 왕은 용상에서 발을 굴렀다.

"이 일을 어찌한단 말이냐!"

왕은 자못 황겁하였다.

이때에 도승지 이항복이 가만히 좌의정 유성룡의 곁으로 가서 왼편 손바닥을 내어보였다. 거기에는,

'立馬永康門內'라고 써 있었다. '말을 영강문 안에 세웠다'는 말이니 왕을 모시고 달아나자는 뜻이다.

유성룡도 그 밖에 길이 없을 것을 생각하고 이항복이 말하는 뜻을 귓속으로 왕께 아뢰었다. 왕은 차마 먼저 달아날 말을 내지 못하던 터이라 곧 유성룡의 말대로 하기로 결심하고 수상 이산해에게 말한즉, 이산해도 그럴까 하오 하는 뜻으로 대답하였다. 그리고 곧 메투리, 은금, 반찬, 보교, 걸음 잘 걷는 교군꾼 등 달아나기에 필요한 물건을 사들이기를 명하였다. 대궐문으로 메투리 짐, 유삼, 보교 같은 물건이 들어가는 것을 본 종친들과 일반 인민들은 대궐 문밖에 모여 통곡하였다.

"서울을 버리지 마오."

몽 진

1

　대궐 앞에 수만의 군중이 모여,
　"우리를 버리고 어디로 가오."
하고 아우성을 치고 종친과 대관들 중에도 궐문 밖에서 통곡하는 이가 있었다. 이때에 영부사 김귀영(金貴榮, 일찍 이순신에게 서녀를 첩으로 주려던 병조판서)이 왕께 뵈옵고,
　"대가가 서울을 떠나시다니 안 될 말씀이오. 종사가 서울에 있으니 죽기로써 지킴이 가하오."
하여 분개한 눈으로 이산해, 유성룡의 무리를 노려보았다.
　왕도 감동하여,
　"종사가 이곳에 있거든 내가 어디로 가랴!"
하고 서울을 떠나지 아니할 것을 단언하였다. 그리고 우의정 이양원으로 수성대장을 삼고 이진(李戩)으로 좌위장을 하고, 변언수(邊彦琇)로 우위장을 삼고, 박충간(朴忠侃)으로 한성 순검사를 하여 한성의 성첩을 수리케 하고 김명원(金明元)으로 도원수를 삼아 한강을 지키게 하였다.
　그러나 한성의 성첩이 3만여 개인데 이것을 지킬 군사는 7천 명밖에 못 되고 그것도 모두 오합지졸이어서 틈만 있으면 달아나려고 하였다. 관리들도 달아나고 군사들도 달아나고, 낮 동안에 처자와 가산을 문밖에 내다 감추었다가 해가 넘어가면 슬몃슬몃 빠져서 혹은 모악재를 넘고, 혹은 무넘이를 넘어 서도와 북도로 피난의 길로 달아났다. 전 이조 판서 유홍(兪泓)은,

"메투리가 궁중에 소용이 없고 은금이 적을 막는 병기가 아니니 이런 것을 궁중에 사들여 도망할 차비를 하는 것은 망국지본이니, 모로미 굳게 도성을 지켜 군신이 죽기를 같이 하소서."
하고 큰소리를 하면서도 그 가족은 남보다 먼저 피난을 시켰다.
4월 29일 저녁에 해가 뉘엿뉘엿 인왕산으로 넘어갈 때에 동대문으로 전립 쓴 사람 셋이 말을 달려 들어왔다.
"옳다, 신 장군한테서 첩보 가지고 오는 군관이다!"
하고 백성들이 길에 나아가 물었다.
"우리는 신 도순변 사또의 군관이려니, 사또는 이제 충주 탄금대에서 싸워 돌아가고 군사들도 거진 다 죽고, 살아 남은 군사들은 도망해 버리고 우리도 가까스로 몸을 빼어 안집 사람을 피난이나 시키려고 돌아오는 길이오."
이 말은 순식간에 장안으로 퍼졌다.
왕은 충주의 패보를 듣고 통곡하였다. 그리고 버선발로 동상(東廂)에 나와 제신을 불러 계교를 물었다.
영의정 이산해가 여쭈오되,
"사세가 이러하오니 거가가 잠시 평양에 행하심이 옳을까 하오."
하였다.
도승지 이항복이 여쭈오되,
"이때를 당하여 서편으로 명나라에 향하여 회복을 도모할 수밖에 없소."
하였다.
다른 사람들은 다만 입을 다물고 있을 뿐이었다. 그들에게도 도망하는 것밖에 수가 없던 것이다.
이때에 장령 권협(權悏)이 긴급히 복주할 말이 있다 하여 왕께 뵈옵고 바로 왕의 앞으로 가서 크게 소리를 질러,
"상감, 못 가시오. 한성을 지켜야 하오!"
하고 이마를 땅에 조아렸다.

유성룡이 손을 들어 권협에게 물러가라는 뜻을 표하나 권협은,
"대감도 그런 소리를 하오? 그러면 한성을 버린단 말요?"
하고 더욱 분개하였다. 성룡은,
"협의 말이 심히 충성되오나 사세가 안 그럴 수 없소."
하고 왕을 재촉하였다.
　권협은 머리를 섬돌에 두드려 피를 내며 통곡하나 조정은 듣지 아니 하였다.

2

　유성룡은 왕께,
"세자궁만 대가를 배행하옵고 다른 제 왕자는 각도로 파견하시와 근왕의 사를 모으도록 하시오."
하고 아뢰니, 왕은 그 말대로 임해군(臨海君)을 함경도로, 순화군(順和君)을 강원도로 가라 분부하고 유성룡더러,
"경은 유도대장이 되어 한성을 지키라."
하였다. 이에 대하여 도승지 이항복이,
"좌상으로 유도대장을 하심은 옳지 아니하오. 서편으로 가시기를 마지 아니하시면 압록강 하나를 건너면 명나라이오니 오늘날 정신 중에 수작 응변할 만한 재주로는 오직 좌상이 있을 뿐이온즉, 좌상으로 하여금 한성을 지키게 하시오면 다만 패군지장이 될 뿐이오나 대가를 호송케 하오면 반드시 크게 쓸 곳이 있으리이다."
하였다.
　왕은 항복의 말을 옳게 여겨서 우의정 이양원을 유도대장으로 삼아 서울을 지키게 하고 좌의정 유성룡을 호종시키기로 하였다.
　밤은 점점 깊어가고 빗소리는 더욱 높아갔다. 촛불이 끄물거리는 속에 궁중에서는 피난 길을 차리느라고 왔다갔다 하는 사람들의 그림자가 오락가락하였다.

내의(內醫) 조영선(趙英璇), 서리 신덕린(申德麟) 등 십여 명이 혼문(閽門)을 두드리며 한성을 버리지 말라고 소리를 질렀다.

밤은 삼경이 되었으나 경고(시각을 알리는 북)를 치는 군사까지 다 도망해 버리고 대궐을 지켜야 할 자, 영문 금문도 다 흩어져 버리고 말았다.

왕은 병조판서 김응남에게 표신(標信)을 주어 위사(衛士)를 소집하라 하였으나 한 사람도 이에 응하는 사람이 없고, 심지어 종친, 대관 중에서도 온가단다 말 없이 슬몃슬몃 빠져나가는 자가 많아서 왕의 좌우는 밤이 깊을수록 적막하게 되었다.

이때에 상주에서 패하여 충주로 달아나고 충주에서도 탄금대 싸움에 패하여 신립, 김여물 등이 다 죽는 속에서 용하게 도망하여 강을 건너 목숨을 보존한 순변사 이일의 장계가 왔다.

충주 패전의 전말을 기록하고,

"적군이 금명 간에 한성을 범하리이다."

하는 것으로 끝을 맺은 것이다.

이 장계를 읽고는 왕 이하 제신들은 일제히 통곡하였다. 이제는 일각도 더 주저할 수 없다고 하여 왕은 창황히 군복을 입고 말에 오르고 세자 광해군과 넷째 왕자 신성군(信城君), 다섯째 왕자 정원군(定遠君)이 뒤를 따라 광화문을 나서니 밤은 사경인데 그믐날인 데다가 날이 흐리고 비가 퍼부어 지척을 분별할 수가 없었다.

왕비 박씨는 상궁 두어 사람을 데리고 걸어서 인화문을 나섰다. 도승지 이항복이 촛불을 소매로 가리워 겨우 길을 찾았다. 궁녀들과 비첩들은 백삼으로 머리를 싸고 비를 맞으며 뒤를 따랐다. 엎어지며 자빠지며 한 떼 사람들이 지나갈 때 경복궁 앞에서 서대문에 이르기까지 좌우 길가에서는 곡성이 진동하였다. 왕이 서대문을 나선 때에는 왕을 따르는 자는 영의정 이산해, 좌의정 유성룡 이하 백여 명에 불과하였다.

왕이 달아난 뒤에 백성들은 장예원(掌隷院)과 형조(刑曹)를 불사르고 다음에는 내탕고에 들어가 재물을 끌어내고는 경복궁과 창덕궁, 창

경궁을 불살랐다. 장예원은 공사 노비의 문서가 있는 곳이요, 형조는 귀족들이 뭇 백성을 행학하던 곳이다. 백성들은 적군이 오거나 말거나 우선 이것부터 살라버린 것이다.

이 모양으로 왕은 제신(나라를 망하게 한 무리)들을 이끌고 서울을 버리고 도망하였다. 중로에서도, 혹은 함경도로 가자 하고 혹(이항복)은 명나라로 달아나 의탁하자고 하였다. 유성룡, 윤두수는 이항복의 말을 반대하여,

"왕이 한걸음이라도 조선을 떠나신다면 조선은 벌써 우리 것이 아니오."

하였다. 그러나 왕은,

"명나라에 들어가 붙는 것은 원래 내 뜻이라."

하고 버티었다.

29일 회의

1

왕이 서울을 버리고 달아난 4월 29일 밤, 전라좌도 수군절도사 이순신은 부하 제장을 파리강이라는 높은 정자에 모았다. 여기 출석한 장수는,

　수사 우후 이몽귀(李夢龜)
　순천 부사 권준(權俊)
　방답 첨사 이순신(李純信)
　낙안 군수 신호(申浩)
　흥양 현감 배흥립(裵興立)
　광양 현감 어영담(魚泳潭)
　보성 군수 김득광(金得光)
　녹도 만호 정운(鄭運)
　훈련 봉사 나대용(羅大用)
　사도 첨사 김완(金浣)
　여도 권관 김인영(金仁英)
　좌수영 군관급제 최대성(崔大成)
　좌수영 군관급제 배응록(裵應祿)
　좌수영 군관 이언량(李彦良)
　좌수영 진무 이언호(李彦浩)
　군관 송한련(宋漢連)
　군관 송희립(宋希立) 등 17명이었다.

수사 이순신이 정면 호상(교의)에 좌정하고 제장이 관등에 따라 차례로 좌우에 늘어 앉았다.

이순신이 이 회의를 모은 것은 경상우도 수군절도사 원균의 청병장을 받은 까닭이었다. 이순신은 부산, 동래 함락의 경보를 들은 이래로 부하 제장을 좌수영에 모아 서울에서 무슨 명령이 내리기를 기다리고 있던 것이다. 곧 강구대변(江口待變)이란 것이다. 그러나 독자가 이미 아시다시피 서울에서는 일찍 수군이란 것을 염두에도 두어본 일이 없고, 오직 신립과 이일, 두 사람만 믿고 있다가 이일이 상주에서 패하여 달아나고 신립이 충주에서 패하여 죽으니, 그만 서울을 버리고 비오는 밤중에 울며불며, 엎어지며 자빠지며 임진강 서쪽으로 도망해버리고 만 것이다. 이순신이 4월 16일 이래로 거의 날마다 올리는 장계도 조정이라는 곳에서는 휴지통에 들어갈 뿐이었다.

이래서 강구대변을 하고 있은 지 반 달이 넘어도 조정이라는 곳에서는 아무 명령이 없어서 헛되이 세월을 보낼 때에 원균의 청병장을 가지고 율포 만호 이영남(李英男)이 이순신에게로 온 것이다.

이영남의 보고에 의하면, 경상 우수사 원균은 바다에 뜬 조선 사람의 어선을 보고 적군이 오는 줄 알고 황겁하여 전선 2백여 척과 많은 병기, 군량을 물에 다 버리고 수군 만여 명을 흩어 버린 뒤 자기 혼자 배 한 척을 타고 옥포 만호 이운룡(李雲龍), 영등포 만호 우치적(禹致績)을 데리고 도망하여 남해현 앞바다까지 와서는 육지로 올라가 도망하려 하는 것을 옥포 만호 이운룡이,

"달아나다니 안 될 말이오. 사또가 나라의 중한 부탁을 받았으니 죽더라도 맡은 지경 안에서 죽을 것이지 육지에 올라 도망하다니 말이 되오. 이곳은 전라, 충청도로 가는 인후니 이곳을 잃으면 양호(兩湖)가 위태할 것이오. 이제 경상우도 군사를 다 잃었지마는 아직도 모으려면 모을 것이오. 또 전라도 수군을 청병해 올 수도 있는 것이니 사또가 육지에 올라 도망하는 것은 옳지 아니하오."

하고 굳세게 주장하는 통에 원균은 이운룡이 무서워 달아나지도 못하

고 그의 말대로 율포 만호 이영남을 이순신에게로 보낸 것이다.

　이순신은 원균의 청병장을 받아 그것을 토의할 양으로 이렇게 군사 회의를 모은 것이다. 나아가자는 명령 하나면 그만일 듯도 하지마는 이때 인심이 모두 나아가 싸우기를 싫어하는 때이므로 이순신은 부하 제장 자신들로 하여금 나아가 싸우자는 여론을 일으키게 하자는 계교였다.

2

　모인 사람들은 모두 얼굴에 긴장한 빛을 띠었다. 이번 모임이 결코 범상한 모임이 아닐 것이다. 반드시 무슨 큰 결정을 짓고야 말 것이라고 모두 생각하고 있었다.

　"다들 모였는가?"

　이순신이 입을 열었다. 방안에는 큰 촛불 십여 자루를 켜 놓아서 낮같이 밝았다. 좌수영 시민들은 오늘 밤 파리강 정자에 무슨 일이 있는가 하고 우러러보았다.

　파리강은 전시가에서 다 바라볼 수 있는 높은 곳이다. 이곳은 한문 좋아하는 놈들이 고소대(姑蘇臺)라고도 부르는 곳인데 큰 누가 있어서 수사들의 놀이터가 되어 왔으나 이순신이 수사로 온 뒤에는 한번도 이곳에서 풍악을 잡히고 놀아 본 일이 없었던 것이다. 그러하기 때문에 오늘 밤 파리강의 모임이 수상하게 보였던 것이다.

　파리강은 높은 봉우리라고 할 만한 곳이어서 좌수영 앞바다가 마치 대청에 앉아서 안마당을 내다보는 모양으로 내려다볼 수가 있고, 그뿐더러 대섬을 넘어 방답진(防踏鎭) 뒷바다와 소북개 목을 나서서 남해와 일본으로 통하는 큰 바다도 바라볼 수가 있었다. 그리고 이 정자 주위에는 도무지 인가가 없어서 아무리 비밀한 의논을 하더라도 말이 샐 데가 없었다.

　이날 밤에 수사는 모든 병선을 굴강 밖에 끌어내어서 남해로 향하는 물목인 쇠북개를 향하여 일렬로 장사진을 치게 하고 배 위에는 등불을 많이 켜 달아서 배 위에 세운 기치와 창검이 환하게 비치도록 하였다.

파리강의 누상에 앉아서 이 광경을 내려다보면, 그 장관이 비길 데가 없고 누구든지 한번 팔을 뽐낼 만하였다.

"다들 모였나보오."

우후 이몽귀가 출석한 사람을 점검한 뒤에 아뢰었다.

"제장을 이리로 모은 것은 다름이 아니오."

이순신은 긴 수염을 내려 쓸며 입을 열었다.

"경상우도 수군절도사 원균 영공으로부터 본영에 청병장이 왔소. 여기 앉은 율포 만호가 이를 위해 왔는데 경상우도 수군은 몰수 함몰하고 수사는 배 한 척을 남겨 지금 남해현 앞바다에 피해 와 있고, 부산으로부터 남해 저편에 이르는 바다는 모두 적군의 천지라 하니, 어찌하면 좋겠소? 일이 대단 중대하니 난상공의하기를 바라오."

하고 이순신은 눈을 들어 한 번 만좌를 둘러보았다.

수사의 말을 들은 일동은 마치 숨까지도 전혀 막힌 듯하였다. 서로 바라볼 뿐, 아무 말이 없었다. 난리가 가까워 오는 줄을 생각하지 않음이 아니었으나 큰 대적이 바로 발뿌리에 왔다는 기별을 듣고는 마음이 편할 도리가 없었다.

"사또께 아뢰오."

하고 일어선, 선장이 6척이 넘고 목소리 크고 얼굴 검은 장수는 녹도 만호 정운이었다.

"적이 문안에 들었거든 생각이 무슨 생각이오. 다행히 지금 바람이 서남풍이니 이 밤을 타서 본영에 있는 병선을 몰고 달려가 구원하는 것이 옳을 듯하오."

정운의 어성은 자못 비분강개하였다.

"정 만호의 말이 옳은 줄로 아오."

하고 나서는 이는 광양 현감 어영담이었다.

"아니, 그것이 그렇지 아니하오."

하고 나서는 이는 순천 부사 권준이었다.

3

순천 부사 권준은 낯빛이 희고 몸이 뚱뚱하고 귀인다운 풍도가 있어서 천생 뱃사공같이 생긴 광양 현감 어영담과는 딴 종류의 사람인 듯하였다.
"그렇지 못한 연유가 있소. 첫째로 경상 좌우도 수군은 전국 다른 각도 수군을 합한 것보다도 많소. 그런데 경상 좌우도 수군을 가지고도 한 번 싸워 보지도 못하고 함몰이 되었거든 우리 전라좌도의 고단한 형세를 가지고 간다 하더라도 승산이 만무하니 승산 없는 싸움을 하는 것은 어리석은 일일뿐더러 한갓 세상의 치소만 받을 것이오. 그뿐 아니라 우리 호남이 가만히 지경을 지키고만 있으면 적군도 우리의 실력을 헤아릴 길이 없어서 용이하게 호남을 침범할 생각을 두지 못하려니와 만일 섣불리 덤비다가는 도리어 적의 침노를 쉽게 받을 것이오. 그러니까 가만히 지경을 지키는 것이 상책이겠고, 또 아직 조정에서 아무런 분부가 없으니, 분부 없이 동병하는 것은 법이 금하는 바요. 어느 모로 보든지 경상 우수사의 청병을 듣는 것은 옳지 아니한가 하오."
자기의 웅변에 취한 권준은 찬성을 구하는 듯 만좌를 둘러보았다.
여러 수령들은 거의 순천 부사의 말에 찬성인 듯이 고개를 끄덕끄덕하여 부사의 눈에 대답하였다.
잠시 말이 없었다.
서울에서 도망하는 왕에게 뿌리는 비는 천리나 떨어진 좌수영에도 뿌렸다. 이때 정히 서울 대궐 안에서는 울고불고 도망할 의론이 한창이었다.
"아니오!"
한편에서 우렁찬 목소리가 났다. 보니, 그는 본영 군관 송희립이었다. 희립은 나이 오십이나 된 사람으로 지체가 낮기 때문에 일생에 벼슬은 올라가지 못하였으나 충심은 가시지 아니하여 매양 흉중에 불평을 품은 사람이다. 이마에는 뜻과 같이 되지 아니하는 인생의 풍파에 부대낀 자국이 역력히 새겨져 있었다. 키가 크고 이마와 관골이 내밀어서 그 범상치 아니한 기우가 녹도 만호 정운과 방불하였다. 희립은 앞가슴을 떡 버티고 성긋성긋한 수염을 숭글거리면서,

"순천 영감의 말이 옳지 아니하오."

하고 첫마디로 순천 부사 권준의 말에 반대하는 단정을 내렸다.

순천 부사는 그것이 일개 군관인 송희립인 것을 보고, 크게 욕을 보는 듯하는 분노를 깨달았다.

"제까짓 놈이 괘씸하게."

하고 권준은 희립을 노려보았으나 희립은 그런 것은 본 체도 아니하고 이렇게 말하였다.

"옳지 아니한 연유를 아뢰리다. 영남이나 호남이나 한가지로 우리나라 땅이니 우리가 나라를 지키는 사람이 되어 영남이 적군의 손에 들었다 하거든 가만히 앉았을 수 없음이 하나요, 또 호남을 지킨다 하나 영남과 호남이 실낱 같은 바다 하나, 강 하나로 접하였으니 영남을 지키지 못하고 호남을 지키려 함은 마치 문을 지키지 못하고 방을 지키려 함이나 다름이 없음이 둘이요, 또 조정의 분부가 없으시다 하거니와 지금 중로에 적병이 편만하여 서울 길이 어찌된 지 알 수 없으며, 또 조정에 찬 무리가 모두 당파 싸움과 제 세력만 아는 무리들이올뿐더러 또 수군 알기를 없는 듯이 하옵고, 또 설사 조정의 분부가 안 계시다 하더라도 적병이 당전하면 선참 후계하는 것이 병가의 법인가 하오. 용병지법이 신속함으로써 귀감을 삼는 것이니 사또께서는 아까 녹도 말씀대로 이밤으로 행선하시도록 분부 계시기를 바라오."

4

송희립의 말은 듣는 사람들에게 큰 감동을 주었다. 그 말은 나라에

대한 붉은 충성과 불타는 듯한 열정을 품었다. 그러나 좌중의 수령, 군관 중에는 일본군이 무섭다는 생각에 겁을 집어먹은 사람이 많았다. 나아가 싸워서 죽기는 싫은 사람들이었다.

수사는 나아가 싸우자는 말과 가만히 지키자는 말에 대하여 용이히 어느 편으로도 기울어지는 양을 보이지 아니하였다. 그는 마치 구리로 만들어 놓은 사람 모양으로 태연 부동하고 가만히 여러 사람들의 말을 듣고 그들의 낯빛을 살피었다.

순천 부사 권준, 우후 이몽귀를 중심으로 지키자는 파와, 녹도 만호 정운과 군관 송희립을 중심으로 나아가 싸우자는 파가 대립하여 서로 자기 편으로 수사의 마음을 끌려고 격렬하게 논전하였다.

이러는 동안에 밤은 점점 깊어가고 비오는 소리는 더욱 커졌다. 초가 거의 다 닳아서 관노들이 다른 초를 준비하였다.

"이란격석(以卵擊石)이오. 닭의 알로 바위를 때리면 부서질 것은 닭의 알밖에 없소."

"적병이 횡행하여 나라가 위태하거든, 나아가 싸울 뿐이지 다시 무슨 말이 있으랴."

"지키자!"

"나가자!"

하며 용이하게 의론이 결정되지 아니할 때에 녹도 만호 정운이 자리를 차고 일어나며,

"사또, 소인 물러가오."

하고 칼자루를 둘러 잡고 자리에서 걸어가려 하였다.

"녹도, 어디로 가오?"

이순신이 불렀다.

"소인은 녹도로 돌아가오. 적병이 문전에 임한 이때에 밤이 새도록 말만 하고 있는 이런 자리는 소인 같은 사람이 있을 곳이 아니오. 소인 가오."

하고 활개를 치며 계하로 내려서려 하였다.

"녹도, 잠깐 들라 하여라."

수사 이순신은 통인을 시켜 녹도 만호를 불렀다.

정운이 통인에게 소매를 붙들려 도로 계상으로 올라 설 때에 순신은 자리에서 일어나 몸소 마주 가서 정운의 손을 붙들며,

"녹도, 이리 앉으오. 내가 지금까지 기다린 것은 그 말을 들으려던 것이오."

하고 정운을 자리에 앉혔다.

우후 이몽귀, 순천 부사 권준 이하로 모든 사람들은 다 긴장하였다. 그리고 그들의 눈은 일제히 정운과 수사에게로 쏠렸다.

이순신은 다시 대장의 자리에 좌정하고 허리에 찼던 큰 칼을 빼어들었다. 그 칼이 집에서 나와 공중에 들릴 때에 긴 무지개 한 줄기가 일어났다.

'三尺誓天. 山河動色.(칼을 들어 하늘에 맹세하니 뫼와 물이 두려움을 보이도다)' 하는 명을 가진 칼이다.

손에 긴 칼이 들릴 때에 순신의 두 눈에서도 불길을 뿜었다. 순신은 한 번 칼을 두르고 목소리를 가다듬어,

"싸우자. 제장은 각각 나아갈 차비를 하라! 영을 어기는 자는 이 칼로 베리라. 오월 초사흗날 밤 물이 들기까지 소속 병선과 군사와 병기를 정돈하여 가지고 본영 앞바다에 모여서 청령하라! 시기를 어기면 군법 시행하리라."

하고 명령을 내렸다. 순신의 낯빛과 목소리는 엄숙과 힘 그것이었다.

좌중은 고요하였다. 그 엄숙한 광경에 사람들의 몸에는 소름이 끼치고 머리카락은 쭈볏쭈볏 하늘을 가리켰다. 몇 수령은 무릎과 이빨이 딱딱 마주쳤다. 일동은 일어나 칼을 들어 맹세하고 차례로 군령판에 이름을 두었다.

출 발

1

　순신은 미리 예비하였던 술과 고기를 올리라 하여 손수 잔을 들어 제장을 이받았다(잔치를 열어 음식을 대접함). 처음에는 나아가기를 원치 아니하던 장수들도 모두 감격하여 나아가 죽기로써 싸우기를 맹세하였다.
　5월 초하룻날 경오. 병선이 전양(앞바다)에 모였다. 이때 날은 흐리나 비는 오지 아니하고 남풍이 대단하게 불었다. 순신은 진해루(鎭海樓)에 올라 방답 첨사 이순신, 흥양 현감 배흥립, 녹도 만호 정운을 불러 군사를 의논하였다.
　순신은 그날 일기에 이 사람들의 이름을 쓰고,
　'皆憤激忘身. 可謂義士也.'
　(다 분격하여 몸을 생각지 아니하니, 가위 의사로다.)
라고 썼다.
　5월 2일 신미. 날이 맑았다. 군관 송한련이 남해를 염탐하고 다녀와서 그 정형을 아뢰었다. 그날 일기에 이렇게 순신은 적었다.
　'宋漢連自南海還言. 南海倅. 彌助項僉使. 尙州浦. 曲浦. 平山浦等. 一聞賊倭聲息. 輒已逃散. 其軍器等物. 盡散無餘云. 可愕可愕.'
　(송한련이 남해에서 돌아와 이르기를 남해원과 메주목 첨사와 상줏개, 굽은개, 평산개 등을 지키던 관원들이 적병 온다는 소문만 들으면 문득 도망하여 그 군기 등물이 다 흩어져 남음이 없다고 하니 놀랍고 놀랍구나.)

하고 또 그날 일기에,

'午時. 乘船下海結陣. 與諸將約束. 則皆有樂赴之志. 而樂安則似有避意. 可嘆. 然而. 自有軍法. 雖欲退避. 其可得乎.'

(낮에 배를 타고 바다에 나아가 진치고 제장과 더불어 약속——명령이라는 뜻——하였다. 다 즐겁게 나아가려는 뜻을 두건마는 낙안이 피하려는 뜻이 있는 듯하니 가탄이다. 그러나 군법이 있거니, 피하련들 제 어찌 피하랴.)

하고 적었다. 낙안이란 것은 군수 신호를 가리킨 것이다.

저녁때에 방답진, 첩입진 배 세 척이 들어왔다.

5월 3일 임신. 아침에 가는비 오다. 중위장 방답 첨사 이순신을 불러 내일 새벽에 떠나기로 약속하였다. 이날 여도 수군 황옥천(黃玉千)이 도망하여 집에 가 숨은 것을 잡아다가 목을 잘라 굴강에 효시하였다.

5월 4일 이른 새벽에 이순신은 전라좌도 수군을 거느리고 좌수영을 떠났다. 날은 맑고 바람은 잔잔한 서남풍이었다. 동천이 불그레할 때에 일성 방포를 군호로 대소 86척의 배가 일제히 돛을 달고 뱃머리를 동으로 향하여 남해 바다에 나섰다. 수군의 부서는 어떠한가.

경상도의 수로를 잘 알고 또 충성 있고 담력 있는 광양 현감 어영담으로 선봉장을 삼고 중위장 순천 부사 권준이 전라 관찰사 이광의 부름으로 전주로 가버리자, 방답 첨사 이순신과 가리포 첨사 구사직(具思稷)으로 중위장을 삼고, 낙안 군수 신호로 좌부장을 삼고, 보성 군수 김득광으로 우부장을 삼고, 녹도 만호 정운으로 후부장을 삼고, 홍양 현감 배흥립으로 전부장을 삼고 사도 첨사 김완으로 우척후장을 삼고 여도 권관 김인영으로 좌척후장을 삼고, 영군관 최대성으로 간후장(捍後將)을 삼고, 영군관 배응록으로 참퇴장(斬退將)을 삼고, 영군관 이언량으로 돌격장을 삼고, 군관 신여량(申汝良)으로 귀선장(龜船長)을 삼고, 우후 이몽귀로 머물러 본성을 지키게 하였다.

병선 종류로 말하면, 판옥선(板屋船)24, 협판선(挾板船)15, 포작선(鮑作船)46, 귀선(龜船)이 한 척이었다.

옥포승전

1

수효는 80여 척이라고 하나 정말 병선이라고 할 만한 것은 30도 다 되지 못하였다. 이렇듯 단약한 주사를 끌고 5백 척이라고도 하고 7백 척이라고도 하는 적군을 맞아 싸우려는 것은 누가 보든지 어림없는 일이라고 할 것이다.

"경하게 망동을 말고 산같이 무거우라."

하는 것으로 적군을 경계하면서 이순신은 전함대를 끌고 평산개, 상줏개를 지나 메주목(彌助項)에 들어 고성의 사량바다에 다다랐다. 지나면서 보니 남해 현령 기효근(奇孝謹), 평산포 권관 김축(金軸), 메주목 첨사 김승룡(金勝龍)의 무리는 다 싸우지도 아니하고 달아나고, 병선과 군기는 제 손으로 바다에 잠겨버리고 군량과 민가는 불을 놓아버렸다. 그래서 영남 일대는 온통 무인지경이 되고 지나가는 어부에게 물어 보면, 영남 해상이 전부 적군의 천지라는 소식뿐이었다.

사량바다에서 전라 우수사 이억기(李億祺)의 함대를 기다리고 있었다. 경상 우수사 원균의 종적은 찾을 도리가 없었다.

5월 6일 진시에 균은 협선(작은 배) 한 척을 타고 적량도(赤梁島)에 숨어 있었다가 순신의 함대가 삼천에 왔단 말을 듣고 찾아왔다.

원균은 어부의 복색을 하고 낯빛이 초췌하여 중병을 앓은 사람과 같았다. 처음에는 그를 원균으로 믿지 아니하였으나 그의 음성이 서울말이요, 또 경상 우수사의 병부만은 누더기에 싸서 몸에 지녔으므로 비로소 반신반의나 하게 되고, 마침내는 이영남을 불러 그것이 원균인가 아닌가를 확실히 알아보게 하였다.

 원균은 이순신의 앞에 이르자 목을 놓아 울며,

 "소인은 만사 무석한 죄인이오."

하고 이순신이 온 것을 백번 사례하였다.

 순신이 원균은 위로하여 병선 한 척을 주어 타게 하고 새로 군복과 평복 일습을 주어 위의를 갖추게 하였다.

 원균은 순신의 후의에 감격하여 눈물을 흘리며,

 "영감은 재생지은인이오, 재생지은인이오."

하고 수없이 사례하였다. 순신은 원균에게 적선의 수효와 있는 곳과 접전할 절차를 물었으나 원균의 대답은 시원치 아니하였다. 대개 원균은 아직 눈으로 적선 구경을 해 본 일도 없는 까닭이다.

 적선이 얼마나 되며 어디 많이 있는지 그것을 알 까닭이 없었다.

 이날에 도망하였던 남해 현령 기효근, 메주목 첨사 김승룡, 평산포 권관 김축 등이 판옥선 한 척을 타고 오고, 사량 만호 이여념(李汝恬), 소비포 권관 이영남 등이 각각 협선을 타고 오고, 영등포 만호 우치적(이 영등포는 거제에 있는 것), 지세포 민호 한백록(韓百祿), 옥포 만호 이운룡 등도 판옥선 두 척을 가지고 오고, 이 모양으로 이순신의 함대가 왔다는 소문을 듣고 모여드는 장수들이 많았다. 이순신은 조금도 이 도망한 장수들을 괄시함이 없이 후대하여 각기 지위를 주었다. 이날 행선하여 한산도 북쪽 노쿠리도를 지나 거제도 송미포 앞바다에서 밤을 지내고 새벽에 일시에 배를 띄워 적선이 유박한다는 천성, 가덕을 향하여 가는 길에 오시나 되어 옥포 앞바다에 이르러 척후장 사도 첨사 김완, 여도 권관 김인영의 척후선으로부터 마황기(魔黃旗)를 들어 신기보변(神機報變)함이 있었다. 앞에 적선이 보인다는 뜻이다.

2

 순신은 앞서 가덕 척후선으로부터,

"적선이 보인다."
하는 보변을 듣더니 곧 초요기(招搖旗) 달기를 명하였다. 군사가 순신이 탄 장선에 초요기를 높이 다니 전후 좌우에 옹위하였던 제장이 모두 배를 저어 주장의 명령을 들으려고 장선 곁으로 모여들었다.

제장은 무슨 무서운 큰일을 기다리는 듯한 눈으로 수사를 바라보았다. 경상우도 수군에 속한 제장들도 사실상 이순신의 절제를 받았다.

제장이 장선에 다 오르기를 기다려 순신은 왕께서 받은 칼과 편지에 숙배하기를 제장에게 명하고 그것이 끝나자,

"지금 적이 옥포에 있다 하니, 우리는 인제 나아가 싸우려니와 충용을 발하는 곳에 두려울 것이 없으니 만일 물러가는 자는 군법으로 시행할 것이오."

하고 최후에 한층 소리를 높여,

"망동을 말고 고요하고 무겁기를 산과 같이 하오."

하는 약속을 주었다.

제장은 엄숙하게 영을 듣고 일제히,

"예이."

하고 그리한다는 대답을 하였다.

약속이 끝난 뒤에 척후선이 앞을 서고 다음에 선봉이요, 그 다음에 중위요, 그 다음에 장선이요, 장선의 좌우에는 좌위와 우위요, 뒤에는 간후요, 이 모양으로 진형을 정제하여 찬 돛을 달고 노를 저어 위풍이 당당하게 옥포를 향하여 행선하였다.

이날은 5월 7일. 행진하기 한 시가 못 되어 미시 중에 옥포 앞에 다다르니 포구 선창에는 적의 병선 50여 척이 바닷가에 매여 있고 옥포의 시가에는 불을 놓아 연기가 창천하였다.

옥포 선창에 매인 큰 배는 사면에 장막을 둘렀는데 장막에는 채색으로 그림을 그리고 무늬를 놓았고, 장막 가에는 대막대기를 죽 늘어 세우고, 거기에는 붉은 기와 인기를 달았으며 기는 좁고 긴 것도 있고 넓고 짧은 것도 있되, 다 무늬 있는 비단으로 만들어 바람결에 펄렁거려

사람의 눈을 현황케 한다.

적군들은 배를 내려서 촌려에 들어가 노략하다가 이편 함대가 오는 것을 보고 창황히 배에 올라 떠들며 노를 저어 바다 가운데로 나오지 아니하고 바닷가로 연하여 행선하여 나왔다. 그 중의 선봉 여섯 척이 앞서서 빠져나오는 것을 보고 순신은 북을 울려 따르기를 명하였으나 좌척후장 여도 권관 김인영과 우척후장 사도 첨사 김완이 겁을 내어 머뭇거리는 양을 보고, 간후장 녹도 만호 정운이 분을 참지 못하여 칼을 빼어 들고 노를 재촉하여 앞서 나아갔다.

노를 젓는 군사가 잠깐만 손을 멈추어도 정운은 칼을 들어 독촉하니 배의 빠르기가 살과 같아 곧 도망하는 적선을 따라잡아 활을 쏘고 화전(불화살)을 놓아 싸우기를 시작하였다. 적선에서도 화살과 조총이 날아왔다.

정운의 배가 적선에게 포위를 당함을 보고 순신은 북을 울려 싸움을 재촉하자 다른 배들도 노를 저어 달려나가서 싸움이 어울어졌다. 순신은 명하여 화전을 쏘게 하니 그것이 적선의 돛을 맞혀서 순식간에 십여 척 병선에 불이 일어 불길과 연기가 하늘을 찌르고 저병이 규호하는 소리와 총포 소리가 바다를 흔들었다.

적의 함대가 한곳에 결집한 때를 타서 순신은 거북선을 놓았다.

거북선이 20개 노를 저으니 빠르기 나는 듯하고 70여 혈의 포혈로 대포를 놓고 입으로 불과 연기를 토하며 좌충우돌하니 닥치는 대로 적선이 부서지거나 불이 붙었다.

3

이 모양으로, 혹은 화살을 맞아 죽고 혹은 불에 타 죽고 혹은 물에 빠져 죽고, 마침내 지탱하지 못하여 더러는 배를 끌고 달아나고 더러는 물에 뛰어들어 헤엄쳐 달아났다. 때는 신시가 되어 해가 거의 지게 되었다.

이 싸움에 겁 많은 좌부장 낙안 군수 신호는 대선 한 척을 깨뜨리고 적장의 수급(모가지) 하나를 얻었는데 그 배에 실린 검, 갑옷, 관복 등 물로 보아서 이것은 장수의 것인 듯하였다. 이때 일본 함대의 장수는 등당고호(藤堂高虎)였다.

우부장 보성 군수 김득광이 큰 배 한 척을 깨뜨리고 포로로 잡혀갔던 조선 사람 하나를 사로잡고, 전부장 홍양 현감 배홍립이 큰 배 두 척을 깨뜨리고, 중부장 광양 현감 어영담이 중선 두 척과 소선 두 척, 중위장 방답 첨사 이순신이 큰 배 한 척, 처음에는 겁을 내던 우척후장 사도 첨사 김완이 대선 한 척, 우부 기전통장 진군관보인 이춘(李春)이 중선 한 척, 유군장 발포가장 전라좌수영 군만 훈련봉사 나대용이 대선 두 척, 후부장 녹도 만호 정운이 중선 두 척, 좌척후장 여도 권관 김인영이 중선 한 척, 좌부 기전통장 순천대장 전봉사(順天代將 前奉事) 유섭(兪爕)이 대선 한 척을 깨뜨리고 사로잡혔던 계집아이 하나를 사로잡고, 간후장 전라좌수영 군관급제 최대성이 대선 한 척, 참퇴장 군관급제 배응록이 대선 한 척, 돌격장 군관 이언량이 대선 한 척을 깨뜨리고 순신의 막하 군관 훈련봉사 변존서(卞存緖)와 전봉사 김효성(金孝誠) 등이 합력하여 대선 한 척, 경상도 제장이 적선 다섯 척을 깨뜨리고 잡혀갔던 조선 사람 세 사람을 사로잡았다. 도합 적선 26척을 깨뜨렸다.

바다 위에 타는 배는 해가 지도록 불길과 연기를 뿜었다. 살아 남은 적군은 산으로 올라 수풀 속에 숨어서 죽기를 면하였다.

순신은 걸음 잘 걷고 활 잘 쏘는 군사를 놓아 도망하는 적을 잡으라 하였으나 거제도에는 산이 험하고 초목이 무성한 데다가 또 날이 저물었으므로 군사를 거두어 영등포 앞바다에 물러와 진을 치고 군졸로 하여금 나무를 하고 물을 길어 밤을 지내려 할 즈음에 신시 말이 되어 바다에 적군의 대선 다섯 척이 지나간다는 척후장의 보변을 받았다. 정히 갑옷을 끄르고 쉬려 하던 차에 이 보변을 받고 순신은 곧 제장에게 영하여 배를 저어 적선을 따르라고 하였다.

비록 옥포 싸움에 몸이 피곤하지마는 오늘 승전에 기운을 얻은 장졸들은 기운이 하늘에 닿아 함성을 지르며 배를 저어 황혼이 가까운 바다의 물결을 차고 적선을 따랐다.

적선은 힘을 다하여 싸우면서 도망하여 웅천 땅 합포 앞바다에 이르러서는 배를 버리고 뭍에 올라 도망해버렸다.

사도 첨사 김완이 대선 한 척을 불사르고 방답 첨사 이순신이 대선 한 척, 광양 현감 어영담이 대선 한 척, 방답진에 귀양사는 전 첨사 이응화(李應華)가 소선 한 척, 전라 좌수영 군관 봉사 변존서, 송희립, 김효성, 이설(李渫) 등이 합력하여 대선 한 척을 깨뜨려 불사르니 황혼의 산과 바다에 화광이 충천하였다.

적선이 깨어졌다는 소문을 듣고 뭍 백성들과 배 탄 사람들이 모여와서 양식과 어물과 간장과 채소 등속을 바쳤다.

순신은 싸운 자리에서 밤을 지내는 것이 위태하다 하여 밤으로 배를 저어 창원 땅 남포 앞바다에 진을 치고 순신이 친히 술을 부어 장졸을 위로하고 기쁨 속에 밤을 지내었다.

4

이튿날은 곧 5월 8일이다. 날은 맑고 덥다. 아침밥도 먹기 전에 진해 지고리도(池古里梁)에 적의 병선이 유진하고 있다는 보변이 왔다. 순신은 곧 영을 내려 배를 띄웠다.

순신은 함대를 둘로 나누어 안과 밖으로 협공할 계교를 세웠다. 돼지섬(猪島)을 지나 고성 지경인 붉은돌(赤珍浦)에 이르자 적선 13척이 바다목에 한 줄로 늘어서고 군사들 중 더러는 포구와 동네에 들어 재물을 노략하고 집을 불사르러 가고 배에는 지키는 군사만 얼마 남아 있었다.

그러므로 그리 힘들이지 아니하고 그 배를 다 잡아 불살라 버릴 수가 있었다. 낙안 군수의 부하로 있는 순천 대장 유섬이 대선 한 척, 동부

통장 군거급제 박영남, 보인 김봉수 등이 합력하여 대선 한 척, 보성 군수가 대선 한 척, 방답 첨사가 대선 한 척, 사도 첨사가 대선 한 척, 녹도 만호가 대선 한 척, 부통장으로 귀양살이하는 전봉사 주몽룡이 중선 한 척, 이순신의 대솔군관 이설, 송희립 등이 합력하여 대선 두 척, 군관 정노위(鄭虜衛), 이봉수(李鳳壽)가 대선 한 척, 군관 별시위 송한련이 중선 한 척을 화약으로 깨뜨려 불살라 버린 뒤에야 장졸로 하여금 조반을 먹게 하였다.

전군이 아침밥을 먹고 휴게하는 중에 웬 사람 하나가 등에 어린아이 하나를 업고 산꼭대기로부터 울며 내려와 주사를 향하여 하소할 것이 있는 양을 보인다.

순신은 군사를 시켜 종선을 보내어 그 사람을 태워 오라고 하였다. 그 사람은 순신의 앞에 와서 더욱 슬피 울었다. 아비가 우는 양을 보고 등에 업힌 어린것도 목을 놓아 울었다.

"네 성명이 무어냐?"

군관의 묻는 말에 그 사람은,

"소인은 살기는 적진포 근처이옵고, 본시는 향화인이옵고 성명이온즉 이신동이라고 하오."

그제야 순신이 친히,

"그래 무슨 일로 왔느냐?"

하고 물은즉 신동은,

"예, 소인이 여쭐 말씀이 있어 왔소."

하고 소매로 눈물을 씻고 나서,

"적병이 들어온 이후로 경상도는 무인지경이 되었소. 수령 방백이 다 달아난다는 소문은 들었어도 싸운다는 소문을 못 들었는데 아까 뱃사람에게 듣사온즉 사또께서 주사를 거느리고 오시와 어제 거제도에서 적선 백 척을 함몰하시고 또 돼지섬에서도 무수히 함몰을 시키시고 또 여기 적진포에 왔던 배도 저렇게 다 함몰을 시키시니 소인이 오늘날까지 목숨을 부지하옵다가 우리 군사가 승전하는 양을 보니 이런 기쁜 일이 어디 있소? 소인은 금시에 죽어도 여한이 없소. 대체 어떠하신 양반이 이처럼 갸륵하신고 하고, 한번 뵈옵고 이런 하소나 할 양으로 사또께 왔소."
하고 무수히 순신을 향하여 절하였다. 그의 모양이 하도 지성측달해서 보는 사람들이 다 감동하였다.
"적병이 그 동안 어찌하였느냐?"
순신은 그 백성의 찬양하는 말을 막고, 적병의 형세를 물었다.
"예, 젎사오되, 적병이 어제 이 포구에 들어왔소. 어제 이 포구에 들어와서 여염으로 돌아다니면서 재물과 우마를 약탈하여다가 지금 사또께서 불살라 버리신 저희들의 배에다 갈라 싣고 어젯밤 초경에 배를 끌어내어 띄우고 소를 잡고 술을 먹고 소리를 하고 퉁소를 불고 놀기를 밤새도록 하였소. 가만히 그 곡조를 들으니까, 개시 우리 나라 음률입데다. 그리고 오늘 아침에 반은 배를 지키고, 반은 뭍에 내려서 고성으로 갔소."

5

수사뿐 아니라, 이신동의 말을 듣는 사람은 다 비감하지 않는 이 없다.
"네가 여기서 나가다가는 적병에게 붙들릴 염려가 있으니, 병선을 타고 같이 가는 게 어떠하냐?"
하고 순신이 이신동에게 말하였다.
이신동은 이마를 조아리며,
"사또 은혜는 백골난망이오나 늙은 어미와 처자가 간 곳을 모르오니 소인 혼자 편안히 사또를 따라갈 수가 있소? 소인은 가서 어미와 처자를 찾아보아야 하겠소. 빌써 죽었는지도 알 수 없사오나 죽었으면 시체라도 찾아서 묻어야 하겠소."
하고 어린것을 업고 배에서 내려갔다.

이것을 본 장졸들은 더욱 가슴이 아파 서로 격려하여 동심 육력할 것을 맹약하였다.

순신은 곧 주사를 끌고 천성, 가덕, 부산 등지로 가서 적의 소굴을 복멸할 생각이 간절하였으나 아직 전라 우수사 이억기의 함대가 오지 아니하였은즉 미약한 힘을 가지고 혼자 적의 속으로 들어가는 것이 위태한 일이라 하여 거제 앞바다에서 이억기의 주사가 오기를 기다리고 있을 때에 문득 본영(전라도 좌수영)의 탐보선이 달려와 전라도사 최철견(崔鐵堅)으로부터 이순신에게 온 편지를 전하였다. 그 편지에서 4월 29일에 왕이 서울을 버리고 관서로 피난하였다는 것을 보고 순신은 한 손에 최도사의 편지를 쥔 채 엎더져 통곡하였다.

모든 장졸들도 이 소문을 듣고는 북향하여 통곡하기를 마지 아니하였다.

최 도사의 편지 사연이 심히 간단하여 서울이 적병의 손에 들었는지 아니 들었는지 알 길이 없으나 왕이 서울을 버리고 관서로 달아났다는 말 한마디는 모든 장졸에게, '인제는 다 망했구나'는 벼락 같은 격분을 준 것이다.

순신은 심히 마음이 비창하여 전군에 영을 내려 본영으로 돌아가게 하였다.

순신의 생각에는 우선 본영으로 돌아가 서울 소식과 왕의 소식을 자세히 알아보고, 혹은 다시 전라 좌우도 수군을 합하여 천성, 가덕, 부산에 있는 적의 수군을 소탕할 계획을 세우든지, 그렇지 아니하면 주사를 끌고 평안도로 가서 왕을 호위할까, 좌우간에 결정하자는 것이었다.

이때로 말하면, 경상도와 한성 간에는 세 길이 다 적군에게 막혀서 소식을 통할 수가 없으니 한성이나 이북의 소식을 알자면 전라도로 갈 수밖에 없었던 것이다.

순신에게는 또 한 가지 근심이 있었으니 그것은 적병이 육로로 전라도를 침범하지 아니할까 함이었다. 적병이 육로로 전라도를 침범하려면 진주를 지나 섬진강을 건너는 길과 충청도를 거쳐서 전주로 들어오는 두 길이 있다. 만일 진주와 전주가 무너지지 아니한다면 육로는 염려가 되지 아니하니, 그러한 경우 순신 자신은 주사로 물길을 막을 자신이 있었다. 그러나 진주가 과연 지켜질까. 순신은 그것을 염려하였다.

5월 9일 오시에 순신은 주사를 끌고 무사히 본영으로 돌아왔다. 돌아와서 왕이 무사하다는 소문을 듣고 적이 마음을 놓고 병선과 병기를 준비하며 군사를 조련하기로 일을 삼았다.

순신은 이번 옥포 기타의 싸움에 적선 40여 척을 깨뜨리던 전말과, 주사가 지나가는 곳마다 어떻게 백성들의 형편이 참혹하더라는 것이며 이 의지할 곳 없는 백성들이 우리 주사가 오는 것을 보고 어떻게 기뻐 뛰며 반기던 것이며 그들을 다 배에 실어 안전한 곳으로 옮겨 오지 못한 것이 유감이란 것이며, 적선 40여 척에서 몰수한 물건이 다섯 창고에 넣고도 남은 말이며, 그 물건들이 어떻게 사치하고 흉악하다는 사정을 세세히 왕께 장계하였다.

6

옥포의 싸움에 적선 40여 척을 깨뜨리고 적군의 죽은 자가 부지기수로되 이편 군사에는 죽은 사람은 하나도 없고 오직 순천부 정병(正兵) 이선지(李先枝)가 왼편 팔에 살을 맞았을 뿐이었다. 거북선과 활과 화전의 위력에 적군의 조총은 아무 힘을 쓰지 못하였다.

그러나 —— 적병과의 전쟁에는 군사 한 사람밖에 상한 이가 없었지마는, 전쟁이 끝난 뒤에 노획품을 나눌 때에 원균의 군사는 순신의 군사 두 사람을 활로 쏘아 맞혔다. 그래도 원균은 이것을 금하지 아니하였다. 원균으로 말하면 자기가 탄 전선은 순신의 준 바요, 부하에 오직 작은 배 두 척이 있어 전쟁 중에는 적병의 철환을 피하여 항상 뒤로 돌았다. 그러다가 전리품을 빼앗을 때에는 가장 용감하게 제편 군사를 쏜 것이다.

적선에서 빼앗은 물품 중에 쌀 3백 석은 여러 배에 주린 군사들의 양미로 골고루 나누어 주고, 의복, 필육 등물도 군사들에게 나누어주어 군사들의 싸우고 싶은 뜻을 돋우게 하고 붉은 철갑, 검은 철갑이며 각색 새 투구며 입을 가리우는 물건이며 붙이는 수염이며, 철광대, 금관, 금우, 금삽, 우의, 새짓비, 소라 등 사치하고 흉물스러운 것과 큰 쇠못이며 동아줄 등물은 모두 단단히 함봉하여 두고 그 중에 무겁지 아니한 물건을 첩보(이겼다는 기별) 가지고 가는 편에 왕께 보내었다.

이번 싸움에 도로 찾은 포로 중에 순천대장 유섬이 사로잡은 계집아이 하나는 나이 겨우 4,5세여서 성명과 거주를 물어도 대답할 줄 몰랐으나 보성 군수 김득광이 사로잡은 계집아이 하나는 나잇살이나 먹은 듯한데 머리를 끊어 일본 사람 모양으로 차렸다. 순신은 이 계집아이를 불러 문초하였다.

"네 어디 사는 아이냐?"
"동래 동면 매바위(鷲岩里) 사오."
"성명은 무에냐?"
"윤백련이오."
"나이는 몇 살이고?"
"열네 살이오."
"네 아비는?"
"소인의 아비는 다대포 수군이오. 곤절 싸움에 죽었는지 살았는지 생사를 모르오."
"네 어미는?"
"소인의 어미는 양녀 모론(良女毛論)이오. 지금은 죽었소."
"조부모도 없느냐?"
"모르오."
"외조부모는?"
"모르오."
"그러면 뉘 집에 붙여 있었지?"
"기장 사는 신선(新選) 김진명의 집에 붙여 살았소."

"그런데 어떻게 적병에게 붙들렸느냐?"

"지난 4월에요."

"4월 어느 날?"

"날은 모르겠소. 지난 4월에 왜병이 부산진에 왔다고, 호수(戶首) 진명이 군령을 받아 싸우러 나갈 적에 소인을 군장(軍粧)을 지워 데리고 부산진으로 가노라고 합데다. 그래 가노니까, 말날이(馬飛乙耳)고개에 가니까 피난꾼이 몰려오면서 부산은 벌써 함몰이 되었다고 그래요. 그러니까 주인(진명)이 소인을 데리고 바로 기장 고을로 갔다가 거기 진치고 있던 군졸이 달아날 때에 주인이 소인을 데리고 그 집으로 돌아와서 하룻밤을 지냈소. 그러노라니까 소인의 늙은 아비와 친척들이 피난해 오는 것을 우연히 만났소. 그래서는 기장 고을 운봉산에 8,9일이나 숨어 있다가 적병이 얼마인지 모르게 밀려와서 소인과 소인의 오라비 복룡이가 붙들려서 해가 다 저문 때에 부산으로 잡혀 갔소. 부산성에서 하룻밤을 자고는 오라비 복룡이는 부지거처가 되고 소인만 배 밑에 갇혀 있었소."

7

적병에게 사로잡혔다가 보성 군수에게 다시 사로잡힌 14세 여아 윤백련은 다시 말을 이어,

"그렇게 소인을 배 창널 밑에 가두어 임의로 나가지 못하게 하고는, 어느 날인지 병선 30여 척이 부산을 떠나 김해로 가서 김해서 반남아들에 노략질하러 가고, 5,6일이나 있다가 이달 초엿새날 사시에 일시에 배를 띄워 밤개(栗浦)로 가서 하룻밤을 자고 그 이튿날 새벽에 거기를 떠나 옥포 앞바다로 가서 섰다가 그날 싸움이 났어요. 배에 조선 철환과 장편진이 비오듯 쏟아져서 그놈들이 맞고는 피를 흘리고 거꾸러지는데 그러니깐 왜인들이 무에라고 지절대고 떠들고 쿵쿵거리더니만 모두 물로 뛰어들어 헤엄쳐서 산으로 달아나 버렸는데, 소인은 배 창널

밑에 있어서 그 밖에는 모르와요."
하고 말을 끊었다.

　순신은 백련의 말을 듣고 눈물을 흘렸다. 이런 정경을 당하는 이가 백련 하나만이 아닌 것을 생각할 때에 순신의 가슴은 끓었다. 순신은 좌우를 돌아보며,

"이 아이 말을 듣고 다들 어찌 생각하오?"

"죽기로써 싸우려 하오."

녹도 만호 정운이 우레같이 외쳤다.

"소인네도 그러하오."

나머지 장수들이 정운의 말을 따랐다.

"제공의 충성이 이만하니 걱정 없소. 맹세코 영남 해상의 적병을 소탕합시다."

하고 남은 제장에게 다시 나아가 싸우자는 뜻을 암시하였다. 그리고 윤백련 이하 적에게 잡혔던 아이들은 순천, 보성 등의 각관에 맡겨 잘 거두어 기르라고 분부하였다.

　순신이 옥포 승전을 왕에게 보고한 장계 중에는 이러한 구절이 있었다.

"죽기도 많이 하고 노략도 많이 당하여 일반 창생이 살아 남음이 없소이다. 이제 바닷가로 돌아다녀 보매 지나는 곳 산골짜기마다 피난하는 백성이 없는 곳이 없사옵고 한번 신 등의 배만 바라보오면 머리 땋은 아이들이나 백발된 늙은이들이나 업고 안고 서로 끌고 울고 부르짖고 따라옴이 마치 살아날 길이나 찾은 듯하오며, 어떤 이는 적병의 종적을 가리키는 이도 있어 그 참측함이 차마 두고 오기 어렵고, 곧 배에 태워 데려가고도 싶사옵건마는 원래 그러한 백성이 수다하올 뿐더러 또 싸우러 가는 배에 사람을 많이 실었다가는 배 걸음이 빠르지 못할 염려도 있사옵기로 돌아오는 길에 데려갈 터이니, 각각 깊이 숨어 적병의 눈에 띄어 사로잡히지 말도록 하라고 개유하고 적병을 따라 멀리 갔나이다. 그리하옵다가 문득 서쪽으로 행행하신단 놀라운 기별을 듣사옵

고 급히 돌아왔사오니 애련한 정이 오히려 잊히지 아니하나이다."

순신은 가덕에서 노량으로 이르는 동안 창원, 고성, 진주 등 여러 고을의 바다로 향한 산골짜기에 아직 다 익지 못한 보리 이삭을 훑어 먹으며 부로 휴유하고 난을 피하고 있는 가련한 백성들의 모양을 눈에서 뗄 수가 없었다.

더구나 싸움을 이기고 돌아오는 길에는 안전한 곳으로 실어다 주마 하고, 그대로 못 한 것이 마음에 걸렸다. 그러나 일개 수사로는 그러한 백성들을 구휼할 아무 힘이 없으므로 그는 전라감사 이광에게 이첩하여 양식을 보내어 이 백성들이 굶어 죽지 말게 하기를 청하였다. 그리고 순신은 자기의 관할하에 있는 돌산도, 걱금섬(古今島) 등지로 백성을 옮겨 농업과 어업과 목축과 공업을 진흥할 계획을 세웠다.

당포승전

1

순신이 제1차 출전이 끝난 뒤 좌수영에 돌아와 일변 군사를 쉬게 하고 일변 전선과 병기를 수리하는 동안 경상도 우수사 원균으로부터는 연해 적선이 여기 있다, 저기 있다 하는 정보가 오고, 그때마다 주사를 거느리고 와 달라는 청병장이 왔다. 그러나 순신은 원균의 말을 다는 신용하지 아니하였다. 그가 요전번에 같이 싸우러 다니는 동안 원균의 하는 말에 거짓이 많고 또 어디서 만나자고 약속을 해 놓고도 그 약속을 지킨 일이 없음을 본 까닭이다. 만일 원균의 헛된 정보를 다 믿고 군사들을 동하였다가 말한 곳에 적선이 없을 양이면, 장졸에게 대하여 대장의 위신이 떨어짐을 알기 때문이었다.

"사또, 적선이 곤양에 왔다 하오. 어서 행선하시오."

정운이나 어영담 같은 충용한 부하들이 순신을 재촉하자 순신은,

"군사를 가볍게 동하면 장졸에게 신을 잃는 것이오."

하고 탐보선을 보내어 알아보라고만 하였다.

그러나 옥포의 패전을 분하게 여겨 부산에 있는 적의 수군 본영에서는 어떻게 해서라도 이 원수를 갚고, 또 경상, 전라 양도의 제해권을 얻으려 하였다. 원래 풍신수길의 계획은 소서행장, 가등청정 등으로 하여금 육로로 한성, 평양, 함경도를 공략하게 하고 등당고호(藤堂高虎), 구귀가륭(九鬼嘉隆), 협판안치(協坂安治) 등으로 하여금 수군 1만여 명과 전선 2백여 척을 거느리고 수로로 경상, 전라, 충청, 황해, 평안 제도를 공략하여 수륙 병진으로 조선을 석권하자는 것이었다. 이것이 풍신수길의 제일차 수륙군 계획이었고 또 끝까지 계속된 계획이었다.

그래서 육군은 수군의 예상 이상으로 무인지경같이 한성, 평양을 점령하였으나 수군은 선봉이 옥포에서 부서지니 수군의 계획이 아예 틀어진 것이다. 그러하기 때문에 부산에 총본영을 둔 일본의 수군은 어떻게 해서라도 조선 수군을 이겨 옥포 패전의 수치를 씻고 조선의 제해권을 가지려고 애를 쓴 것은 자연한 일이었다.

순신도 여러 번 수류으로 적군의 정세를 염탐한 결과로 대강 이러한 사정을 알았다. 그러나 순신은 이번에 오는 싸움은 결코 요전번 싸움과 같이 단순한 것이 아님을 짐작하였다. 왜 그런고 하면, 요전 번에 깨뜨린 적의 함대는 선봉대일 것이요, 이번에 오는 것이 필시 주력함대라고 생각하였기 때문이다. 옥포 싸움에 쉽게 이긴 장졸들은 벌써 교만한 마음이 생겨 적선을 만나기만 하면 곧 때려부수고 그 속에 있는 물건을 나누어 가질 것을 상상하여 어서 싸우기만 재촉하나 순신이 자중하여 좀체로 움직이지 아니하고 병선과 병기와 군사의 준비를 마치 태평시대같이 늘어지게 하려는 것이 이 때문이었다.

준비의 힘!

이것을 아는 것은 오직 이순신 한 사람뿐인 것 같았다. 자신의 작은 부대가 경상도 연해로 돌아다니면서 여염에 불을 놓고 노략질을 하였다. 이것은 노략 그 자체가 목적인 것보다도 조선의 수군에게 싸움을 돋우는 것인가 싶었다.

"6월 3일 낮물을 기약하여 본영 앞바다로 모이라!"

순신이 관내 각읍, 각진에 발령한 것이 5월 25일.

5월 27일에 경상 우수사 원균으로부터 적선 10여 척이 사천, 곤양 등지에 출몰하여 여염을 불사르고 민가를 노략하여 작폐 무쌍이나 자신의 힘으로는 어찌할 수 없으니 곧 출병하여 달라는 관문이 왔다.

2

"이봐라. 우도 주사가 아직 안 보이느냐?"

전선에 앉은 순신은 탐보꾼에게 물었다.
"아직 오는 배가 안 보이오."
하는 것은 탐보꾼의 대답이었다.
순신이 전라 우수사 이억기에게 속히 좌수영에게 만나자고 기별한 지가 벌써 닷새가 되는 까닭이었다.
5월 29일!
적선이 사천, 곤양 등지에 횡행하므로 경상 우수사 원균이 적을 피하여 배를 남해 노량에 옮겼다는 경보가 원균에게서 왔다. 남해 노량이면 경상우도와 전라좌도의 바로 접경이다. 이제는 더 지체할 수가 없었다.
"행선하라!"
순신은 전함대에 영을 내렸다. 일시에 돛이 달리고 노가 움직였다. 전라우도 주사가 오기를 기다릴 사이도 없이 순신이 직접 거느린 전선 23척만을 거느리고 노량진을 향하여 떠났다.
순신의 함대가 오는 것을 보고, 원균은 하동편 노량진 산 그늘 속에 숨었다가 배 세 척을 끌고 나와 순신을 맞았다.
"적선이 어디 있소?"
순신의 물음에 원균은 꼭 어디 있다고는 대답을 못하고 다만 손가락으로 노량 동쪽을 가리켰다.
함대가 노량진 목을 통과하자, 곤양쪽으로부터 사천을 향하고 가는 듯한 적의 중선 한 척을 발견하였다. 그 중선은 바다 가운데로 나서는 것을 무서워하는 듯이 바닷가로 붙어서 살살 피하였다.
"적선이야!"
하는 소리가 장졸들의 입에서 나오고,
"따라 잡아라!"
하는 순신의 명령이 내렸다.
전부장 방답 첨사 이순신, 남해 현령 기효근 등이 북을 울리고 기를 두르며 노를 저어 따라가고 다른 배들은 중류에 떠서 사천으로 향하였다.

적선은 마침내 붙잡히게 되어 뭍에 배를 대고 군사들은 내려서 달아나고 배만 내어버렸다. 이 배를 깨뜨려 불살랐다.

"이번에도 일수가 좋다."

하고 장졸들은 기뻐서 뛰었다.

순신은 적병이 결코 우습게 볼 수 없음을 말하고 교만하지 말기를 경계하였다.

창신도, 사량도 등 크고 작은 무수한 섬들을 띄워 놓은 남해, 고성간의 바다――사량바다는 호수와 같이 아름답고 고요하다. 잘 맑은 여름날의 고요한 바다로 소리없이 미끌어져가는 배들――그것이 싸움의 살기를 머금은 것이라고는 생각할 수 없었다.

"적병이야!"

하고 척후선에서 누런 기를 둘렀다. 과연 바라보니, 사천 선창에 꿈틀꿈틀 7,8리나 달아난 험한 산 밑으로 4백여 명이나 될 듯한 적병이 기다랗게 장사진(긴 뱀과 같은 진형)을 벌이고 진에는 붉은 기와 흰 기를 많이 꽂아 현란하기 그지없고, 진 안에 제일 높은 봉우리에는 따로 장막을 치고, 그리고 군사들이 분주히 왕래하는 것을 보니 장수의 지휘를 듣는 듯하며, 선창에는 누각처럼 생긴 배 12척이 바닷가에 매여 있고 진 친 데 있는 장수 같은 자가 칼을 내둘러 교만한 양을 보인다.

이편 장졸이 분개하여 활을 쏘나 살이 저편까지 밎지를 못하고 또 달려들어가 불지르려 하나 조수가 벌써 썰물이 되어 판옥선이 들어갈 수가 없었다.

"뱃머리를 돌려라."

순신이 영을 내리자 함대는 바다를 향하고 일제히 달아났다.

3

"적병을 살려 두고 어디로 가오?"

군관 송한련이 순신에게 물었다. 녹도 만호 정운, 광양 현감 어영담,

군관 송희립 같은 이들도 싸우지 아니하고 퇴군하는 것을 자못 불평하게 생각하였다. 경상 우수사 원균 같은 이는 이것은 순신이 겁이 난 때문이라고 비웃었다.

그러나 순신은 무슨 결심이 있는 듯이 제장의 불평도 들은 체 아니하고 배를 곶으로 몰았다. 대개 육지 가까운 데서 싸우면 적병이 뭍으로 올라서 도망할 근심이 있기 때문이었다.

순신의 주사가 사천 포구에서 나와 곶으로 향하여 달린 지 십리가 못 되어 사천 육지의 지중에 있던 적병 2백여 명이 진으로부터 내려와 반은 배에 오르고 반은 육지에 모여서서 방포하고 날뛰며 싸우기를 청할 뿐더러 마치 조선 병선이 물러가는 것을 조롱하는 듯한 빛을 보았다.

이러한 광경을 보고 순신의 부하 제장은 모두 팔을 뽐내어 적병과 한번 싸우기를 청하였다. 제장이 스스로 싸울 마음이 나게 하는 것도 순신의 희망하는 바였다.

순신이 보니, 장졸이 싸울 뜻이 강하고 또 적병이 심히 교만한 것이 모두 순신이 바라고 기다리던 바와 합하였다. 적이 교만하고 내가 싸울 뜻이 있는 것은 반드시 이기는 비결이다. 게다가 저녁 밀물이 들기 시작하니 정히 때를 만난 셈이었다.

"배를 돌려라!"

순신의 명령이 또 한번 내렸다. 23척의 병선은 삐걱삐걱 소리를 내며 돛을 돌리고 키를 돌려 다시 사천 포구로 향하였다.

순신은 우선 거북선을 놓아 적선 중으로 돌진케 하여 천, 지, 현, 황, 각양 총통을 놓게 하였다. 적병들은 괴물과 같은 거북선이 입으로 불과 연기를 토하며 전후 좌우로 각양 총포를 놓으며 횡행하는 것을 보고 산상에 있는 군사, 해안에 있는 군사가 모두 경동하여 거북선을 향하고 철환을 빗발같이 날렸다.

적병들이 거북선 하나에 공격을 다하고 있는 틈에 다른 병선들은 점점 가까이 들어갔다.

"사또, 저 배에는 조선 사람이 있소."
하고 어떤 군관이 순신을 보고 적선 하나를 가리켰다. 과연 그 배에는 조선옷을 입고 조선 상투를 짠 사람이 간간이 섞이어서 조선편을 향하여 총을 쏘고 있었다.

그것을 볼 때에 순신은 머리카락이 곤두서고 가슴이 끓었다.

"이놈들! 조선의 우로(雨露)를 먹은 놈들이! 네 저놈들부터 먼저 잡아라!"
하고 순신은 소리쳤다. 그 소리가 우레와 같고 보통 사람의 음성 같지 아니하였다.

순신은 분함을 이기지 못하여 몸소 조선 사람이 있는 적선으로 향하였다.

"빨리 저어라!"

순신은 몸소 앞장을 서서 싸움을 하고 제장들도 그 뒤를 따라 순신이 향하는 배를 습격하여 순신을 도왔다. 철환, 장편전(長片箭), 피령전(皮翎箭), 화전(火箭), 천지자총통(天地字銃筒) 등이 터지고 나는 소리가 풍우와 같다. 적병은 화살을 가슴에 안고 사빠지는 자, 능에 지고 엎어지는 자, 팔이나 다리에 맞고 미처 빼낼 사이도 없이 비칠거리고 달아나는 자, 피를 뿜고 물에 떨어지는 자, 그 부르짖는 소리가 실로 참담하였다. 마침내 적병들은 견디지 못하여 배를 버리고 물에 올라 달아나나 살아난 자가 열에 하나가 되지 못하였다. 적병 속에 끼어 적을 위하여 싸우던 조선 사람의 시체를 찾으려 하였으나 배 속에서도 찾지 못하고 바닷물에 나뜬 시체 중에도 보이지 아니하였다.

이 싸움에도 적병에게 사로잡혔던 조선 계집아이 하나를 찾았다. 사천에 있던 적선 12척은 모조리 깨뜨려 불사르니, 적병들이 멀리서 바라보고 발을 구르며 통곡하였다. 이것이 사천 싸움이란 것이다.

4

 사천 싸움의 끝이 나자 날이 저물었다. 순신은 모자랑개(毛自郞浦)로 가자고 명하였다. 뱃머리를 돌려서 장졸이 의기양양하였다. 다만 군관 나대용과 전봉사 이설이 적의 철환을 맞아서 장졸들에게 위문을 받았다. 그러나 그 상처도 대단치는 아니하였다. 순신은 총 맞은 나대용과 이설을 자기가 탄 장선으로 옮겨 손수 그 상처를 살폈다.
 우후 이몽귀 이하로 순천 부사 권준, 광양 현감 어영담, 녹도 만호 정운, 군관 송희립 등이 전승 축하 차 순신의 배로 모였다. 원균도 찾아왔다.
 수사를 모시는 자가 순신의 갑옷을 벗기니 적삼 등에 피가 흐른 것이 보였다.
 "사또!"
하고 곁에 모였던 장졸들이 놀랐다.
 "왼편 어깨에 철환을 맞은 모양이야. 어깻죽지가 조금 아프다."
하고 순신은 피묻은 적삼을 벗었다. 적삼 밑에는 피가 더욱 많이 흘러서 고의까지 붉게 젖고 버선목까지 흘러 들어가 끈적끈적하게 선지피가 되었다.
 "어깨를 맞으셨소."
하고 정운이 대단히 근심하는 어조다.
 "그 조선 사람 탔던 큰 배를 칠 때에 뒤에서 뜨끔하였거든. 그놈의 철환이 나를 맞혔기로 뼈까지 뚫겠느냐. 자 칼끝으로 살속에 박힌 철환을 파내어라."
하고 사람들 앞에 등을 돌렸다.
 녹도 만호 정운이 꿇어앉아 칼끝으로 순신의 왼편 어깨에 박힌 철환을 그리 힘들이지 아니하고 파내었다.
 "그 철환이 여기 있소."
하고 정운은 파내인 철환을 순신에게 주었다. 순신은 손에 받아 들고 두어 번 굴려 보더니 바다에 내어던지고 말았다.

"들어가 누우시오."

하고 부하가 권하였으나 순신은 태연히 옷을 갈아입고 장선에 모인 부하들로 더불어 술을 나누었다.

이튿날 6월 1일 새벽에 원균이 배를 끌고 순신에게는 말도 없이 어디로 가려고 하는 것을 보았다. 같은 함대에 있으면서 말도 없이 먼저 행선한다는 것은 심히 옳지 못한 일이었다.

순신은 군사를 시켜 원균의 배를 향하여, '어디로 가느냐'고 물어 보라고 명령하였다.

원균은 낭패하여 뱃머리에 나서며 순신의 배 곁으로 자기의 배를 저어 대게 하고,

"영감 어깨의 상처가 밤새에 과히 아프지나 아니하시오?"

하고 아침 문안을 하였다.

순신이 역시 뱃삼에 나서며,

"상처는 대단치 아니하오마는 영감은 이렇게 이른 새벽에 어디를 가시오?"

하고 원균에게 물었다.

"어저께 적선 두 척 남겨 놓으신 것이 있지 아니하오? 혹시 적병이 계교에 빠져서 들어왔는지도 알 수 없으니 소인이 가 보려오. 어찌 영감이 몸도 불편하신데 몸소 가실 수가 있소. 소인이 가더라도 얻은 수급은 영감께 바치오리다. 소인이 패군지장으로 영감의 후의가 아니면 거접할 곳이 없을 것이 아니오?"

하고 원균은 정성이 넘치는 듯한 어조로 말한다.

"그러하시거든 가 보시오."

하고 순신은 좋은 낯으로,

"우리네기 국가의 중하신 부탁을 받아 적군과 싸우는 치지에 이디 네요, 내요가 있소? 하나라도 적병을 없이하는 것이 상책이니까 수급이 뉘 것이요, 공이 뉘 것인 것은 말할 것이 있소? 혼자 가시기 단약하

시거든 전선 몇 척을 드릴 테니 데리고 가시오."
하였다. 얼마 전 옥포 싸움에 원균이 노획물을 빼앗기 위하여 순신의 군사 두 사람을 살로 쏜 것도 기억하지 못함이 아니나 인물이 없는 이 때에 원균 같은 재주라도 아무쪼록 버리지 않으려는 정성이었다.

5

원균은 순신의 허락을 받고 급히 배를 몰아 어제 저녁 싸우던 싸움터인 사천으로 갔다. 거기는 순신이 적선 두 척을 성하게 남겨둔 곳이다. 그곳은 육지로 올라서 도망하였던 적병이 필시 배를 찾아 돌아오리라고 생각한 까닭이었다.

원균이 갔을 때에는 적병은 아마 육지로 멀리 달아났는지 배에는 하나도 없었다. 원균은 분하여 빈 배에 불을 사르고 적군이 진 쳤던 곳을 두루 찾아 적군이 도망할 때에 내버리고 간 시체 세 구의 목을 베어 가지고 면목없이 본진으로 돌아왔다.

원균이 사천으로 향한 때에 순신의 곁에 있던 제장들은 원균이 순신에게 물어봄도 없이 자의로 행선하려 한 것을 분개히 여겨 순신이 원균으로 하여금 사천에 남겨 둔 배를 차지하게 한 것을 원망하였다. 그때에 순신은,

"나라를 생각하는 충성으로 싸우는 사람도 있고 공을 세워 상급을 받자는 사욕으로 싸우는 사람도 있소. 공을 바라는 사람에게는 공을 주어야 잘 싸우는 것이오. 지금 나라 일이 급하고 싸울 사람이 적으니, 싸울 재주 있는 사람을 아끼는 것이 좋소."
하며 자기가 원균을 우대하는 이유를 암시하였다.

원균이 죽은 적병의 머리 셋을 베어 달고 돌아오는 것을 기다려서 순신은 모자랑개에서 행선하여 사량섬 앞바다에 이르러 닻을 주고 밤을 지내며 사방으로 탐보선을 놓아 적선이 있는 곳을 염탐하였다.

이튿날, 6월 2일 새벽에 적선 20척이 당포에 정박하고 있다는 탐보

를 듣고 제장에게 곧 당포를 향하여 행선할 것을 명하였다. 전함대가 사량바다를 떠난 것이 진시, 당포에 닿은 것이 사시였다.

당포는 미륵도 서남단에 있는 포구로 만호를 두었던 데다.

당포에 다다르니 과연 선창에는 적의 대선 9척과 중선과 소선 12척과 도합 21척의 배가 정박하고 있는데 대선은 크기가 조선의 판옥선만 하였다.

그중 큰 배 하나가 있는데 배 위에 3,40척이나 될 듯한 높은 누가 있고 밖에는 붉은 깁으로 장막을 두르고 장막의 사면에는 대자로 누를 황(黃)자를 쓰고 그 속에 장수 한 사람이 있는데 앞에는 분홍 일산을 받았다.

적병의 수효는 모두 3백 명이나 될까. 반은 성안에 들어가 노략하고 불을 놓고 또 더러는 성밖 요해처에 웅거하여 이편의 함대가 오는 것을 보고, 일제히 조총을 놓아 철환을 내리부었다.

순신은 그 높은 누 있는 배가 적의 대장의 배인 것을 짐작하고 즉시 거북선을 명하여 그 층루선을 찌르게 하였다. 거북선은 살같이 달려가 용구(거북선의 입)를 번쩍 들어 굉연한 소리와 함께 현자 철환(玄字鐵丸)을 층루선을 향하여 올려 쏘고 또 천지대장군전(天地大將軍箭;화살의 이름)을 쏘아 그 배를 깨뜨리니 뒤에 따르는 모든 배가 일제히 총과 활을 쏠 때 중위장 순천 부사 권준이 철환의 비를 무릅쓰고 배를 몰아 바로 그 층루선의 밑으로 달려들어 활 한 방을 우러러 쏘니 그 살이 바로 적장의 이마를 맞혀 빨갛게 피가 쏟아지는 것이 보였으나 적장은 왼편 손을 들어 이마에 박힌 살을 빼어 던지고 태연자약하게 여전히 칼을 두르며 싸움을 감독하였다.

그러나 권준의 둘째 살이 그의 가슴에 박히매 그는 쿵 하는 소리를 내며 층루 위에서 떨어졌다. 적장이 떨어지는 것을 보고 사도 첨사 김완, 군관 진무성(陳武晟) 등이 그 배에 뛰어올라 님어진 직장의 머리를 베고, 우후 이몽귀 등은 배에 올라 남은 군사를 사로잡고 배를 점령하였다.

6

우후 이몽귀가 적의 층루선을 수색할 때에 적장의 거실(있던 방)인 듯한 선상의 방을 수색하였다.

배에 있는 방이라 그리 크지는 아니하나 심히 정결하고 또 바닥에 깐 것이든지 방안에 놓인 물건이든지 모두가 극히 사치하고 화려하여 마치 사치한 귀인의 침실을 보는 것 같고 무장의 방을 보는 것 같지 아니하였다.

이몽귀는 책상 위에 놓인 금빛 부채 한 자루를 얻었다. 보니 부채 한 편에는 한가운데에, '六月 八日 秀吉'이라고 쓰고 오른편에, '羽柴築前守'라는 다섯 자를 쓰고 또 왼편에는, '龜井流求守殿'이라는 여섯 자를 썼다.

그래서 이 부채를 소중하게 칠한 각에 봉해 둔 모양이었다. 이몽귀는 이것을 순신에게 바쳤다.

또 소비포 권관 이영남은 이 층루선을 수색하다가 장수 있는 방, 곁 방에서 어여쁜 여자 둘을 발견하였다. 이영남이 칼을 들어 치려 할 때에 그 여자는 두 손을 들어 비는 양을 하며,

"장군님 살려 주오. 소인은 조선 사람이오."
하고 외쳤다.

이영남은 칼을 멈추고 그 여자를 끌어 순신의 앞에 데려왔다.

당포에 있는 21척의 배를 다 깨뜨리고 싸움이 끝난 때에(이때는 벌써 저녁때였다) 순신은 몸소 그 여자를 심문하였다.

"네가 조선 사람이냐?"

"예, 그러하오."

한 여자가 대답하였다. 그 여자가 두 여자 중에 가장 아름다웠다.

"집이 어디냐?"

"울산이오."

"울산서 무엇하던 계집이냐?"

"비자(남의 종)요."
"이름이 무엇?"
"상전은 김생원이옵고 소인은 억대라고 하오."
"그럼, 어찌하여 적장의 배에 탔느냐?"
"날은 어느 날인지 모르겠소. 상전댁을 따라 피난 가는 길에 오늘 여기서 활 맞아 죽은 장수한테 사로잡혔소."
"그래서 적장에게 몸을 허하였느냐?"
"그리하였소. 언제나 그 장수와 함께 있었소."
"적장의 이름이 무엇이냐?"
"소인은 이름은 모르오."
"적장이 어떻게 생겼더냐?"
"키가 훌쩍 크고 기운이 세며 매우 잘났소."
"나이는 몇 살이고?"
"서른 살쯤 되었소."
"적장이 날마다 하는 일이 무엇이던고?"
"낮에는 배 상중 누에 올라가 누런 비단 진복에 금괸을 쓰고 있고, 밤이면 소인의 방에 들어와 잠을 잤소."
"그놈이 얼마나 높은 장수더냐?"
"얼마나 높은지는 몰라도 모든 배에 있는 장수들이 다 와서 꿇어앉아서 영을 듣고, 혹은 영을 어기는 놈이 있으면 용서없이 목을 베어 죽입데다."
"적장이 무슨 말을 하였느냐?"
"예, 혹 술도 가지고 와서 대접하고 이야기도 하고 웃기도 하지마는, 오롤오롤하는 소리를 소인은 한마디도 못 알아들었소. 간혹 가다가 울산이니 동래니 전라도니 하는 말은 조선말과 같습데다."
"오늘 그놈이 죽기 전에는 어찌하였느냐?"
하고 순신이 물을 때에는 억대는 낯이 붉어지고 눈물이 쏟아지며 매우 흥분한 빛을 보였다.

7

적장의 바로 죽기 전 행동에 대하여 그와 15일 간 부부생활의 정을 나눈 억대는,

"오늘 접전할 때에 그 층루선에 조선 화살과 탄환이 비오듯 떨어지는 듯 처음에는 이마를 맞았으나 꼼짝도 아니하다가 또 한 살이 가슴을 뚫을 때에야 앗! 소리를 지르고 떨어졌소."

하고 적장이 죽을 때에 겁이 없이 태연하던 것을 자랑하는 듯하였다.

화살과 철환에 맞아 쓰러진 군사를 낭자하게 버리고 적병이 다 육지로 도망한 뒤에 적선에 있는 쓸 만한 물건을 수습하고 빈 배를 다 태워버리고 장차 군사를 놓아 뭍으로 달아나는 적병을 소탕하려 할 즈음에 탐망선이 들어와 적의 대선 20척이 소선을 수없이 거느리고 거제로부터 당포를 향하여 온다는 말을 고하였다.

순신이 당포는 좁아서 접전하기가 불편하니 큰 바다로 나가자 하여 뱃머리를 돌렸다. 함대가 사량바다에 나서자 오리쯤 되는 곳에 과연 적선 대소 5,60척이 장사진으로 오다가 이편 함대를 보고 방향을 돌려 도망하려 하는 것을 이편 배들이 따라가 난바다로 쫓아버렸다. 제장은 가는 데까지 따라가서 때려부수기를 주장하였으나 순신은 날이 저문 것을 이유로 군사를 돌렸다. 대개 적선이 이편을 보고 싸우지도 않고 마치 미리 계획하였던 것같이 어떠한 방향으로 달아나는 것은 반드시 무슨 흉계가 있을까 함이었다. 이날 밤은 창신도에서 군사를 쉬었다.

이튿날 유월 초삼일 이른 새벽에 배를 떼어 싸리섬(楸島) 근방의 여러 섬들을 두루 찾았으나 적병은 그림자도 없었다. 이날 밤을 고성땅 고둔개(古屯浦)에서 쉬고 초사일 조조에 그저께 싸우던 곳인 당포 앞바다에 이르러 소선을 보내 적선의 유무를 알아보게 하였다.

사시나 되어 웬 사람 하나가 산에서 뛰어내려와 순신의 주사를 보고 기쁜 듯이 아뢰었다.

"그저께(초이일) 접전 후에 적병이 죽은 자기네편 군사들의 목을 베

어 한 무더기로 모아 쌓고 불에 태워 버리고는 육로로 달아났소. 달아날 때에 우리 사람을 만나도 죽일 뜻은 없고 길에서도 통곡을 하며 달아났소."

"그때에 구원 오던 적선은 어디로 갔다더냐?"

"당포 밖에서 쫓겨간 적선은 거제로 갔답디다."

이 사람은 강탁(姜卓)이라고 부르는 토병이었다.

순신은 곧 거제로 가 당포에서 달아난 적의 주사를 치고 가덕, 부산의 적의 소굴을 소탕하고 싶으나 아직도 전라 우수사 이억기의 함대가 오지 아니 하니 너무도 형세가 곤약하였다. 게다가 순신의 왼편 어깨의 총맞은 자리가 여름살이라 용이하게 낫지를 아니하여 고통이 적지 아니하였다.

그러나 적이 있는 곳을 알고도 뒤로 물러갈 수는 없었다. 순신은 제장을 불러 거제로 행선할 뜻을 말하고,

"이번 길에는 적의 소굴을 소탕할 터이니 제장은 각기 있는 힘을 다하라."

하고 약속을 신명하였다.

제장도 첫째로는 번번이 이기는 싸움에 자신을 얻고 또 순신의 지혜와 용기에 신뢰심이 굳어 기뻐 뛰며 싸우러 갈 것과 죽을 힘을 다하여 싸울 것을 약속하였다.

저녁 들물을 기다려 막 배가 떠나려고 할 때에 멀리 서쪽으로 전라 우도 수사 이억기가 거느린 25척이 위풍당당하게 오는 것이 보였다.

8

"사또, 우도 주사요."

군관 송희립이 순신에게 고하였다.

"우도 주사다!"

기쁨의 부르짖음이 장졸들의 입에서 쏟아져 나왔다. 불과 23척의 곤

약한 주사로 날마다 싸움에 피곤한 장졸에게 우도 주사가 온다는 것은 비길 데 없는 기쁨이었다.

순신이 몸소 뱃머리에 나와서 이억기를 맞았다.

과연 전라우도 수사 이억기는 전선 25척을 거느리고 순풍에 돛을 달고 달려왔다.

"영감 웬일이시오? 왜 이렇게 늦으셨소?"

순신은 억기의 손을 잡았다.

"풍우에 막혀서 길이 늦었소. 그 동안 연전연승하신 소식은 좌우영서 들었소. 소인이 돕지 못한 것이 죄만하오."

이억기는 유감의 뜻을 표하였다. 이억기는 자기보다 연치도 높고 지략도 많고 인격도 높은 순신을 속으로 깊이 존경하였다. 더구나 지난 4월에 적군이 국내에 발을 들여놓은 이래로 대소 제장이 싸우기도 전에 다투어 달아나는 이때에, 오직 이순신 한 사람이 단약한 주사를 가지고 감연히 적과 싸워 연전연승하는 것을 볼 때에 억기는 더욱 순신을 흠모하였다.

좌우 양도 주사 연합함대 50척은 위풍이 당당하게 당포 앞바다를 떠나서 판데목(鑿梁)에 진을 치고 밤을 지냈다. 밤을 지내는 동안에 순신은 억기로 더불어 맹세코 적군을 소탕할 것을 약속하고 억기는 기쁘게 순신의 절제를 받기를 자청하였다.

이튿날 6월 5일. 안개가 자욱하게 껴서 지척을 분별할 수 없었다. 배를 놓아 적의 정체를 엄탐케 하면서 안개가 개이기를 기다렸다.

저녁때나 되어서야 안개가 걷혔다. 순신은 배를 떼어 거제로 가기를 명하였다.

당포에서 도망한 적선이 거제에 있다는 보고를 받았기 때문이었다.

배가 한산도 앞에 다다랐을 때에 어떤 작은 배 하나가 마주 나오며 무에라고 소리를 질렀다. 그것이 마치 무슨 말을 하려는 것 같았다.

"배를 세워라."

하고 순신은 그 작은 배가 오기를 기다렸다.

작은 배는 노를 바삐 저어 순신이 타고 앉은 장선 곁으로 왔다.

그 작은 배에는 어민 7,8명이 타고 있었다. 그들은 순신의 배를 보고 대단히 기뻐하는 모양을 보였다. 그리고 순신을 향하여 연방,

"사또, 사또."

하고 반가움을 못이겨 하는 양을 보였다.

"사또께서 이리로 오실 줄을 알았소. 그래서 소인네가 어저께부터 여기서 기다렸소."

하고 김모란 사람이 대표로 나서서,

"당포 싸움에 쫓겨 달아난 적선들이 거제에 와서 하루를 묵고는 어제 낮물에 당목개(唐項浦)로 갔소."

하고 손을 들어 적선들이 수없이 가던 방향을 가리켰다. 이 말을 고하고는 김모와 그의 동무들은 무수히 순신을 향하여 수없이 절하고 배를 저어 한산도로 들어가 버리고 말았다. 순신은 이 백성들이 밤을 새워가며 자기를 기다려서 적의 행동을 보고하는 그 충성과 그들이 자기와 자기가 거느린 주사를 보고 잃었던 부모를 본 듯이 반가워하는 양을 보고 깊이 감농되었다.

"당목개로 놓아라."

순신은 함대의 침로를 북으로 돌렸다. 겨내도(見乃梁)를 지나 고양이 바다를 건너 당목개 앞바다에 이르러 남을 바라보니 진해성 밖에 2,3리쯤 되는 곳의 벌판에 갑옷 입고 말탄 군사 천여 명이 기를 꽂고 진을 치고 있는 것을 발견하였다. 순신은 사람을 보내어, '그것이 무엇인가를 알아 올리라' 하였다.

9

탐문 갔던 사람의 보고에 의하면 함안 군수 유숭인(柳崇仁)이 말탄 군사 천백 명을 거느리고 적병을 따라 여기까지 온 것이었다. 당복개 형세를 물으니 멀기는 여기서부터 십리나 되고 너비도 배가 자유로 드나들 만하다고 하였다.

순신은 전선 세 척을 당목개로 보내어 당목개의 지리를 살피라 하고 만일 적이 따르거든 결코 응전치 말고 거짓 달아날 것을 엄칙하고, 다른 배들은 산굽이에 숨어 밖에서 보이지 않도록 하였다.

이윽고 아까 보냈던 배가 포구 밖으로 달아나오며 신기를 놓아 변을 보하였다. 순신은 전선 네 척을 포구에 머물러 복병케 한 후에 다른 배를 재촉하여 빨리 노를 저어 당목개를 향하고 들어갔다. 양편으로 강을 끼고 달리기 20여 리인데 그 사이의 지형이 과히 좁지 아니하여 넉넉히 싸울 만하다고 순신은 생각하였다. 이 사이로 40여 척의 전선이 일렬종대로 서로 꼬리를 물고 올라가는 양은 가히 장관이었다.

순신의 함대가 조바강(召所江) 어귀에 다다르니 검은 칠한 적선, 크기가 판옥선 만한 것이 9척, 중선 4척, 소선 13척이 강 언덕에 기대어 닻을 주고 섰다. 그중에 제일 큰 배 한 척이 있는데, 뱃머리에 따로 삼층 누각을 세우고 단청을 하고 벽에는 분을 발라 마치 부처 모신 전각과 같다. 앞에 푸른 일산을 세우고 누각 밑은 검은 물 들인 깁 장막을 두르고 장막 곁에는 크게 흰 꽃무늬를 그리고 장막 안에는 사람들이 수없이 늘어섰다. 또 적의 대선 네 척이 개 안으로부터 나와 한곳에 모여 섰다. 배마다 검은 깃발을 꽂았는데 깃발에는 흰 글자로, '南無妙法蓮華經' 일곱 자를 썼다.

이편 함대를 보자 적의 배들은 일제히 총을 놓아 철환이 우박 쏟아지듯 이편에 떨어졌다.

순신은 모든 배로 하여금 적의 함대를 에워싸게 한 후 거북선을 놓아 적의 함대 속으로 돌격하여 천지자총통으로 큰 배를 깨뜨리라고 하였다. 전선들이 번갈아 들고 나고 총통과 화살이 풍우와 같았다.

싸움이 한창 어우러졌을 때를 타서 순신은 제장에게,

"적이 세궁하면 배를 버리고 뭍으로 도망할 염려가 있으니 거짓 퇴병하는 양을 보이어 에워싼 것을 풀라. 적이 틈을 타서 빠져나오거든 좌우로 협공하여 하나도 남기지 말고 전멸하라."

이같은 명령을 전하고 에워싼 것의 한편을 열었다.

과연 충각선이 열린 길로 나갈 길을 찾았다. 검은 돛을 쌍돛대에 높이 달고 충루선이 가운데 서고 다른 배들이 옆을 옹위하여 급히 노를 저었다.

적선이 중류에 다 나설 만한 때에 순신은 영을 내려 배들로 하여금 뱃머리를 돌려 사방으로 적의 함대를 에워싸고 총과 활로 일제히 총공격을 개시하게 하고 돌격장이 탄 거북선으로 하여금 바로 충루선을 엄습하게 하였다.

거북선이 작은 적선들을 받아 물리치고 바로 충루선 곁으로 달려가서 용의 머리를 번쩍 들고 우러러 그 충루를 총통으로 쏘니 충루가 맞아 깨어졌다. 이때에 다른 배로써 화전을 쏘아 충루선의 집 장막과 돛을 맞히니, 장막과 검은 돛에 불이 당기어 불길이 하늘에 닿았다.

그래도 까딱없이 깨어지고 남은 충루 위에 칼을 짚고 앉아서 독전하던 적장까지도 마침내 살을 맞아 충루에서 굴러 떨어졌다.

10

충루선의 충루가 깨어지고 불이 붙고 또 장수가 환을 맞아 죽어 떨어지는 양을 보고 남은 적선 네 척이 이 창황한 틈을 타서 돛을 달고 북으로 달아나려 하였다. 순신이 이억기와 더불어 제장을 거느리고 달아나는 적선을 따라 에워싸고 활과 불로 치자 적병들은 견디지 못하여 혹은 물에 뛰어들어 헤어서 육지로 나가려 하고, 혹은 큰 배를 버리고 종선을 타고 도망쳐 산으로 기어올라 달아났다. 이편 군사들은 부실부실 내리기 시작하는 비를 무릅쓰고 혹은 창을 들고, 혹은 검을 들고 혹은 활을 끼고 적병을 따라가 혹은 물에서 혹은 밭 가운데서 혹은 산에서 둘씩 셋씩 단병 접전을 하여 적병의 머리 43급을 베어 가지고 피 흐르는 창과 칼을 두르며 놀아왔다.

순신은 적선을 전부 불사르고 오직 배 한 척만을 남겨 포구에 두어 상륙하여 피신하였던 적병들이 도망할 기회를 주게 하고 군사를 거두니, 이때에 벌써 날이 저물어 검은 그림자가 싸움 뒷바다를 덮었다.

그날 밤을 당목개 앞바다에서 지내고 이튿날 평명에 방답 첨사 이순신이 순신의 명을 받아 그 부하에 달린 배를 거느리고 어젯밤 당목개 어귀에 남겨 둔 배에 적병이 탔나 아니 탔나를 보러 갔다.

방답 첨사 이순신의 배가 당목개 어귀에 다다르니 아니 다를까, 적선 한 척이 당목개 어귀에서 빠져나오는 것을 보았다. 어제 싸움에 져서 배를 버리고 뭍으로 도망했던 적병들이 이편의 계교대로 밤 동안에 돌아와서 한 척만 남겨 놓은 배를 잡아 타고 장차 부산으로 도망하려 하는 것이었다.

방답 첨사 이순신이 불의에 섬 그늘에서 나서서 그 배의 앞길을 막고 지현자총통을 놓아 아직도 어두운 당복개의 새벽을 흔들었다.

불의에 포향을 들은 적선은 창황하게 뱃머리를 돌려 동쪽으로 달아나려 하였으나 동쪽으로서도 또 이편 배가 내달으며 우선 방포하여 적선의 기운을 지르고 연하여 장편전, 철환(鐵丸), 질려포(蒺藜砲), 대발화(大發火) 등을 쏘고 던졌다.

적선은 좌우로 협공을 받자 달아나기 어려울 줄을 알고 대적하여 싸우려 하였으나 이편의 공격이 자못 맹렬하여 다수의 군사가 사상하니 도저히 견디지 못할 줄 알고 화전에 뚫어진 돛과 총통에 부서진 뱃머리로 죽기를 무릅쓰고 달아나려 하였다. 방답 첨사 이순신은 군사를 시켜 쇠갈고리를 던져 적선을 끌어내었다. 적선은 그 쇠갈고리를 벗으려고 만단으로 애를 썼으나 아무리 하여도 벗을 길이 없어 바다로 끌려 나갔다. 바다 가운데로 끌려 나갔으니 뭍으로 내려서 도망하려 하나 도망할 길이 없었다. 그래서 선중에 있던 적병들이 반은 살을 맞아 죽고 반은 물에 빠져 죽었다.

그중에 24,5세나 되는 적장 하나가 부하 여덟 명을 데리고 끝까지 싸웠다.

그는 키가 크고 얼굴이 준수하고 화려한 군복을 입고 긴 칼을 짚고 우뚝 섰다. 이편에서 그 장수를 향하여 활을 쏘아 살을 7,8개나 맞아 전신이 붉은 핏빛이 되어도 그는 까딱 아니하고 여전히 칼을 짚고 섰다. 살아 남은 여덟 명 부하도 죽기까지 그의 명령을 복종하여 싸웠다. 그러나 마침내 살 10여 개를 맞자 그 장수는 분함을 이기지 못하는 듯 '으흑' 하는 한 소리를 지르고 물에 떨어졌다. 이편 군사들은 곧 그 장수의 머리를 베었다.

 살아 남았던 여덟 명 장수는 칼 짚은 장수가 죽은 뒤에 다 죽을 때까지 칼을 두르고 활을 쏘았다. 그들은 피를 흘리고 엎어졌다가는 다시 일어나서 비틀거리며 싸웠다. 죽을지언정 사로잡히지는 아니할 결심인 듯하였다.

 그러나 마침내 군관 김성옥(金成玉) 등의 손에 다 죽어버리고 말았다. 싸움이 다 끝난 뒤에,
 "과시 용사다!"
하고 방답 첨사 이순신은 아홉 적장의 머리를 앞에 놓고 술을 따라서 혼을 위로하였다.

11

 진시나 되어서 적선을 불사를 때쯤해서 경상 우수사 원균과 남해 현령 기효근 등이 배를 달려와서 바다에 빠져 죽은 적병의 시체를 건져 분주히 목을 잘랐다. 모두 50개나 잘라 가지고 의기양양하게 뱃머리를 돌렸다.

 방답 첨사 이순신은 몸소 적선에 올라 수험하였다. 뱃머리에 정결하게 꾸민 방 하나가 있는데, 방에는 화려한 장막을 둘렀고 방안에 조그마한 궤 하나가 놓였는데 열어 보니 무슨 문서가 들었다. 펴본즉 사람의 성명을 적은 발기인데 성명 밑에는 모두 피를 발랐다. 사람 수효가 모두 3천40여 명이요, 군기를 살라서 성명을 적었다. 아마 피를 내어 죽기로써 서로 맹세한 것인 듯하였다. 이 발기가 여섯 축이요, 그 밖에 갑주, 창검, 활, 총, 표피, 말안장 등물도 있었다. 방답 첨사 이순신은

이 물건들을 다 봉하여 순신에게 바쳤다.

순신은 피로 수결된 3천40여 명의 발기 여섯 축을 차례로 내려본 뒤에,

"과시 독한 무리로구나!"

하고 감탄하고 방답 첨사 이순신이 베어 온 적장의 머리 아홉 개 중에서 화살 10여 개를 맞도록 까딱없이 칼을 짚고 싸웠다는 젊은 장수의 머리를 보고는 정색하고 찬탄하는 뜻을 표하였다. 그리고 적장의 머리들의 왼편 귀를 베어 소금에 절여서 왕께 보낼 때에도 이 젊은 장수의 머리는 특별히 정하게 싸고 표를 하여서 보내었다. 오른편 귀는 베어서 이편에 보관해 두어 중간의 협잡을 방지하자는 것이다.

이날 검은 구름이 바다를 누르도록 하늘을 덮고 비가 퍼부어 도무지 배질을 할 수가 없었다. 그래서 당목개 앞바다에서 군사를 쉬다가 석양에 비가 개는 틈을 타 고성 지경 머루장(爾乙于場) 앞바다에 진을 옮겨 밤을 지냈다.

이튿날은 6월 7일이다. 아침에 일찍이 배를 띄워 웅천 땅 시루섬(甑島) 바다에 진을 치고 탐망선을 보내어 천성, 가덕의 적의 종적을 엄탐케 하였다.

이윽고 탐망선장 진무(鎭撫) 이전(李筌)과 토병 오수(吳水) 등이 적병의 머리 둘을 베어 가지고 돌아왔다. 그들의 보고에 의하건대 그들이 탐망선을 타고 가덕바다로 갈 때에 어떤 배 한 척에 적병 셋이 타고 오다가 이편을 보고 북으로 달아나는 것을 보고 따라가서 셋을 다 베었으나 그중의 하나는 경상 우수사 원균의 군관에게 강제로 빼앗기고 둘만 가지고 온 것이라고 하며 원망스럽게,

"경상 우수영 놈들은 산 대적은 하나도 못 잡으면서 죽은 대적의 머리 주워 모으기만 할 줄 아나. 경을 칠······."

하며 떠들었다.

순신은 말을 삼가라 책망하고 이전과 오수 등에게 술과 안주를 주게 하고 다시 척선을 돌아 적병의 종적을 알아 오라 명하였다.

순신은 함대를 끌고 적선의 유무를 살피면서 거제도 기슭을 돌아 오시에 영등포 앞바다에 다다랐다.

"왜선이야!"

하는 소리가 일어났다. 과연 검은 돛단 대선 5척과 중선 2척이 밤개(栗浦)에서 나와서 부산으로 향하고 있었다. 이편에서는 바람을 거슬러 노를 재촉하여 오리쯤 가서 밤개 밖에서 적선들을 따라잡았다. 그 배들은 실었던 짐을 물에 풀어버렸다. 아무리 하여도 면치 못할 줄을 알아차린 모양이었다.

우후 이몽귀가 대선 한 척을 바다에서 온이로 잡고, 머리 아홉을 베고, 한 척은 하륙하는 것을 불사르고, 사도 첨사 김완이 대선 한 척을 온이로 바다에서 잡고, 머리 20급을 베고, 녹도 만호 정운이 대선 한 척을 바다에서 온이로 잡고, 머리 아홉을 베고, 광양 현감 어영담, 가리포 첨사 구사직이 동력하여 대선 한 척이 하륙하는 것을 불사르고, 구사직이 머리 둘을 베고, 여도 권관 김인영이 머리 하나를 베고, 소비포 권관 이영남이 소선을 타고 돌입하여 머리 둘을 베고, 공선 하나를 바다에서 살리비렀다. 이리히어 혹은 베고 혹은 물에 빠져 적병이 하나도 없이 다 죽어버리고 말았다.

"어, 쾌하다!"

하고 제장들은 심담이 쾌연하였다.

12

순신은 함대를 둘로 갈라 가덕, 천성, 좌도 몰운대 등지를 좌우 양편으로 수사하였으나 적선의 그림자도 없었다. 그 지방 사람들에게 물으면 이곳저곳에 집을 잡고 웅거하던 적선들이 그 동안 자기네 주사가 연전연패하는 소식을 듣고는 모두 부산으로 날아났다고 한다.

"그놈들 다 달아났소."

녹도 만호 정운은 들먹거리는 팔을 둘 곳이 없는 듯이 멀어가는 몰운대를 바라보고 뽐내었다.

초저녁에 거제 온천도 송진개(松津浦)에서 밤을 지내고 이튿날 6월 8일에 창원 땅인 마산포, 안골포, 제포, 웅천 등지에 탐망선을 보내어 적군의 종적을 엄탐케 하고 본진은 창원 시루섬 남포바다에 옮겨서 탐망선들의 회보를 기다렸다. 저녁때에 탐망선들이 다 돌아왔으나 적군의 종적을 보지 못하였다는 보고뿐이었다.

도로 송진개에 돌아와 그날 밤을 지내고 이튿날인 6월 9일 조조에 배를 띄워 고므내(熊川) 앞바다에 진을 치고 한 번 더 소선들을 가덕, 천성, 안꼬래(安骨浦), 제포 등지에 보내어 적의 종적을 엄탐케 하였으나 그림자도 없다는 보고뿐이었다.

이제는 어찌할까? 적의 수군의 소굴인 부산을 칠까, 또는 그만하고 파진할까 하는 것이 큰 문제였다. 정운, 어영담같이 기운찬 장수들은 이 길로 가서 부산의 적의 소굴을 무찌르자고 주장하였으나 순신은 제장에게 그렇지 못한 이유를 타이르고 반대하였다. 순신의 이유는 이러하였다.

첫째로 지난 5,6일 간 거의 하루도 쉴 사이 없이 큰 싸움을 하여 양식도 진하였거니와 사졸이 피곤하고 그뿐더러 사졸 중에는 죽은 자도 있고 상한 자도 적지 아니하니, 이렇게 피곤한 군사를 가지고 오래 준비하여 가만히 쉬고 있는 적과 싸우는 것은 병가의 이른바 이아지로 적피지일(以我之勞 敵彼之逸)이라 백 번 패함이 있고 한 번 이김이 없다는 것이요, 둘째는 양산을 가려면 낙동강이 좁아서 배 하나를 용납할똥 말똥한데, 적선은 미리부터 험한 자리를 잡고 웅거하였으니 내가 싸우려 하면 제가 나오지 아니할 것이요, 싸우지 못하고 물러오면 도리어 나의 약함만 보일 것이니 육지로부터 함께 치는 군사가 없이는 수군으로는 도저히 양산의 적군을 칠 도리가 없고, 또 만일 양산의 적을 그냥 두고 부산으로 향하면 부산의 적군과 양산의 적군이 서로 응하여 타도의 객선이 앞 뒤로 적의 엄습을 받게 될 것이니, 이것은 만전지계가 아니요, 셋째로 또 전라 좌병사의 관에 의하건대 서울을 점령한 적병이 조선(漕船, 세납쌀 싣고 다니는 나랏배)을 빼앗아 타고 서강으로부터 호남을 향하여 내려온다 하였으니, 경기도, 충청도에도 수군이 있거든 어느 새에 조선을 빼앗길 리는 만무하지마는 의외지변도 없으란 법은 없으니, 그것도 생각하지 아니할 수는 없은즉, 아직 가덕 이서에 있는 적을 소멸하고 이번의 싸움을 거두자는 것이었다.

또 순신은 말하기를, 이번 싸움에 적선이 깨어진 것이 72척이요, 군사가 죽은 것이 3천 명은 넘을 것이요, 또 살아나서 육지로 도망한 적병들이 우리 주사의 위엄이 어떠한 것을 말하였을 듯하니, 필시 적병이 겁을 내어 가벼이 가덕 이편을 엿보지 못할 것인즉 아직 돌아가 죽은 군사를 장사하고 상한 군사를 치료하고 군사와 군량을 더욱 준비하여 다시 적의 소굴을 소탕할 준비를 하자고 하였다.

이리하여 6월 10일에 메주목 앞바다에서 파진하고 전라도 우수사 이억기와 경상도 우수사 원균이 각각 제 고장으로 돌아갔다.

원균은 물에 빠져 죽은 적병의 머리 2백여 급을 순신에게서 허락받아 얻어 가지고 의기양양하게 거제도 우수영으로 돌아갔다.

13

당포 싸움 이래 총과 활에 맞아 죽은 사람, 상한 사람은 이러하다.
장선 정병(將船正兵) 김말산(金末山)
우후선 방포진무(虞候船放砲鎭撫) 장언기(張彦己)
순천 일선 사부사노(順天一船射夫私奴) 배귀실(裵貴實)
순천 이선 격군사노(順天二船格軍私奴) 막대포작 내은석(莫大砲作內隱石)
보성 일선 사부 관노(寶城一船射夫官奴) 기이(起伊)
흥양 일선 전장관노(興陽一船箭匠官奴) 난성(難成)
사도 일선 사부진무(蛇渡一船射夫鎭撫) 장희달(張希達)
여도 사공 토병(呂島沙工土兵) 박고산(朴古山)

동상 격군(格軍) 박궁산(朴宮山)
　이상은 철환을 맞아 죽었고, 홍양 일선 사부 목자손(牧子孫)은 장수에서 하륙한 적병을 따라가 베다가 칼을 맞아서 죽고,
　　순천 일선 사부보인(順天一船射夫保人) 박훈(朴訓)
　　사도 일선 사부진무(蛇渡一船射夫鎭撫) 김종해(金從海) 두 사람은 화살에 맞아 죽고,
　　순천 일선 사부(順天一船射夫) 유귀희(柳貴希)
　　동상 포작(鮑作) 남산수(南山壽)
　　홍양선 선장수군(興陽船船將水軍) 박백세(朴百世)
　　동상 격군포작(格軍鮑作) 문세(文世)
　　동상 훈도정병(訓導正兵) 진춘일(陳春日)
　　동상 사부정병(射夫正兵) 김복수(金福壽)
　　동상 내노(內奴) 고붕세(高朋世)
　　낙안 통선사부(樂安統船射夫) 조천군(趙千軍)
　　동산 수군(水軍) 선진근(宣進近)
　　동상 무상사노(無上私奴) 세손(世遜)
　　발포 일선 사부수군(鉢浦一船射夫水軍) 박장춘(朴長春)
　　동상 토병(土兵) 장업(張業)
　　동상 방포수군(放砲水軍) 우성복(禹成服) 등은 철환을 맞았으나 중상에는 이르지 아니하였고,
　　방답 첨사 솔노(防踏僉使率奴) 언룡(彦龍)
　　광양선 방포장(光陽船放砲匠) 서천룡(徐千龍)
　　동상 사부(射夫) 백내은손(白內隱孫)
　　홍양 일선 사부정병(興陽一船射夫正兵) 배대검(裵大檢)
　　동산 격군포작(格軍鮑作) 말손(末孫)
　　낙안 통선 장흥조방(樂安統船長興助防) 고희성(高希星)
　　동상 능성조방(綾城助防) 최난세(崔蘭世)
　　보성 일선군관(寶城一船軍官) 김익수(金益水)

동상 사부(射夫) 오언룡(吳彦龍)
동상 무상포작(無上匏作) 흔손(欣孫)
사도 일선군관(蛇渡一船軍官) 진무성(陳武晟)
동상 군관 임홍남(林弘楠)
동상 사부수군(射夫水軍) 김억수(金億壽)
동상 사부수군 진언량(陳彦良)
동상 사부신선(射夫新選) 허복남(許福男)
동상 조방(助防) 전광례(田侊禮)
동상 방포장(放砲匠) 허원종(許元宗)
동상 토병(土兵) 정어금(鄭於金)
여도선 사부(呂島船射夫) 석천개(石千介)
동상 사부(射夫) 유수(柳修)
동상 사부(射夫) 선유석(宣有石) 등은 활을 맞았으나 경상이었다.

이상의 낙안 통선이라 함은 장수 낙안 군수가 탄 배를 이르는 것이요, 1선, 2선 하는 것은 어느 진에 매인 배의 번호다.

이렇게 이번 큰 싸움 3,4차에 죽은 군사가 모두 얼세 덩인네 총에 죽은 이가 열이요, 활에 죽은 이가 셋이며, 총 맞아 상한 사람이 열셋이요, 활 맞아 상한 사람이 스물하나이니 모두 합하면 죽은 군사가 13명이요, 상한 군사가 34명이다.

죽은 군사의 시신은 소선에 실어 각기 고향으로 운구해 매장하도록 순신이 각 부장에게 명령하였다. 영광스러운 전사자의 상여는 군사들과 백성들에게 메여 장엄하게 고향의 촌락으로 돌아왔다. 고향에 남은 부로와 부녀 아동들은 마치 친부모나 형제의 장례와 같이 찬양하고 슬퍼하였다.

14

싸워 죽은 이의 처자들은 각기 관에서 구휼하기를 명하고 상하기만

한 사람들은 순신이 친히 위문하여 상한 데를 만지고 약을 주어 치료하게 하였다.

그리고 파진할 때를 당하여 순신은 각 배의 장수들을 불러 술을 주고 그 동안 나라를 위하여 시석을 무릅쓰고 싸울 때에 죽기를 두려워 하지 아니하고 피곤함을 생각하지 아니하고 진실로 용사답게 잘 싸운 것을 칭찬하고,

"이번에 파진하는 것은 싸움이 끝난 것이 아니오. 우리는 적의 배와 병기를 보아서 알거니와 적은 우리와 같이 준비가 없지 아니하오. 적이 이제 두 번 우리에게 졌거니와 필시 전보다 더 많은 세력을 가지고 복수하러 올 것이오. 들은즉 적병이 벌써 평양을 점령하였다 하니 부산에서 황평 양서로 가는 수로를 얻지 못하고는 적병이 오래 견디지 못할 것인즉 적병은 필시 이를 위하여 죽을 힘을 다할 것이오. 그런데 이것을 막을 자는 오직 우리 수군이오. 우리가 만일 적의 배를 영남과 양호의 바다로 놓아 보내는 날에는 나라의 목숨이라 할 양호가 적의 손에 들어갈뿐더러 평양에 있는 적의 육군이 수군의 응원을 받아 의주까지 들이칠 것이오. 그리되면 우리 나라는 영영 없어지고 마는 것이오. 이 때를 당하여 우리네가 한 번 죽음으로써 나라에 갚지 아니하면 언제 갚소?"

할 때에 순신의 어조는 심히 비장하였다. 듣고 섰던 장졸들 중에는 눈물을 흘리는 자도 있었다.

"그러므로,"

하고 순신은 일단 소리를 높이어,

"그러므로 이번 파진하고 돌아간 뒤에도 제장은 더욱 배와 군사를 힘써 준비해서 문변즉부 종시여일(聞變卽赴 終始如一, 일이 있다면 곧 나오고 처음이나 나중이나 한결같이 하라)하시오."

하고 엄칙하였다. 듣는 장수들은 다, '예!'하고 그리 하기를 맹세하였다.

'毋狃一捷. 慰撫戰士. 更勵舟楫. 聞變卽赴. 終始如一.'

(한 번 이긴 것으로 마음 놓지 말고 군사를 위로하고 배를 더욱 준비하여 일이 있단 말을 듣거든 곧 나아가되 처음과 나중이 한결같이 하라.)
하는 스무 글자를 명주 폭에 크게 써서 돛대에 높이 달았다.
최후에 순신은 이번 싸움의 공을 논하여 일등으로부터 삼등까지 일일이 발표하되 적병의 목을 벤 수효를 따라서 하지 아니하고 싸우기에 힘쓰던 성적을 보아서 하였다.
이렇게 조정의 명령을 듣지 아니하고 순신이 스스로 논공행상을 한 데 대하여 순신은 왕에게 이렇게 상소하였다.
"논공 표창하는 일을 만일 조정의 명령을 기다려서 마련하기로 하면 왕복하는 동안에 시일이 지연할 것이오. 또 행재소(왕이 떠나 있는 곳)가 멀리 떠나 있고 길이 막혀서 사람이 통행하지 못하고 또 사나운 적병이 아직 물러가지 아니하였사온지라 상 주는 때를 넘길 것이 못 되오니 군사의 마음을 위로하고 격려하여 앞에 닥칠 일에 힘을 쓸 것이옵기로 우선 공로를 참작하여 일, 이, 삼등에 나누어……."
라고 하였다.
이리하여 메주목에서 경상 우수사 원균, 전라 우수사 이억기 등과 작별하고 이순신은 전라도 소속 병선 30여 척을 끌고 해안에 피난하여 굶주리는 피난민들에게 적선에서 얻은 양식과 피륙을 나누어 주어 생명을 유지하게 하고 또 가족을 끌고 주사를 따라오기를 원하는 무리 2백여 명은 농토 많고 일거리 많은 장생포 근처에 분접시켰다.

15

싸움에 나아갈 때마다 이순신은 제장에게 신칙하여 적병에게 붙들렸던 우리 나라 사람을 힘써 찾아 사로잡되 적선을 불지르거나 적군을 무찌를 때에도 각별히 수색하여 한 사람이라도 우리 사람을 죽이지 말라고 당부하고 또 적에게 잡혔던 우리 사람 하나를 찾아오는 것은 적 하나를 베는 것과 공이 같다고 약속하였다.
 그래서 모든 장졸들은 혹시 우리 사람을 상하지나 아니할까 하여 적선을 점령한 때에는,
 "조선 사람 있거든 나서라. 사또께서 조선 사람을 살리라 하신다."
하고 크게 외치었다. 그러면 그 배에 조선 사람이 있는 경우에는,
 "소인이 조선 사람이오. 살려 주시오."
하고 합장하고 나섰다.
 이렇게 찾은 사람이 이번 싸움에 남녀 합하여 여섯 명이었다. 그러나 대부분은 나이가 어려서 말을 알아들을 수가 없었고 그중의 하나 녹도만호 정운이 당목개 밖 바다에서 사로잡은 동래 사노 억만년이라는 열 살 난 아이 하나는 매우 영리하여 묻는 말에 분명히 대답할 수 있었다. 억만년은 머리를 끊어 왜 모양으로 차렸다.
 순신은 적에게 사로잡혔던 이러한 사람을 얻은 때에는 반드시 몸소 심문하였다.
 "어디 사느냐?"
 "동래 동문밖 연못골(蓮池洞)사오."
 "몇 살이냐?"
 "열세 살이오."
 "어찌하다가 적병에게 잡혔어?"
 "부산에 난리가 났다 하기로 어머니 아버지를 따라서 성내로 들어왔소."
 "어느 날?"
 "날은 모르겠소.──사월이라오. 성내에 들어갔는데 왜병이 수없이 와서 성을 다섯 겹이나 쌌더라오. 그러고도 남은 군사가 땅에 꽉 덮였더라오. 그중에 왜병 한 백여 명이 대강이가 커닿고 입이 널따란 것이 저마다 커다란 방패를 들고 넘어 들어왔더라오. 그리고 한편으로 큰 사다리를 성에다 놓고 넘어 들어와서는 성안에 있던 우리 사람들을 막 죽였다오. 소인은 그 통에 친형을 잃고 갈 바를 몰라서 엉엉 우노라니깐

어떤 왜병 한 사람이 소인의 손을 붙잡고 부산으로 끌고 갔소. 부산에서 5,6일을 지나 그 배(자기가 정운에게 잡히던 배)에 옮겨 실렸는데 그 배에 있던 사람 7,8명이 소인을 보고 무에라고 지껄이며 검을 둘러서 소인을 치려고 하겠지요. 그러는 것을 소인을 데리고 가던 사람이 팔을 벌리고 가리어 주었소. 그러고는 소인을 배 창널 윗집 밑에 숨겼소."

"그때 부산에 배가 몇 척이나 있더냐?"

"왜선이 얼마나 되는지 그것은 모르겠소."

"그래 어찌했어?"

"배를 타고 한 5,6일이나 있다가 대선 30여 척이 한때에 떠나서 우도(경상 우도를 가리키는 말)로 간다고 합데다. 그중에 여러 층으로 지은 배가 있는데 그것이 장수가 탄 배요, 층각선 밑에 여러 배들이 모여서 무슨 영을 듣고는 두 배씩도 가고 세 배씩도 가는데 동네에 들어가 소랑 말이랑 돼지랑 닭이랑 곡식이랑 아니 가지고 오는 것이 없습데다. 어떤 때는 피가 뚝뚝 떨어지는 사람의 대가리도 둘씩 셋씩 상투를 풀어 맞매어서 가져다가 징수에게 바치기도 하는데 그런 때에는 배에 탔던 사람들이 모두 좋아라고 떠듭데다."

억만년은 진저리치는 모양을 보였다.

16

"그래서?"

순신은 억만년의 이야기를 재촉하였다.

억만년은 또 무슨 이야기를 하나 하려는 듯이 멀거니 순신을 쳐다보더니,

"왜인들은 저마다 총과 검을 가졌소. 철환도 가지고."

하고 또 한참이나 생각하다가 대단히 중요한 것이 생각난 듯이,

"조석 밥에는 모래가 반이나 섞였습데다."

하고 입을 다물었다.
 말을 듣던 사람들은 이 말에 모두 웃었다.
 "그 밖에는 또 본 것이 없느냐?"
하는 말에 억만년은,
 "그 밖에는 말이 달라서 무슨 소린지 모르겠습데다."
하고는 피곤한 빛을 보였다.
 억만년의 심문이 끝난 뒤에는 밤개 싸움에 녹도 만호 정운이 잡아온 천성 수군 정달망(鄭達望)을 불렀다. 정달망은 억만년보다 나이를 한 살 더 먹어서 열네 살이지마는 똑똑한 품은 억만년만 못하였다. 정달망의 공초는 이러하였다.
 난리가 나서 적병이 횡행하므로 정달망은 그 부모를 따라서 산으로 피난을 갔다. 수군에 이름은 두었지마는 아무도 그에게 군복과 배를 주는 이가 없었던 것이다. 산에 들어가서 얼마를 숨었다가 가지고 갔던 양식도 다 떨어져 풀뿌리와 나무껍질로 연명하다가 하도 배가 고파서 천성 근처 벌로 보리 이삭을 주워 먹으러 내려왔다가 붙들렸다고 한다. 그날 왜인들은 밤개에 배를 세우고 노략질해온 물건을 볕에 쪼이고 거풍을 하고 있을 때 우리 주사가 왔다. 왜인들은 우리 주사가 오는 것을 보고 거풍하던 물건도 다 내어버리고 엎더지며 자빠지며 배에 올라 미처 닻을 감을 새가 없어 닻줄을 끊어버리고 달아나다 그만 우리 주사에게 잡힌 것이라고 한다.
 순신은 곁에 섰던 정운을 돌아보며,
 "어린것들이 적병에게 잡혀 어버이와 집을 잃고 보기에 궁측하니 각각 사로잡은 관원에다 갈라 맡기어 입을 것과 먹을 것을 주어 살게 하다가 난리를 평정한 뒤에 제 고향으로 돌려보내도록 하오."
하였다.
 순신의 함대는 사량바다를 거쳐 사천, 진주, 곤양, 남해 등 여러 고을의 포구와 섬들이 다 무사한 것을 살펴보고 노량진을 지나 11일 석양에 본영으로 돌아왔다. 순신이 지나오는 길에 포구와 섬에 들를 때마다 백성들이 이순신의 얼굴이라도 한번 보겠다는 듯이 배로 모여들었다. 백성들은 마치 전쟁이 아주 끝나기나 한 것같이 기뻐하였다. 그리고 이것이 다 '이 수사'의 재주 때문이라고 백성들은 풍운조화를 부리는 날개 돋힌 신인같이 생각하였다.

그렇듯 백성들이 많이 모인 것을 보면 순신은 뱃머리에 나서서 첫째로, 그동안 백성들이 적병에게 시달리고 애졸하던 것을 위로하고 둘째로, 농사하는 자는 농사에 힘을 쓰고 고기잡이하는 자는 힘써 고기를 잡고, 소금구이하는 자는 힘써 소금을 구워 양식을 많이 저축하여야 할 것을 말하고 셋째로, 싸움이 아직 끝나지 아니하였으니 항상 적병이 오나 조심할 것과 적병이 보이거든 곧 주사에 알릴 것을 말하고 넷째로, 싸움이 오래 가면 장정들은 군사가 되어야 할 터이니 평소에 활쏘기와 배젓기와 헤엄치기 같은 재주를 많이 배워 둘 것을 말하고 끝으로 싸움에 이기고 지는 것은 그 백성의 기운에 있으니 결코 마음이 죽지 말고 누가 나를 당하겠느냐 하고 기운을 가지라는 것을 말하였다. 그러면 백성들은 다 사또의 분부대로 하기로 맹세하였다.

쫓기는 길

1

 이순신이 바다에서 적의 수군과 싸워 연전연승하는 동안에 왕과 그를 따르는 무리들은 어찌하였나. 장차 한산도의 큰 해전을 말하기 전에 그 동안 왕이 쫓겨가던 이야기를 하자.
 4월 30일, 전라우도 수군절도사 영 앞에 이순신 막하의 수군이 진을 치고 장차 전선을 향하여 출동하려고 파리강의 대회의를 하던 날, 순변사 이일의 상주 패군 장계를 보고 비오는 밤에 왕이 서울을 버리고 비를 맞으며 돈의문을 나서 서쪽으로 서쪽으로 쫓겨가며 지향없는 길을 떠났다는 것은 벌써 말하였다.
 밤길을 걸어 박석고개(砂峴)에 이르니 날이 새었다. 고개에 올라서서 장안을 돌아보니 화광이 충천하였는데 이것은 백성들과 군사들이 원망의 초점이던 남대문 안 창고에 불을 놓은 것이었다.
 박석고개를 넘어 돌다리(石橋)에 이르니 다시 비가 오기 시작하였다. 경기 감사 권징(權徵)이 군사 수십 명을 데리고 따라왔다. 이때에는 수십 명은커녕 수명이라는 것도 적지 아니한 것이었다. 모두 슬몃슬몃 달아나는 판에 권징이 따라온 것은 왕 이하로 가엾은 일행에게 적지 아니한 기쁨이 되고 의지가 되었다.
 벽제관에 이르러선 비가 퍼붓는 듯하여 도저히 더 갈 수가 없었다.
 "잠깐 비를 그어 가심이 어떠하올지?"
 옷소매와 수염에까지 물이 줄줄 흐르는 영의정 이산해가 왕께 아뢰었다. 왕도 입은 옷이 온통 살에 달라붙었다.

"그렇게 지체해서 되겠소?"

하면서도 왕은 떨리는 사지를 진정치 못하여 벽제역에 들어갔다. 그러나 역에는 역승(驛丞)도 역졸도 다 달아나고 오직 눈꼽 낀 노파 하나가 있을 뿐이었다. 죽기를 무섭게 여기지 아니하는 사람은 노파뿐인 듯하였다. 노파는 왕이 어느 양반인지도 모르는 듯 말없이 방에 앉아서 이 이상한 행인 일행에 그리 흥미도 없는 듯이 물끄러미 보고 있었다.

왕은 잠시 들어앉았으나 도무지 마음이 놓이지를 아니하여 곧 가자고 재촉하였다.

일행은 또 이곳을 떠났다. 말들도 밤새 먹지도 못하고 달려와서 고개만 내어두르고 굽으로 땅을 팔 뿐이요, 잘 가려고 하지 아니하였다. 왕을 따르는 귀족, 고관들도 혹은 발이 부르텄다고 하고 복통이 난다고 하여 일행에서 떨어져 서울로 돌아가기를 원하였다. 그들은 서울에 남겨두고 온 좋은 집과 풍성한 먹을 것과 아름다운 처첩을 생각하였다. 따뜻한 방에 앉아서 수없는 비복을 부려 따뜻한 술과 몸 보하던 약을 먹을 생각을 하면 껄렁껄렁하게 되어 쫓겨나는 왕을 따라 이 찬비를 맞고 가는 것이 어리석은 일이었다. 또 실상 밀 하나도 얻이 다지 못한 군졸들은 발이 부르트고 다리가 나무때기같이 되어서 더 걸을래야 걸을 수가 없는 자도 있었다.

종묘 위패를 몰아 태운 가마 하나가 앞을 서고 그 다음에 말을 탄 왕이 서고 다음에 영의정 이산해, 좌의정 유성룡, 우의정 윤두수, 도승지 이항복, 종친들이 서고 중간에 왕비, 기타 종실 부인들과 몇몇 궁녀들이 혹은 타고 혹은 걷고 그 뒤를 이어 금관자, 옥관자들이 섰다. 얼마 가다가 뒤를 돌아보면 몇 명이 떨어지고 또 얼마를 가다가 뒤를 돌아보면 또 몇 명이 떨어졌다. 심지어 시종(侍從)이니 대간(臺諫)이니 하는 자들까지도 많이 떨어져버리고 일행의 사람 수효는 갈수록 줄었다. 마치 양식 준비 없는 앞길을 위하여 일행을 줄이는 것 같았다.

혜음령을 올라갈 때에 빗방울의 굵기가 우박과 같은 것이 때마침 부는 서풍에 왕 이하로 일행의 면상을 사정없이 두들겨서 눈을 뜰 수가 없었다. 약한 말을 탄 궁녀들은 옷자락을 머리에 써서 빗방울의 아픔을 막으면서 소리를 내어 통곡하였다.

날이 저물었다. 내리두드리는 빗발 사이로 호호탕탕한 임진강이 번득거렸다.

"저 강만 건너면야."

왕이나 신하나 이 강을 건너는 것이 큰 피난이나 되는 것같이 생각하였다. 그러나 잔뜩 물을 먹은 강 언덕의 흙은 결코 일행을 환영하지 아니하였다. 물론 땅에는 말발굽이 쑥쑥 들어가고 단단한 땅은 얼음판과 같이 미끄러워서 말들은 무릎을 꿇고 사람들은 나자빠졌다.

2

말과 사람이 반 넘어 개흙투성이가 되어서 겨우 임진강에 다다랐다. 강물은 비에 불어서 흐린 물결이 소리를 치며 달려갔다. 그것은 실로 처참한 경지였다.

천신만고로 왕은 배에 올랐다. 따르는 신하들도 반신은 물에 담그며 배에 오르고 부녀들은 마치 송장 모양으로 정신없이 남자들에게 안기기도 하고 끌리기도 하며 배에 올랐다. 이판에 하나도 떠내려간 사람이 없는 것이 믿을 수 없이 이상한 일이었다.

왕은 작은 배의 뱃전을 꽉 붙들고,

"수상과 좌상은 어디 갔나?"

하고 마치 잃어버린 의지할 사람을 찾는 듯이 이산해와 유성룡을 불렀다. 두 사람이 왕의 곁으로 가자 왕은 한 손에 이산해를 한 손에 유성룡을 꽉 붙들었다. 두 사람은 왕이 가장 신임하는 신하였다. 이것을 보고 창황 중에도 서인들은 동인인 이산해와 유성룡을 밉게 생각할 여유가 있었다. 도승지 이항복만은 그렇지도 아니하나, 이조판서 유홍과 찬성 최흥원(崔興源)은 이산해, 유성룡을 아무러한 기회에라도 한번 골리려는 생각을 임진강 비를 맞으면서도 떼어놓지 아니하였다.

쫓기는 길   119

　이럭저럭 강은 건너왔다. 그러나 이 어두운 그믐밤에 비까지 내리니 지척을 분별할 수 없었다. 어디가 길인지 알 수가 없었다. 유성룡은 도승청(渡丞廳)에 불을 놓기를 명하였다. 도승청이란 임진강 나루를 맡은 도승이라는 벼슬아치의 관청이다. 비가 오건마는 이 묵은 큰 집에 불이 붙어 강북까지도 환히 비치어서 길을 찾을 수가 있었다. 이것은 대단히 좋은 묘책이라고 모두 칭찬하였다. 왜 그런고 하면, 이 도승청에 불을 놓기 때문에 쫓겨가는 길을 찾는 것도 고마운 일이어니와 적병이 뒤를 따를 때에 떼를 모을 재목을 없이 한 것도 좋은 일이었다.
　초경에 동파역에 다다르니 거기는 파주 목사 허진(許晋), 장단 부사 구효연(具孝淵)이 지대차사원(支待差使員)으로 이곳에 있어서 왕이 하루 먹을 음식을 갖추어 가지고 일행이 오기를 기다리고 있었다.
　하루 종일 굶고 길을 걸은 호위인(扈衛人)들은 역사에 들자 음식 냄새를 맡더니 문득 미친 사람같이 날뛰어서 부엌으로 달려들어 주먹다짐으로 서로 빼앗아 먹고 상감 자실 것과 점잖은 대관들 먹을 것이라고는 한 알갱이도 남기지 아니하였다. 입에 밥풀을 발라가며 한 주먹이라도 더 먹겠다고 아우성치는 꼴은 과연 아귀인 듯하였다.
　"조금도 안 남았나?"
하고 배고픈 왕은 수상을 향하여 물었다. 이산해와 유성룡은 왕의 이 말에 낙루하고 궁녀들은 통곡하였다.
　"왜들 우느냐?"
하고 왕은 길게 한숨을 쉬었다.
　왕과 대관들은 이 밤을 굶어서 지낼 수밖에 없었다. 파주 목사 허진은 왕에게 저녁밥 못 드린 죄를 두려워하며 도망하고 상감이 잡숫기도 전에 먼저 다 먹어버린 호위 군사들은 먹고 나서야 죄지은 줄을 알고 에라 빌어먹을 것 따라가면 별 수가 있느냐, 경칠 것밖에 남은 것이 있느냐 하고 밤 동안에 다 달아나버리고 말았다.
　이튿날인 5월 초하루에 왕과 그 일행이 길을 떠나서 개성으로 향하려 하나 서울서 데리고 온 군사와 나중에 경기 감사 권징이 데리고 온

이졸들도 말을 훔쳐들 타고 하나 없이 달아나서 호위할 사람이 있나, 손발 잘린 사람들 모양으로 우두커니 동파역에 앉아서 행여나 누가 오나 하고 기다리기를 초저녁때까지 하였다.

"그냥 걸어서 떠나지?"

왕은 적병이 따라올 것이 두려워서 재촉하나 일 리를 못 걸어 본 왕이나 왕비나 늙은 재상들에게 걸음을 걷자는 것은 망계였다.

3

이웃 동네에 사람을 보내 보았으나 반 이상은 다 피난을 가버리고 설사 남아 있는 백성들이 있댔자 왕과 대관들이 저꼴이라면 '잘코사니' 할 뿐이요, 누구 하나 나서서 그들의 괴로움을 덜어주려는 이가 없었다.

웬 농부 하나는 관인을 보고 꾸짖었다.

"잘들 호강했지. 저희들이 우리 위해 한 일이 무에야? 저희들이 생전에 누구를 위해서 좋은 일을 해 보았던가."

"밭을 한 이랑 갈았나, 논에 풀 한 대를 뽑아 보았나, 백성들의 등을 긁고 나라를 망해 놓은 것밖에 한 일이 무에냐 말야. 무슨 낯에 누구더러 오라 가라……."

백성을 징발하러 갔던 관인은 겁이 나서 동파역으로 돌아와 웬 농부 하나가 꾸짖던 말을 일동(왕까지도 한 방에 앉은 일동이다)에 보고하였다. 모두 말없이 고개를 숙일 뿐이었다.

반나절이 되어서 황해 감사 조인득(趙仁得)이 본도 병마를 거느리고 왔는데 서흥 부사 남의(南嶷)가 군사 수백 명과 말 5,60필을 가지고 먼저 왔다. 왕과 일행이 재생의 기쁨을 맛보았을 것은 말할 것도 없다.

왕은 초췌한 얼굴에 다시 살아난 웃음을 띠우고 친히 남의의 손을 잡고 그 충성을 칭찬하였다.

"자, 떠나자."

이만하면 왕의 행차가 부끄러울 것이 없었다. 일행 중에 누군가 우선 아까 버릇 없는 말을 한 늙은 농부를 잡아다가 물고를 내고 가자고 하였으나 지금 그러할 사이가 있느냐 하여 파의가 되었다.
　일행이 떠나려 할 때에 사약(司鑰) 최언준(崔彦俊)이 나서며,
　"궁중인이 어제도 종일 못 먹고 오늘도 종일 못 얻어먹었으니 어떻게 길을 가오? 어디서 쌀을 좀 얻어다가 요기나 하고 가야겠소."
하였다.
　이 말에 잠시 배고픈 줄도 잊었던 사람들이 갑자기 배가 고파져서 사지에 기운이 빠져 땅속으로 잦아들어가는 듯하였다.
　황해도 군사들이 가진 군량 대소미 섞인 쌀 두어 말을 얻어서 일지도 아니하고 밥을 지어 우선 궁인들만 요기를 시켜 가지고 길을 떠나 오시 쯤하여 초현참(招賢站)에 다다르니 거기는 황해 감사 조인득이 장막을 치고 밥을 지어 놓고 기다리고 있었다. 여기서 백관들은 서울을 떠나 쫓기는 길을 나선 후로 비로소 밥을 얻어 먹었다. 모래가 반이나 섞이고 밑은 타고 위는 설어 단 냄새가 나는 밥, 게다가 구더기가 둥둥 뜨는 된장국, 그러나 이것도 서울서 먹던 고량 진미보다 맛이 좋았다.
　저녁때에 개성에 다다라 왕은 남문 밖 공서에 들고 따라가는 백관들도 각각 이웃 민가에 숙소를 정하였다.
　길에서 비를 맞고 밥을 굶고 말 탄 자는 꽁무니가 아프고 걸은 자는 발이 부풀어 쥐죽은 듯하던 작자들도 개성 같은 큰 도시에 편안히 자리를 잡고 보니 새로 기운들이 나서 저녁 밥상을 물리기가 바쁘게 동인, 서인의 당파 싸움을 벌이기 시작하였다. 벽제관과 임진강에서도 무슨 생각이 났던지 달아나지 아니하고 따라왔던 몇몇 대간이라는 무리들이 기세가 당당하게 영의정 이산해를 탄핵하였다. 그 이유는, 영의정이 국사를 그릇하기 때문에 나라가 적의 말발굽에 유린을 당하고 성상이 몽진의 고초를 당한다는 것이었다. 아아, 그들은 서울서 개성까지 오는 동안에 제 배 고프고 제 다리 아픈 책임을 영의정 이산해라는 동인 늙은이에게 풀려 한 것이다. 그들은 이산해보다도 유성룡을 더 미워하였

지마는 한꺼번에 둘을 맞히려는 것은 전술상 불리한 줄을 알기 때문에
우선 이산해를 건 것이다. 그러나 왕은 듣지 아니하였다. 그렇게 죽을
고생을 한 늙은이를 잘 자리를 잡는 길로 파직한다는 것은 보통 인정으
로 못할 일이었다. 왕에게는 이 인정이란 것이 있었다.

4

이튿날 아침을 먹기가 바쁘게 대간은 다시 영상 이산해를 탄핵하였
다. 왕은 마침내 이산해를 파하고 좌의정 유성룡으로 영의정을 삼고 최
홍원으로 좌의정을 삼고 윤두수로 우의정을 삼았다.

그러나 유성룡이 수상이 된다는 것은 서인들에게는 더욱 견디지 못
할 일이었다. 서인들의 말에 의하면 신묘년에 일본에 보내었던 사절 황
윤길, 김성일 두 사람 중에 서인인 황윤길은 반드시 일본이 불원에 우
리 나라를 침범하리라고 바로 보고하지 아니하였느냐. 만일 황윤길의
말대로 일본이 우리 나라를 침범할 것을 믿고 병비를 하였던들 오늘날
이 꼴이 되었을 리가 있느냐. 그런데 동인인 김성일이 부사이면서도 정
사인 황윤길의 말에 반대하여 결코 일본이 우리 나라를 침범하지 아니
하리라, 평수길은 아주 하잘것 없는 인물이라고 한 것을 이산해, 유성
룡이 제 당파에 일편된 사곡한 마음으로 김성일의 말을 옳게 여겼기 때
문에 오늘날 나라를 그르친 것이 아니냐 하는 것이었다. 그래서 이산해
를 탄핵한 '교결오국(交結誤國)'이라는 죄는 당연히 유성룡도 질 것이
라고 해서 또 들고 일어나서 오늘 아침에 새로 난 영의정 유성룡을 탄
핵하였다. 실로 동인편에서는 서인들의 이 논죄에 대하여서는 대답할
말이 없었다. 일본이 침범하지 아니하리라고 김성일의 말을 믿은 것은
분명히 이산해와 유성룡의 비록 죄까지는 아니라고 치더라도 밝지 못
함이라는 책임은 면할 수 없을 것이다.

왕은 평소에 그렇게 믿어 오던 이산해와 유성룡을 동시에 파하기가
난처하였으나, 또한 다수 서인들의 앙탈을 막을 힘도 없어서 그날 저녁

때에 유성룡을 파하고 최흥원으로 영의정을 삼고, 윤두수로 좌의정을 삼고, 유홍으로 우의정을 삼았다. 유홍은 서울을 버리기에 크게 반대하면서도 맨먼저 처자를 관북으로 피난시킨 위인이다.

개성에 와서 하루를 무사히 지내자 왕을 따라온 백관들은 서울을 버리고 떠난 것을 원망하기 시작하였다. 두고 온 집과 처첩이 그리웠던 것이다. 왕도 이 사람들의 말에 감동이 되어서 서울을 떠난 것을 후회하였다. 그리고 승지 신집(申礛)을 서울로 보내어 서울 형편을 알아서 곧 귀환하도록 하라고 명하였다.

그러나 신집이 임진강을 다 건너기도 전인 5월 3일에 서울은 적병의 손에 들어갔다.

서울은 어떻게 함락이 되었나. 유도대장(留都大將) 이양원은 성중을 지키고 도원수 김명원(金命元)은 한강을 지켰다. 남으로 올라오는 적병이 서울에 들리면 한강을 건너야 할 것은 이 양반들도 알았던 것이다. 그러나 4월 3일, 해가 낮이나 되어서 도원수 김명원은 한강가 제천정(濟川亭)에 앉아서 유월 염천의 서늘한 바람을 쏘이면서 미희로 하여금 술을 따르게 하고 종사관과 더불어 시를 짓고 있었다. 이분네가 도원수라 하나 병법을 알 리가 없어서 척후를 쓰지 아니하니 적병이 앞고개 너머까지 와도 알지 못하고 운자를 다느라고 애를 쓰다가 문득 적군이 강 저편에 온 것을 보고는 군기와 화포와 모든 기계를 강중에 집어넣고 도원수의 옷을 벗어 버리고 미리 준비하였던 패랭이를 쓰고 짚신을 신고 도망하였다. 종사관 심우정(沈友正)이,

"대감이 국가의 간성이 되어서 도성을 지키다가 싸워서 죽을지언정 어디로 간단 말이오?"

하고 명원의 소매를 붙들었으나 명원은,

"가서 행재를 지켜야 하지."

하고 소매를 뿌리치고 달아났다.

"에끼, 개 같은 자식!"

하고 종사관 심우정은 김명원의 뒤통수를 주먹으로 때리고 발길로 내

지르고 혼자 잔병을 데리고 적병을 막다가 죽었다.

5

유도대장 이양원이 성중에 있다가 한강을 지키던 도원수 김명원의 군사가 패하여 달아났단 말을 듣고 자기도 아니 달아날 수 없어 성을 버리고 양주로 갔다. 오직 강원도 조방장 원호(元豪)가 불과 수백 명의 군사를 거느리고 여주를 지켜서 적병이 3,4일 강을 건너지 못하였으나 원호가 강원도 순찰사 유영길(柳永吉)에게 불려 본도로 돌아가자 다시는 강을 지킬 사람이 없어서 적병은 여염 민가를 헐어 그 재목으로 떼를 모아 타고 강을 건넜다.

이리하여 삼로 적병은 아무 저항없이 한강을 건너 마치 제 고향에 들어가듯이 서울로 들어왔다.

이 모양으로 싱겁게, 참 싱겁게 서울이 적병의 손에 들었다.

서울로 향하는 적병을 막으려 한 큰 군사—— 5만의 대군이 있던 것을 여기서 한마디 말하지 아니할 수 없다. 그 5만 대군이라는 것은 곧 3도 순찰사의 군이다. 전라도 순찰사 이광, 충청도 순찰사 윤국형(尹國馨)의 연합군, 경상도 순찰사 김수(이 군은 본래 밀양이 함락되었다는 기별을 듣고 줄곧 달아난 위인들이다)——의 군관 십여 명을 합한 것인데 군사 수효는 5만이 넘었다. 그중에도 대부분은 용맹이 있고 잘 싸우기로 이름 있는 전라도 군사다. 애초에 이광이 전라도 군사를 거느리고 서울을 도우러 오다가 왕이 서쪽으로 달아났다는 기별을 듣고 싸우지도 아니하고 전주로 돌아갔었다. 이것을 보고 전라도 사람들이 다 분개하게 여겨 이광에게 대하여 불평하는 사람이 많았다. 이광도 생각해 보면 마음이 편안할 수는 없어서 군사를 거느리고 충청도 군사와 연합하여 서울로 향하던 것이다. 이를테면, 이광이 전라도 군사를 거느리고 온 것이 아니라, 전라도 군사가 이광을 떠밀고 온 것이었다.

이 3도 순찰사군 5만 대병은 충주로부터 죽산을 거쳐 오는 적병을 막을 양으로 용인으로 향하였다.

　용인에 이르러 바라보니 북두문 산상에 적병이 쌓은 듯한 작은 누(壘)가 있었다.

　광은 첫째로 험한 곳을 택하여 진을 치고, 둘째로 용인 성내의 적의 형세가 어떠한지 염탐해 보려고도 아니하고 수하에 있는 5만 명 군사를 밀어 다짜고짜 용사로 이름 있는 백광언(白光彦), 이시례(李時禮) 등을 시켜 곧 북두문의 적루를 습격하기를 명하였다.

　백광언, 이시례 양인은 수백 명의 선봉을 거느리고 북두산에 올라가 적루에서 십여 보나 되는 곳에서 말을 내려 누를 향하여 활을 몇 방 쏘았으나 적병은 도무지 빛을 보이지 아니하였다. 백광언, 이시례 등은 적병이 자기네가 무서워서 나서지 못하는 줄만 생각하고 의기양양하여 소리를 지르며 싸움을 돋우었다.

　두 선봉장과 군사들이 모두 마음을 놓아 혹은 활을 벗어 걸고 혹은 윗옷을 벗고 땀을 들이고 있을 때에 갑자기 고함소리가 나며 서리 같은 긴 칼날을 내어두르고 누로부터 일대 적병이 달려 나와 시살하였다. 광언, 시례 등은 창황히 달아나려고 가기 제 말을 찾다가 미처 찾지 못하고 적병의 칼에 죽고 군사들도 거의 함몰하였다.

　이 소문을 듣고 군중이 크게 놀래었다. 더욱 놀란 것은 새 순찰사와 서울서 내려온 군관들이었다.

　이튿날 아침에 적병 4,5명이 머리에 흰 수건을 동이고 긴 칼을 내어두르며 5만 대군을 향하여 달려오자 좋은 말이 있는 순찰사와 군관들은 기운차게 채찍을 둘러 달아났다. 장사 없는 군졸들은 군자와 기계를 내어버리고 그들의 용감한 장수들의 뒤를 따랐다. 5만 대병이 무너지는 소리가 산 무너지는 소리와 같았다. 이광은 무사히 전주로, 윤국형은 공주로, 김수는 경상우도로 각기 탁족이나 시회하러 갔던 사람 모양으로 돌아가서 선화당에 늘어앉았나. 그리고 용인 5민 대병이 앉았던 자리에는 군자, 군기가 무수히 길을 막아서 사람이 통행할 수가 없으므로 적병들은 이것을 모아 놓고 불을 살라버렸다.

6

우리는 3도 순찰사의 5만 대병이 적병 4,5인의 칼에 흩어진 데 들뜬 비위를 잠깐만 참고 도원수 김명원과 부원수 신각(申恪)에 관한 우습고 슬픈 이야기를 하나 더 듣자.

애초에 도원수 김명원이 한강을 지킬 때에 부원수 신각의 의견은, '우리 군사가 오합지중이 되어서 싸움을 당하게 되면 도망하기가 쉬우니 차라리 전군을 거느리고 강을 건너가 배수진을 치자, 그리하면 뒤로 도망할 곳이 없으므로 부득이 적과 사생을 결할 것이요, 그리하면 적병은 천리 행군에 피곤한 군사요, 우리는 잘 자고 잘 먹은 군사일 뿐더러 우리 편은 먼저 험한 곳을 잡아 진을 치고 있을 것인즉 아직 어디가 어딘지 모르고 새로 서투른 지방에 오는 객군인 적병을 싸워 이기는 것은 심히 쉬운 일이다. 그러나 한강을 앞에 두고 이쪽에서 적을 막으려 하면 적병은 한강 저편에 자리를 잡고 몇 날이든지 군사를 쉬며 우리 형세를 염탐할 것이요, 또 그 동안에 강을 건널 꾀를 낼 것이니 이왕 군국을 위하여 한 번 싸우는 바이면 강을 건너가 배수진으로 자웅을 결하자'는 것이었다.

그러나 김명원은 이런 위험한(제 목숨이) 일을 할 사람이 아니었다. 그는 신각의 의견을 좇지 아니하였다. 그러다가 김명원이 다른 군사보다도 먼저 적병이 강을 건너 오기도 전에 강 저쪽에 있는 적병을 보기만 하고 뺑소니치는 양을 보고 신각은 김명원을 버리고 서울로 유도대장 이양원을 찾았다. 이제 이양원의 군사나 가지고 한 번 싸워보자는 것이었다.

그러나 이양원도 김명원과 다름이 없는 위인이었다. 도원수 김명원은 강 저쪽에 있는 적병의 빛이라도 보고 달아났지마는 유도대장 이양원은 적병이 온다는 소리만 듣고 벌써 처첩을 끌고 동소문으로 빠져 나갔다. 그들의 생각에 피난처는 동소문 밖에 있는 줄 아는 것이 유행이었다. 강원도, 함경도를 안전지대로 알았던 것이다. 고관 대작의 처첩 자녀들은 뭉게뭉게 동소문을 나간 것이다. 이양원이 그리로 나가지 아니할 리가 없다.

신각도 동소문으로 나간 사람임에는 틀림없다. 적병도 이것을 알기 때문에 동소문으로 따라 나갔다. 신각이 이양원, 김명원의 무리와 다른 것은 그가 양주에서 이양원을 만나 때마침 올라오던 함경남도 병마절도사 이혼(李渾)의 군사와 합하여 서울로부터 노략질하며 내려오는 적병을 깨뜨려 모가지 60여 급을 벤 것이다. 4월 13일 적병이 부산에 상륙함으로부터 경상, 충청, 경기도를 석권하는 동안에 우리 사람이 적병을 이긴 것은 이것이 처음이었다. 양주의 첩보를 듣고 백성들이 기뻐하는 양은 실로 비길 데가 없었다.

그런데 웬일인가. 부원수 신각이 양주에 전승한 지 사흘 만에 개성에 쫓겨 있는 왕으로부터 신각을 베라는 교지를 가진 선전관이 와서 신각의 목을 잘라버렸다. 그 까닭은 이러하다.

김명원이 한강에서 도망하여 임진강을 건너서야 비로소 정신을 수습하여 상계를 하되 자기가 한강을 지키지 못함이 미처 부원수 신각이 자기의 호령에 복종하지 아니하고 달아난 데 있다는 것같이 하였다. 이것을 볼 때에 여러 사람들은 패장군의 책임전가로 생각지 아니함도 아니었으나 우의정 유홍도 그 흥분 잘하는 어조로,

"주장의 호령을 아니 들은 자는 죽음이 마땅하오!"

하고 바로 추상열일같이 대의명분을 내세우는 통에 주장 없는 왕은 그리고 솔깃하여 베라는 전교를 내린 것이다. 아마 이것이 유홍의 필생의 공적일 것이다.

이튿날 양주에서 부원수 신각이 적병이 깨뜨리고 60여 급을 베었다는 첩보를 받고 왕은 크게 뉘우쳐 곧 선전관을 뒤따라 보내었으나 벌써 늦었다. 패장군 김명원의 손에 신각이 죽은 것이다.

7

 이 모양으로 서울이 함락되니 왕이 또 쫓기는 길을 떠날 것은 물론이지마는 왕은 갈 데로 간다 하더라도 군략상 임진강을 지키기에 전력을 다해야 할 것은 말할 것도 없다. 한번 한강의 요해를 잃어버리면 다음에 지킬 곳은 임진강이다.
 만일 임진강에서도 적병을 막지 못한다 하면 그 다음에 버티어 볼 데는 대동강을 앞둔 평양밖에는 없다. 그리고 만일 평양까지 잃어버린다 하면 이 쫓기는 무리들은 마침내 명나라 황제에게 살려 줍소사 하고 빌 붙든지 그렇지 아니하면 처자와 신주를 끌고 압록강을 건너, 그리도 좋아하던 명나라에 내부(內附)할 수밖에 없을 것이나 그들에게 가장 소중한 것이 셋밖에 있느냐. 그것은 비둔한 몸뚱이와 처자와 그리고 신주가 아니냐. 강산과 동족은 그들을 먹이기에 필요한 모이에 불과한 것이었다.
 아무려나 임진강을 지키는 것은 필요하였다. 한성을 점령한 적군은 반드시 왕을 사로잡으려고 승승장구하여 임진강을 건널 것이다.
 한성 함락의 경보를 듣고 대관의 무리는 왕을 모시고 또 개성을 떠났다. 대관들 중에는 함경도로 가자는 자가 많았으나 유성룡이 반대하였다. 함경도로 가자는 대관들의 동기는 아무 다른 계책이 있어서 그런 것이 아니라 다만 자기네 식구들을 먼저 함경도로 보냈으니까 그들을 만나 보자는 생각뿐이었다.
 그러나 함경도로 갔다가 만일 거기도 적병이 들어오면 다시는 쫓겨 갈 데가 없다는 이유로 평양으로 향하기로 하였다. 왜 그런고 하면 평양에 갔다가는 다시 의주로 도망할 수도 있고 의주서도 못배기게 되면 평생 소원인 명나라로 도망할 수 있는 까닭이었다. 유성룡이 속으로 믿는 것은 명나라 청병이요, 이항복의 무리가 믿는 것은 바로 명나라로 도망하는 것이다.
 어찌나 급하였던지 개성을 떠날 때에 종묘 신주를 잊고 떠났다. 보산

역에 이르러서야 비로소 어떤 종실 한 사람의 머릿속에 종묘 신주를 개성 목청전(穆淸殿)에 내어버리고 왔다는 생각이 나서 울고 불고 왕께 아뢰었다. 그래서 밤으로 개성에 달려가서 종묘 신주를 봉환하였다.

평산, 봉산, 황주, 중화 등을 지나서 이렛만에 왕의 일행이 대동강을 건너 평양으로 들어갔다.

이렇게 왕이 평양으로 옮고 전략으로 임진강을 지키는 것을 주장삼았다. 그러나 임진강을 지키는 데도 무슨 일정한 방침이 있는 것은 아니었다. 오는 적병의 수효가 얼마요, 병기가 어떠한 것이니 싸워야겠다 하는 것을 생각할 위인이 왕의 좌우에 있는 대관이란 무리들 중에는 하나도 없었다. 있다 하면 유성룡이라고나 할까. 그들은 일생에 계획이라든지 주장이라든지를 가져본 일이 없는 무리다. 그들은 자기 일 개인, 기껏해야 자기의 조그마한 당파의 이익, 그것도 목전의 이욕을 위하여 고식적으로 준동할 뿐이었다. 그 준동도 적당한 길을 밟아서 정정당당하게 하는 것이 아니라 거짓과 음모와 음해의 비열한 수단으로 하였다. 그중에 그래도 나라를 안중에 두고 내일이란 것을 생각하고 계획이란 것을 염중에 두는 이는 유성룡 하나뿐이었다. 그렇기 때문에 유성룡은 미움을 받았다. 닭의 무리에 끼인 학은 닭들의 배척을 아니 받을 수 없었던 것이다.

이제 임진강을 지키는 데도 이 무리들의 하는 일은 그들의 성격(이것은 조선 민족의 성격은 아니다. 조선 민족 중에는 이순신 같은 사람도 있지 아니하냐)을 유감 없이 폭로시킨 것이다.

그러면 그들은 어떤 모양으로 임진강을 지키려 하였는가.

8

도원수 김명원이 한강에서 패하여, 패했다는 것보다도 석병의 번빛을 보고 달아나서 임진강에 다다랐으나 곧 행재소인 개성으로 올 용기는 없었다. 면목도 없었으려니와 혹시 목이 달아날지도 모르는 까닭이었다.

 그래서 임진강에 앉아서 한강의 패한 시말을 장계하고 가만히 하회를 기다리고 있었다.
 김명원의 패군 장계를 본 조정은 크게 흥분하였다. 김명원은 마땅히 목을 벨 것이라는 말을 하는 자도 있었다. 그러나 그와 심히 가까운 우의정 유홍의 두호로 그는 패군한 죄를 용서함이 될 뿐더러 여전히 원수라는 직함을 가지고 경기도, 황해도의 군사를 거두어 임진강을 지키라는 명령을 받았다. 이리하여 도원수 김명원에게는 또 한번 도망의 재주를 시험할 기회를 주었다.
 그렇지마는 왕은 패군지장인 김명원이 안심하고 신임해지지를 아니하여 함경북도 병사로 있다가 갈려 온 신할(申硈)에게 임진강을 지키라는 명을 내렸다.
 그리고도 임진강이 안심이 되지 아니하여 북경으로부터 새로 돌아온 지사 한응인(韓應寅)에게 평안도 강변 정병 3천 명을 주어 임진에 가서 적병을 치기를 명하고(이때에는 벌써 적병은 임진강 남쪽에 와서 진치고 건너 올 꾀를 하고 있었다) 도원수 김명원의 절제를 받지 말라 하였다. 이것은 한응인이 명나라에 다녀왔다는 권위가 있는 까닭이다. 그리고 평안도 정병이란 것을 크게 믿은 까닭도 있었다. 한응인을 임진으로 보낼 때에 좌의정 윤두수는,
 "이 사람이 얼굴에 복기가 있으니 반드시 좋은 일이 있으리라."
하고 주장하였다. 장수를 전장에 보낼 때에 얼굴에 복기를 믿는 정승도 갸륵하거니와 이 말을 믿는 다른 무리들도 차라리 가긍하였다.
 이리하여 임진강을 지키는 데 김명원, 신할, 한응인 세 사람이 각자의 대장이 되었다. 신할은 도원수의 절제를 받지 말라는 명령을 받은 일은 없지마는 대장부 어찌 남의 절제를 받으랴 하는 따위요, 게다가 김명원은 한강에서 싸우지도 못하고 도망한 위인이니 부하에게 위신이 있을 리가 없었다. 게다가 한응인은 바로 명나라로부터 돌아온 사람이 아니냐. 왕으로부터 도원수의 절제를 받지 말라는 명까지 받은 당당한

장수가 아니냐. 임진강 언덕 위에 세 알 닷곱되는 군사를 가지고 각각 독립하고 반목하는 도원수 세 분이 공을 다투는 장관을 이루었다.

 맨처음 임진강에 온 김명원은 임진강 북안에 진을 치고 군사를 나누어 여러 여울목을 지키게 하고 강에 있는 배를 하나없이 거두어 적병이 타고 건널 배가 없게 만들고 다만 소수의 유병(遊兵)으로 하여금 강을 격하여 적과 싸우게 하였다. 김명원은 강을 건너가 적병을 부수려는 적극적 작전을 할 사람도 못 되고 또 그러할 병력도 없었다. 다만 그는 아직 적병이 건너오지 못하게 하는 것으로 목적을 삼고 있었다. 이러하기를 십여일이나 하였다.

 하루는 대안에 있는 적병이 강변에 짓고 있던 여막에 불을 놓고 장막을 걷고 군기를 싣고 물러가는 양을 보였다. 이것을 보고 신할은 김명원더러,

 "보시오, 저놈들이 못 견디어 달아나오. 호기를 물실이라, 따라가 잡읍시다."

하자, 도원수 김명원은,

 "필시 그놈들이 우리를 유인하는 깃이오. 그만히고 달이날 놈들이 아니오. 뒤에는 군사도 많고 군량도 많거든 달아날 리가 있소?"

하고 신할의 말을 막았다.

9

 "도망하는 적병을 가만히 보고만 앉았단 말이오?"
하고 신할은 얼굴이 주홍빛이 되어서 도원수 김명원에게 대들었다.

 경기 감사 권징도 신할의 의견에 찬성하여,

 "급격 물실이란 이런 것을 두고 이른 말이오. 도망하는 적병을 그대로 놓아 보내면 무슨 면목으로 성상을 대하오?"
하고 추격설을 주장하였다.

 김명원은 원래 자기의 주장을 끝까지 우기어 낼 의지력이 없는 사람

인 데다가 신할과 권징의 주장에 기가 질리어 굳세게 막지를 못하고 다만,
"적병을 그렇게 쉽게 볼 것이 아니오."
하고 입을 다물었다.
"대감일랑 여기 편안히 앉아 계시오. 소인은 적을 치러 가겠소."
하고 신할은 한강의 패장 김명원을 비웃는 듯이 한 번 흘겨보고 자리를 차고 나왔다. 권징도 신할을 좇아 나왔다.
　신할은 도원수의 승낙도 없이 강변에 매어둔 배들을 꺼내어 군사를 싣고 의기양양하게 임진강의 물결을 헤치며 건너갔다. 도원수 김명원은 자기의 절제를 받지 않고 자행 자지하는 두 장수를 물끄러미 바라보며,
"큰일났군. 저녁때가 다 못 되어서 적병이 임진강을 건너오겠군."
하고 혼잣말로 중얼거렸다. 그는 도원수다. 신할, 권징을 억지로 내려누를 수도 있었고, 또 군법을 시행하여 목을 벨 권력도 있었다. 그러나 그의 우유부단하는 성품과 한강의 패전이라는 허물은 그로 하여금 그러한 권력을 부릴 의지력을 잃게 하였다.
　신할과 권징이 도원수 김명원의 막하에 있던 군사 대부분을 제 마음대로 가지고 강을 건너가 바로 적병이 물러간 길을 추격하려고 먼지를 일으킬 때 한응인이 평안도 강변 정병 3천 명을 몰아서 임진강에 다다랐다.
　응인은 김명원을 만나 왕이 자기에 준, 도원수의 절제를 받지 말라는 패를 내보이고 마치 도원수 김명원이 자기보다 자리가 낮은 사람이나 되듯이, 상관이 하관에게나 묻듯이 적병의 형세를 물었다.
　왕이 한응인에게 도원수인 자기의 절제를 받지 말라는 패를 준 것을 볼 때, 또 한응인이 안하에 무인하게 연치로나 관등으로나 그러할 수 없는 처지의 자기에게 심히 무례함을 볼 때에 모욕감과 분노로 전신이 싸늘하게 식음을 깨달았다. 그러나 김명원은 이 모든 모욕을 은닉하지 않을 수 없었다.
　김명원은 자기가 적병을 십여 일이나 임진강에서 막던 말과 적병이

오늘 돌연히 여막을 불사르고 군기와 군자를 다 싸 싣고 임진강을 떠난 것은 결코 도망한 것이 아니라 반드시 무슨 계교가 있는 것이라는 말을 하고 신할과 권징이 자기의 말도 듣지 아니하고 자의로 월강하여 적을 추격한다는 말을 대강 하였다.

한응인은 김명원의 말을 듣고 신할이 앞서 간 것을 분하게 여겼다.

"내가 한성을 회복하거든 대감은 천천히 뒤따라 오시오."

하고 한응인은 저편으로 군사 싣고 건너간 배들을 부르고 자기가 거느린 군사더러 곧 도강하기를 재촉하였다.

평안도 군사 중에서 나이 지긋한 군사 한 사람이 응인의 앞으로 나서며,

"안전께 아뢰오. 군사가 먼 길을 걸어와서 다리가 아픈 데다가 아직 밥도 먹지 아니하옵고 또 기계도 정비하지 아니하옵고 그뿐 아니라 후군도 아직 다 들어서지 아니하였을뿐더러 적의 정위도 알 수 없사온즉, 오늘 하루를 여기서 군사를 쉬면서 척후를 놓아 적정을 알아본 연후에 명일 형세를 보아 전진함이 옳을까 하오."

하고 아뢰었다.

10

오늘은 쉬고 명일 행군하자는 말을 들을 때에 한응인은 낯빛이 주홍빛이 되어 호령하였다.

"누구의 영이라고 네 감히 잔소리를 하는고. 다시 말이 있으면 군법 시행할 테다."

하고 발을 굴렀다.

그 군사는 입을 벌리려다가 곁의 사람에게 끌려서 제 자리로 들어갔다.

그러나 강변에 있으면서 소시로부터 오랑캐와 수없이 싸워서 실전의 경험이 있는 평안도 군사의 눈에 한응인이 하는 일은 도무지 싸움이란

것을 모르는 것 같았다. 비록 어려운 병서는 읽지 아니하였다 하더라도 싸움의 첫째 비결이 적의 형편을 아는 것에 있는 것은 강변에서는 아이들도 다 아는 일이다. 그런데 이 양반 한응인은 대체 적병이 몇 명이나 되고 어떠한 곳에 있고 어떠한 기계를 가졌는지도 모르고 덮어놓고 가서 싸우라고만 하니 정신 있는 사람의 일 같지 아니하고 또 주린 군사와 피곤한 군사를 전장에 내세우는 것은 병가에서 대기하는 일인데 오늘 개성서 임진강까지 몰아온 군사를 밥도 안 먹이고 나아가 싸우라는 것도 정신 있는 사람의 일 같지는 아니하였다. 오직 하나 믿는 것은 신병사(신할)의 군사가 앞서 간 것이지마는 도원수의 말에 의하면 신 병사도 무턱대고 간 모양이었다. 이런 줄을 잘 아는 평안도 군사들은 숙맥 같은 한응인의 말대로 강을 건너는 것 보다는 바로 말을 하여 응인으로 하여금 잘못을 깨닫게 하려 하였다. 그래서 늙수그레한 사람이 3, 4명이나 뒤를 이어서,

"사또께서 나가라면 가옵지마는 이 피곤하고 주린 군사를 끌고 형세도 알지 못하는 적군 중에 들어가는 것은 오계인가 하오. 첫째 나가는 군사들이 제각기 적병이 얼마인데 어떠한 기계를 가지고 어떠한 곳에 있다 하니, 우리는 이렇게, 이렇게 했으며 이기리라는 자신이 있어야 하지를 아니하오? 군사가 의심을 가지고 가는 것은 병가에서 대기하는 것인데 지금 군사들이 모두 의심이 있으니 오늘 하루를 쉬어서 내일 적병을 치는 것이 옳을까 하오."

하고 그들의 일생에 체험한 진리로 한응인을 가르쳤다.

한응인은 분이 상투끝까지 올랐다. 하향 천종이 양반을 몰라보고 무엄이 그지없이——. 한응인은 칼을 빼어 높이 들었다.

"오, 너희놈들이 죽기를 무서워하는구나!"

하고 처음부터 말하던 군사 4,5명을 불러서 열 밖에 내세우고,

"이놈들, 양반을 몰라보고 함부로 주둥아리를 놀려 인심을 현란케 하는 놈들!"

하고 나무 찍듯이 손수 그 군사들의 목을 찍어버렸다.

"다시 입을 놀리는 놈이 있으면 모조리 이 모양으로 법을 알릴 테니 그리 알라!"

하고 한응인은 앞가슴을 떡 벌리고 기고만장하여 군사들에게 오르기를 재촉하였다. 아무도 감히 입을 벌릴 수가 없었다.

이때에 별장 유극량이 나서며 한응인을 보고,

"강변 군사들의 말이 지당한가 하오. 가볍게 움직이는 것이 만견지계가 아닌가 하오."

하였다. 한응인이 크게 노하여 칼을 빼어 극량을 베려 하니 극량이 태연히 말하기를,

"내가 결발 종군하여 일생을 전장에 살았거든 어찌 죽기를 피하겠소마는, 나라 일이 그릇되니까 하는 말요."

하고 나서,

"가자!"

하고 자기의 부하를 앞세우고 선봉이 되어 강을 건넜다. 응인도 도원수 김명원에게 서울에서 만날 것을 장담하고 배에 올랐다. 그러나 한응인은 자기가 왕의 승명을 받은 몸이라 하여 도원수 김명원과 같이 강 이쪽에 머물렀다.

11

신할, 한응인 등의 군사는 서로 앞을 다투고 공을 다투어 임진 벌판을 지나 미시나 되어서 문산포 뒷산에 다다랐다.

평안도 정병 중의 한 사람이 여기가 정히 복병함직한 곳이니 잠시 군을 멈추고 적세를 엄탐해 본 뒤에 가자고 하였다. 별장 유극량도 그 말을 옳게 여겨 신할에게 간절히 경진 말 것을 말하였으나 신할은 듣지 아니하고 군사를 몰았다.

한응인이 거느리고 온 강변 정병은 한응인이 임진강 저편에 머물고 오지 아니하니 변동 없는 무장지졸이었다. 그렇다고 그들은 아무 인도

연도 없는 신할에게 복종할 까닭도 없었다.

"어차피 죽는 길이니 한 놈이라도 더 죽일 도리만 해라. 불원천리 하고 왔다가 이렇게 싱겁게 죽기는 아까운 일이다."

하고 그들은 각자의 대장으로 싸울 결심을 하였다.

신할은 청함 받은 사람 모양으로 대로로 전진할 때에 과연 산 뒤에서 일성 방포를 따라 복병이 일어나 조총과 긴 일본칼로 엄습하니 군사들은 미처 손을 쓸 새가 없이 적병의 탄환과 칼에 맞아 순식간에 수천 명 군사가 도륙을 당하고 병사 신할도 적병의 칼에 맞아 죽었다. 겨우 죽기를 면한 군사들은 임진강을 향하고 달아났다. 이편 군사들도 칼을 가졌으나 일본칼보다 길이가 짧아서 단병 접전에는 도저히 일본칼을 당해 낼 수가 없었다. 또 활을 가지고 조총을 당해내지 못할 것도 부산, 동래, 상주, 충주의 여러 번 싸움에 잘 경험한 것이었다.

제군이 다 달아날 때에 별장 유극량만은 말에서 내려 땅에 주저앉으며,

"오, 여기가 내가 죽을 곳이다!"

하고 활을 당기어 적병 5,6명을 쏘고 마침내 적의 칼에 죽었다.

임진강을 향하고 쫓겨오던 군사들이 임진강에 다다랐을 때에는 적병은 벌써 발뒤꿈치에 달렸었다. 왜 그런고 하면 적병은 잘 쉬고 배가 부르고 이편은 먼 길에 피곤하고 또 배가 곯아서 걸음이 적병만큼 빠르지 못하였던 것이다. 전장에서부터 임진강에 이르는 동안 길가에 넙너른한 것은 이편 군사의 시체였다. 뒤에 검은 옷 입은 사람의 손에 칼이 한 번 번쩍하면 흰 옷 입은 이편 군사의 목이 동강이 나서 길가에 굴렀다. 이렇게 죽고 죽고, 임진강까지 뛰어온 군사가 전군 만여 명 중에 단 천 명이 못 되었다.

석양이 임진강 서편 산에 걸렸을 때에 강가에는 군사들의 아우성소리가 슬프게도 일어났다. 그러나 도원수 김명원은 우리 군사가 패하여 쫓겨나오는 것을 보고 처음에는 우리 군사를 실어 건너기 위하여 배를 강남으로 건너 보냈으나 우리 군사의 발 뒤에 구름같이 적병이 따르는

것을 보고 다시 배를 강북으로 거두었다.

　강가에 이르러서도 배를 얻지 못한 도망하는 군사들은 부질없이 도원수와 한응인을 부르다가 등뒤에 임한 적병의 칼을 피하여 강물에 뛰어들었다. 군사들이 강물로 뛰어드는 모양이 '마치 바람에 날리는 어지러운 나뭇잎 같았다'고 서애(西崖) 유성룡이 기록하였다. 그래도 강물에나 뛰어든 사람은 몸이 온전하게 조국의 강물에 잠겼지마는 미처 물에 뛰어들지도 못한 군사들은 모조리 등뒤로 적병의 긴 칼을 맞아 엎디어 죽었다. 한 사람도 능히 적병과 겨눈 사람이 없었다. 진실로 못난 백성이었다.

　도원수 김명원과 한응인이 강북에 있어 이 모양을 보고 넋을 잃고 있을 때에 상산군(商山君) 박충간이 맨먼저 말을 타고 달아났다. 이것을 보고 군사들은 황혼이라 달아나기 잘하는 도원수 김명원인 줄만 알고,

　"도원수가 달아난다!"

하고 여울을 지키던 군사들도 모두 달아났다. 한응인, 김명원도 뒤를 이어 달아났다. 경기 감사 권징은 죄받을 것이 무서워서 평양으로 가지 못하고 경기 가평으로 달아나서 피난하였다.

12

　이렇게 병사 신할은 전망하고, 도원수 김명원과 한응인, 권징 등은 달아나고 임진강에 남았던 군사들은 장수를 잃고 모두 흩어져버리고 말았다. 그래서 적병은 아무 저항 없이 임진강을 건너서 질풍같이 개성을 점령하였다. 그러나 이때에는 왕과 그 일행은 벌써 평양으로 달아나고 말았다.

　소서행장과 가등청정은 함께 개성을 지나 평양으로 향하다가 황해도 안성역에 이르러 제비를 뽑아 청정은 함경도를 맡게 되고 행장은 평안도를 가지게 하고, 천야장정(淺野長政)은 황해도를 차지하게 되었다. 이에 전라도를 제하고는 적장이 분할하여 차지하고 웅거하게 되었으니,

평수가(平秀家=宇喜多秀家)는 한성과 경기도를 차지하고, 모리길성(毛利吉成)은 강원도를 차지하고, 복도정칙(福島正則), 장종아부원친(長宗我部元親) 등은 충청도를 차지하게 되었다.

임진강의 패전의 보가 오자 평양에 있던 왕과 대관들은 또 평양을 버리고 다른 피난처를 구하기를 생각하게 되었다. 크게 믿었던 한응인의 평안도 강변 정병이 대번에 무너진 것을 본 대관들은 혼이 몸에 붙지 아니하였다.

평양에는 군량은 넉넉하였으나 믿을 만한 장수가 없었다. 그래서 양사(兩司), 홍문관에서는 연일 복합(伏閣)하여 평양을 버리고 도망할 것을 왕께 청하고 인성부원군 정철(鄭澈)이 극렬하여 평양을 버리기를 주장하였다.

원래 정철은 강계에 정배 중이었던 것을 왕이 개성에 피난하였을 때에 남문에 올라서 일반 인민에게 소원을 말하라 할 때에 어떤 사람이 정철을 불러 올리소서 하고 청하는 말을 듣고 강계로부터 불러 올린 것이다.

정철과 그 무리는 평양을 버리기를 주장하고 왕과 동궁과 종친들도 적병이 따를 것이 무서워 정철의 말에 기울어질 때에 유성룡은,

"평양을 버리는 것은 옳지 아니하오. 평양은 지키는 것이 옳소. 인성(寅城=鄭澈)은 서울도 버렸거든 평양은 못 버리랴 하거니와 그때와 이때와는 시세가 같지 아니하오. 서울로 말하면 군사와 백성이 적병을 무서워 붕괴하여 버렸으니 지키려 하여도 지킬 수가 없었지마는 평양으로 말하면 백성의 마음이 대단히 굳고 또 앞에 대강이 있어서 지킬 가망이 있을뿐더러 여기서 며칠만 지키고 있으면 반드시 명나라 구원병이 올 것이니, 그리하면 반드시 적병을 물리칠 수가 있을 것이오. 그렇지 아니하고 평양을 버리고 떠난다면 의주에 이르기까지 다시 저접할 지세가 없으니 나라는 반드시 망하고 말 것이오."

하고 굳세게 평양을 버리는 것이 옳지 아니함을 주장하였다.

좌의정 윤두수는 유성룡의 말에 찬성을 하였으나 정철은,

"아무리 평양의 민심이 굳고 앞에 대강이 있기로 장수가 없이 어떻게 지킨단 말요?"
하고 피출설을 고집하였다.
유성룡은 분개한 낯으로 정철을 향하여,
"나는 평소에 대감이 강개한 뜻이 있어 어려운 일에 겁을 내는 사람이 아닌 줄 믿었더니 오늘 이런 말은 참으로 의외요."
하고 꾸짖었다.
윤두수도 정철의 무기력한 데 분개하여,
'내 칼을 빌어 이 간신을 베이과저(我欲借劍斬佞臣)'라는 문산(文山)의 시를 읊었다.
정철은 대노하여 소매를 뿌리치고 일어나 나왔다.

13

이렇게 조정에서 평양을 지킬까 버릴까 하는 의론이 정치 못하여 대관들은 은밀히 뒷구멍으로 피난할 꾀를 내어, 혹은 처자를 먼저 피난시키고 혹은 재물을 먼저 실어내니 평양 백성들은 이 무리가 믿을 수 없는 무리인 줄 알고 나도 나도 하고 다들 도망해버리고 말았다.
백성들이 도망하는 것을 보고는 큰일났다고 대관들은 쩔쩔맸다. 이에 급히 회의를 열고 평양 성중의 백성들을 떠나가게 말고 이미 떠나간 백성들을 다시 불러들일 계교를 토의한 결과로 대동관 앞에다가 성중 부로를 모으고 왕세자가 왕을 대신하여,
"평양을 굳게 지킬 터이니 다들 떠나지 말라!"
하고 효유하였다.
그러나 백성들은 세자의 말을 믿으려 하지 아니하였다. 그들의 생각에 좌우에 있는 신하들은 모두 간신들이지마는 왕은 그렇지 아니한 사람으로 믿고 있었던 것이다. 동궁을 내세운 것은 이 간신놈들의 속이는 꾀다, 과연 왕의 뜻인지 알 수 없다, 이렇게들 수군거렸다.

그래서 부로들 중에서 어떤 이 하나가 나서며,
"아뢰기 황송하오나 동궁 말씀은 백성들이 믿지 아니하오. 상감께옵서 친히 효유하시면 어떨지 몰라도."
이렇게 아뢰었다.
다른 부로들은 이 사람의 말이 옳은 것을 표시하는 듯이,
"그렇소."
하고 일제히 외쳤다.
 동궁이 들어가 왕께 이 뜻을 아뢰었다. 대관 중에 어떤 사람은,
"이 버러지 같은 상놈들이 동궁 영지를 아니 믿는다니 군사를 풀어 그놈들을 무찌르시오!"
하고 주장하기도 하였으나,
"지금이 어느 때요. 백성의 뜻을 거스릴 때가 아니오."
하는 유성룡의 말이 서서 마침내 백성들의 청구대로 왕이 친히 평양을 버리지 아니할 뜻을 성중 백성에게 효유하기로 정하고 승지로 하여금,
"내일 성상께옵서 친히 너희들에게 전교가 계실 터이니 다들 이곳으로 모이라."
하는 명을 전하게 하였다.
 이튿날 대동관 앞에는 왕의 말씀을 듣겠다고 평양 성중 백성들이 모여들었다. 백성들이 많이 모인 것을 보고 어떤 대관은 겁을 내어 왕이 친히 나서는 것을 위태하다고 반대하였다.
"그 무지한 놈들이 무슨 일을 할는지 아오?"
하는 걱정에 대하여 유성룡은,
"이 나라 이 백성을 힘입어 서는 것이어늘 대감이 백성을 그렇게 낮추보아 쓰겠소? 또 임금의 말씀은 땅과 같다 하였으니 한 번 하신 말씀을 거둘 수는 없는 것이오."
하고 왕에게 어제 약속대로 친히 백성들을 향하여 맹세할 것을 청하였다. 왕은 유성룡의 뜻을 좇아 곤룡포에 익선관을 갖추고 대동관 문턱까지 나갔다. 백성들을 무서워하는 대관들도 부득이 떨리는 무릎으로 왕

의 뒤를 따랐다.
　왕은 승지로 하여금,
"평양성을 굳게 지킬 터이니 너희들은 백성들에게 떠나지 말고 나라를 도와 적병을 물리치도록 효유하여라."
하는 말을 전하게 하였다.
　승지의 말을 들은 백성들 중에 수십 명 나이 많은 사람들은 땅에 엎드려 통곡하고,
"평양 자제가 하나도 없이 다 죽을 때까지 우리는 성상을 위하여 싸우리이다."
　이 모양을 보고 왕은 눈물을 흘리고 무릎이 떨리는 대관들도 마음을 놓았다.

14

　왕이 이렇게 백성에게 약속하였으니 싫더라도 평양을 지키는 모양을 할 수밖에 없었다. 그래서 좌의정 윤두수로 수성대장을 삼아 도원수 김명원, 순찰사 이원익(李元翼)을 거느려 평양을 지키게 하였다.
　이렇게 장수가 부족한 판에 포망에 패랭이 쓰고 짚신 감발에 거지 모양을 차린 순변사 이일이 부하 5,6명을 거느리고 평양에 들어왔다. 그는 상주에서 적병에게 패하여 벌거벗고 머리를 풀고 도망하여 충주 신립에게로 갔다가 신립이 충주 탄금대에서 죽고 군이 흩어지자 강원도, 함경도, 황해도를 산속으로 숨어 천신만고로 평양까지 온 것이다. 그는 충주 패보를 서울로 보낸 원훈이었고, 충주 패보는 5월 그믐날 왕으로 하여금 서울을 떠나게 한 가장 큰 원인이 되었다.
　패군장인 순변사 이일이 거지꼴을 하고 평양에 오자, 원체 장수가 귀하던 터라 그의 패군의 죄를 논하는 이가 없고 도리어 환영하였다. 적병이 황해도를 지났다는 말을 듣고 인심이 더욱 불안하던 이때에 비록 패군지장이라 하더라도 이일같이 이름 있는 장수를 얻은 것이 기쁜 일

이 아닐 수 없는 것이다.
 이일의 그처럼 초라한 꼴과 초췌한 얼굴을 보고 유성룡은,
 "이곳 사람들이 자네를 크게 믿는데 이처럼 모양이 초췌해서야 뭇사람의 마음을 위로할 수가 있나."
하고 자기의 행리를 뒤져서 남철의 한 벌의 내어 입히니 다른 대관들도 혹은 총립을 주고 혹은 은정자 체영을 주어 일습을 갈아입고 나니 면목이 일신하였다. 그러나 신을 벗어 주는 이가 없어서 짚신을 신은 것을 보고 유성룡이,
 "비단옷에 짚세기가 잘 아니 어울리는 걸."
하고 웃으니 좌우가 다 대소하였다.
 이렇게 쫓기는 생활에 의외의 웃음관이 벌어졌을 때에 황해도로 탐보갔던 벽동 토병 임욱경(任旭景)이 달려와 적병이 벌써 황해도 봉산에 들어왔단 말을 보하였다.
 "봉산이면 아직 멀었지?"
하고 일좌가 눈이 둥그레졌다.
 유성룡은 수성대장인 좌의정 윤두수를 보고,
 "적병이 봉산엘 왔으면 척후는 벌써 강 건너와 있을 것이오. 특별히 영귀루(詠歸樓) 아래가 강이 두 갈래로 갈려 얕은 여울이 되어서 길만 알면 걸어 건널 수가 있을 것이니 만일 적이 우리 사람 향도를 얻어서 몰래 건너와서 갑자기 엄습하면 성이 위태할 것이오. 마침 이 순변사가 왔으니 곧 보내어 여울을 지키게 하여 불측지변을 막는 것이 어떠하오?"
하자 윤두수는,
 "대감 말이 옳소."
하고 곧 이일더러,
 "그러면 자네가 곧 가서 여울목을 지키도록 하게."
하였다.
 "무어, 어느 새에 그놈들이 올라구요."

하고 이일은 여전히 적병을 우습게 보는 어조였다.

유성룡은 대단히 못마땅한 듯이 양미간을 찌푸리고 이일을 한 번 흘겨보았다. 그는 이일이 상주에서 패한 것이나 신립이 충주에서 패한 것이나 '척후(斥候)'라는 것을 모르는 때문인 줄을 안 까닭이었다. 이일은 유성룡의 못마땅해 하는 눈치를 보고,

"가라시면 곧 영귀루로 가겠습니다마는, 소인 혼자서야 지킬 수가 있소? 소인이 데리고 온 군사라고 열이 다 못 되니 군사를 주시오!"

하였다.

15

이일은 새 옷을 갈아 입고 위의를 갖추어 말에 높이 앉아 합구문(合毬門)으로 나갔다. 그는 자기가 강원도에서부터 데리고 온 군사 몇 사람과 평양에 있던 군사 수백 명을 합구문 앞에 벌여 놓고 의기양양하게 문루 위에서 군대 검열을 합네 하고 날이 늦도록 떠나지를 아니하였다. 오래 굶주렸던 판이라 이일은 술과 고기를 많이 장만하고 계집까지 불러서 질탕하게 놀고 있었다.

유성룡은 이일이 이렇게 두류할 줄을 짐작하고 가만히 사람을 보내어 살피게 하였더니 과연 이일은 군복도 다 벗어젖히고 취안이 몽롱하여 계집을 희롱하고 있고 군사들은 기다리고 있었다.

유성룡은 곧 수성대장 윤두수를 보고,

"이거 큰일났소. 이일이 상주서 하던 버릇을 또 하고 있는 모양이오. 시각이 급한 이때에 해가 다 가도록 합구문에서 술을 먹고 있다 하오."

하고 성화같이 재촉하기를 청하였다.

윤두수는 종사관을 합구문으로 보내어 이일에게 즉각으로 출발하여 영귀루 앞 여울을 지킬 것을 명하였다.

"적병이 봉산 왔다는 소리를 듣고 이렇게 겁들이 나?"

하고 이일은 미진한 흥을 아끼며 합구문을 내려 군사를 몰고 떠났다.

군사 중에는 영귀루 가는 길을 아는 사람이 없었다.
"남쪽으로만 가자!"
이일은 몽롱한 취한 눈으로 평양 외성의 넓은 경치를 바라보고 되는 대로 군사를 몰았다. 마침 석양에 보통문이 공중에 솟은 것을 보고 그리로 가자고 하였다. 보통문의 모양이 마음에 들었던 것이다.
이 모양으로 강서로 가는 길로 거의 십여 리나 가서 평양 좌수 김내윤(金乃胤)이 성 밖에 나갔다가 돌아오는 것을 만났다.
"영귀루를 이 길로 가느냐?"
하고 이일이 물을 때에 김 좌수는 딱 기가 막혔다.
"이 길로 가면 보통강이오. 영귀루는 지금 오신 길로 다시 돌아가야 하오."
할 때에 이일은 크게 노하여,
"이놈, 네가 진작 길을 인도하지 아니하고 인제야 와서 그 말을 한단 말이냐!"
하고 즉석에서 김 좌수를 길바닥에 엎어놓고 볼기를 십여 도나 때린 뒤에,
"죄당만사로되 특히 목숨만은 살려 주는 터이니 앞을 서서 길 인도를 하여라."
하고 이일 장군의 호령이 추상과 같았다.
평양 좌수 김내윤이 아픈 다리를 끌고 이일을 인도하여 만경대 밑에 다다르니 벌써 해는 뉘엿뉘엿 넘어가는데 평양성에서 내려오기 겨우 십리였다. 대동강 저쪽 언덕을 바라보니 벌써 적병 수백 명이요, 강중에 있는 작은 섬에 살던 백성들은 겁을 집어먹고 달아나느라고 갈팡질팡하였다.
이일은 대안에 있는 적병을 보고는 술이 번쩍 깨어서 곧 무사 십여 명을 불러 섬에 들어가 활을 쏘기를 명하였다. 그러나 군사들은 무서워서 발을 내놓으려 하지 아니하고 서로 바라보며 머뭇거리었다.
이일이 칼을 빼어 머뭇거리는 군사를 베려 하니 그때에야 군사들이

절벽절벽 물소리를 내며 물로 들어섰다. 이때에 벌써 적병들은 어떤 조선 사람 하나를 길잡이로 앞세우고 섬 저쪽 강 갈래를 건너서 거의 이쪽 언덕에 오르려 하고 있었다. 그때에 이쪽 군사가 굳센 활로 쏘아 순식간에 앞섰던 적병 6,7명을 넘어뜨리니 그제야 뭍에 들어섰던 적병이 물보라를 일으키며 저쪽 언덕으로 달아나버렸다.

이일은 군사를 거두어 여울목을 지키기로 하였다. 군사들도 적병이 물러가는 것을 보고 기운을 얻었다.

16

6월 1일에 명나라 요동도 사사진무(遼東都司使鎭撫) 임세록(林世祿)은 조선에 있는 일본군의 형편을 살피러 왔다. 왕은 그를 대동관에서 접견하고 적병의 흉포함과 나라의 흥망이 경각에 달렸으니 명나라에서 곧 구원병을 보내어 주기를 간청하였다. 이에 대하여 임세록은 가타부타 하는 말을 하지 아니하였으나 그 말하는 눈치를 보건대 조선 조정 말을 타지 아니하는 보양이었다. 임세록의 이 태도는 왕과 뭇대관들의 마음을 극도로 불안하게 하였다.

이에 왕은 명장의 마음을 돌리기 위하여 얼마 전에 파직하였던 전 영의정 유성룡으로 하여금 당장(명나라 사람을 당인, 명나라 군사를 당병, 명나라 장수를 당장이라고 부른다)을 접대하는 일을 맡겼다. 비록 평소에 유성룡을 미워하고 시기하는 자라도 이 일에는 유성룡을 반대할 자가 없었다.

유성룡은 당장 임세록에게 조선의 현상과 왜정을 간곡하게 설명하였다.

임세록은,

"왜병이 부산에 왔단 말을 들은 지 며칠이 안 되어서 국왕이 한성을 버리고, 또 며칠이 안 되어서 개성을 버리고, 또 며칠이 안 되어서 왜병이 벌써 평양에 왔다고 하니 어찌 그럴 수가 있소? 아무리 왜병이 갑작스럽게 났다기로소니 이럴 수야 있소? 또 조선에도 사람도 있고 군사도 있으려든 이렇게 빨리 적병을 끌어들이는 수야 있소?"
하는 임세록의 말 속에는 조선이 왜병을 인도하여 명나라를 침범하려는 불측한 뜻을 가졌다는 소문(명나라에는 그때에 이러한 소문이 떠돌았다)을 믿는 듯한 기미를 머금었다.

유성룡은 극력으로 조선이 왜와 통한 사실이 없는 것을 변명하였다. 그리고 왜병이 대동강 저편에 와 있는 것이 사실이란 것을 실지로 보이기 위하여 유성룡은 임세록을 데리고 연광정(鍊光亭)에 올라 경치와 형세를 가리키며 설명하였다. 일국 수상이던 늙은이가 일개 젊은 외국 군관에게 호의를 얻으려고 애쓰는 양은 눈물겨운 일이었다. 임세록은 당장인 것을 자세하고 가끔 유성룡을 조롱하고 모욕하는 언사와 행동을 하였으나 아무도 감히 탄하지는 못하였다.

유성룡이 바야흐로 임세록에게 평양의 형세를 설명할 때에 마침 까만 왜병 하나가 강 동쪽 수풀 속으로 번뜩번뜩 보이더니 이윽고 두세 명이 뒤이어 나와 혹은 앉고 혹은 서고, 그 한가한 모양이 마치 길을 가다가 쉬는 것과 같았다.

성룡이 세록을 보고 손으로 강 저쪽을 가리키며,
"옳지, 나왔소. 저게 왜병 척후요."
하였다.

세록이 연광정 기둥에 기대어 성룡이 가리키는 곳을 바라보며,
"거 어찌 왜병이 그리 적소?"
하고 성룡의 말을 믿지 아니하는 빛을 보인다.

성룡은,
"아니오. 왜가 본래 교사해서 대병이 뒤에 올 때에는 반드시 앞에 정탐을 보내는 법인데 정탐은 언제나 두세 명에 불과한 법이오. 만일 몇 명 안 된다고 마음을 놓았다간 반드시 적의 꾀에 빠지는 것이오."
하고 사실대로 정성껏 설명하였으나 세록은 말 같지 아니한 소리라는 듯이 픽 웃고,

"그렇소?"
할 뿐이었다.
 그리고 임세록은 돌아가서 회보할 길이 바쁘다고 평양을 떠나버리고 말았다.
 임세록이 떠난 뒤에 왕과 여러 대관들은 성룡을 보고,
"어떻게 되었소? 당장의 의심이 풀려서 갔소? 구원병이 곧 올 모양이오?"
하고 조바심을 하며 물었다.
"우리 나라에 대한 의심이 매우 깊은 모양이오."
하는 성룡의 말은 왕과 여러 대관의 가슴에 큰 못을 박는 듯하였다.

17

 유성룡의 말 한마디,
'우리 나라에 대한 의심이 매우 깊은 모양이오.'
 이 말은 왕과 그를 따르는 무리에게 큰 충격을 주있다. 평양을 지킨다는 미명하에 평양에 주저앉으려 한 것도 명나라 구원병을 믿은 때문이다. 이제 만일 명나라가 우리 나라를 의심한다 하면 나무에도 돌에도 붙일 곳이 없다고 이 무리들은 생각하는 것이다. 내 힘으로 해낸다는 생각은 이 무리의 마음속에는 나 본 일이 없고 언제나 저는 가만히 앉고 남이 다 해주기를 바라도록 대가리가 생긴 무리들이다.
'피난 가자, 산골짝으로 가서 목숨을 부지하자.' 하는 것이 그들의 유일한 소원이요, 정신작용의 전체였다. 차차 꽁무니를 빼는 자가 생기고 왕의 마음도 자리를 잡지 못하였다.
 이런 줄도 모르고 백성들은 왕이 평양을 지킨다는 성명을 듣고 다들 피난처로부터 성중으로 돌아왔다. 그래서 평양 성중에는 빈집이 없도록 사람이 찼다.
'상감이 평양을 안 떠나신다' 하는 말을 부로들은 가가호호에 돌아다니며 개유하였다. 상감이 평양을 안 떠난다는 것은 곧 죽기로써 평양을 지킨다는 말과 같았다.

그러나 당장 임세록이 조선을 의심하였다는 말을 들은 대관의 무리들은 대동강 건너편에 적병의 그림자가 하나씩 둘씩 늘어가면 갈수록 겁이 나서 침불안 식불감 하였다.

이때까지 전라좌도 수군절도사 이순신이 거제도 연해에서 여러 번 승전하였다는 장계가 오나 조정에서 그것을 중요하게 생각하는 사람이 없었다. 유성룡은 수군이 필요함을 누누이 말하였으나 아무도 귀를 기울이는 자가 없었다.

하루는 적병의 한 떼가 대동강 저편으로 오르락 내리락하면서 이편 형편을 살피는 것이 보였다. 이것을 보고 적병의 총공격이 있을 줄 알고 왕은 은밀히 재신 노직(盧稷)을 시켜 종묘와 사직의 위패와 궁인을 호위하여 칠성문으로 나가려 하였다. 이것을 본 평양 백성들은 손에 칼과 몽둥이를 들고 길을 막고 노직, 궁인할 것 없이 함부로 두들겼다. 이 판에 종묘와 사직의 위패가 땅에 떨어져서 굴렀다.

백성들은 일행 중에 있는 노직과 재신들을 가리키며,

"이놈들 평일에 국록을 도적해 먹고 이제 와서 나라를 망치고 백성을 속이니 너희같이 죽일놈들이 또 어디 있단 말이냐."

하고 고함을 쳤다.

행궁 곁에도 백성들이 부녀와 어린 아이들까지 데리고 모여들어서 모두 발을 구르고 입에 거품을 물며,

"평양을 안 지키고 달아나겠거든 무슨 까닭에 참땋게 피난 가 있는 우리들을 속여 불러 들여다가 적병의 손에 어육이 되게 하고는 저희만 살겠다고 달아나? 이놈 간신놈들 나서라! 네놈들의 모가지가 붙어 있는 것을 보고 우리가 가만히 죽을 줄 알았더냐?"

하고 아우성을 하였다.

행궁 안에서는 백성들이 일어나 반란을 일으킨다 하여 처음에는 군사로 하여금 무찌르려 하였으나 군사들이 도리어 백성들에게 물리침을

당할 뿐더러 더러는 도리어 백성들 편이 되므로 정철 이하 대관들은 행궁 안에 서서 낯빛이 흙빛이 되어 떨고만 있고 왕도 어찌할 바를 모르고,
 "성룡을 불러라. 성룡이 어디 갔느냐?"
하고 애를 썼다.

18

이때에 유성룡은 연광정에서 군사회의를 하다가 민란이 일어났다는 말을 듣고 행궁을 향하고 달렸다. 길에서 여러 번 백성들에게 봉변할 뻔하였으나 유 정승이라는 말을 듣고는 백성들은,
 "유 정승이다. 유 정성은 충신이다. 유 정승은 평양을 지키자는 사람이다."
하고 길을 열어 주었다.
 유성룡이 행궁문에 들어서니 왕과 백관들은 이제 살아난 듯이 일제히 숨을 길게 쉬었다.
 "이 백성들이 반란을 일으키니 이를 어찌하오?"
하고 왕이 성룡에게 물을 때에 성룡은,
 "반란이 아니오. 거가가 평양을 떠나지 마시라는 것이오."
하였다.
 반란이 아니란 말에 왕은 적이 안심하였다. 다른 대신들은 이것을 반란이라고 왕에게 아뢰었던 것이다.
 성룡은 곧 행궁 문밖, 성 위에 나서서 백성들 중에 수염 많이 난 늙은이를 손으로 불렀다. 그 늙은이는 성룡의 앞으로 가까이 갔다. 그 늙은이는 토관(이땅 벼슬아치)이었다.
 성룡은 그 늙은이더러,
 "너희들이 거가가 평양을 떠나지 마시고 힘을 다하여 성을 지키시기를 원하는 것은 지극히 충성된 마음이지마는 이렇게 민란을 일으켜서

궁문을 놀라게 하니 이런 해괴한 일이 어디 있느냐. 또 조정에서도 지금 성상께 여쭈어서 평양을 굳이 지키기로 성상이 허하시었거든 이것이 무슨 일이란 말이냐. 네 모양을 보아 하니 유식한 듯싶으니 네가 뜻으로 백성들을 효유하여서 물러가게 하여라. 그렇지 아니하면 너희도 장차 중죄에 빠져서 용서할 수 없을 것이니 그리 알아라."
하였다.

그 늙은이가 성룡의 말을 다 듣더니 손에 들었던 지팡이를 놓고 손을 들어 읍하고 하는 말이,

"백성들이 성을 버리려 한다는 말을 듣잡고 분함을 못 이겨서 그러한 것이오. 대감 말씀을 들으니 소인의 가슴이 툭 터지는 것 같소. 평양 백성이 하나라도 살아 있고는 적병의 발이 한 걸음도 평양성 안에 들어오지 못할 터이고 다시는 백성을 속이고 평양을 떠난다는 의론이 나지 말게 하시오."

하고 백성들에게 성룡의 말을 전하여 안심하고 해산하게 하였다.

이날 평양 백성들이 성룡의 말을 듣고 물러간 뒤에 조정에서는 오늘 민란의 책임 눈제가 났다. 저녁에 감사 송언신(宋言愼)을 불러 민란 진정 못한 책임을 물으니 언신은 민란 장두라고 지목되는 세 사람을 잡아 대동문 안에서 목을 베었다.

백성도 다 물러가고 밤이 고요하게 되자 왕은 정철 이하 제신을 불러 어디로 갈 것인가를 토론하였다. 평양을 버린다는 것은 이미 정한 일이었다. 아까 백성들에게 한 말은 전혀 거짓말이었다. 더구나 한 번 민란을 당하고 나니 평양이 진저리가 나는 듯하였다.

조신들은 대부분 함경도로 가기를 주장하였다. 그것은 전에도 말하였거니와 자기네 처 가족이 대개 함경도로 피난한 까닭이었다. 이때로 말하면 벌써 함경도는 가등청정의 손에 들어 회령까지 쫓겨 갔던 왕자들까지도 사로잡힌 때이지마는 길이 통치 못하고 아무도 보변하는 자가 없어서 조정에서는 모르고 있던 것이다.

마침 동지 이희득(李希得)이 일찍 영흥 부사로 민심을 얻었다 하여

그로 함경도 순검사를 삼고 병조좌랑 김의원(金義元)으로 종사관을 삼아서 내전과 궁번을 부탁하여 밤중에 먼저 함경도를 향하여 떠나보내었다.

19

　유성룡은 왕에게 함경도로 피하는 것이 옳지 아니한 것을 말하였다. 이미 백성들에게 평양성을 지키기를 약속하였으니 이제 곧 평양을 버리면 이것은 백성을 속이는 것이라, 임금이 한 번 백성을 속이면 다시는 백성이 임금의 말씀을 믿지 아니하리라는 것으로 누누이 간하였으나 왕은 듣지 아니하였다는 것보다도 피출설을 주장하는 무리가 다수인 까닭에 그리로 기울어진 것이다.
　"서울과 개성을 버린 것도 명나라에서 의심하거든 하물며 한 번 싸워 보지도 아니하고 평양과 같은 명승지를 또 버린다 하면 명나라의 의심은 더욱 클 것이오. 명나라가 우리 나라를 의심하면 구원병은 더욱 오기가 어려운 것이니 평양을 굳게 지켜서 명나라 구원병이 오기를 기다리는 것이 상책인가 하오."
　성룡은 명나라의 의심을 사면서 평양을 떠남이 옳지 아니함을 말하였다.
　백성을 속이는 것이 옳지 아니하다는 말에는 까딱 없던 무리들도 명나라가 의심한다는 말에는 미상불 겁이 났다.
　"명나라에 보할 때에는 평양성에서 크게 싸워서 졌다고 하면 그만 아니오?"
하고 어떤 사람(그의 명예를 위하여 이름은 쓰지 말자)이 말하였다.
　유성룡은 이어,
　"또 제이책으로 평양을 버리고 다른 데로 피한다 하더라도 함경도로 피하는 것은 옳지 아니하오. 원래 거가가 서쪽으로 오신 것은 명나라를 의지하여서 나라를 회복하자는 것인데 이제 명나라에다가 청병은 하여 놓고서 깊이 북도로 들어간다고 하면 중간에 적병이 막혀서 명나라와 소식이 끊어질 터인데 통할 길도 통하기가 어려우려든 회복을 어찌 바라오? 또 적병이 각도에 흩어져서 아니 간 곳이 없거든 북도에라고 반드시 적병이 없으란 법이 없으니 만일 북도에 갔다가 적병을 만나면 다시 갈 곳이 오랑캐 땅밖에는 없지 아니하오. 그야말로 의지할 곳이 아주 끊어질 터이니 이런 위태한 일이 또 어디 있으리이까. 이제 조신들이 가족이 많이 북도에 가 있으므로 각각 사사로운 생각으로 북쪽으로 가기를 주장하는 것이오. 신으로 말하여도 늙은 어미가 동으로 피난하였단 말을 들었으니 비록 간 곳을 알지 못하나 필시 강원도나 함경도에 있을 것이온즉 사사로운 정으로 말하오면 신인들 어찌 북으로 갈 마음이 없사오리까마는 국가의 대계로 보아 여러 사람의 뜻과 같지 아니하게 사뢰는 것이오."
하였다.

왕도 성룡의 말에 측연히,
"경의 모친이 지금 어디 있을까. 내 탓이로군."
하였다.

"아니오!"
하고, 지사 한준(韓準)이 성룡의 말을 반대하여 북도로 가는 것이 좋은 것을 역설하였다. 그는 북도로 가족을 보낸 대관들의 시킴을 받아 성룡의 말이 왕의 마음을 움직이지 아니하도록 하려 한 것이다.

이때에 대동강에는 적병이 온 지가 사흘째 되었다. 유성룡, 윤두수 등이 연광정에 앉아 건너편을 바라보고 있으니 어떤 왜병 하나가 나무때기 끝에 조그마한 종이 조각 하나를 끼어서 강가 모래판에 꽂고 이것을 와 보라는 듯이 손을 들어 손짓을 하였다.

유성룡은 아마 그것이 무슨 편지리라 하여 화포장(火抱匠) 김생려(金生麗)를 시켜 매생이(대동강에 있는 작은 배)를 타고 가서 가져오라 하였다.

20

 화포장 김생려가 성룡의 명을 받아 매생이를 저어 강을 건너가 그 나무때기가 꽂힌 모래 위에 오르니, 그 나무때기를 세운 사람이 손에 아무 병기도 없이 생려의 곁으로 와서 반가운 듯이 생려의 손을 잡고 등을 어루만져, 말은 통치 못하나 친절한 뜻을 표하며 막대 끝에 달았던 편지를 주고 연광정을 가리키며 가져가라는 뜻을 표하였다.

 생려는 그 왜병을 작별하고 매생이를 저어 연광정으로 돌아와 그 편지를 수성대장인 윤두수에게 올렸다.

 윤두수는 손을 들어 그 편지를 밀며,

 "그것은 보아 무엇 하오."

하였다.

 "안 볼 것은 무엇 있소?"

하고 유성룡이 그 편지를 받았다.

 겉봉에는,

 '上

 朝鮮國禮曹判書 李公閣下'

하였다. 이것은 이덕형(李德馨)을 가리킨 것이다. 편지를 쓴 이는 평조신과 현소였다. 그리고 편지 사연은 서로 만나서 강화할 일을 의논하자는 것이었다.

 원래 소서행장은 처음부터 풍신수길의 조선 침입에 반대하였다. 그는 아무쪼록 이 전쟁이 나지 않게 하려고 여러 번 두 나라 사이에 서서 애를 썼다. 전쟁이 벌어진 뒤에도 부산에서 한 번, 동래에서 한 번, 상주에서 한 번, 또 임진강에서 한 번 조선 조정에 화의하자는 뜻을 통하였으나 이루지 못하였다. 이제 평양에서도 한 번 더 이 뜻을 표하자는 것이다.

 평조신으로 말하면, 대마도주 평의지(平義智=宗義智)의 신하로 여러 번 서울에 사신으로 와서 그 공으로 가선대부(嘉善大夫)까지 봉한 사람이요, 현소라는 중도 조신과 같이 조선에 왔던 사람으로 책략과 문필이 있어서 소서행장의 비서 모양으로 있었다.

윤두수는 원하는 빛이 없었으나 유성룡의 주장으로 이덕형을 보내어 저편이 말하는 바를 듣기로 하였다.

이덕형이 가는 데 대하여서도 여러 가지 말이 많았다. 평복으로 갈 것이라는 이, 관복으로 갈 것이라는 이, 강중에 뜨더라도 가운데까지 갈 것이라는 이, 가운데보다 이쪽에 서서 저편을 부를 것이라는 이, 통틀어 말하면 저편을 얼마나 한 정도로 대접할까 하는 데 대한 예문 토론이었다. 그러나 한 사람도 강화를 할 것이냐 말 것이냐, 한다 하면 어떠한 조건으로 할 것이냐 하는 그러한 문제에 관하여서는 의견을 내는 이가 없었다. 윤두수는 애초에 만날 필요가 없다는 사람이니 더 말할 것도 없거니와 가서 만나기를 주장하는 유성룡에게도 어찌 하든지 적군을 속여서 하루라도 공격을 연기시키려는 생각밖에 다른 생각은 없었다.

이 모양으로 화하거나 싸우거나 간에 아무 작정된 방침도 없이 이덕형은 종사관과 호위하는 두세 명의 무사를 데리고 배를 타고 강중에 나떴다. 의복은 많이 토론한 결과 이편의 예의와 위의 범절을 적에게 보일 필요가 있다 하여 관복을 입고 따르는 자도 각각 위의를 갖추었다.

저편에는 배가 없으므로 이편에서 배 한 척을 보내어 저편 사신이 타게 하였다.

두 배가 강중에서 만나자 평조신은 뱃머리에 나서서 이편을 향하여 공손히 예하고 중 현소도 중의 법으로 합장하였다. 이덕형도 읍하여 답례하였다. 평조신은 가선대부요, 이덕형은 자헌대부(資憲大夫)니 하관이다 하는 생각이 이덕형의 머릿속에 있었다.

21

두 배에 탄 사람이 피차에 잠깐 주저한 것은 어느 편이 어느 편 배에 오를까 함을 정치 못함이었다.

평조신과 중 현소의 일행은 마침내 이덕형의 배에 올랐다. 이덕형은 평조신과 현소의 낯을 알았다. 작년에 그들이 대마도주 평의지의 사신으로 왔을 때에도 이덕형은 그를 접대한 사람 중의 하나였다.

덕형과 조신은 왜학 통사를 통하여 마치 전장에서 만난 적국 사람들이 아닌 듯이 웃고 피차에 인사를 하였다.

현소가 먼저 말을 내었다.

"두 나라가 간괘로 서로 대하게 된 것은 참으로 불행한 일이오. 일본의 뜻은 귀국의 길을 빌려서 중원에 조공하려는 것밖에 없는데 귀국이 그것을 허하지 아니하기 때문에 일이 이에 이른 것이오. 지금이라도 귀국이 중원에 조공할 길만 빌려 주면 무사할 것이오."

하였다.

덕형은,

"황조(皇朝, 명나라)에 조공을 청하려면 공손히 할 길이 있을 터인데 왜 이름 없는 군사를 끌고 이웃 나라를 침노하오? 만일 진실로 황소에 조공할 길을 트기 원하거든 곧 군사를 거두고 다시 오오."

하고 준절히 책망하였다.

조신은 성내는 빛도 없이,

"귀국에서 일본의 청을 들어 중원으로 가는 길을 빌린다면 곧 군사를 거두겠으나 그 허락을 받기 전에는 거둘 수 없소."

하였다.

이 모양으로 덕형과 조신은 서로 자기의 의견을 고집하여 타협점을 발견할 길이 없었다.

조신은 임진강에서도 군사만 물리면 길 빌리기를 허락하겠다는 조선측의 말에 속았노라 하고, 덕형은 군사를 물린다기에 믿었더니 도리어 복병을 하고 있다가 이편 군사를 역습하지 아니하였으나 하여 서로 약속을 저버린 것을 책하였다. 이리하여 피차에 언성은 높아 가고 감정은 흥분되어 마침내 조신은,

"지금 뒤에 30만 대병이 있고 또 10만 명 수군이 전라도, 충청도를 돌아 평안도로 올 터인데 그리 되면 다시 용서가 없을 것이오. 귀국 왕을 사로잡아 항서를 씌우는 자리에서 대감도 다시 만납시다."
하고 호기를 부렸다.

덕형은 자리를 차고 일어나며,

"이제 며칠이 아니하여 천병(天兵, 명나라 군병) 백만이 올 터이니 그때에 후회하지 말라."
하였다.

이러고 조신과 현소는 자기네 배로 돌아가고 덕형도 연광정으로 돌아왔다. 연광정에 앉아서 하회를 기다리던 윤두수, 유성룡 이하 여러 사람들은 강중에서 하는 이덕형과 평조신의 높은 어성을 가끔 들었다. 이렇게 6월 10일 대동강상의 강화담판은 파열이 되었다.

이 기회에, 5월 16일 임진강에서 소서행장이 평조신을 시켜 조선 조정에 보낸 편지를 보자.

'再啓. 昨月呈愚書. 以陳講和之事. 貴國不信之. 亦宜哉. 吾軍經萬里風波之難. 江上之險. 直入洛陽. 今也無故而欲講和. 貴國不信之. 亦宜哉. 巨爲貴國解之. 吾殿下欲假道而擊大明. 雖諸將奉命來于此. 不欲自此經數千里. 入大明. 是故. 先與貴國和親. 而後借貴國一言. 以講和於大明也. 貴國亦以一言. 大明講和於日本則. 三國平安. 良策莫良焉. 諸將免勞. 萬民蘇甦. 是吾諸將之議也. 殿下亦不欲與貴國絶交. 貴國失隣好之道. 拒吾軍. 故吾亦動于戈而已. 臣虛受貴國大職. 豈忘鴻恩乎. 奉國命以先諸將. 固不獲止也. 今也傾盡肝膽. 陳縷縷. 足下察之. 尙不信之則. 是亦可也. 傳義智行長兩人一 紙之書自愛不宣.'

22

이 글은 서투른 일본식 한문으로 쓰였다. 그것은 중 현소가 지은 것이다. 이것을 조선말로 번역하면 이러하다.

(두 번째 글을 올리나이다. 이제 올린 글에 화친하자는 말을 한 것을

귀국에서 믿지 아니하심은 그럴 듯한 일이로소이다. 우리 군사, 만리 풍파의 어려움과 강산의 험함을 지나 곧 서울에 들어왔거늘 이제 연고 없이 화친하려 하니 귀국에서 믿지 아니하심이 또한 그럴 듯한 일이로소이다. 신──작은 글자로──이 귀국을 위하여 그 연유를 설명하리이다. 우리 전하 길을 빌려 대명국을 치려 하시매 비록 제장이 명을 받자와 이곳에 왔으나 이로부터 또 수천리를 지나 대명국에 들어가고자 아니하니, 이러므로 먼저 귀국과 화친하고 그런 후에 귀국의 한 말씀을 빌려 대명국과 화친하려 함이로소이다. 귀국도 한 말씀으로써 대명국으로 하여금 일본과 화친케 하시면 세 나라가 다 평안하리니 이에서 더한 양책이 없는가 하나이다. 제장의 고생을 면하고 만민을 소생케 하자 하는 것은 우리 모든 장수들의 뜻이로소이다. 전하도 귀국과 절교하기를 원치 아니하시나 귀국이 이웃 나라 사귀는 도리를 잃어 우리 군사를 막으므로 우리도 싸움을 할 뿐이로소이다. 신──작은 글자로──이 공로 없이 귀국의 큰 벼슬을 받자오니 어찌 큰 은혜를 잊사오리까? 나라 명을 받자와 모든 장수의 앞장을 서는 것은 참으로 어찌할 수 없는 연고로소이다. 이제 간담을 기울어 누누이 이뢰오니 **죽하를 살**피소서. 오히려 믿지 아니하시거든 그 또한 가하나이다. 의지와 행장 두 사람이 한 종이에 쓴 편지를 올리나이다. 자애하심 빌고 이만 올리나이다.)

 이 편지 속에 전하라고 한 것은 태합(太閤) 풍신수길이다. 풍신수길이 외아들을 죽여버린 홧김에 명나라를 치려는 생각을 내어 모든 장수가 부득이 온 것이지마는 명나라에까지 싸우러 갈 생각은 없으니 조선에서 명나라에 잘 말해서 풍신수길의 마음을 풀어주게 하면 자연 싸움이 없어지리란 것이요, 또 평조신이 조선의 높은 벼슬을 받았다 함은 작년 신묘년에 그가 조선에 사신으로 왔을 때에 조선에서 가선대부를 주었음을 가리킨 것이다.

 대동강상의 강화담판이 파열이 되자 그날 저녁으로 일본군은 평양성 총공격을 결심한 듯하였다. 전에는 그렇게 빛을 보이지 아니하던 일본군 수천 명이 강 동쪽 언덕 위에 진을 치고 위엄을 보였다. 그들의 찬란한 깃발과 번쩍거리는 검빛이 석양에 비치어 여름 구름의 배경과 아울러 무시무시한 광경을 보였다.

대동강상의 강화담판의 파열과 그날 석양의 적병 시위는 왕 이하 조정의 간담을 서늘케 하였다.

"평양을 버릴 것은 이미 결정되었다."

6월 11일 미명에 왕은 영의정 최흥원, 우의정 유흥, 전 대신 정철 등을 데리고 소리 없이 칠성문을 빠져 쫓기는 길을 나섰다. 이렇게 몰래 떠나는 뜻은 백성들을 무서워 함이었다. 바로 그저께 백성들을 향하여 몸소 평양을 지킬 것을 서약하지 아니 하였는가. 이제 도망꾼이 길을 떠나면서 첫째로는 백성들의 노할 것이 무섭고, 둘째로는 백성들을 대할 면목이 없었던 것이다. 따르는 신하들 중에도 가장 백성을 두려워한 이는 정철과 유홍이었다.

내전은 북도를 향하여 그저께 저녁에 도망꾼의 길을 떠나고 이제 세자를 데리고 초조한 도망의 길을 떠나는 왕의 눈에는 눈물이 있었다. 왕의 일행은 철옹성이라고 일컫는 영변으로 향하는 길이었다.

23

왕이 평양을 떠날 때에 좌의정 윤두수, 도원수 김명원, 평안도 순찰사 이원익 등으로 하여금 평양을 유수케 하고 유성룡으로 하여금 같이 평양에 머물러 당장(명나라 장수)을 접대하게 하였다.

11일 왕이 떠난 뒤에 윤두수, 김명원, 유성룡, 이원익 등 유수군(留守軍)의 수뇌부는 연광정에 모여 앉았다. 그들은 마치 적군이 공격하는 양을 구경하는 사람들과 같았다. 그들이 명색은 수정대장이니 도원수니 하여 마치 훌륭한 장수나 되는 것 같지마는 기실은 풍월귀나 좋이 짓는 선비들에 불과하였다. 일찍 활 한번 잡아 본 일 없고 병서 한 권 본 일 없었다. 다만 병권은 문관 자기네 손에 잡고 싶은 욕심에, 다시 말하면 정말 군인인 무인에게 병권을 주기 싫은 까닭에 체찰사니 도원수니 하는 직함을 띠는 것이었다.

　지금 적병이 대동강을 건너서 평양성을 총공격하려는 이때에 그들은 관광하는 선비 모양으로 연광정에서 강바람을 쏘이고 앉은 것이다. 왕을 따라서 안전지대로 도망한 최홍원, 유홍, 정철의 무리 신세를 얼마나 부러워하였을까? 부질없이 유성룡의 말을 좇아 평양성 고수설에 좌단하였기 때문에 평양을 지키라는 왕명을 받게 된 것을 얼마나 한하였을까?

　"어떻게 된 모양이오? 지킬 배비는 다 되었소?"
하고 유성룡은 유수대장인 윤두수에게 물었다.

　윤두수도 이름이 대장이지 군사는 아무것도 몰랐다. 그는 도원수 김명원을 돌아보았다. 그래도 명색이 도원수요, 도망하는 싸움이라도 두어 번 해 본 경험이 있는 이가 김명원이기 때문이다. 그러나 김명원도 항상 적군이 가까이 오기 전에 피하는 재주를 가졌기 때문에 실지로 싸우는 양은 본 일도 없고 지휘한 일도 없었다. 그래도 그는 평양성의 수비에 대한 사실상 책임자나. 이 자리에서 한마디 아니힐 수가 없었디. 김명원은,

　"배비라야 별 배비 있소. 본도 감사 송언선이 대동문을 지키고, 병사 이윤덕(李潤德)이 부벽루 이상의 여울을 지키고, 자산 군수 윤유후(尹裕後) 등이 장경문을 지키고, 성중의 사졸들이 성첩을 돌아 지키오."

　"성중 사졸이 모두 얼마나 되오?"

　이번엔 윤두수가 물었다.

　"한 3,4천 되지요."
하는 것이 김명원의 대답이었다. 3,4천이라는 것이 숫자에 대한 대답으로 김명원은 아는 모양이다.

　"그러면 그 3,4천 명 사졸은 어떻게 배비하였소?"

　이 총중에서는 가장 병법에 소양이 있다는 유성룡의 물음이다.

　김 도원수는 말문이 막혔다. 한참이나 주저하다가,

"그저 성을 돌아 지키라고 하였소."
하고 강가에 연한 성을 바라보았다. 과연 성 위에는 여기 한 떼 저기 한 떼 모여서 강 건너편을 바라보고 웅성거리고 있었다. 혹은 야청 군복에 다홍동 달고 벙거지 쓴 정식 군사도 끼었지마는 대부분은 흰바지 저고리에 수건 동여맨 보통 백성들이었다. 이름을 붙이자면 의용병이었다. 이러한 사람들이 어떤 곳에서는 백여 명이나 한데 뭉치고 어떤 곳에서는 둘씩 셋씩 따로 떨어져서, 혹은 앉고 혹은 서고 혹은 강을 들여다보고 혹은 대관들이 좌정하신 연광정을 눈이 부신 듯이 바라보았다. 여름볕은 찌는 듯하나 강바람은 그래도 서늘하였다.

24

또 을밀대 근처 소나무 가지에는 혹은 저고리를 걸고 혹은 바지를 걸어 마치 빨래터와 같았다.
"저건 다 무엇이오?"
유성룡이 김 도원수에게 물었다.
"대감, 그것을 모르시오? 그것이 의병(疑兵)이란 것이오."
도원수는 자랑하는 듯이 웃었다.
"저걸 보고 누가 군사를 안단 말이오?"
유성룡도 웃었다.
"어떤 것은 너무 높이 걸렸어."
윤두수도 웃었다. 일좌가 다 웃었다.
김 도원수는 무안하여 종사관더러,
"여보게, 어떻게 시켰는데 옷을 저 모양으로 걸어 놓는단 말인가?"
하고 책망을 하였다.
이때에 강 저쪽을 바라보니 비록 수효가 많지는 아니하나 동대원(東大院) 강 언덕 위에 적병이 일자진(한일자 모양의 진)을 치고 우리 나라 만장과 같은 붉은 기, 흰 기를 늘여 꽂고 군사들이 모두 큰 검을 비껴 들었는데 그것이 햇빛에 비취어 마치 없는 번개와 같이 번쩍거렸다. 이편 군사와 저편 군사의 위풍을 비교할 때에 일좌는 모두 기가 막히지 아니할 수 없었다.

"저거 다 정말 검일까?"

"그게 검이 아니라 나무칼에다가 납을 발라서 멀리서 보는 사람의 눈을 현혹하는 것이라오."

이러한 회화도 있고,

"적병도 모두 얼마 안 되는 모양이야. 공연히 초막만 많이 짓고 깃발만 많이 달았지 모두 풍인 모양이야."

이런 말을 하는 사람도 있었다.

이때에 적병 6,7명이 조총을 들고 강변으로 나오더니 성을 향하여 일제히 쏘는데 그 소리가 웅장하여 총소리를 처음 듣는 사람들을 놀라게 하였다. 그 총알이 성을 넘어 대동관 지붕 기왓장 위에도 떨어지고 혹은 성루 기둥을 맞혀 두어치 깊이나 들어가 박혔다. 적병 중에 붉은 옷을 입은 자가 연광정을 바라보고 조총을 어깨와 볼 틈에 끼고 겨우어 주춤주춤 물가까지 내려와 쏜 총알이 연광정 위에 앉은 사람들을 맞혔다. 다행히 죽지는 아니하였으나 성 사람들이 모두 놀라 몸을 오그리고 기둥 그늘에 숨었다. 윤두수, 김명원 이하로 모두 눈이 둥그레져 어찌할 바를 몰랐다.

"이러고 있어 되겠소? 우리도 응전을 하여야지."

하고 유성룡 한 사람이 그래도 정신이 남아서, 군관 강사익(姜士益)으로 하여금 방패에 몸을 숨기고 편전(片箭)을 쏘게 하였다. 살이 날아 적병이 있는 모래 위에 떨어지니 적병들이 두려워 주춤주춤 뒤로 물러갔다. 그제야 도원수 김명원도 기운을 얻어 활 잘 쏘는 군사 수십 명을 뽑아 걸음 빠른 배에 태워 중류에 나떠서 쏘게 하였다. 일변 쏘며 일변 저어 배가 강 동쪽 언덕으로 가까이 가자 적병이 두려워 뒤로 피하였다.

우리 군사가 배에서 감을현자 총으로 화전(火箭)을 쏘니 서까래 같은 불이 강을 건너 갔다. 적병은 그것을 우러러보고 모두 부르짖고 떠들며 화전이 떨어진 곳으로 모여 다투어 그것을 구경하였다.

이날에 병선을 준비하는 거행이 태만하다 하여 도원수 김명원은 공방 아전 하나를 잡아 들여 연광정 앞에서 군법 시행을 하였다. 목을 벤 것이다.

25

활로 잠시 소부대의 적병을 물리쳤으나 그것으로 안심할 수는 없었다. 더구나 적병이 가진 조총의 위력은 그것을 처음 보는 이편 장졸의 간담을 서늘케 하였다. 평양성에서 적병을 막을 길은 대동강 물을 깊게 하는 수밖에 없었다. 그래서 단군묘, 기자묘, 동명왕묘에 왕이 재신을 보내어 비를 빌었으나 비는 오지 아니하고 강물은 나날이 줄어들었다. 아무리 물이 줄더라도 능라도 이하로는 도보로 건너가기 어렵지마는 그 이상으로 얕은 여울이 많아서 길만 알면 건널 수가 있었다. 적병이 아직까지는 길을 찾지 못한다 하더라도 하루 이틀 지나는 동안에는 반드시 길을 찾을 것이요, 또 만일 대동강 물길을 잘 아는 우리 사람을 붙들기만 하면 오늘밤에라도 당장 건너올 것이니 대동강을 건너기만 하는 날이면 평양성을 지킬 수 없으리라는 것은 단지 윤두수나 김명원 등의 의견뿐이 아니라 유성룡의 생각도 그러하였다.

유성룡은 윤두수더러,

"대감, 어찌하자고 저 여울목을 아니 지키시오? 다른 데는 못 하더라도 여울목만은 엄히 지켜야 하지 않겠소?"

하면서 재촉하였다.

윤두수는 대답하는 대신에 김명원을 돌아보았다. 그는 오직 도원수 김명원을 믿는 것이다.

원체 성미가 느린 김 도원수는,

"왜 여울을 안 지키냐구요? 이윤덕이 지킵니다."

하고 유성룡에게 대답하였다.
　유성룡은 언성을 높여,
　"이윤덕 따위를 어떻게 믿는단 말이오!"
하고 순찰사 이원익 등을 향하여,
　"여보, 하루 종일 이렇게 모여 앉아서 마치 무슨 잔치나 하는 것 같으니 대체 어찌하잔 말이오? 왜 가서 여울을 지키지 않으시오?"
하고 책망하는 어조로 말하였다.
　이원익은 무안한 듯이,
　"가 보라고 하시면 소인이 안 갈 리가 있소?"
하고 수성대장 윤두수를 바라본다.
　윤두수는 잠깐 도원수 김명원의 눈치를 보더니 이원익을 향하여,
　"그러면 대감이 가 보시오그려."
하였다. 이것이 명령이다.
　이원익은 막하를 데리고 연광정을 내려서 청류벽으로 천하 제일 강산의 경치를 완상하고 글귀를 생각하면서 능라도 여울을 향하여 올라갔다.
　유성룡은 연광정에서 돌아와 도저히 평양성을 오래 지키지 못할 것을 생각하고 또 자기의 맡은 직분이 성을 지키는 군무가 아니라 당장을 영접하는 것이라 하여 중로까지 가서 하루바삐 당장을 맞아 오는 것이 평양성을 지키는 일이 된다는 핑계로 그날 밤 달빛을 타서 종사관 홍종록(洪宗錄), 신경진(辛慶晋)을 데리고 평양성을 떠났다.
　이날 밤에 도원수 김명원은 정병 수백 명을 가리어 고언백(高彦伯)으로 총사령을 삼아서 밤 삼경을 기회로 부벽루 밑에서 배로 능라도 나루를 건너 적진을 야습하기로 하였다.
　삼경이라고 맞추어 놓은 것이 군사들은 삼경 전에 약속한 곳에 모였으나 장수 되는 고언백이 사경이 지나서야 왔다. 그래서 군사들이 적진에 다다랐을 때에는 벌써 훤하게 먼동이 텄었다.
　적진에서는 여러 날 강을 건너지 못하여 지루한 생각이 난 데다가 조

선군이 적극적으로 습격할 것을 생각지 아니하였기 때문에 다들 마음 놓고 잠이 들어 아직 일어나지를 아니하였다.

26

조선 군사들은 머뭇머뭇하고 적진을 습격할 기운을 내지 못하였다. 더구나 장수 고언백이 적진 있는 데까지 건너오지 아니하고 배를 타고 능라도쪽으로 치우친 곳에서 머뭇거리는 것은 군사들의 용기를 꺾었을 뿐더러 그보다도 군사들의 비위를 상함이 더욱 컸다.

이때에 —— 일각이 금싸라기보다도 더 귀한 이때에 군사들이 머뭇거리는 것은 더할 수 없는 큰 손실이었다 —— 군사들 중에서 한 군사가 뛰어나서며 칼을 들어 앞을 가리키고 자기가 먼저 적군 중으로 돌입하니 모든 군사들이 기운을 얻어 뒤를 따랐다.

그 앞장선 군사는 평양 병정 임욱경이었다. 임욱경은 적병이 자는 초막 하나를 습격하여 수십 명 적병을 죽였다. 다른 군사들도 임욱경의 칼에 흐르는 피를 보고는 기운을 내어 저마다 한 초막을 습격하였다. 이 통에 첫째 진의 적병이 놀라 잠을 깨어 일어났으나 미처 수족을 놀릴 새가 없이 조선군사의 칼끝에 죽었다.

이 모양으로 첫째 진의 적병 수천 명이 거의 전멸하였다. 그리고 말 3백여 필과 조총, 장검 등 좋은 군기를 수없이 노획하여 이편으로 가져올 양으로 강변으로 나를 적에 다른 진에 자던 적병들이 일어나 일시에 몰려오니 조선 사람들은 빼앗은 말과 군기를 모래판과 강물에 내버리고 다투어 배에 올랐으나 적병의 추격이 급하므로 미처 배에 오르지 못하고 물에 빠져 죽는 자, 적병의 칼에 맞아 죽은 자가 수없고 중류에 나떴던 배도 너무 사람을 많이 실어서 뒤집힌 것이 적지 아니하였다.

물길을 잘 아는 군사들은 왕성탄(王城灘)이라는 여울목으로 걸어 건너 왔다. 고언백은 적병이 밀어오는 것을 보고는 곧 배를 대어 달아나고, 오직 임욱경과 그를 따르는 몇 십 명이 한 걸음도 뒤로 물러나지 아니하고 싸웠다. 나중에 임욱경이 혼자 살아 남아서 좌충우돌로 수십 명의 적병을 더 죽였다. 적병은 겹겹이 임욱경을 에워싸고 사방에서 칼로 찍었다. 그러나 임욱경의 용기와 칼 쓰는 재주에 여러 번 뒤로 물러날 때마다 몇 명씩 죽었다.

마침내 욱경은 적병의 탄환에 한 다리를 맞고 뒤로 치는 칼에 한 팔을 끊겼다. 그러나 그는 외다리와 외팔로 전신이 피투성이가 되어 싸웠다. 그러다가 마침내 적병의 탄환이 가슴을 뚫었다. 욱경은 피를 뿜고 땅바닥에 쓰러지면서도 칼을 들어 가까이 있는 적병을 향하여 던졌다. 그리고 그는 죽었다.

고언백이 군사 패한 보고를 할 양으로 성중에 들어오니 성중에는 인적이 묘묘한데 대동관에 들어오니 온통 빈집이었다.

"오, 다들 미리 달아났구나!"

하고 고언백은 말을 달려 수안을 향하고 도망하였다.

김명원은 고언백을 시켜 적진을 치게 하였으나 도저히 이길 것 같지 아니하여 윤두수에게 도망하자는 헌책을 하였다. 그리고 도망하는 법도 설명하였다. 도망하는 법은 어떤고 하면, 김명원의 계책에 의하면, 첫째로 성문을 열어 성중 백성을 내보내고, 둘째로 군기와 군량을 없애버리는 것이었다. 이것은 김명원이 여러 번 경험한 것으로 이 점에서 그는 도원수였다. 이 헌책을 하고 몰래 나와서는 급히 백성들이 소란을 일으키기 전에(혹시 일으킬지 모르므로) 먼저 달아나버렸다.

윤두수는 김명원의 헌책대로 삼경에 성문을 열게 하고 사람들로 하여금,

"다들 피난하라!"

하고 길로 다니며 외치게 하고 군기와 화포 등속은 풍월루 앞 못에 집어넣고 윤두수 이하 고관 대작들은 몸에 경보를 지니고 걸음 잘 걷는 말에 올라 캄캄한 밤에 보통문을 너듬어 수안으로 달아났다. 보통문을 나서서야 윤두수는 군량고(각지에서 모아다 쌓은 것이 십여만 섬이었다)에 불 놓기를 잊은 것이 생각났으나 그냥 달아나버렸다.

27

6월 15일, 석양에 일본군은 왕성탄으로 건너기 시작하였다. 새벽에 습격했던 조선 군사들이 건너는 것을 보고 길을 찾은 것이다.

왕성탄을 지키던 이윤덕은 적병이 여울을 건너오는 양을 보고 군사를 향하여 활 한 방 쏘아 보라는 말도 아니하고 말을 타고 평양 성중으로 달아나버리고, 이것을 본 군사들도 활을 등에 메고 이윤덕의 뒤를 따라 성중으로 몰려 들어왔다.

그들은 성중에 들어와 아무도 없는 것을 보고 다시 한 번 놀라지 아니할 수 없었다. 왜 그런고 하면, 그들의 생각에는 성중에는 아직도 많은 군사와 대관들이 있는 줄로 알았기 때문이다. 왕성탄을 지키되 힘을 다한다고 하던 순찰사 이원익은 밤중에 김명원의 밀서를 보고 이윤덕과 군사들에게 대해서는 군사와 군기를 가지러 간다고 일컫고 성내로 들어와버렸던 것이다. 이윤덕은 윤두수, 유성룡, 김명원, 이원익 등을 실컷 욕하고 원망하고 군사들도 다 내버리고 왕의 뒤를 따라서 달아나 버렸다.

이윤덕을 따라 성중에 들어왔던 군사들도 저마다 대관들과 대장들을 욕하고,

"이놈들을 배때기 째지 못한 것이 분하다."

하고 도망해버렸다.

일본 군사들은 아무 저항도 받지 아니하고 강을 건넜다. 그러나 여울 지키던 군사들이 활 한 방도 쏘지 아니하고 성중으로 들어가는 것이 필시 무슨 꾀가 있음이라 하여 곧 성중으로 들어가지는 못하고 부벽루 영명사(永明寺) 근방에서 머뭇거렸다. 그러다가 을밀대로 기어 올라갔던 척후의 보고를 듣고야 평양 성중이 텅빈 것을 알고 대군이 일제히 성중으로 들어왔다.

이 모양으로 그 굳은 평양성까지도 적군에게 내어 주었다. 임욱경이 죽은 뒤에 한 사람도 싸워 보지도 못하고.

평양을 떠난 왕은 처음에는 영변으로 갔다가 다시 박천으로, 왕이 의주에 도달하였을 때에는 의주 성중은 무인지경이었다. 의주 목사는 달아나고 백성들은 피난하여 버리고 새와 닭, 개, 짐승의 그림자도 없고 남아 있는 것은 어찌할 수 없는 가난한 사람이나 늙은이, 홀아비 같은 사람뿐이었다.

왕은 이유징(李幼澄)으로 의주 목사를 삼고 따라온 조신 십여 명을 거느리고 동헌으로 행궁을 삼았다. 왕은 의주에 이르러 동으로 서울 있는 곳을 향하여 통곡하고 글 한 수를 지어 중신에게 보였다.

'國事蒼黃日. 誰能李郭忠. 去邠存大計. 恢復仗諸公. 痛哭關山月. 傷心鴨水風. 朝臣今日後. 寧復更西東'

(나라 일 창황한 제 충신이 그 누구냐. 큰 뜻 두고 나라 떠나 회복은 너희 믿네. 관산 달에 통곡하니 압수바람 마음 아파라. 조신아 이후에도 동야 서야 다시 할까!)

동야 서야라 함은 이렇게 당파 싸움으로 나라를 망쳐 놓고도 동인이니 서인이니 다시 하겠느냐 하는 뜻이다.

박천을 나와 가산, 정주를 지나 6월 22일에 의주에 도달하였다.

평양성을 점령한 소서행장 등은 수십 명의 조선 사람을 매수하여 의주에 이르기까지 각처에 염탐꾼을 늘어 놓아 밤낮으로 정보를 수집하였다. 그래서 소서행장은 연광정에 가만히 앉아서도 평안도 각읍의 사정을 빤하게 꿰어 들고 앉았다.

소서행장이 의주까지 들이치지 아니하고 평양에 지체한 것은 제이차로 일본에서 건너온 해군이 이순신의 해군을 싸워 이기고 경상, 전라, 충청도의 바다를 완전히 손에 넣어 수륙이 서로 응할 수 있는 날을 기다리는 까닭이었다. 부산서 의주, 육로 2천리의 전선은 해상권을 손에 넣지 않고는 도저히 지탱할 수 없음을 아는 까닭이었다.

한산도 큰싸움

1

왕이 평양을 버리고 의주로 몽진한 뒤에 소서행장은 평양에 웅거하여 군사를 쉬며 일본 수군이 이순신의 수군을 깨뜨리고 평안도 바다로 들어오기를 고대하였다. 그리하여 이 가을이 다 가기 전에 의주를 엄습, 조선왕을 사로잡고 완전히 조선을 손에 넣으려 한 것이다.

풍신수길은 원정군이 육전에 연승하는 보고를 듣고 만족하였으나 그와 반대로 수전에서 연패하는 보고를 듣고는 심히 노하고 화를 내었다. 조선의 제해권을 잡지 아니하고는 도저히 군사를 끌고 명나라로 들어갈 수가 없다고 생각한 것이다.

이에 풍신수길은 협판안치(脇坂安治)로 주장을 삼고 협판좌위문(脇坂左衛門), 도변칠우위문(渡邊七右衛門)으로 아장을 삼아 새로 일대 함대를 조직하여 기어코 이순신의 함대를 섬멸할 것을 명하였다. 이번 수군으로 말하면 조선의 바다를 지배하기 위함보다도 이순신에게 대한 원수를 갚는 것이 주요한 목적이었다. 수군이 연전 연패한 것은 일본 민심에도 극도의 불안을 주었고, 따라서 새로 일본 전토를 지배하는 자리에 오른 풍태합(豐太閤, 태합이란 벼슬을 붙여서 풍신수길을 부르는 이름)의 융릉하던 위신이 깎임도 적지 아니하였다.

일본으로부터 새로 대수군이 부산에 건너 왔다는 정보가 전라 좌수영에 도달한 것은 유월 말이었다. 이순신은 반드시 이런 일이 있을 줄을 짐작하였던 터라 곧 전라좌도의 각관, 각진의 수군에 강구대변(江口待變) —— 오늘날 말로 대기하라는 영을 내리고 일변 수로와 육로와

한산도 큰싸움

아울러 사자를 보내어 전라우도 수군 절도사 이억기와 경상우도 수군 절도사 원균에게 이관(移關)하여 7월 7일을 기약하여 노량진에 모여 제삼차로 적의 수군을 칠 것을 약속하였다.

7월 7일을 기다리는 동안 혹은 가덕에 적선 10여 척이 나왔다 하고, 혹은 거제 근해에 적선 30여 척이 떴다는 정보가 답지할 뿐 아니라 금산포──남해의 남단에까지 출몰하는 것을 바로 좌수영의 탐보선이 발견하게 되었다.

이순신은 왕이 서울을 떠난 것, 임진강의 패전까지 들었고 평양을 지키리라는 소문까지도 들었다. 그러나 평양을 버린 것이라든지 왕이 의주로 쫓겨가서 압록강 건너편에서 명나라 군사의 구원이 오기를 기다리고 앉았다는 기별까지는 아직 듣지 못하였다. 종묘 사직의 위패도 잊어버리고 도망하는 판에 일개 변방 작은 장수인 이순신에게까지 그러한 기별을 할 정신이 조정에는 없었고, 또 설사 할 마음이 있다 하더라도 할 사람이 없었을 것이다.

이순신은 이러한 패보를 들을 때마다 서향하여 통곡하였다. 이렇게도 조선에 사람이 없는가, 이렇게도 조선 사람은 못난 백성인가를 한탄하였다. 그는 어떤 때에는 술에 취하여 홀로 비분을 잊으려 하기도 하였다.

조선 팔도가 다 적병의 손에 들어가고 온전하게 남은 것은 오직 전라도 하나뿐이다. 이 전라도 하나마저 적의 손에 들어가면 조선의 강토는 한 치도 남지 못하는 셈이다. 이에 순신은 결심하였다. 죽기로써 전라도를 지키고 적의 수군이 전라도 앞바다를 지나지 못하게 하자고.

"순신이 죽지 아니하고 적병의 발이 한 걸음도 전라도에 들지 못하리라."

하고 칼을 짚고 하늘에 맹세하였다.

이런 때에 일본의 세 수군이 경상도 바다를 횡행한 것이었다. 팔도강산에 살아 있는 이, 순신 하나뿐이었다. 강산이 오직 그 하나를 믿은 것이다.

2

 임진 7월 6일 아침에 순신은 전라 우수사 이억기와 합하여 대소 전선 80여 척을 거느리고 좌수영을 떠나 노량진으로 향하였다. 당포 승전으로 제이차 적의 수군을 천성, 가덕, 이서에 그림자도 없이 만들고 6월 10일에 파진하고 돌아온 때로부터 거의 한 달이다. 그 동안에 순신은 군사를 교련하고 배를 수리하고 군기를 준비하고 기다렸던 것이다. 이 동안은 정히 용인, 서울, 임진에서 조선군이 연전 연패——라기보다는 부전 자패하고, 전라도 순찰사 이광, 도원수 김명원 등이 달아나기 경쟁을 하며, 왕과 그의 종신들은 또 싸우며 또 달아나는 동안이었다(여기 싸운다는 것은 적군과 싸우는 것이 아니라 동인, 서인의 당파 싸움을 한다는 것이다).
 전국의 힘이 다 무너지고 왕과 그의 신하들이 모두 혼비백산하여 오직 다른 나라(명나라)에 백배 천배로 구원을 애걸하고 있을 때에 아랫녘 한 구석의 미관말직을 가진 일개 수사 이순신이 홀로 삼천리 조국을 두 어깨에 메고 조정에서는 알아주지도 않는 싸움의 길을 떠나는 것이다.
 순신은 뱃머리에 서서 구름 속에 표묘하게 보이는 지리산, 백운산 등 하늘에 닿은 웅장한 자태를 바라보며 이 아름답고 웅장한 강산에 주인이 없음을 한탄하였다. 실로 일국의 운명을 두 어깨에 지기에 순신은 너무도 하잘것이 없는 지위를 가진 사람이었다. 오직 너무 나라를 위하여 충성, 목숨보다 자기의 맡은 사명을 더 중히 여기는 책임감, 하늘이 무너져 덮더라도 까딱없는 용기——이것이 순신으로 하여금 이 길을 떠나게 한 것이다.
 노량진에는 경상우도 수사 원균이 헌 배 일곱 척을 수리하여 영솔하고 와서 기다리고 있었다.
 순신은 원균과 이억기를 배로 불러 올려 이번에 싸울 방략을 재삼 약속하였다. 그 약속의 요지는 전라좌도, 전라우도, 경상우도의 3도 연합군이 절대로 통일한 행동을 할 것, 부질없이 공을 다투지 말고, 또 적을 깔보지 말고 가장 신중히 명령에 의하여서만 행동할 것 등이었다.

이름만이라도 삼도 연합군인 데다가 순신이나 억기나 원균이나 다 평등된 일개 수사에 지나지 못하니 명령이 통일되기가 어려운 일이었다. 오직 과거에 두 차례나 연합 행동을 한 경험이 있는 것과 수군의 세력으로 보아 순신의 것이 다른 두 세력보다 압도적으로 큰 것과 이억기가 평소에 순신을 흠모하여 달게 그 절제를 받은 것으로 이 3도 연합군이 통일될 가능성이 있는 것뿐이었다. 약속이 끝난 뒤에 순신이,

"지금 성상이 몽진하시와 조명을 기다릴 수가 없고, 그렇다고 군중에는 일시도 대장이 없을 수 없으니 우리 세 사람이 다 직품이 상등하여 막상막하나 불가불 한 사람으로 대장을 삼을 수밖에 없소."
하고 좌중에 발의하였다.

이억기가 서슴지 않고,
"그것을 물을 것 없이 영감이 대장이 되시어야겠소."
하고 순신을 전하였다.

원균은 속으로 미상불 앙앙하였으나,
"그렇기를 두말이오. 좌수사 영감이 우리 중에 연치로 해도 위시니 대장이 되시오."
하고 연치라는 조건으로 순신이 사령장관되는 것을 승낙하였다.

"제공이 그리 하신다면 사양 아니하겠소."
하고 순신은,
"그러면 이로부터 제공은 내 절제를 받을 것을 맹세하시오."
하고 칼을 빼어 높이 드니, 이억기와 원균은 칼을 뉘어 두 손으로 받들어 절제에 복종할 것을 맹세하였다.

3

노량에서 약속을 정한 3도 연합군은 일체 이순신의 절제를 받기로 서약하고 제장이 주장선에 모여 잔을 잡아 하늘에 축원하고 맹약한 후에 곧 전함대가 석양의 노량진을 떠나 창신도(일명 창선도) 앞바다에서 밤을 지내고 이튿날 7월 7일에는 검은 구름이 하늘을 덮고 동풍이 세게 불어 파도가 산과 같은 것도 무릅쓰고 순신은 전군에 명령하여 배를 저었으나 고성 땅 당포에 이르러 날이 저물었다. 당포는 당포의 대승전을 하던 곳이라 장수들이나 군졸들이 모두 한 달 전의 장쾌하던 일을 생각하고 저절로 가슴이 뛰는 것을 깨달았다. 함대를 당포 앞바다에 세우고 종선을 놓아 밥지을 나무와 물을 얻으러 뭍에 나갔더니 산에 올랐던 피란민들이 우리 함대가 오는 것을 보고 마치 오래 떠났던 부모를 만난 듯이 반겨 내려와 손을 두르고 소리를 질러 기쁜 뜻을 표하였다. 피란인 중에서 김천손(金千孫)이라는 소 치는 사람이 황망히 물 길러 간 배에 와서 사또께 급히 여쭐 말이 있다고 하므로 그 배에 싣고 순신에게로 와서 그 연유를 아뢰니 순신이 천손을 불러 앞에 세우고 그가 하는 말을 물었다.

천손의 말은 이러하였다.

"소인이 오늘 볼일이 있어 거제에 갔더니 적선이 대선, 중선, 소선 합하여 70여 척이 미시쯤하여 영등포 앞바다에 나타났다가 고성 땅 겨내도에 와 닻을 주었소."

김천손의 보고는 군사상으로 보아서 진실로 중대한 의미를 가진 것이었다.

지금까지 적군의 소재를 분명히 모르고 어디든지 찾아 가서 만날 생각으로 의심을 가지고 행선하였지마는, 김천손의 보고로 말미암아 적의 소재와 적선의 수효를 분명히 안 것은 마치 큰 힘을 새로 얻음이나 다름없는 일이었다.

이에 이순신은 밤으로 전군의 장수들을 장선에 모아 크게 군사회의를 열고 밝은 날에 겨내도에 있는 70여 척 적선을 싸워서 깨뜨릴 의논을 한 후에 각각 부서를 정하여 먼저 갈 자와 뒤에 지킬 자를 분명히 정하고 방포로써 군호를 하되 그 군호에 응하여 어떻게 행동할 것을 낱낱이 명령하였다. 그리고 또 한 번 첫째, 결코 제 마음대로 행동하지 말고, 오직 약속한 바와 그때그때의 명령에 복종할 것. 둘째, 결코 먼저 한다는 공을 다투지 말고 각각 제 맡은 직분을 다할 것. 셋째, 애써 적병의 머리를 많이 베려 하지 말고 많이 죽이기만 힘쓸 것 등을 훈시하였다. 이 셋째 것은 전공을 자랑하기 위하여 목을 베기만 위주하는 폐풍이 있음을 경계한 것이니 순신은 싸울 때마다 비록 수급을 증거로 보이지 아니하더라도 누가 잘 싸우고 힘써 싸운 것은 보아서 아는 것이니 머리 하나 베는 동안에 적병들을 죽이라는 훈시를 한 것이다.

그리고 적선을 잡아 거기서 빼앗은 재물은 국가에 바칠 것(군기나 무슨 기록이나)을 제하고는 다 적선을 잡은 사람이 나누어 가질 것을 성명하였다.

새벽에 순신은 군사들에게 밥과 고기를 많이 먹이고 또 낮에 먹을 것을 넉넉히 주되 비록 장수라도 술을 먹기를 허락하시 아니하였다.

7월 8일 아침은 어제와 반대로 하늘에 구름 한 점 없이 맑았다. 동편 하늘에 붉은 기운이 돌기도 전에, 아직도 굵은 별들이 선잠을 깬 듯이 깜박거릴 때 순신은 영을 내려 전함대 대소 80여 척에 일제히 닻을 감고 돛을 달게 하였다. 깊이를 모르는 검은 물이 닻줄에 흔들려 늠실늠실 춤을 추었다.

4

순신의 대함대가 새벽의 물을 헤치고 한산도 앞바다에 다다랐을 때에는 소쿠리도 위로 붉은 해가 솟아 올라서 80여 척 전선의 돛에는 일시에 불이 붙은 듯하였다. 그러나 함대가 겨내도를 바라볼 때에는 순식간에 80여 척 전선이 그림자를 감추고 오직 판목선 6척이 고단하게 북으로 북으로 겨내도를 향하여 미끄러질 뿐이었다. 다른 배들은 순신의 명령대로 정한 부서를 따라 각각 산 그늘과 섬 그늘에 숨고 순신은 주력 함대 50여 척을 한산도 대석 뒤 포구에 숨기고 자기만 2,3척 배를 거느리고 마치 선유하는 사람 모양으로 앞바다를 오르락내리락 하였다.

해가 올라오자 마치 햇발을 따라온 듯이 바람이 불기 시작하였다. 아직 그리 큰 바람은 아니나 장차 큰 놀로 변할 듯한 살기를 띤 바람이었다. 이 바람을 따라 거울과 같은 한산도 바다에는 가는 물결이 지기를 시작하고 보리밥 한솥 지을 때 한때를 지나서는 꿈틀꿈틀 굵은 물결이 일어났다.

광양 현감 어영담이 거느린 선봉대는 적함이 정박하여 있다는 겨내도를 향하여 살같이 달렸다. 때마침 어지간히 세게 부는 서남풍에 돛이 찢어질 듯이 바람을 품었다. 거제도의 산들이 줄달음하듯이 오른편으로 달아났다.

한산도 앞에서 하회를 기다리는 순신은 뱃머리에 나서서 북으로 겨내도를 바라보고 있었다. 물이 반 넘어 썰도록 어영담에게서 아무 소식이 없는 것을 보고 순신은 적이 마음이 초조하였다. 순신의 계획은 썰물에 적함을 한산도 바다로 끌어 넣어 싸우는 동안 저녁 밀물을 맞아 적으로 하여금 외양으로 달아나지 못하게 하자는 것이었다.

결코 겨내도에서는 적함과 싸우지 말고 만일 적이 따르거든 달아나 돌아오라고 일렀지마는 혹시나 솟아오르는 기운을 억제하기가 어려워 싸우고 있는 것이나 아닌가 하고 근심하였다.

어젯밤 군사회의를 할 때로부터 겨내도로 따라가 싸우기를 주장하던 원균은 순신의 계교를 비웃었다. 병목 같은 겨내도 좁은 목에 몰아 넣고 싸우지 아니하고 호호한 넓은 바다로 끌어내어 싸우는 것이 어리석음을 비웃은 것이다. 날이 늦도록 선봉대가 돌아오지 않는 것을 보고 원균은 자기의 선견지명을 자랑하여 순신에게,

"지금이라도 겨내도로 따라갑시다. 그까짓 적이 무엇이 무서워서 못 간단 말이오."

"전선 50척만 소장을 빌려 주시면 해지기 전에 그놈들을 깡그리 잡아오리다."

하고 빈정대었다. 그는 마치 영등포에서 싸우지도 않고 그 많은 전선과 군기와 수군을 버리고 도망한 것은 자기가 아니요, 딴사람인 것같이 생각하는 모양이었다.

순신은 말없이 머리를 흔들어 원균의 말이 옳지 아니하다는 뜻을 표하였다.

겨내도와 같이 풀과 암초가 많은 곳은 지키기에 편하나 치기에 맞지 못함과 또 설사 겨내도에서 싸워 적이 진다하더라도 적은 배를 버리고 뭍으로 올라가 달아날 것이니 결국 싸워 이긴다 하더라도 적병의 인명의 손해는 적을 것이요, 또 이편의 전선도 혹은 풀에 올라앉고 혹은 암초에 부딪쳐 손해를 면하지 못할 것이라는 것을 설명하여도 원균은 잘 듣지 아니하였다.

이윽고 겨내도로부터 달려오는 배가 보였다. 주먹만하다가 사람만하여지고 마침 썰물을 타서 삽시간에 그것이 어영담이 거느린 배인 것이 판명되었다. 하나, 둘, 셋, 넷, 다섯, 여섯, 하나도 싱하지 아니하고 다 있었다. 은은히 포성이 들리는 것은 일변 싸우며 일변 달아나는 것을 표함이었다.

아니나다를까, 조선 배들의 뒤를 따라 마치 수효를 모를 듯한 검은 돛단 적선이 기러기떼 모양을 이루며 요란히 방포하고 따라오는 것이 보였다.

순신은 손수 한 소리 높여 북을 울렸다. 한산도 속바다에 숨어 있는 전선에게 출동을 명령하는 것이었다.

5

'둥……' 하는 북소리에 한산도 속바다에 숨어서 기다리던 배들은 일제히 돛을 감았다. 어영담의 선봉대가 대섬에서 얼마 멀지 아니한 곳에 다다랐을 때에는 70여 척의 적 함대는 꼬리를 물고 그 뒤를 따랐다.

　순신이 또 한 번 북을 울리니 일성 방포가 뒤미처 일어나며 한산도 속바다로부터 50여 척의 전선이 마치 물속으로부터 솟아나는 듯이 한바다에 쑥 나섰다.

　적의 함대는 불의에 큰 함대가 앞을 막는 것을 보고 깜짝 놀라서 허둥지둥하여 항렬이 어지러웠다.

　이편의 함대는 들입(入)자 모양으로 학이진(학의 날개와 같은 진형)을 벌여 적의 함대를 안아 싸고 노를 빨리 저어 지현자(地玄字), 승자(勝字) 각양 총통을 놓으니 선봉으로 오던 적선 세 척이 깨어져 배에 탔던 적병이 하나 남지 아니 하고 물에 빠져 깨어진 배의 널쪽을 붙들고 부르짖었다.

　이것을 보고 적선은 기운이 꺾이어 뱃머리를 돌려 오던 길로 도로 도망하려 하였으나 경각 간에 난데없는 십여 척의 배가 고성쪽으로부터 내달아 서까래 같은 화전과 각양 총통과 활을 쏘고 이것을 피하여 뱃머리를 거제쪽으로 돌리니 소쿠리도 그늘에서 또 난데없는 수십 척의 배가 나타나 역시 서까래 같은 화전을 쏘니 적의 함대는 삼면으로 우리 함대에게 싸이어 화전을 맞아 돛에 불이 댕기어 황혼의 하늘에 염염히 타오르니 마치 수없는 불기둥과 같아서 하늘과 바다가 온통 불빛이 되었다.

　적의 함대는 완전히 통제를 잃어 항렬이 무너져 하나씩 둘씩 저마다 갈팡질팡 도망할 길을 찾을 때에 우리 군사는 기운이 백배하여 다투어 나아가 갈팡질팡하는 적선을 잡았다.

　타고 깨어지고 남은 적선 십여 척이 한산도 앞바다를 빠져 도망하려 하였으나 미륵도에서부터 한산도 끝까지 수백의 불이 앞을 가로막았으니 이것도 필시 이순신의 병선이리라 하여 이제 다시 뱃머리를 돌려 대섬을 향하고 돌아왔다. 이때에 순신은 짐짓 대섬 앞바다를 비우고 멀리 적선을 에워싸니 길을 잃은 적선은 한산도 속바다를 외양으로 터진 바다인 줄만 알고 그리로 도망하여 들어갔다.

얼마를 가서 이것이 막다른 골목인 줄을 알고 20척의 병선 중에는 장수 협판좌위문과 진과좌마윤(眞鍋左馬允)의 탄 배도 있어서 그들은 용감하게 십 척의 적선으로 최후의 대항을 하였다.

그 좁은 한산도 속바다에서 일대 격전이 일어나 포향, 불빛이 하늘에 닿았다. 그러나 마침내 열 척 중의 아홉 척은 불타고 혹은 깨어지고 오직 진과의 배 한 척만이 남아 도망하여 진과와 및 그 부하 장졸이 섬으로 올랐으나 그 나머지 장졸은 협판 주장 이하로 다 속바다의 귀신이 되었다.

진과가 부하 장졸 백여 명을 데리고 뭍에 오르자 조선 군사는 그 배를 불살라버렸다. 진과는 길에 올라 자기가 탔던 배가 불붙는 것과 바다 가운데 반쯤 잠긴 자기편 배들이 아직 번쩍번쩍 차마 꺼지지 못하는 듯한 불길을 내는 것을 보고 문득 자기만 목숨을 보전하여 도망한 것이 부끄러운 생각이 나서 동을 향하여 자기의 임금과 조상의 영을 부르며 통곡하고 그 자리에서 칼을 빼어 배를 갈라 죽었다. 따르던 장졸 중에 20여 명이나 주장의 뒤를 따라 배를 갈라 죽고 그 나머지는 혹시나 도망할 길이 있나 하고 초생달도 다 넘어간 캄캄한 밤에 수풀 속으로 헤맸다.

이튿날 아침에 도망한 적병의 종적을 수색하던 조선 군사들이 진과 이하 20여 명의 일본군이 배를 갈라 죽은 자리를 발견하고 순신에게 보고하자 순신은 땅을 파고 그 시체들을 묻고 술을 부어 적의 충혼을 위로하였다.

6

이날 큰 싸움(만일 이 싸움에서 조선 편이 졌다면 일본 수군은 곧 전라, 충청의 바다를 지나 서해로 돌아살 것이요, 그리하면 오식 하나 조선 땅으로 남았던 전라도마저 적의 손에 들어갔을뿐더러, 평양에서 수군의 응원을 기다리던 소서행장의 군사는 평안도를 두루 말아 의주까지 들이쳐 왕은 압록강을 건너가고 말았을 것이다. 그리하여 조선 팔도는 완전히 풍신수길 손에 들어가 다시 회복할 길이 없고 말았을 것이다)에서 제장 중에 가장 먼저 적의 장선을 깨뜨려 큰 공을 세운 이는 순천 부사 권준이다.

이 사람은 지난 4월에 처음 순신이 원정을 떠날 때에는 순신을 비방하던 사람이다. 그러나 그는 지난번 싸움에 순신의 인격과 수완에 감복하여 마침내 순신을 숭배하는 사람이 되었다.

이날 권준은 맨먼저 용감히 적진에 달려들어 적의 장수가 탄 충각선을 깨뜨리고 그 장수 열 명의 목을 베고 그 배에 있던 조선 사람 하나를 사로잡아 전군의 사기를 만장이나 돋우었다.

이 조선 사람은 적군을 위하여 물길을 인도한 자였다. 이 사람은 문초함을 따라서 적의 수군이 어디 얼마, 어디 얼마 있는 것을 자세히 고하였다. 그 공으로 목숨은 살려 정말 그의 말과 같은가 아니 같은가를 징험하기로 하였다. 그의 말에 의하건대, 구귀가륭(九鬼嘉隆)이란 장수와 가등가명(加藤嘉明)이란 장수가 제일 큰 수군 대장인데 전선 40여 척을 거느리고 뒤를 따라온다 하고 또 부산포에는 그 밖에도 40척의 병선이 남아 있다고 하였다.

오늘 싸움의 주장은 누구냐고 묻자, 그는 협판안치라는 사람이라고 대답하였다. 협판안치가 어느 배에 탔느냐 한즉 자기와 같은 배에 탔다고 하나 권준이가 베인 머리 중에는 협판안치의 머리는 없었다. 제 배가 깨어질 때에 협판안치는 헤엄을 쳐서 다른 배에 기어오른 것이었다.

권준의 다음, 큰 공을 세운 이는 광양 현감 어영담이었다. 그도 장수가 탄 충각선 한 척을 온이로 잡아 거기 탔던 장수 하나를 사로잡아 결박하여 바치었다. 그러나 그 장수는 화살을 맞아 대단한 중상이 되어서 말을 하지 못하였다. 어영담은 그 밖에 12급을 베고 조선 사람 한 사람을 사로잡았다. 사도 첨사 김완이 대선 한 척을 잡아 장수를 사로잡고 머리 10여 급을 베고, 홍양 현감 배홍립이 대선 한 척을 잡고 머리 8급을 베고, 방답 첨사 이순신이 대선 한 척을 잡고 머리 4급을 베니,

이것은 죽이기를 위주하고 머리 베기를 힘쓰지 아니한 까닭이었다. 이순신(李純信)은 또 작은 배 두 척을 뱃머리를 받아 깨뜨리고 불살라버렸다.

좌돌격장 이기남(李奇男)이 대선 한 척을 잡아 머리 7급을 베고, 좌별도장 영군관 전 만호 윤사공(尹思恭), 가안책(賈安策) 등이 충각선 두 척을 온이로 잡아 머리 6급을 베고, 낙안 군수 신호가 대선 한 척을 잡아 머리 7급을 베고, 녹도 만호 정운이 충각 대선 2척을 불살라 깨뜨리고 머리 3급을 베고, 우리 사람 세 명을 사로잡고 여도 권관 김인영이 대선 한 척을 잡아 머리 3급을 베고, 발포 만호 황정록(黃廷祿)이 충각선 한 척을 받아 깨뜨리자 여러 배가 합력하여 불살라버리고 머리 2급을 베고, 우별도장 전 만호 송응민(宋應珉)이 머리 2급을 베고, 홍양 통장 전 현감 최천보(崔天寶)가 머리 3급을 베고, 참퇴장 전 첨사 이응화(李應華)가 머리 1급을 베고, 돌격장 급제 박이량(朴以良)이 머리 1급을 베고, 이순신이 탄 주장선이 머리 5급을 베고, 유군 일령장 손윤문(孫允文)이 소선 2척을 따라가며 대포를 놓아 적군을 산으로 올려 쫓고, 오령장 진 봉사 최도진(崔道傳)이 우리 나라 젊은 사람 둘을 사로잡고, 그 나머지 대선 20척과 중선 17척과 소선 5척은 전라좌우도 제장이 힘을 합하여 불살라 깨뜨리고, 적병 4백여 명은 세궁역진하여 배를 버리고 한산도로 오르고, 대선 1척, 중선 7척, 소선 6척만이 뒤에서 바라보다가 겨내도로 달아나고 말았다.

7

싸움이 끝나자 순신은 함대를 겨내도 안바다에 모아 진을 치고 밤을 지냈다. 이밤에 장졸들은 곤한 것도 잊고 기뻐 뛰며 소리를 질렀으나 밤이 깊자 순신은 아직도 싸움이 끝난 것이 아니요, 내일 또 얼마나 큰 싸움이 있을지 알 수 없으니 잠을 자서 몸을 쉬라 하였다.

전군이 다 잠이 든 때에 어떤 배 4,5척이 바다 가운데로 가만가만히 떠도는 것이 있으니 이것은 원균이 낮에 공을 세우지 못함을 분히 여겨 바다에 떠다니는 적병의 시체를 찾아 죽은 목을 베는 것이었다. 원균은 그 어두운 바다 위로 떠돌며 적병의 시체를 찾아 머리 백여급을 베어 소금에 절였다. 이것은 싸움이 끝나거든 순신 모르게 왕에게 바치자는 생각이었다. 한산도 큰 싸움의 첩보가 의주의 행재소에 이른 것은 이로부터 십여 일이나 지난 7월 하순께였다.

이날 적막한 행재소에서는 군신이 오늘이나 내일이나 하고, 한편은 평양에 웅거한 소서행장의 군사가 밀려 들어오나 아니하나, 다른 한편으로는 행여나 명나라로부터 구원군이 온다는 선문이 오나 하고 무서움 절반 희망 절반으로 마음을 졸이고 있었다. 더구나 이삼일 전에 평행장(平行長＝小西行長)이 왕에게 글을 보내어,

'日本舟師餘萬. 又從西海來. 未知大王龍御. 自此何至.'

(일본 수군 십여만이 또 서해로부터 오리니 알지 못할 게라. 대왕의 수레는 이로부터 어디로 가려나이까.)

하는 말로 위협을 받음으로부터는 왕 이하로 혼이 몸에 붙지를 않았던 것이다.

이때에 전라 도사 최철견(崔鐵堅)이 순찰사 이광의 명을 받아 전라좌도 절도사 이순신의 '견내량 파왜병장(見乃梁破倭兵狀)'이라는 장계를 가지고 밤낮으로 달려 행재소로 온 것이다.

"전라좌도 수군 절도사 이순신이 견내량에서 적의 수군을 깨뜨렸다 하오."

좌의정 윤두수가 전라 도사 최철견과 안동해 온 순신의 군관을 옥좌 앞으로 인도할 때에 왕은 마치 무서운 꿈에서 깨어난 듯이 전신을 경련하였다.

최철견은 관복도 갈아 입을 새 없이 길에서 입고 오던 평복 그대로 왕의 앞에 엎디어 이순신의 장계를 두 손으로 받들어 올렸다.

왕은 순신의 장계를 떼었다.

장지 전폭에 힘있는 초서로,

'見乃梁破倭兵狀'이라고 머리에 쓰고, 다음의 첫 줄에,

'謹啓爲捕斬事'라는 것을 허두로, 대전의 경과와 공을 이룬 사람의 이름까지 자세히 쓰고 끝에,

'諸將軍吏等. 奮不顧身. 終始力戰. 累度勝捷而. 行朝隔遠. 道途阻塞. 軍功等第. 若待 朝命令磨鍊. 無以感動軍情故. 爲先參酌功勞. 一二三等. 別狀開坐. 依當初約束. 雖未斬頭. 以死力戰人等. 臣親見分秩磨鍊. 一種參錄.'이라 한 데까지 단숨에 읽어버렸다.

8

"과연 순신은 천하명장이다."

왕은 기쁨을 못 이기어 허리를 펴며 소리를 질렀다.

"또 글이 문장이요, 글씨도 명필이다."

하고 왕은 좌우를 돌아보았다. 좌우에는 영의정 최흥원, 좌의정 윤두수, 우의정 유홍, 전 대신 유성룡, 정철, 도승지 이항복 등이 있었다. 그러나 그들 중에는 순신의 대승진을 기뻐하는 이도 있고 기뻐 아니하는 이도 있다. 기뻐 아니하는 까닭은 이순신이 유성룡의 거천한 사람이어서 동인이라고 할 만한 까닭이었다.

왕은 순신의 군관이 올리는 적장의 머리 세 급과 왼편 귀만을 젓담은 항아리를 손수 열어 보고, 또 친히 군관에게 싸움할 때 광경을 말하게 하고 곧 도승지 이항복을 불러 순신을 일품(一品)에 올리는 교지를 쓰라 하였다. 이항복이 왕명을 받아 붓을 들 때에 정철이 왕의 앞에 나와 엎드려,

"순신의 공이 적다 할 수 없소마는 그만한 공에 일품을 주시면 더 큰 공을 세울 때에 무엇으로 갚으려 하시오? 공은 남용하는 것도 장려하는 속도리가 아닌가 하오."

하고 왕의 일품 주자는 말씀에 반대하였다.

이어서 우의정 유홍이 왕의 앞에 엎드리며,

"소신의 생각도 그러하오. 순신이 비록 적지 아니한 공을 세웠다 하더라도 일개 수군 절도사에게 일품을 주신다 하면 이는 기강이 무너지는 것이니 옳지 아니한가 하오."
하고 정철의 말을 도왔다. 정철과 유홍의 용감한 말에 조정의 많은 서인들은 통쾌함을 느꼈다.

왕은 또 이놈들이 동인이니 서인이니 하는 당파 싸움을 하는구나 하고 마음에 북받쳐오름을 금할 수 없어서 흥분하여 떨리는 어성으로,

"그러면 일품은 동인이니 서인이니 하고 싸우는 사람들만 가지는 것인가?"
하고 정철과 유홍을 노려보았다. 정철과 유홍은 왕의 노함을 보고 낯이 붉어지며 입을 다물었다. 유성룡은 아무 말 없이 눈을 감고 있었다. 도승지 이항복은 붓을 든 채로 우두커니 서 있었다.

좌의정 윤두수가,

"조정이 다 순신에게 일품 내리심을 외다 하니 정이품으로 하심이 옳은가 하오."
하고 조정하였다.

심지가 약한 왕은 이렇게 된 처지에 도망하지 않고 자기를 따르는 것만 해도 고마운데 수많은 서인들의 감정을 상하는 것이 미안도 하고 두렵기도 하여 두수의 말대로 순신을 정이품 정헌대부(正二品正憲大夫), 원균과 이억기를 종이품 가선대부(從二品嘉善大夫)로 하였다. 그리고 순신에게는 특히 정이품 정헌대부를 준다는 교서를 내렸다. 유성룡은 이순신이 그만한 직위로 하여 충성이 더하고 덜할 사람이 아니라고 생각하고 전쟁이 끝난 뒤에 《징비록(懲毖錄)》에 한산도 싸움에 관하여 이렇게 적었다.

'蓋賊. 本欲水陸合勢西下. 賴此一戰. 遂斷賊一臂. 行長雖得平壤而. 勢孤不敢更進. 國家得保. 全羅忠淸以及黃海平安沿海一帶. 調度軍食. 傳通號令. 以濟中興而. 遼東金復海蓋與天津等地. 不被震驚. 使天兵. 從陸來援. 以致郤賊者. 皆此一戰之功. 嗚呼豈非天哉.'

이것은 한산도 싸움이 아니더면 전라, 충청, 황해, 평안 각도의 연해를 보전하여 군량을 대고 연락을 취하여 나라가 다시 일어날 수가 없었다는 것이다.

안골포 싸움

1

겨내도에서 밤을 지내고 이튿날인 7월 9일에, 가덕의 안골포로 향하는 적선 40여 척이 와 닿았다는 탐망꾼의 보고가 있었다.

이 보고를 받고 순신은 곧 억기와 균(均)을 불러 이 40척의 적선을 깨뜨릴 방책을 의논하였다.

그러나 이날은 벌써 날이 다 저물고 또 거슬러오는 바람이 크게 불어 도저히 싸움할 수가 없었다. 그래서 거제 땅 온천도에서 밤을 지냈다.

이튿날 7월 10일 새벽에 온천도를 떠났다. 순신은 전라우도 수군 절도사 이억기에게 이곳을 떠나지 말고 가덕쪽으로 진을 치고 기다리다가 접전이 되거든 숨어서 달려오라고 약속하고, 순신이 몸소 주사를 거느리고 학익진으로 안골포로 향하였다. 경상우도 수군 절도사 원균도 대소 수십 척의 배를 거느리고 순신의 뒤를 따랐다.

안골포에 다다라 바라보니 선창에는 적의 대선 21척, 중선 15척, 소선 6척이 정박하였는데 그중에 삼층집을 지은 대선 한 척과 이층집을 지은 대선 두 척이 있어 밖을 향하여 포구에 떠 있고 다른 배들은 비늘 달리듯 포구 안에 있었다.

안골포는 지세가 협착하고 또 물이 얕아 조수가 빠지면 건둥이 되는 곳이어서 도저히 판옥대선을 가지고 자유로 출입할 수는 없을 곳이었다.

순신은 배를 보내어 적선을 난바다로 끌어내려고 재삼 유인하였으나 그저께 한산도 큰 싸움에 겁을 집어먹은 적의 수군은 포구 밖으로 나오려고 하지 아니하였다. 아마도 불여의하면 육지로 내려 달아나려는 생각을 가지고 있는 것 같았다.

순신은 부득이 제장으로 하여금 번갈아 포구 안으로 들어가 치고는 물러나고, 치고는 물러나는 전술을 쓰기로 하였다.

혹은 다섯 척씩 혹은 열 척씩 몸 가벼운 배와 거북선을 놓아 삼층선과 이층선을 엄습하여 천, 지, 현자 각양 총통과 장편전을 빗발같이 퍼부으니, 삼층선과 이층선의 적병이 하나씩 둘씩 거의 다 죽어 없어질 만하면 작은 적선이 다른 적병을 실어다가 보충하고 시체는 싣고 나가고, 이러하기를 몇 차례나 반복하였다. 접전이 되는 것을 보고 이억기의 함대가 약속대로 달려와서 합세하여 싸움은 더욱 격렬하였다.

거북선이 좌충우돌하는 바람에 적의 중선 소선은 부딪히기가 무섭게 부서지고 대선들도 감히 대들지를 못하였다. 오직 삼층선과 이층선은 피할래야 피할 수가 없어서 대항하는 모양이었다. 왜 그런고 하면 몸이 무거워 육지 가까이 들어갈 수는 없고 또 순신의 주사가 포구 입을 막았으니 바다 밖으로 도망해 나올 수도 없었다. 그러나 이 삼층선 이층선은 심히 견고하여 여간한 총봉을 맞아도 까딱 없었다. 그래서 적은 이 세 층루선을 근거로 하여 순신군과 대항하려는 것이었고, 또 이편의 전술로 보더라도 누선을 깨뜨리는 것이 오늘 싸움의 중심이었다.

이렇게 싸우기를 날이 저물도록 계속하니 층각선 세 척에 사람을 갈아 실은 것이 몇십 번인지 수를 헤아릴 수가 없었다. 이러는 동안에 적의 대선, 중선, 소선이 혹은 거북선에 부딪히어 깨어지고 혹은 화전으로 불에 타서 40여 척 중에서 남은 것이 층각선 아울러 10척이 못 되고 적군도 태반이나 죽고 말았다. 그래도 적군은 마지막 한 사람까지도 죽고야 말려는 듯 층각선에 갈아 들어 총과 활을 쏘았다.

마침내 삼층집 지은 배가 화전에 맞아 불이 댕기고 이어 이층선도 불이 붙었다. 탄환에 벌집 모양으로 수없이 구멍이 뚫리고 또 싸움이 격렬하고 사람은 부족하여 미처 바닷물로 배를 적시지 못하여 마침내 달은 장작 모양으로 불이 타오르는 것이었다.

2

큰 배 세 척이 타는 불길은 석양의 하늘을 더욱 붉게 하였다. 이 모양을 본 적병은 울고 소리를 지르고 급히 배를 저어 뭍으로 오르려 하였다. 그러나 마침 썰물이 되어서 물살은 빠르고 또 풀이 드러나 배질을 마음대로 하지 못하여 이편에서 쏘는 살에 많이 맞아 죽고 혹은 쑥쑥 들어가는 개흙판에 허리까지 빠져서 뭉개는 이도 많았다.

순신은 쇠를 올려 싸움을 거두고 물이 다 빠지기 전에 함대를 깊은 곳으로 옮기기를 명하였다.

썰물을 따라 피와 기름과 적병의 시체와 깨어진 뱃조각이 수없이 떠내려 왔다. 원균은 처음부터 끝까지 뒤를 막는다 자칭하고 싸움에는 참여하지 아니하여 멀리 뒤에서 바라보고 있다가 썰물에 떠내려오는 적병의 시체를 잡아 머리를 베기로 일삼았다. 싸움이 다 끝나고야 순신과 억기의 군사들이 원균의 군사가 하는 양을 보고,

"저놈들은 가만히 굿만 보고 있다가 떡만 먹으려 들어."
하고 분개하였다.

순신은,

"싸우는 것이 우리 일이 아니냐. 싸워서 적병을 죽이고 싸움에 이기는 것이 우리 일이 아니냐. 목을 베어서 공을 자랑하는 것이 우리 일이 아니다. 너희들의 공은 내가 다 보아서 아니 수급을 자랑할 것이 없다."
하고 무마하였다.

순신이 함대를 끌고 포구 밖으로 나오는 것을 보고 원균은,
"왜 적병을 마저 없애지 아니하고 퇴각하시오?"
하고 순신에게 항의하였다.

"적병이 육지에 올랐으니 물러갈 길을 끊으면 육지에 있는 백성들이 해를 당할 것이니까 길을 열어주는 것이오."

"나는 이 포구를 지키겠소."

하고 원균은 자기에게 달린 배를 거느리고 포구에 떨어져 있으려 하였다. 그는 시체의 목을 더 베이고 또 패잔한 적군이 나오는 것을 지켜 최후의 승리를 얻으려 함이었다. 그러나 순신은 단연히 허락지 아니하였다. 원균은 부득이 그 아까운 적병의 시체들을 돌아보면서 순신의 절제에 복종하였다.

순신의 함대는 포구에서 일 리쯤 나서 그날 밤을 지냈다.

이튿날 새벽에 다시 포구를 에워싸고 적의 종적을 찾았으나 남았던 4,5척 배는 밤 동안에 닻줄을 끊고 달아나고 말았다.

"인제는 이곳 백성이 부대낄 염려는 없다."

하고 순신은 혼자 고개를 끄덕이고 작은 배로 바꾸어 타고 어제 싸우던 터를 돌아보았다.

뭍에는 적병이 시체를 열두 무더기에 모아 불사른 듯하여 아직도 불이 남아 살과 뼈가 타는 냄새가 나고 한편에는 불이 붙은 뼈와 팔과 다리와 머리 같은 것이 낭자하게 널려 있고 안골포 성 안팎에는 피가 흘러 우묵어리에 고이고 긴바다에도 여기저기 붉게 물이 들었다. 적병이 얼마나 죽었는지 헤아릴 수 없으나 열두 무더기에 탄 재와 타다가 남은 뼈다귀들을 보면 천 명은 넘을 것 같았다.

순신은 함대를 끌고 그날 사시에 양산강(낙동강구)의 김해로 나오는 포구 앞 감동포를 수탐하였으나 적의 그림자도 없으므로 가덕 밖 동래 땅 몰운대 앞에 배를 벌여 진을 쳐 군의 위엄을 보이고 사방으로 탐망선을 보내어 적의 종적을 탐보케 하였다. 가덕 매봉(鷹峰)이며 김해 금단곶이(金丹串) 연대(煙臺, 연기를 피워서 군호하는 곳)에도 후망꾼을 보내어 적정을 탐보케 하였다.

3

이날 술시에 금단곶이 망꾼 경상 우수영 수군 허수광(許水光)이 들어와 고하는 말이 이러하였다.

 김해 금단곶이 연대에 망을 보러 올라가는 길에 봉 밑의 작은 암자에 사는 늙은 중을 데리고 올라갔다. 연대에 올라가 바라보니 김해로 빠지는 두 강 깊은 목에 여기저기 정박한 적선이 백여 척이나 되는데 노승의 말을 듣건대, 근래 매일 한 50여 척씩이나 적선이 몰려오기를 연해 열하루 동안이나 하였는데 어제 안골포에서 접전하는 포성을 듣고는 간밤에 거의 다 도망하여 달아나고 백여 척만 남은 것이라고 한다.

 부하 제장은 강에 정박한 적선을 소탕하기를 주장하였으나 순신은 강 속에 숨은 적을 토벌하기는 불가능하다고 하여 천성보로 물러왔다가 그 밤으로 회군하여 12일 사이에 한산도로 돌아왔다.

 한산도의 8일 싸움에 배를 버리고 상륙하였던 적병들이 여러 날 굶은 끝에 몸을 기동할 수가 없어서 강변에서 조는 이도 있었다. 나머지 4백여 적병도 농중에 든 새라 도망할 길이 없을 것이라 하여 경상우도 수군절도사 원균으로 하여금 한산도를 지켜 적이 도망하지 못하게 하고 순신은 전라우도 수군 절도사와 함께 군사를 끌고 본영으로 돌아가기로 하였다.

 이렇게 양산과 부산의 적을 그냥 두고 회군하는 데는 세 가지 이유가 있었다. 첫째는 한산도와 안골포 싸움에 예기를 질리운 적의 수군은 안전한 곳에 꼭 들어박혀 나와 싸우기를 피하므로 육군의 협력이 없이 수군만 가지고는 어찌할 도리가 없음이요, 둘째는 많은 군사가 여러 날 싸움에 군량이 진하여 전라도로 들어가기 전에는 모두 무인지경인 경상도 연해에서 군량을 얻을 길이 없음이요, 셋째는 금산을 점령한 적세가 치장하여 전주를 범하였다는 경보가 왔으니 잘못하면 전라도 전토가 적의 손에 들어가 그야말로 조선군이 근거를 잃어버릴 근심이 있음이었다. 만일 전라도마저 적의 손에 들어가면 순신의 수군까지도 양식을 얻는 발을 붙일 근거를 잃어버려 조선은 영영 회복할 기회를 얻을 수 없을 것이었다. '無湖南無國家(호남이 없으면 국가가 없다)'는 것은 순신이 어떤 사람에게 보낸 편지 구절이다.

이리하여 순신은 전군을 끌고 한산도를 떠나 본영인 전라도 좌수영으로 향하였다. 돌아오는 길에 순신은 이번 싸움에 사로잡은 우리 사람 몇을 심문하였다.

녹도 만호 정운이 사로잡은 거제도 오양개(烏陽浦) 포작 최필(崔弼)을 불러내니, 그는 말하되, 적병에게 잡힌 지도 얼마 안 되고 또 말도 몰라서 적병이 하는 말을 알아듣지 못하였노라 하며 다만 전라도로 간다는 말만 알아들었는데 그 눈치를 보면 전라도로 가려고 겨내도에 머물렀다가 패한 모양이라고 할 뿐이었다.

순천 부사 권준이 사로잡은 사람은 서울 중접보인(中接保人) 김덕종(金德宗)이라고 하는데 그는 말하기를 유월 간에 서울에 웅거하던 적병의 수효는 알 수 없으나 네 패로 나뉘어서 내려올 때에 자기도 가족을 데리고 끌려 왔다고 하며, 서울서 내려온 네 패 중의 두 패는 부산 해변에 진을 치고, 한 패는 양산강에 진을 치고, 또 한 패는 전라도로 간 줄은 아나 말을 몰라 자세한 것은 알 수 없다 하며, 또 한 패는 서울에 유진하고 사방에 방을 붙여 피난한 백성을 불러 들여 지금은 하나 남김 없이 다 들어왔다 하며 자기를 데리고 서울서 내려온 장수는 이번 싸움에 죽었다고 하였다.

오령장 최도전(崔道傳)이 사로잡은 서울 중접 사노 중남(中男), 사노 용이(龍伊), 경상도 비안접 사노 영락(永樂) 등은 말하되, 서울로부터 적병이 내려오는 길에 용인에서 우리 군사 여러 만 명을 만나 접전하다가 우리 군사가 물러간 뒤에 김해로 내려와서 대장이 글을 가지고 각진에 통문하는데 그 모양이 우리 나라 장수가 약속하는 것과 같았고 그 글을 보고는 적장들이 손을 들어 서쪽을 가리키며 그러할 때마다 '전라도'라고 하며 혹은 칼을 빼어 무엇을 치는 시늉을 하는 것이 마치 사람을 죽이는 모양을 하는 것과 같았다고 한다. 그가 용인서 우리 군사를 만났다는 것은 전라도 순찰사 이광을 머리로 하는 전라, 충청, 경상, 삼순찰사 연합군을 가리킨 것이다.

광양 현감 어영담이 사로잡은 경상도 인동현에 사는 우근신(禹謹身)

이라는 어린 사람이 말하기를,

"소인은 누이동생을 데리고 피난하러 산에 들어가 있다가 누이동생과 함께 적병에게 붙들려 서울로 올라가서 누이는 적장에게 겁탈을 당하였소. 어느날인지 날짜는 분명치 아니하나 그 적장에게 끌려 다시 내려올 때 우리 나라 군사와 서로 만나 접전을 하였는데 첫날은 적병이 이기고, 둘쨋날은 적병이 져서 퇴병하고 세쨋날은 우리 나라 군사가 다 물러가서 줄곧 김해강으로 내려왔소. 김해강에서는 배를 탔는데 그 배들은 어디서 온 배인지 알 수 없었소. 어디서 와서 어디로 간다는 말은 알아들을 수가 없으나 다만 손으로 서쪽을 가리키니 필시 전라도로 가자는 말인 듯하였소."

하고 접전하던 당일의 일에 관하여 근신은 이렇게 말하였다.

"그날 소인을 데리고 온 장수가 우리 나라 군사를 많이 죽였소. 그러나 다른 장수들은 우리 사람이 가만히 있으면 칼을 두르고 날뛰다가 우리 군사가 이기게 되어 활을 쏘며 돌격을 하면 다들 겁을 내어 머뭇거리고 뒷걸음을 쳤소. 소인을 데리고 온 장수가 아무리 호령을 엄히 하여도 다들 무서워서 나서지를 못합데다."

"그러면 너를 데리고 온 장수는 어찌 되었나?"

"화살에 맞아 죽었소."

"적장과 함께 살던 네 누이는 어찌 되었느냐?"

할 때에 근신은 눈물을 흘리며,

"우리 나라 군사가 돌격해 오는 것을 보고 암만 해도 견디지 못할 줄로 알고는 그 장수가 허리에 찬 작은 칼을 빼어 주며 소인의 누이더러 배를 갈라 죽으라고 명하였소. 소인의 누이는 벌써 잉태 중이었는데 적장이 주는 칼을 받아서 배는 가르지 아니하고 목을 찔러서 먼저 죽었소."

하였다.

다음에 웅천 현감 허일(許鎰)의 소솔 동헌 기관(記官) 주귀생(朱貴生)은 말하되, 김해 부내에 사는 내수 사노 이수금(李水今)이 7월 2일에 웅천현에 있는 그 부모를 보러 웅천현에 와서 말하기를, 김해부 부처바위(佛岩) 선창에 와 있는 적의 수군들도 전라도 군사와 접전한다는 말을 하더라고 하며 배마다 배방패 밖에다가 단단한 홰나무 쪽을 셋씩이나 덧붙여 견고하게 만들고 수군을 세 패로 갈라서 김해성 내외에 둔박케 하였다 하며, 하룻밤에는 바다에 뜬 고기잡이 불을 보고 전라도 수군이 온다고 하여 크게 놀라 떠들며 어찌할 바를 모르고 동분서주하다가 얼마 후에야 진정하였다고 하였다.

 이 공초를 다 믿을 수는 없다 하더라도 종합해 보면 적이 수군을 세 패로 나누어 전라도를 침범하려 한 것이 사실이라는 것과 그 제일운(第一運) 73척이 한산도에서 부서지고, 제이운 42척이 안골포에서 부서진 것은 상상할 수가 있었다.

부산 싸움

1

한산도와 안골포 싸움에 적은 완전히 조선의 제해권을 잡으려는 뜻을 버리지 않으면 안 되게 되었다. 도저히 이순신의 수군과 겨눌 수 없다고 단념하지 않으면 안 되었는데 그 때문에 평양에 웅거한 소서 행장의 군사도 더 나아가지 못하게 되어, 이를테면 일본군은 반편이 된 셈이었다. 유성룡의 말에, 만일 한산도의 승전이 없었던들 전라, 충청, 황해, 평안 여러 도까지 적군의 손에 들어가고, 뿐만 아니라 나아가서는 명나라의 천진까지도 위태하였으리라는 유성룡의 말은 옳은 것이었다.

육전에서 백전백승하여 소향에 묵적하던 자기의 군사가 수전에서 아홉 번 싸워서 아홉 번 패한 것을 들은 풍신수길의 노함은 여간이 아니었다. 그가 일본 수군이 패하는 이유를 알아 올리라고 엄명한 때에 그에게 달한 보고는,

"일본 수군이 배의 수효는 많으나 배가 약하여 이순신의 거북선에 부딪히면 곧 부서지고, 또 이순신이 지세와 조류를 잘 알아 그것을 이용하므로 객병으로는 그 모략을 대항할 수 없다."

하는 것이었다.

이때 풍신수길은 조선에 건너와 있는 수군에게 명하여 아무리 조선 사람이 싸움을 돋우더라도 결코 응전하지 말고 부산 근해에 모여 지키고만 있으라 하고 한편으로 조선에 당쟁이 있는 것을 이용하여 이순신을 모함하여 없앨 도리를 할 것을 가등청정에게 엄명하였다.

그러나 부산에 모여 있던 풍신수길의 수군은 가끔 가덕, 거제 등지로

출몰하여 민가를 요란하기를 마지 아니하였다.

이때에는 육지에 있던 일본 군대도 한산도 패전에 공포를 느끼어 대부분이 부산, 울진, 김해 등지로 모여들기 시작하여 성을 쌓고 집을 짓고 오래 웅거하여 때를 기다릴 준비를 하였다.

이러한 정보를 들을 때에 순신은 심히 분개하여 수륙으로 합공 못하는 것을 분하게 여겼다. 순신은 전라도 순찰사 이광에게 말하였으나 이광은 용인에서 패한 이래로 겁을 집어먹어 싸울 뜻이 없고 그뿐 아니라 용인에서 죽을 쑨 이광을 군사와 백성이 다 신임을 아니하였다. 그래서 할 수 없이 조정에 청하였으나 조정에서는 명나라 구원병을 기다리는 것과 동인 서인의 당파 싸움(불과 수십 명 되는 무리가)밖에 다른 생각이 없고 또 설사 생각이 있다 하더라도 대군을 발하여 육상의 적을 칠 힘도 없었다.

이에 순신은 경상우도 순찰사 김수(金睟)에게 청하여 수군은 순신 자기가 담당할 것이니 뭍에 있어서 적이 도망할 길을 막아 적병의 책원지인 부산을 무찌르자고 하였다.

원래 김수는 지난 4월에 적병이 부산, 동래, 김해를 순식간에 함락시킬 때에 겁을 집어먹고 진주성을 버리고 달아난 위인이었다. 순신의 이 청을 듣자 자신은 없으나 못 한다 하기도 어려워 9월 초하루를 기약하여 부산의 적진을 수륙으로 협공하기를 약속하였다.

이에 순신은 전라우도 수군 절도사 이억기, 경상우도 수군 절도사 원균과 서로 약속하고 8월 초하루에 전라좌우도 전선 합하여 74척과 협선 92척, 도합 1백60척(그 동안에 순신은 50여 척의 병선을 지은 것이다)을 거느리고 전라 좌수영 앞에 결진하고 있었다. 이때에 경상우도 순찰사 김수로부터 관문이 왔는데 말하기를,

'上犯賊徒. 晝伏夜行. 梁山金海江等處. 連續下來. 卜物萬載. 顯有逃遁之跡.'
이라고 하여 곧 줄농하기를 재촉하였다.

2

　김수의 관문의 뜻은,
　'위로 갔던 적의 무리가 낮에는 숨고 밤에는 길을 걸어 양산과 김해 강 등지에 연속하여 내려오는데, 짐을 많이 실은 것을 보니 필시 도망 하여 돌아오는 모양'이라는 것이었다.
　8월 24일에 순신은 전라 우수사 이억기, 조방장 정걸(丁傑, 얼마 아 니하여 경기도 수군 절도사가 되어 행주 싸움의 권율(權慄)을 도운 사 람)과 함께 166척의 주사를 거느리고 전라도 좌수영을 떠나 제4차 원 정의 길을 나섰다. 그날은 남해 관음포(이곳은 7년 후에 순신이 죽은 곳이다)에서 밤을 지내고 25일에 사량바다(蛇梁津)에 이르러 경상우도 수군 절도사 원균과 서로 만났다.
　원균은 한산도에 상륙하여 굶어 죽게 된 4백 명 적군을 놓아버린 사 람이다. 그가 한산도를 지키고 있을 때에 거제 바다에 적선이 보인다는 말을 듣고 무서워 달아났으므로 살아 남은 적병들은 나무를 찍어 떼를 모아 타고 거제도로 달아난 것이다.
　순신은 원균을 만나 경상도 연해의 형세를 물었으나 그는 하나도 알 지 못하였다. 혹시 아는 체하고 말하는 것이 있다 하더라도 취신할 것 이 없었다. 더구나 그가 배를 바다에 놓아 조선 어선을 습격하여 재물 을 빼앗을 뿐더러 더러는 우리 사람의 목을 베어 상투를 풀어 일본 사 람의 머리 모양으로 배코를 쳐서 적병을 잡은 듯이 수급을 모은다는 보 고를 들은 순신은 더구나 원균을 믿을 수가 없었다. 그러나 경상도 바 다에서 싸우는 이상 원균을 참여시키지 아니할 수도 없었다. 원균은 전 과 같이 뒤에 떨어져서 싸움 구경을 하다가 썰물에 떠내려 오는 적병의 시체(우리 군사의 시체까지도)를 건져 목을 자르는 것으로 일을 삼을 줄 알면서도 아니 데리고 갈 수는 없었던 것이다.
　이날은 지난 유월에 첫번 승전한 전장인 당포에서 하룻밤을 지내고 이튿날인 26일에는 풍우가 크게 일어 배질을 못 하고 있다가 날이 저물게야 웅천 제포 뒤 완포에 이르러 밤을 지냈다.

28일에 육지로 나갔던 염탐꾼이 돌아와 아뢰기를, 고성, 진해, 창원, 병영 등지에 유둔하던 적병이 이순신의 함대 온다는 말을 듣고 이달 24,5일 야간에 모두 도망하여 배 맨 곳으로 가버렸다고 한다.

순신은 이날 조조에 배를 띄워 바로 양산, 김해 양강 어귀로 갔다.

우리 함대가 오는 것을 보고 백성들이 부모를 만난 듯이 기뻐하며 배를 타고 나와 맞았다. 그들은 제각이 적병에게 시달리던 이야기를 하였다. 그중에 창원 땅 구곡포에서 전복잡이 한다는 정말석(丁末石)이라는 사람은 김해강에서 사흘 동안 사로잡혔다가 도망하여 왔노라 하며 이런 말을 보고하였다.

김해강에 있던 적선이 이삼일 간에 떼를 지어 몰운대 밖으로 황급히 도망하여 나가더라고. 그 분망 중에 자기는 밤을 타서 도망해 왔노라고 하였다.

3

이에 순신은 함대를 가덕도 북편 서쪽 언덕에 숨기고 방답 첨사 이순신, 광양 현감 어영담으로 하여금 가덕도 밖에 숨어서 양산강에 정박한 적선의 동정을 살피게 하였다.

신시 말이나 되어서 순신에게 보고가 오기를, 종일 바라보고 있었으나 김해강과 양산강에서 적의 소선 네 척이 나와 몰운대로 간 것밖에는 아무것도 보지 못하였다고 한다.

이것으로 보아 양강에 있는 적선은 거의 다 부산으로 돌아간 것으로 판단하고 그날 밤을 천성 선창에서 지내고 29일 닭이 울 때에 발선하여 평명에 양강 앞, 동래 땅인 장림포에 다다랐다. 마침 30여 명 적병이 대선 네 척과 소선 두 척에 갈라 타고 양산으로부터 나오다가 이편 함대를 보고 놀라 배를 버리고 뭍으로 올라 도망하였다. 경상 우수사 원균이 자기가 거느린 주사를 끌고 달려가 빈 배 5척을 깨뜨리고 우후 이몽귀가 대선 한 척을 깨뜨리고 머리 한 급을 베었다.

이것으로 아직 양강 속에는 적선이 남아 있는 것을 짐작하고 함대를 둘로 갈라 양산강과 김해강으로 들어가 소멸하려 하였으나 강이 좁고 물이 얕아서 판옥대선을 용납하여 싸울 수가 없으므로 초어스름에 가덕도 북편으로 돌아와 밤을 지내면서 순신은 원균과 이억기를 불러 밤이 깊도록 의논한 결과 양강에 비록 다소의 적선이 남아 있다 하더라도 그것을 괘려할 것 없을뿐더러 우리 주사를 보고 밤을 타서 필시 도망했을 듯하니 밝은 날에는 부산의 적의 본거를 총공격하기로 결정하였다.

이튿날인 5월 초하루 닭이 울 때에 발선하여 180여 척의 대함대가 서로 꼬리를 물고 동으로 향하였다.

몰운대에 다다른 것이 진시, 몰운대를 지나자 갑자기 동풍이 세게 불어 물결이 산같이 일어났으나 그래도 배를 저어 동으로 동으로 부산을 향하였다. 화준, 구미에 이르러 적의 대선 5척을 만나자 녹도 만호 정운이 맞아 싸워 하나도 아니 남기고 다 깨뜨리고, 다대포 앞 곶에 다다라 적의 대선 8척을 만나 이번에는 광양 현감 어영담이 맞아 싸워 하나도 아니 남기고 다 깨뜨리고, 서평포 앞 곶에서는 적의 대선 9척을 만나 이번에는 방답 첨사 이순신이 맞아 싸워 하나도 아니 남기고 다 깨뜨리고, 절영도에서는 적의 대선 2척이 바닷가에 나란히 서 있는 것을 조방장 정걸이 다 깨뜨렸다. 이리하여 몰운대에서부터 절영도까지 오는 길에 적의 대선 24척을 깨뜨리니 이것을 본 뭍에 있던 적병들은 산으로 올라가 도망해버리고 이편 군사들은 사기가 백배하여 그 어려운 배질에 피곤한 것도 잊어버렸다.

절영도 앞에 함대를 머물러 섬에 남아 있는 적병을 모조리 잡은 후에 작은 배를 놓아 부산 선창의 동정을 보라 하였다.

탐망선의 보고에 의하면 부산 선창의 적선이 5백여 척이나 동편 산기슭에 늘어섰다고 하며 이편의 탐망선이 온 것을 보고 대선 4척이 따라나오더라고 한다.

적선 5백 척이란 말은 원균을 크게 놀라게 했고 이억기도 2백 척 못

되는 주사로 5백 척의 적선과 싸우는 것이 어려움을 말하며 주저하였다.

순신은,

"우리 군사의 위엄을 가지고 이번에 만일 적의 소굴을 아니 치고 돌아간다 하면 적이 반드시 우리를 업수이 여길 것이니 그리하면 우리 일은 끝난 것이다. 이곳에서 싸워서 우리가 전멸을 할지언정 아니 싸우고 돌아서지는 못하리라."

하고는 영기(令旗)를 들어 부산 선창을 향하여 나아가 총공격하라는 명령을 내렸다.

4

순신의 손에 들린 기가 부산을 가리킬 때에 우부장 녹도 만호 정운, 거북선 돌격장 이언량, 전부장 방답 첨사 이순신, 중위장 순천 부사 권준, 좌부장 낙안 군수 신호 등이 배를 몰아 나아가 적의 선봉 대선 4척을 순식간에 때려부수고 불을 사르자 연기와 불길이 하늘로 오르고 살아 남은 적병들은 헤엄을 쳐 육지로 도망하였다.

이것을 보고 전군 166척이 기세를 얻어 북을 울리고 기를 두르며 장사진을 지어 바로 부산을 향하고 급히 노를 저었다. 오직 경상우도 수군 절도사 원균이 따라오는 듯 슬며시 뒤로 떨어져 싸움이 이길 듯 하면 참예하고 질 듯하면 달아날 차비를 하고 적병의 시체가 떠내려 오거든 목을 잘라 공을 세울 작정이었다.

함대가 부산 포구로 들어서니 부산진성 동쪽 5리 가량의 물가에 연하여 세 군데로 갈라 둔박한 적선이 470여 척이나 되지마는 이편의 위엄에 눌려 감히 마주 나와 싸우지 못하였다. 순신은 제장에게 명하여 바로 나아가 적선을 치라고 명하니 우부장 녹도 만호 정운이 선봉이 되어 적의 배들이 모여 선 곳으로 달려갔다.

적병은 수전으로 이기지 못할 줄을 알고 다들 배를 버리고 성안으로 도망하고 산으로도 기어올라 거기서 총과 활을 쏘았다. 적병은 모두 산에서 여섯 군데로 모여서 땅을 파고 숨어 싸우고 배도 큰 배에서는 방패 속에 숨어서 총과 활을 빗발같이 우박같이 이편 배를 향하여 내려쏘았다.

적병은 총과 활을 쏠 뿐만 아니라 혹은 무과 덩어리와 같은 큰 철환을 쏘고 혹은 물을 내어뿜고 혹은 밥주발만한 큰 돌멩이를 내려던졌다.

물가에 매인 적선에서는 여기저기 불이 일기 시작하여 경각간에 백여 척에 불이 당기어 백여 개 불기둥과 연기 등이 하늘로 오르고 물로 기어, 어떤 곳은 지척을 분별할 수가 없고 바닷물도 끓어오르는 듯하여 갑자기 더위가 심하였다.

이편 장졸에도 적의 철환과 화살에 맞아 붉은 피를 뿜고 죽는 자, 넘어지는 자의 수효를 몰랐다.

순신은 시석을 무릅쓰고 손수 북을 울리고 기를 둘러 싸움을 재촉하였다. 순신이 탄 배에도 가끔 철환과 살이 날아왔으나 순신은 그것을 보지 못하는 것 같았다.

순신이 치는 북소리(그것은 다른 북보다 컸다)가 들릴 때마다, 연기와 불길 속으로 순신의 손에 들린 깃발이 격렬하게 움직임을 볼 때마다 제장과 군졸들은 죽기를 무릅쓰고 배를 저어 앞을 다투어 적진을 찔렀다. 천지자 장군전, 피령전, 장편전, 철환을 빗발같이 적병이 웅거한 성 내와 산 위로 올려 쏘았다.

적병은 토굴 속에 숨어서 머리와 가슴을 내어밀고는 총과 활을 쏘고는 또 숨었다. 그러다가 이편의 살에 맞아 언덕으로 굴러 떨어지는 자도 있고 그렇지 아니하고 땅에 엎더지는 자는 다른 군사가 나와 토굴 속으로 끌고 들어갔다. 이러는 동안에 여섯 군데 토굴의 흙이 피로 젖고 이편 배에도 피로 젖지 아니한 배가 없었다.

이렇게 종일을 싸울 때에 저녁때가 되어서는 부산 선창이 온통 불과 연기요, 이따금 바람에 흩어지는 연기 속으로 순신이 뱃머리에 서서 손수 북을 울리고 깃발을 두르는 것이 번뜻번뜻 보일 뿐이었다. 바닷물에도 기름이 섞인 붉은 피가 여러 가지 무늬를 지어 물결을 따라 오르락내리락하였다.

5

부산진 성중과 여섯 군데 적병의 참호에서는 점점 총과 활 쏘는 것이 줄어들어 해가 서산에 걸린 때에는 다섯 군데 참호가 완전히 침묵하고 부산진성도 문을 굳이 닫고 고요히 아무 대답이 없었다.

우부장 녹도 만호 정운은 마지막 적병의 둔처를 깨뜨리려고 홀로 배를 저어 적선이 수풀같이 들어선 틈을 뚫고 들어가며 분전하다가 적의 탄환이 오른편 가슴을 뚫었다. 정운은 칼 든 손으로 가슴을 누르고 갑판 위에 쓰러졌다. 배를 젓던 군사들이 놀라 배젓기를 멈출 때에 정운은 왼손으로 피 흐르는 가슴을 움켜쥐고 일어나 칼을 두르며 피를 뿜는 입으로,

"어서 저어라!"

하고 싸움을 재촉하였다.

이때에 또 탄환 한 개가 정운의 왼편 가슴을 맞혀 등을 뚫고 나와 정운의 뒤 5, 6보 되는 곳에 떨어졌다.

정운은 그만 갑판 위에 쓰러졌다. 사졸들이 그를 안아 일으킨 때에 그는 벌써 숨이 끊어졌다. 정운은 이날 싸움에 처음부터 끝까지 앞장을 서서 싸우고 그의 손으로 깨뜨린 적선만도 30척이나 되었다.

정운의 배가 홀로 적의 진중으로 깊이 들어가는 것을 보고 순신은 구선장 돌격장 이언량을 시켜 그를 구원하려 하였으나 구선이 갔을 때에 정운은 벌써 죽었고 정운의 배에 탔던 사졸들도 개미떼같이 달려드는 적병과 단병전을 하여 2, 3명을 남기고는 다 죽어버렸다.

이언량은 좌우에 모여 있는 적선을 거북선으로 좌충우돌하여 막 부수어버리고 정운의 배를 끌고 나왔다.

정운의 시체를 실은 배가 순신 탄 장선 곁에 와 닿았을 때에는 양진

에서는 사실상 휴전상태가 되었다.

해도 이제는 산을 넘었고 오직 싸움에 지친 이편의 함대에만 남은 놀이 벌겋게 비치었을 뿐이었다.

적진에서는 이편의 큰 장수, 그날 종일 가장 무섭던 장수가 죽은 것을 보고 또 어둠이 가까워 오는 것을 보고 기세를 얻어 이편의 살이 및지 아니할 만한 곳에 수천의 장졸이 말을 타고 칼을 번쩍거리며 시위를 하였다. 그것은 마치 이편 군사를 뭍으로 끌어 올리려는 꾀인 듯싶었다.

이편 진중에서는 곧 상륙하여 적과 최후의 결전을 할 것을 주장하는 이도 있었다. 그러나 육지로 와서 같이 싸운다는 경상우도 순찰사 김수의 군사는 해가 다 지도록 오는 빛이 없고, 또 말도 없고 긴 칼도 없고 육전의 경험도 없는 수군을 가지고 오랫동안 준비하여 놓은 적진 중에, 그도 밤에 달도 없는 초하룻날 밤에 들어가는 것은 백 번 패할 수만 있고 한 번 이길 수는 없는 모험이었다.

부산에는 각지에 흩어졌던 적병들이 모여들어 부산진 성내에 있던 관사를 헐어다가 성 동문 밖에 백여 호나 소굴을 지었고, 또 동서 산기슭에도 적병들이 기거하기 위하여 즐비하게 지어 놓은 집이 삼백여 호나 되었다. 그중에는 이층집도 있고 벽에는 분을 발라 절인 듯한 집도 있었다.

순신은 이러한 것을 볼 때에 이 소굴을 단번에 무찌르지 못하는 것을 한하였으나 이제 육상의 응원이 없이 피곤하고 굶주린 군사를 끌고는 어찌할 수가 없었다.

순신은 눈물을 머금고 쇠를 울려 군사를 거두었다.

순신은 군사를 거두어 역풍과 파도를 무릅쓰고 밤 삼경에 가덕도로 돌아왔다. 배가 절영도를 지날 때에야 그는 섰던 자리를 떠나 정운의 시체 실은 배에 올라 그 상한 곳을 만지며 통곡하였다.

이 통제

1

한산도와 부산 싸움이 있은 후로 각지에서는 의병이 일어났다. 이것은 이순신의 용기가 패잔한 조선 백성에게 새로운 힘을 넣어줌이었다.

의병뿐 아니라 관리 중에도 새로운 용기를 얻어 싸우는 이가 생겼다. 예를 들면 김제 군수 정담해(鄭湛海) 해남 현감 변응정(邊應井) 같은 사람이다.

이때에 적군은 이순신에게 대패하여 도저히 수로로 전라도에 들어가지 못할 줄을 알았다. 그러나 전라도는 그들이 심히 원하는 곳이었다. 첫째로 전라도는 물산이 풍부한 곳이니 많은 군사가 오래 조선에 주둔하려면 조선의 보고인 전라도를 손에 넣어야 할 것은 군략상으로 가장 필요하였다. 둘째로 조선 팔도를 다 손에 넣고도 이순신 한 사람 때문에 전라도에 손을 붙이지 못한다는 것이 적군의 위신에 관계되는 것으로 생각하였다. 셋째로 가장 무섭고 가장 미운 원수인 이순신의 접촉할 곳을 없이 하기 위하여서도 전라도를 손에 넣는 것은 필요하였다.

이리하여 적군은 한산도 패전 이래 육로로 전라도를 공략하는 것으로 중심 문제를 삼았다. 서울로부터 내려오는 적병들이 언필칭 전라도라고 한 것이 이 때문이었다. 이에 적군은 한성 이북에 갔던 군사들을 도로 불러서 전라도 공격에 전력을 다한 것이다.

임진년 7월 그믐께 적병은 경상우도의 초계로부터 안음, 장수를 지나 전주를 치려 하였다.

이때에 김제 군수 정담해와 해남 현감 변응정은 감사 이광에게 일이 급한 것을 말하였으나 이광은 용인에서 패전한 쓴 경험이 있어 겁을 내어 전주 성중을 지킨다 하고 나오기를 원치 아니하였다.

정담해와 변응정은 분개하여 수하병 천여 명을 끌고 곰재(熊嶺)에 목책을 만들고 산길가로 끊어 적군을 막기로 하였다.

과연 수만의 적군이 곰재로 올려 밀었다. 담해와 응정은 용감하게 선두에 서서 군사를 지휘하여 아침부터 해질 때까지 싸웠다. 저편에는 이편보다 수십 갑절되는 군사가 있으나 이편은 높은 곳에 목책을 세우고 숨어서 싸우기 때문에 이편에서 죽은 군사보다 여러 갑절되는 군사를 죽였다.

그러나 종일 싸움에 이편 군사도 거의 다 죽어 2백 명 가량밖에 남지 아니한 때에 적군은 뒤로 물러가는 듯하더니 밤에 샛길로 사방으로 몰려 올라와서 담해의 군사를 완전히 포위하고 항복을 청하였다.

담해는 단연히 항복을 거절하고 싸움을 계속할 것을 명하였다. 그리고 자신이 칼을 들고 몸소 선두에 서서 싸우다가 적의 철환에 맞아 죽었다.

담해가 죽자 응정이 대신 남은 군사를 호령하여 싸웠으나 그 역시 적의 철환에 맞아 죽고 군사들도 담해와 응정의 의기에 감복하여 하나도 아니 남고 다 싸워 죽었다. 곰재에는 시체가 길을 막아 사람이 통행할 수가 없었다.

적장은 군사를 시켜 이편 장졸의 시체를 모아 큰 무덤 여럿을 만들고 그 위에 목패를 깎아,

'弔朝鮮國忠肝義膽'이라고 써 세웠다.

이튿날 적병은 대거하여 전주성 밖에 다다랐다.

적병이 오는 것을 보고 전주 관리들이 달아나려 하나 감사 이광은 선화당에 숨어 나오지 못하였다. 이때에 태주 사람 전 전적(前典籍) 이정란(李廷鸞)이 문관복을 입고 성으로 들어가 달아나려는 관리와 백성들을 보고,

"우리가 다 죽을지언정 전주성을 적군에게 내어주지 못하리라."

하고 외쳤다.

2

 백발이 성성한 이 전적의 정성은 전주 관민의 마음을 감동시켜 죽기로써 전주를 지키기로 맹세하였다.
 적병도 곰재에서 많은 군사를 잃어 의기가 저상한 데다가 전주성이 좀체로 깨어지지 아니할 것을 보고 또 전라도 사람이 다른 도 사람들과 달라 대단히 용감한 것을 저퍼하여 전주성을 버리고 물러갔다.
 평안도 순찰사 이원익, 순변사 이빈(李薲) 등이 역시 한산도 승전에 힘을 얻어 강변(압록강변) 포수 아울러 수천 명 군사를 거느리고 순안으로 오고, 별장 김응서(金應瑞)는 용강, 삼화, 증산, 강서 4읍 군사를 거느리고 20여 둔을 지어 평양 서편에 진을 치고, 수사 김억추(金億秋)는 수군을 거느리고 대동강 하류에 있어 외각의 세를 이루어 서로 응하기로 하였다.
 8월 1일에 이원익이 주장이 되어 평양 성북으로 쳐들어오다가 적병의 선봉 20여 명을 쏘아 죽이고 의기양양하게 평양성에 임박하였으나 적의 대군이 몰려 나오는 것을 보고 이원익, 이빈 등 경관(서울서 온 벼슬아치)들이 군사를 버리고 달아나자 군사들은 장수를 잃고 흩어졌으나 오직 강변 포수들이 저희들끼리 싸워 많은 적병을 죽이고는 하나 아니 남고 다 전사하였다.
 김응서는 싸움이 시작되는 것을 보고 곧 군사를 끌고 보통문으로 짓쳐들어갔으나 이때에는 이원익의 군사는 벌써 무너지고 만 때였다.
 김응서는 크게 분개하여 고군분투하였으나 중과부적하여 거의 전군을 잃어버리고 몸을 빼어 도망하였다.
 순찰사 이원익의 군사가 패하자 소서행장은 금명 간에 평양을 떠나서 의주를 무찌른다고 호언하고 글을 조선군에 보내어 가로되,
 '群羊攻一虎(양의 무리가 한 범을 침이라)' 하였다.

평양에서 의주에 이르는 동안에 각읍 백성들은 모두 피난 짐을 싸놓고 오늘이나 오늘이나 하고 적병이 밀어 들어오기를 무서워하였다.

이때에 명나라에서는 조선의 수군이 일본 수군을 대파하였다는 소식을 듣고 기운을 얻어 병부상서 석성(石星)이 절강(浙江) 사람 심유경(沈惟敬)이란 자를 조선으로 보내어 이 기회에 조선과 일본과의 화친을 붙일 계획을 세웠다.

심유경이란 자는 일본을 다녀온 일이 있어 일본의 사정을 잘 아노라고 자칭하고 병부상서 석성에게 자원하여 삼촌설로 능히 일본군을 물리칠 것을 장담하였다.

그때 석성은 될 수만 있으면 군사를 움직이지 아니하고 평화수단으로 일본군을 조선에서 물려 후환을 덜려는 생각을 가졌었다. 왜 그런고 하면 명나라는 당시에 재정이 경갈할뿐더러 또 내란이 안정되지 아니하여 현군 만리로 조선으로 대병을 끌고 오기는 곤란한 사정이 있었기 때문이다.

이 기회를 타서 일개 부랑자 심유경이 유격장군이라는 칭호를 받아 호위병 얼마를 데리고 8월에 압록강을 건너왔다.

그는 왕을 뵈올 때에 마치 친구나 대하는 듯이 거만하였고 영의정 이하로 조신의 대관을 대할 때에는 마치 자기의 수하나 대하는 것같이 거만하였다. 그는 상국 대관의 위풍을 드날려 안하무인이었다.

"어떻게 적병을 물리려시오?"

하고 물으면 그는 유쾌한 듯이 손으로 가슴을 가리키며, '이 속에 다 계책이 있으니 너희는 알 바 아니다' 하는 듯한 모양을 보였다.

3

심유경은 순안에 이르러 편지를 닦아 평양의 소서행장에게 보내었다. 그 글에는 이러한 구절이 있었다.

'余以 聖旨責 爾輩. 朝鮮有何虧負於日本. 日本如何擅興師旅.'

(내 황제의 뜻을 받아 너희에게 묻노니, 조선이 일본에 무슨 잘못이 있기로 일본이 함부로 군사를 일으키느냐.)

유경은 이 편지를 보에 싸서 자기가 데리고 온 하인 한 사람의 등에 지우고 말 태워 곧 보통문으로 들어가라 하였다. 이때에 적병은 노상 행인도 막 잡아 죽이는 때라 이것을 심히 위태하게 여겼으나 유경은 웃으며,

"상관 없다. 어느 놈이 내 편지 가지고 가는 하인을 감히 건드릴까 보냐."

하고 뽐내었다.

소서행장은 심유경의 편지를 보고 곧 만나기를 허하였다. 그는 한산도의 대패전을 보고는 더욱 싸울 뜻이 없어 핑계만 있으면, 풍신수길의 마음만 만족시킬 수가 있으면 화친할 생각이 간절하였던 까닭에 심유경의 편지를 반갑게 받았던 것이다.

유경은 행장의 회답을 받고 곧 평양을 향하여 길을 떠나려 하였다. 사람들은 위태하다는 말로 많이 만류하였으나 유경은 거만한 태도로,

"제가 나를 어씨한단 말이냐?"

하고 웃었다.

유경은 가정 3,4명만을 데리고 말을 타고 태연하게 평양으로 향하였다. 조선 군사들과 관리들은 멀리 그의 뒤를 따라서 어떻게 되는 양을 구경하였고 우리 사람들은 대흥산에 올라가 바라보고 있었다.

평양에 있는 소서행장, 대마도주 평의지, 중 현소 등을 데리고 다수의 군사를 거느리고 평양 성북 십리 가량의 강복산 아래까지 나와 심유경의 일행을 맞았다. 만장과 같은 오색 깃발을 날리고 군사들은 창과 칼을 들어 그 찬란하고 위엄 있음이 비길 데가 없었다. 창검이 햇빛에 번쩍거리는 것이 마치 눈과 같았다.

심유경이 말에서 내리자 많은 군사가 그의 일행을 에워싸는 것이 마치 심유경 일행을 꼭 붙드는 것과 같았다.

낮이 조금 지나서 평양성에 들어간 심유경은 해가 저물어서야 여러

장졸의 전송을 받으며 의기양양하게 돌아나왔다.

이튿날 소서행장은 심유경에게 글을 보내어 어제 진중으로 찾아온 뜻을 감사하는 인사를 하고 밤새의 문안을 한 후에, '大人在白刃中. 顔色不變. 雖日本人. 無以加也.'라 하는 구절을 썼다. 그 뜻은, '대감이 창검 속에서도 낯빛이 변치 아니하니 비록 일본 사람이라도 게서 더할 수 없다'는 말이다.

이것을 보고 심유경이 더욱 자대하여, '爾不聞唐朝有郭令公者乎. 單騎入同紇萬軍中. 曾不畏懼. 吾何畏爾也.'라 하고 뽐내었다.

그리고 심유경의 말에 의하건대 '내 황제(명나라)께 여쭈어 마땅히 처분이 있을 것이니 50일만 기다리되 일본군은 평양 서북 십리 밖에 나아가 약탈을 말고 조선군은 십리 이내로 들어가 일본군과 싸우지 말기로 하였다' 하여 평양성에서 십리 되는 곳에 나무를 깎아 세워 금표를 하고 갔다.

심유경의 하는 일은 모두 황당하여 명나라를 의지하려는 마음이 많은 조선 대관들 중에도 의심을 가지고 보았다. 더구나 유성룡은 이 믿을 수 없는 작자 심유경이 반드시 무슨 일을 저지르고야 말 것 같다 하여 왕께도 그의 말을 믿지 말고 경계하기를 주청하였다.

4

강원도 조방장 원호(元豪)는 여주 구미포에서 적병을 깨뜨려 여주, 이천, 양근, 지평의 백성을 적병의 손에서 구하였고 훈련 봉사 권응수(權應銖), 정대임(鄭大任) 등은 향병으로 영천의 적병을 깨뜨려 신령, 의성, 안동 등 여러 고을을 안보하였고 경상 좌병사 박진(朴晉)은 군기사 화포장(軍器寺火炮匠) 이장손(李長孫)이 발명한 비격진천뢰(飛擊震天雷)라는 것으로 적병의 큰 근거지가 된 경주를 깨뜨렸다.

비격진천뢰라는 무기는 조선이나 중국에 예로부터 없던 것인데 군기사 화포장 이장손이 처음으로 발명한 것이다.

대완구로 쏘면 진천뢰는 탄환이 5,6백 보를 날아가서 땅에 떨어졌다가 그 속에서 불이 발하여 우레 같은 소리를 내며 터져 철편이 별같이 날아 한 방에 30여 명이 즉사하고, 맞지 아니한 자도 땅에 엎더져 정신을 잃고 일어나지 못하는 것이었다. 적병은 이것을 가장 무서워하여 귀신의 조화라고 하였다.

전라도에서는 김천일(金千鎰), 고경명(高敬命), 최경회(崔慶會) 같은 이가 의병장으로 유명하였고, 경상도에는 현풍의 곽재우(郭再祐), 고령의 김민(金沔), 합천의 정인홍(鄭仁弘), 예안의 김해(金垓), 유종개(柳宗介), 초계의 이대기(李大期), 군위의 장사진(張士珍) 등이 다 의병장으로 싸웠다. 그중에도 현풍의 곽재우는 가장 재략이 있어 그가 솥나루(鼎津)를 지키므로 적병이 감히 의령 지경을 범하지 못하였다.

충청도에는 계룡산 중 영규(靈圭)가 승병을 거느리고 용감히 싸웠고, 조헌(趙憲), 김홍민(金弘敏), 이산겸(李山謙), 박춘무(朴春茂), 충주의 조덕공(趙德恭), 조웅(趙雄), 청주의 이봉(李逢) 같은 사람이 다 의병으로 싸워 죽었으며, 경기도에는 우성전(禹性傳), 정숙하(鄭叔夏), 수원의 최흘(崔屹), 고양의 이로(李魯), 이산휘(李山輝), 남언경(南彦經), 김탁(金琢), 유대진(兪大進), 이질(李軼), 홍계남(洪季男), 왕옥(王玉) 같은 의병장이 있었다.

이때에 사명당(泗溟堂)은 금강산 표훈사에 있었다. 적병이 산중에 들어오자 다른 중들은 다 겁을 집어먹고 달아나고 오직 사명당만은 눈도 거들떠보지 아니하고 가만히 앉아 있었다. 적병들은 감히 사명당을 범하지 못하고 그중에는 합장하고 가는 이도 있었다.

이때에 유성룡이 안주에 있어서 사방에 글을 보내어 의병을 일으키기를 청한 글이 오니 사명당은 법당에 중들을 모아 놓고 부처 앞에서 그 글을 읽고 눈물을 흘렸다. 중들이 모두 사명당의 정성에 감동하여 나아가 죽기로써 싸우기를 맹세하였다. 이에 사명당은 금상산 여러 절과 이웃 고을 여러 큰 절의 중을 모아 천여 명 승병을 거느리고 평양으로 향하였다.

평양에는 고충경(高忠卿)이라는 사람이 의병을 모아 자주 평양의 적진을 엄습하여 많은 적병을 잡았다.

명나라 유격장 심유경이 평양의 소서행장과 50일로 기약을 삼고 명나라로 돌아간 후 50일이 지나도록 소식이 없는 것을 보고 소서행장은 의심하기 시작하였다. 그는 심유경의 언약을 지켜 50일 동안에는 평양 성중에 군사를 거두어 동하지 아니하였으나 11월이 되자, '歲時飮馬鴨綠江'이라 하여 의주를 공격할 것을 선언하고 또 평양에서 적군에게 잡혔다가 도망하여 돌아온 사람에게 들으면 평양의 적군은 성을 공격할 군기를 많이 준비한다고 하였다. 이 소문은 의주의 조정을 심히 불안케 하였다.

5

12월에 명나라에서는 병부 우시랑 송응창(宋應昌)으로 경략사를 삼고 병부원 외랑 유황상(劉黃裳), 주사 원황(袁黃)으로 찬획군무(贊畫軍務)를 삼고, 주 요동제독 이여송(李如松)으로 대장을 삼아 삼 영장 이여백(李如栢), 장세작(張世爵), 양원(楊元)과 남장 낙상지(駱尙志), 오유충(吳惟忠), 왕필적(王必迪) 등을 부하로 하여 4만 명을 거느리고 압록강을 건넜다.

심유경도 뒤따라 와서 의주 성중에서 대장 이여송과 무슨 밀담을 하고 한 걸음 앞서서 평양을 향하였다.

이여송의 대군이 안주에 이르렀을 때에 유성룡은 접대관으로 여송에게 면회를 청하였다.

여송은 동헌에 앉아 유성룡을 맞아 의자에 앉으라 하여 마주 앉았다. 여송은 심유경과 같이 오만무례하지는 아니하였다.

유성룡은 여송에게 원로에 온 수고를 위문하고 대병으로 구원하러 온 것을 감사한 후에 소매로부터 평양 지도를 내어놓고 손으로 형세를 가리키며 어디로 쳐들어가야 할 것을 말하였다.

여송은 성룡의 설명을 듣고 고개를 끄덕거리며 주필로 성룡의 가리 키는 곳에 점을 쳤다. 그리고 성룡을 안심시키는 듯이,

"염려할 것 없어. 저는 조총을 믿지마는 우리는 대포가 있거든. 대포는 쏘면 5, 6리를 가니 제가 당하겠나."
하고 조금도 염려할 것 없다는 듯이 웃었다.

성룡은 명장 조승훈(祖承訓)이 패한 것을 들어 적군이 결코 경적이 아닌 것을 주의하였으나 여송은 다 우습게 여기는 모양 같았다.

성룡이 여송에게 작별하고 물러나오며 할 때에 여송은 부채를 내어, '提兵星夜渡江干. 爲說韓國未安. 明主日縣旌節報. 微臣夜釋酒杯歡. 春來殺氣心猶壯. 此去妖氛骨已寒. 談笑敢言非勝算. 夢中常憶跨征鞍.'이라고 써서 성룡에게 주었다.

안주 성중은 명나라 군사로 찼다. 군율도 엄숙하여 아직까지는 민간에 작폐하는 일은 없었다.

이튿날 여송은 부총병 사대수(査大收)를 먼저 순안으로 보내었다. 사대수는 평양의 소서행장에게 군사를 보내어 '天朝已許'라는 뜻을 보하였다. 곧 명나라에서 화친을 허하였다는 것이다. 심유경은 이렇게 명나라를 움직여 화친을 허하게까지 한 것은 다 자기의 공인 듯이 평양의 소서행장에게 자기가 왔다는 말을 전하였다.

소서행장도 어서 싸움이 끝나기를 기다리던 터이라 심유경이 순안에 왔다는 기별을 듣고 곧 관사 수십 명을 거느린 소장 평호관(平好官)을 영접사로 보낼 때에 이러한 한시 한 수를 지어 보냈다.

'扶桑息戰服中華. 四海九州同一家. 喜氣忽消寰外雪. 乾坤春早太平和. 癸巳春正月初吉也.'

명나라 부총병 사대수는 평호관을 거짓 환영하는 체하고 술을 많이 먹여 취하게 한 뒤에 복병으로 하여금 평호관의 군사를 다 잡아 죽이게 하고 평호관을 사로잡아 평양성에 있는 소서행장의 군사의 비밀을 말하라고 악형하였으나 듣지 아니하자 마침내 죽여버렸다.

평호관의 군사 세 명이 도륙을 면하고 평양으로 도망하여 평호관이

명병에게 잡혀 죽은 말을 전하였다. 이 보고를 들은 소서행장은 심유경의 흉계에 넘어간 것을 깨닫고 분노하여 곧 성 지킬 준비를 하였다. 그는 반드시 명병이 크게 쳐올 것을 짐작한 것이다. 평양 성중은 밤새도록 물 끓듯하였다.

6

그러나 이때에 벌써 명나라 대군은 숙천에 다다랐다. 해가 저물어 대군이 바야흐로 밥을 짓고 숙소를 정하려 할 때에 순안에서 평호관을 죽이고 그가 거느린 병정 세 사람이 평양으로 도망하였다는 보고가 왔다. 이 보고를 듣자 제독 이여송은 일각을 주저할 수 없다 하여 활을 당기어 줄을 올리었다. 이것은 진군하라는 뜻이다. 그리고 이여송은 말에 올라 종자 수기를 데리고 순안으로 달려가고 막하 제영에도 뒤를 이어 숙천을 떠나 밤새도록 행군하여 이튿날 이른 아침에 평양성을 에워싸고 보통문과 칠성문을 쳤다. 이것이 계사년 정월 초엿새였다.

3일간 격전이 있는 후에 초파일에 마침내 소서행장군은 평양성을 버리고 얼음 위로 대동강을 건너 달아났다. 사흘 동안 싸움에 평양성 내외에는 시체가 없는 곳이 없고 군사들의 발에 밟힌 눈 위에는 세 나라 군사의 붉은 피로 수를 놓았다. 화전과 대포로 평양 성중의 민가는 반 넘어 타버리고 칠성문도 대포를 맞아 무너졌다.

유성룡은 미리 황해도 방어사 이시언(李時言), 김경로(金敬老)에게 밀령하여 평양에서 패하여 달아나는 적병을 전멸하게 하였다. 그러나 시언과 경로는 싸우기를 두려워 피하고 황해도 순찰사 유영경(柳永慶)도 해주에 있어서 동하지 아니하였다. 그는 자기가 동하지 아니할뿐더러 도리어 자기를 보호하기 위하여 방어사 김경로를 해주로 불러들였다.

이리하여 평양성을 떠난 소서행장, 평의지, 현소, 평조신 등은 패잔병을 거느리고 아픈 다리를 끌며 서울로 향하였다. 그들은 촌려에 들어가 배를 가리키고 입을 가리켜 밥을 빌어먹으나 조선 사람 중에는 그들을 해하려는 이는 하나도 없었다. 유성룡의 명령을 받은 방어사 이시언이 멀찍이 일본군의 뒤를 따라오면서 주리고 병들어 길가에 넘어진 군사 60여 명의 목을 베었을 뿐이었다.

 명군은 평양을 회복하였으나 차일피일하고 진군할 생각이 없었다. 그것은 이번 평양성 싸움에 일본군의 무서움을 맛본 까닭이었다. 평양에 입성한 뒤에 명군이 조선 군사와 인민에게 대한 폭행은 여간이 아니었다. 말이 통치 못하여 조금만 제 뜻대로 아니 되면 곧 칼 등으로 조선 군사를 때리고 조선 군사가 얻은 수급이나 노획품이나 다 빼앗아서 제 것으로 만들었다. 그리고 실수한 것은 모두 조선군의 책임으로 돌렸다.

 평양이 회복되자 왕은 종신을 데리고 평양으로 왔다.

 왕은 제독 이여송을 만나 평양을 회복한 수고를 사례하고 속히 행군하여 서울을 회복하기를 청하였다.

 "군량이 있어야 아니 가오."
하고 이여송은 책망하는 듯한 눈으로 왕을 보았다.

 왕은 어색하여 시신들을 돌아보았다. 그러나 아무도 이 처지에 5만 명 대군의 군량을 댈 생각을 내는 이는 없었다. 평양성의 군량은 일본군이 다 먹어버리고 남은 것은 이번 싸움에 다 불타버렸고, 대동강 저편인 황해도에는 난리를 겪고난 나머지 인적이 끊겼으니 군량이 있을 리가 없었다.

 왕은 하릴없이 유성룡에게 군량 판비할 것을 명하였다. 유성룡은 왕명을 받아 곧 평양을 떠나 대동강을 건넜다.

 성룡은 백설이 날리는 추운 날 밤에 종사관과 종자 몇 명을 데리고 밤중에 중화를 지나 새벽에서야 황주에 다다랐다. 밤새도록 말을 달린 것이다.

 지나오는 길에는 촌락이 비고 닭, 개, 짐승의 소리도 들을 수가 없으며 어디나 촌가에 불 하나 반짝거리는 데도 없었다.

7

유성룡은 황주에 앉아 황해 감사 유영경에게 이문하여 황해 연안의 곡식을 황주 기타 직로에 연한 각읍으로 실어내기를 명하고, 평안 감사 이원익에게 명하여 김응서 등의 군사 중에 싸움을 감당 못할 만한 자로 하여금 평양으로부터 곡식을 져 나르게 하기를 명하고, 또 배를 대동강 하류의 삼현오읍(三縣五邑)으로 보내어 거기 쌓인 곡식을 싣게 하였다. 이리하여 유성룡은 죽을 힘을 다하여 군량을 판비하였다.

이여송의 대군이 개성부로 들어간 것이 정월 25일, 대군이 여기까지 무사히 온 것은 실로 유성룡의 공이었다.

이때에 평양에서 패한 소서행장의 군사가 서울로 들어와 평양에서 명군에게 속은 말이 전해지자 이것이 다 조선 사람의 괴계라 하여 서울에서는 정월 20일에 조선인 대학살이 개시되었다. 이것은 또 한성 안에 있는 조선 사람이 명군과 내응할 것을 두려워하는 의심에서도 나온 것이었다. 이날에 서울에 있던 조선 사람은 특히 일본군에 붙은 상류계급을 내어놓고는 하나 아니 남고 다 살육을 당하였다고 한다. 또 촌락에도 많이 불을 놓아 서울 장안이 하룻동안에 초토가 되고 무인지경이 되었다고 한다.

서울에 있는 적군은 앉아서 서울을 지킬 것이냐 나아가 명군을 맞아 싸울 것이냐 하는 두 가지 의론이 있다가 마침내 서대문 밖에 진치고 있던 입화종무(立花宗茂)가 선봉이 되고, 죽전명도성주(筑前名島城主) 소조천융경(小早川隆景)이 주장이 되어 명군을 중로에 맞아 싸우기로 작정되었다.

개성부에 든 명군 중에는 또 여러 가지 의론이 생겼다. 사대수는 습격 물실론을 주장하여 곧 서울을 공격하기를 주장하고, 전세정(錢世楨)은 궁구 물추론을 주장하여 서서히 적의 귀로를 끊어야 한다고 주장하였다.

이렇게 유예 미결하는 동안에 임진강의 얼음이 풀리기 시작하였다.

그때에 서울서 도망하여 온다는 사람 하나가 '서울 있던 일본군은 반이나 도망하였다' 하는 말을 전하였다. 이것은 아마 일본군에서 보낸 사람으로서 명군의 마음을 놓게 하는 수단인 듯하였다. 그러나 이 사람의 말 한마디는 마침내 이여송의 결심을 재촉하는 힘이 있어서 27일에 이여송은 몸소 선봉이 되어 대군을 몰고 개성을 떠났다.
  임진강에서는 유성룡이 명군을 지체하지 아니하게 하려고 각처에서 칡과 갈을 모아 굵은 동앗줄 몇 십 오리를 꼬아 임진강에다 건너 놓고 동앗줄 눈에 굵은 막대기를 가로놓아 뜬 다리를 만들어 대군이 말을 타고 지나가게 하였다.
  이여송의 대군이 파주 동파역에 다다른 것이 그날 석양이었다. 이튿날 조선 장수 고언백(高彦伯)이 조선 군사를 거느리고 선봉이 되고, 부총병 사대수가 명병 수백 명을 거느리고 뒤를 따라 한성을 향하고 적군의 정세를 살피기로 하였다.
  고언백, 사대수의 군사가 벽제관을 지나 박석고개(벽제관)에서 시오리, 서울에서 30리, 혜음고개에서 20리 되는 곳에서 일본군 정찰대와 마주쳐 싸워 일본군 백여 명을 베었다.
  이 보고를 듣고 이여송은 일본군도 무섭지 않다는 생각을 얻어 이여송은 가정과 군사 천여 기를 거느리고 질풍같이 달려 혜음령을 넘었다.
  고개를 넘어서자 이여송이 탄 말이 무릎을 꿇어 이여송이 땅에 떨어졌다. 따르던 장수들이 놀라 이여송을 붙들어 일으키고 이것이 무슨 흉조나 아닌가 하여 겁을 내었다.

8

  그러나 이여송은 곧 일어나 흙 묻은 갑옷을 벗어던지고 다시 말에 올라 앞서 달렸다.
  이윽고 박석고개가 바라보이는 곳에 이르자 고개 위에 일본병 수백 명이 서 있는 것이 보였다.

명병이 오는 것을 본 일본병은 마치 달아나는 듯이 박석고개에서 사라지고 말았다. 이여송은 말에서 떨어진 것이 심히 불쾌하였다. 그 불쾌한 생각이 여송의 용기를 병적으로 돋우어 적의 형세를 염탐해 보지도 아니하고 군사를 좌우익으로 나누어 박석고개로 올려 몰았다.

여송의 천여 기가 거의, 박석고개 마루터기에 당도하였을 때에 고개 너머로부터 만여 명 일본군이 긴 칼을 번뜩이며 고함을 치고 돌진하였다. 불의에 대군을 만난 명병은 무서운 생각이 났으나 칼과 칼이 맞부딪칠 지경이 되었으니 어찌할 수 없었다.

여송의 군사는 북병(북병 군사)이 되어서 총기가 없고 가진 것이 오직 단검뿐이었고 그 단검이란 것도 날이 무디어 도무지 힘이 없었다. 그런데 일본군이 가진 칼은 길이가 3,4척이나 되고 날이 예리하여 한 번 두르면 족히 3,4명의 허리를 벨 수가 있었다.

이렇게 짧고 무딘 칼을 든 명병은 날카롭고 긴 칼을 든 일본병의 손에 마치 풀잎사귀와 같이 쓰러졌다.

이여송은 도저히 저항할 수 없음을 느끼고 말머리를 돌려 달아났다. 죽다 남은 명병도 대오를 잃고 칼을 버리고 군장을 거꾸로 끌고 달아났다.

파주로 패해 돌아온 이여송은 패했단 말은 입밖에 내지도 아니하고 심히 풀이 죽었다. 밤에는 밥도 잘 먹지 아니하고 오늘 박석고개 싸움에 죽은 장정과 사랑하던 자를 위하여 통곡하였다.

이튿날 이여송은 동파로 퇴군한다고 주장하였다. 여태껏 이여송의 감정을 상할까 하여 잠자코 있던 유성룡은 우의정 유홍과 도원수 김명원과 순변사 이빈 등을 데리고 여송을 찾았다. 이때에 여송은 장외에 나서고 제장이 좌우에 서서 퇴군하라는 영을 듣고 있었다.

유성룡은 이여송의 앞으로 나아가,

"승부는 병가상사라, 다시 형세를 보아서 싸우는 것이 옳거든 어찌 가벼이 동하려 하시오?"

하고 퇴군에 반대하는 뜻을 표하였다.

여송은 성룡의 말이 어제 박석고개 싸움에 진 것을 의미하는 구절이 있는 것을 보고 성을 내며,

"지기는 누가 졌나? 어제도 우리 군사가 적병을 많이 죽여서 싸움에 이기지 아니하였나!"

하고 소리를 질렀다.

"그러면 더구나 퇴군할 까닭이 없지 아니하오! 이제 퇴군하면 적이 만심을 내어 천병(명나라 군사를 하늘 군사라고 존칭하는 뜻)을 능멸하지 아니하오!"

하고 성룡은 다투었다.

"져서 퇴군하는 것이 아니야. 누가 졌다고 해? 이곳에 비가 와 땅이 질어서 대군이 머물기에 합당치 아니하니까, 동파로 돌아가서 잠깐 군사를 쉬어서 다시 싸운다는 말이다!"

하였다. 그러나 이여송은 속에 굴한 것이 있기 때문에 겉으로는 뽐내어도 말에 속힘이 없었다.

유성룡 등은 여러 말로 퇴군이 불가함을 역설하였으나 명장측에서는 여송에게 퇴군하지 않을 수 없는 것을 반본하였다.

9

유성룡 등이 굳이 퇴군이 불가함을 주장하자, 여송은 귀찮은 듯이 명나라 황제에게 올리는 주본초를 내어 성룡에게 보였다. 성룡이 보니 그 속에는 '賊兵在都城者. 二十餘萬. 衆寡不敵.(서울에 있는 일본군이 20여 만이니 중과부적이로소이다.)' 하는 구절도 있고 끝에는, '臣病甚. 請以他人. 代其任.(신이 병이 대단하오니 다른 사람으로 갈아 주시옵소서.)' 하는 구절도 있었다. 이것은 다 말짱한 거짓말이었다.

유성룡은 이것을 보고 깜짝놀라 손가락으로 '적병이 20만'이라는 구절을 가리키며,

"적병이 20만이라니, 웬 20만이오? 2만도 못 되거든 무슨 20만이

오?"

하였다. 여송은 더욱 귀찮은 듯이,

"20만인지 2만인지 내가 알 수 있느냐? 너희 나라 사람들이 20만이라 하니까 그러지."

하고 발을 굴렀다. 곁에 섰던 명장 장세작이,

"이놈들의 말을 들을 것 있소? 어서 퇴병하셔야 하오."

하고 여송에게 진언하고 유성룡 등을 노려보았다.

순변사 이빈이 크게 분개하여,

"퇴병이라니 안 될 말이오. 그래 황상이 노야에게 대군을 맡겨 보내실 때에 한 번 싸워 보고 지면 퇴병하라고 하셨소?"

하고 들이세웠다.

이 말에 장세작은 발을 들어 순변사 이빈의 등을 냅다 차서 이빈은 앞으로 고꾸라졌다.

"이놈들, 다 나가! 그렇게 퇴군하기 싫어하는 놈들이 왜 부산서 의주까지 한 번 싸움도 변변히 못하고 달아나?"

하고 호령하였다.

유성룡, 유홍, 김명원, 이빈 등 조선의 대관들은 목구멍까지 북받쳐 오르는 분을 참고 못나게도 아무 말도 못 하고 물러나왔다.

여송은 삼영 군사를 끌고 그날로 임진강을 건너 동파로 오고, 이튿날 또 동파를 떠나 개성으로 돌아오려 하였다. 유성룡은 또 죽기를 무릅쓰고 여송에게 퇴군의 불가함을 말하였다. 여송은 성룡에게 퇴군 아니하기를 약속하였다. 그러나 성룡이 여송의 진문 밖에 나선 지 얼마 아니하여 여송은 말을 타고 개성으로 향하고 그의 부하 제장과 군졸들도 총퇴각을 하였다. 오직 부총병 사대수와 유격 모승선(母承宣)이 수백 군졸을 데리고 임진을 지킬 뿐이었다.

여송의 군사가 개성에 들자 군율이 해이하여 장졸들은 마음대로 여염에 출몰하여 민가의 재물을 약탈하고 부녀를 겁간하여 백성들은 다시 이사하기를 시작하였다.

게다가 군량은 떨어져 강화, 충청, 전라 등지에서 실어오는 곡식과 마초는 오기가 무섭게 다 먹어버렸다. 군량이나 마초는 명나라 군사가 먼저 먹어버리고 조선 군사들은 굶을 지경이었다.

유성룡은 동파에 머물러서 매일 사람과 글을 보내어 이여송에게 진병하기를 청하나 여송은 들은 체도 아니하였다. 그리고 군량과 마초만 대라고 재촉하였다.

청병을 해온다는 것이 원수를 몰아 온 것을 조선 사람들은 후회하였다. 하루는 여송이 전군을 거느리고 평양으로 물러가려 한다는 말을 동파에 있는 유성룡에게 전하는 이가 있었다. 유성룡은 최후로 한 번 더 퇴병의 불가함을 말할 양으로 말을 타고 동파를 떠나 개성으로 향하였다.

길가의 산들은 패퇴하는 일본군의 손에 불을 놓여 촌락은 말할 것도 없거니와 산이나 들에 나무 하나, 풀 한 포기도 남은 것이 없었다. 성룡은 울었다.

10

유성룡이 중로에 다다랐을 때에 개성쪽에서 난데없는 명병 십여 명이 질풍같이 말을 몰아 오더니 유성룡 일행을 보고,

"유 체찰사가 누구냐?"

하고 소리를 질렀다.

"내가 유 체찰사요."

하는 성룡의 대답이 떨어지자마자 명병 중의 두목인 듯한 자가 길이 넘는 혁편을 들어 유성룡이 탄 말을 때리는 듯 유성룡의 어깨로부터 등을 후려갈겼다. 그 소리가 딱하고 벼락 같았다.

유성룡의 말은 이 불의의 변을 당하여 매맞는 주인을 떨어뜨려 버리려고나 하는 듯이 네 굽을 안아 뛰었다.

유성룡은 어깨와 등이 칼로 에이는 듯한 아픔을 느꼈다. 그리고 그의

늙은 눈에서는 굵은 눈물이 떨어졌다. 그것이 매맞은 자리가 아파서 떨구는 눈물은 아니었다. 명나라에게 멸시받는 내 나라 사람의 처지를 우는 가슴이 터지는 눈물이었다.

유성룡이 가까스로 달리는 말을 진정하고 고개를 돌려 뒤따르는 명병에게 연유를 물으려 할 때에 둘째 혁편이 그의 면상을 향하여 떨어졌다. 그는 두 눈이 아뜩하여 하마터면 말고삐를 놓치고 기절하여 땅에 떨어질 뻔하였다.

성룡이 정신을 차려 다시 눈을 뜰 때에는 이마와 뺨에서 붉은 피가 흘러내리는 것이 보였다. 성룡은 소매를 들어 그 피를 씻었다.

명나라 병사들은 성룡의 등과 말을 수없이 때려 순식간에 개성에 당도하였다.

명병들은 여송의 진문 밖에서 유성룡을 말에서 끌어내려 군노가 죄인을 잡아들이듯 성룡의 목덜미를 짚고 무릎으로 궁둥이를 차서 여송의 장하에 꿇렸다. 곁에는 벌써 호조판서 이성중(李誠中)과 경기 감사 이정형(李廷馨)이 굴복하여 군량 거행 태만한 죄로 여송에게 힐책을 당하는 중이었다.

유성룡이 잡혀 온 것을 보고 여송은 소리를 높여,

"네가 의정이 되어서 황군의 군량 거행을 등한히 하였으니 네 죄가 죽어 마땅해. 군법시행할 터이니 그리 알아라!"

하고 호령하였다.

유성룡은,

"잘못되었소. 그러나 태만한 것은 아니오. 멀지 아니하여 군량 실은 배가 들어올 것이오."

하고 빌었다. 그리고는 눈물과 콧물이 한데 쏟아져서 걷잡을 수가 없고 마침내는 소리를 내어 통곡하였다.

"나라 일이 이렇게 될 데가 있느냐!"

하고 유성룡은 통곡하였다. 호조판서 이성중과 경기감사 이정형도 참았던 분과 설움이 터져서 통곡하였다(이러고도 이 무리들은 마침내 명나라에 의지하는 사대심을 버리지 못하였다).

그러나 이 통곡은 목적하지 아니한 효과를 내었다. 이여송은 유성룡의 통곡을 보고 불쌍한 생각이 나서 이번에는 자기 부하 제장에게 대하여,

"너희들이 예전에 나를 따라 서하(西夏)를 칠 때에는 전군이 여러 날을 굶어도 감히 돌아간다는 말을 내지 아니하고 마침내 대공을 이루었거든, 이제 조선에 와서는 양식 떨어진 지 며칠이 못 되어 어찌 감히 돌아가자고 하느냐. 너희들이 가고 싶거든 가거라. 나는 적을 멸하지 아니하고는 아니 돌아갈 터이다. 나는 마땅히 말 가죽으로 내 시체를 싸려 한다."

하고 호령하였다.

명나라 장수들은 이 의외의 책망에 황공하여 모두 여송의 앞에 엎드려 머리를 조아리며 사죄하였다.

유성룡은 여송의 진에서 나와 군량을 대지 못한 죄로 개성 경력 심예겸(沈禮謙)을 때렸다. 이윽고 강화로부터 군량 실은 배 수십 척이 서강으로 들어왔다.

11

그러나 이여송이 퇴군 아니한다는 결심도 믿을 수가 없었다.

그날 밤에 명제독 이여송은 총병 장세작으로 하여금 유성룡을 불러 주연을 베풀고 지나간 일(유성룡을 혁편으로 때리고 군법 시행한다고 으른 것)을 잊으라고 위로하며 퇴병 아니할 뜻을 확언하였다.

그러나 좋지 아니한 소식(이여송에게 좋은 소식)이 왔다. 그것은 함경도로부터 온 사람이 말하기를, 가등청정이 함흥으로부터 양덕, 맹산을 넘어 평양을 습격하려 한다고 한 것이다.

이 말에서 이여송은 평양으로 퇴병할 마침의 핑계를 얻었다. 그는 유성룡을 불러 말하기를 평양은 근본이니 만일 평양을 잃으면 대군이 돌

아갈 길을 잃을 것이니, 가 구원하지 아니할 수 없다는 것이었다.

유성룡은 다섯 번이나 이여송을 보고 그렇지 아니함을 말하였으나 듣지 아니하고 여송은 부하 왕필적을 머물러 개성을 지키게 하고 대군을 끌고 평양을 향하여 떠났다. 떠날 때에 접반사 이덕형(李德馨)에게 말하기를, 대군이 가면 조선군은 세고 무원하니 조선군도 대군을 따라 대동강 북쪽으로 피하라고 하였다. 그러나 이덕형은 이 말을 거절하였다. 이여송의 군사는 평양으로 가버리고 말았다.

이때에 조선군의 배치는 이러하였다.

전라 순찰사 권율은 고양 행주에 유진하고, 순변사 이빈은 파주에, 방어사 고언백, 이시언 등은 게념이령에, 원수 김명원은 임진간 남쪽에, 유성룡은 동파에 있었다. 이여송이 조선군까지도 끌고 가려 하는 것은, 표면은 조선군의 고단한 것을 근심함이라 하나 실은 명병의 물러간 뒤에 혹시나 조선군이 일본군을 싸워 이기지나 아니할까 두려워 함이었다.

벽제관 한 번 싸움에 명나라 5만 대군을 깨뜨린 일본군은 평양에서 잃었던 기운을 회복하여 다시 임진강을 건너 개성을 무찌르려 하였다. 일본군은 아직 명병이 평양으로 퇴거한 줄은 몰랐다. 설마 벽제관 한 싸움에 그렇게 만만하게 퇴거하리라고는 생각지 않은 것이다.

일본군의 생각에는 명나라의 대군과 결전하려면 먼저 경기도 각지에 있는 조선군을 소탕하는 것이 필요하다 하였다. 그중에도 행주의 권율의 군사는 수원 독성산성에 웅거하였을 때 일본군이 싸워서 이기지 못한 강적이기 때문에 이 군사를 행주에 남겨 두고는 임진강 이북에 군사를 낼 수가 없었던 것이다.

그래서 2월 12일 조조에 소서행장이 선봉이 되어 전군을 칠대로 나누어 행주성을 쳐들어 왔다.

이때에 행주산성에는 권율이 전라도 군사 7천과 중 처영(處英)이 거느린 승병 일천과 행주 민병 천여 명을 산성에 모아 가지고 있었다. 산 밑으로는 여러 겹으로 목책을 두르고 또 땅을 파서 군사를 감추었다.

행주산성은 남은 한강에 임한 절벽이요, 동과 북은 평야에 임하였으나 역시 절벽이요, 오직 서쪽으로 사람이 통할 골짜기를 이루었다. 산은 크지 아니하나 골짜기가 많아 만 명이나 되는 군사를 감추어도 밖에서는 보이지 아니할 만하였다.

 12일 아침에 척후병이 일본군이 행주를 향하고 온다는 것을 알리자 권율은 군사들에게 세 번 먹을 밥을 싸 주게 하고 몸소 군사들이 쉬는 곳으로 순회하면서,

 "오늘은 적병을 다 죽이거나 우리가 죽거나 할 날이다. 이 세 덩어리 밥을 다 먹고도 적병을 멸하지 못하면 다시는 밥을 먹지 아니할 것이다."

하고 격려하였다.

12

 권율은 승장 처영으로 하여금 승병 이천을 거느리고 산성 서쪽을 지키게 하고 기타 부하 장졸로 하여금 각기 부서를 따라 지키게 하고 행주의 부인, 처녀, 아동들로 하여금 혹은 돌을 나르고 혹은 군사들에게 물을 나르고 혹은 물을 끓이게 하였다.

 이윽고 적군의 선봉 백여 기가 나타나고 그 뒤에 대군이 좌우익으로 나뉘어 밀어오는 것이 보였다. 산상에 올라 망보던 군사의 말이 5리 밖에 적군이 수없이 달려오는 것이 보인다고 하였다.

 적군은 붉은 기와 흰 기를 수없이 날리고 또 군사들마다 등에 붉은 기와 흰 기를 꽂고, 장수인 듯한 자는 황금산을 받고 얼굴에는 귀면을 쓰고 어떤 장수는 짐승의 탈을 쓰고 별별 기기괴괴한 모양을 한 장졸이 악악 소리를 치며 달려와서 경각에 행주산성을 삼면으로 에워쌌다.

 권율은 군사에게 영을 내려 적군이 책 밑에 가까이 올 때까지는 꼼짝 말라고 하였다. 그러나 행주 근방에서 모인 민병들은 이 기괴한 대군이 오는 것을 보고 겁을 내어 달아나려 하였으나 삼면으로 적군이 에워싸

고 일면은 대강인 것을 볼 때에 그들은 달아날 수 없을 줄을 알고 죽기로써 싸우기를 맹세하였다.

적군은 삼면으로 점점 산성 밑으로 바싹바싹 대들었다. 권율은 그제야 칼을 빼어 들고 몸소 군사들을 호령하며 싸우기를 명하였다. 목책과 구덩이 속에 숨은 전라도 정병들의 살이 푸르륵 소리를 내며 일제히 날기 시작하였다. 이편은 높은 곳에서 몸을 숨기고 쏘는 것이요, 저편은 낮은 벌판에서 몸을 드러내어 놓고 싸우는 터이라 이편의 살은 백발백중으로 저편 군사를 맞히지마는 저편에서 쏘는 살과 총알은 목책과 흙에 떨어질 뿐이었다.

적의 제일군은 순식간에 거의 전멸이 되고 이윽고 제이군이 대들었다. 이편에서는 활을 쏘고 총을 놓고, 돌을 굴리고 모래를 뿌리고, 저편 역시 죽을 힘을 다하여 싸웠다.

이러하는 동안에 적의 제이, 제삼, 제사, 제오, 제육, 제칠의 군이 삼슬듯이 넘어지니 해는 벌써 석양이 되고 산성 앞 벌판에는 피가 냇물같이 흐르고 주검이 더미더미로 쌓였다. 이편 군사도 반이나 죽었다. 군사들은 피곤하고 살도 다하였다. 돌을 나르는 부녀들의 치맛자락도 다 떨어졌다. 아이들의 손과 발에서는 피가 흘렀다. 마침 충청도 수군절도사 정걸(丁傑)이 살과 군량을 싣고 행주산성 밑에 들어와 닿았다. 이것은 피곤한 군사들에게 백배의 용기를 주었다.

그중에서도 가장 참혹하게 싸운 것은 산성 서쪽을 지키는 승병이었다. 적군은 산성을 치려면 서쪽을 깨뜨릴 수밖에 없음을 알고 처영이 승병을 거느리고 지키는 서쪽을 향하여 아홉 번이나 돌격을 하였다. 그러나 처영과 그의 부하인 승병들은 오직 한 번 뒤로 물러갔을 뿐이요, 끝끝내 버티었다. 그들은 천명 중에 9백여 명을 잃어도 물러나지 아니하여 마침내 적으로 하여금 단념하지 않을 수 없게 하였다.

적은 최후의 돌격을 개시하였다. 그들은 시석을 무릎쓰고 홰를 가지고 돌격하여 산성 목책에 불을 놓을 계획을 썼다. 이편에서는 물을 가지고 적병이 놓은 불을 껐다. 해는 거의 넘어가서 한강의 굽이치는 물에는 낙조가 핏빛과 같이 비추었다.

불로 치려던 계획도 이루지 못하고 마침내 일본군은 수없는 시체를 버리고 총퇴각을 개시하였다.

권율은 퇴각하는 적군을 추격하는 모양만 보이고는 적군이 황혼 속으로 아니 보이게 된 때에 쇠를 울려 싸움을 거두고 적장의 머리 백열 개와 왼편 귀 두 개를 베고 나머지 시체는 여러 더미로 모아 쌓고 불을 살라버렸다. 이 싸움에서 군기를 얻은 것이 727건이었다.

13

행주의 대승전은 조선인에게 또 한번 새 용기를 주었다. 방어사 고언백, 이시언, 조방장 정희현(鄭希玄), 박명현(朴名賢) 등은 유병이 되어 게넘이령을 막고 외방장 박유인(朴惟仁), 윤선정(尹先正), 이산휘(李山輝) 등은 창릉, 경릉 간에 숨어 적진을 엄습하여 적이 많이 나오면 피하고 적게 나오면 잡아 이 모양으로 적에게 많은 손해를 주었다. 그뿐더러 이 때문에 석병이 촌녀로 나니며 군량, 계견, 마초를 구하지 못하여 크게 곤란하였다.

이여송은 명군을 거느리고 평양으로 향하는 길에 평산 땅에서 권율의 행주대첩의 보를 듣고 부끄러워 평양으로 가기를 중지하고 다시 개성으로 회군하고 싶었으나 그럴 수도 없어 평양으로 갔다.

그러나 임진 4월, 일본군이 부산에 상륙함으로부터 만 2개년이 되자 군대가 지나간 연로의 백성들은 이태 동안이나 농사를 못 짓고 바람에 불리는 풀잎과 같이 유랑하는 동안에 거의 다 굶어 죽어버리고 말았다.

체찰사 유성룡이 동파에 있다는 말을 듣고 죽다 남은 굶주린 백성들이 늙은이와 어린이들을 데리고 동파로 모여들었다. 그 백성들은 얼굴은 누렇게 부어 오르고 말도 잘 하지 못하며 어떤 사람은 길에서 거꾸러져 죽었다. 그중에도 참혹한 것은 어떤 젖먹이 달린 여자 하나가 기진하여 길에 넘어져 죽은 것을 젖먹이는 어미가 죽은 줄도 모르고 시체의 곁으로 기어들어가며 젖에 매달려 빨며 젖이 아니 나온다고 우는 것이었다. 유성룡은 이 광경을 보고 울었다.

이에 유성룡은 강에 들어온 전라도 피곡 천 석을 풀어 전 군수 남궁제(南宮悌)로 하여금 감진관(監賑官)을 삼아 주린 백성을 구제하게 하였다. 곡식은 꽤 많이 들어와 있으나 이여송의 대군이 불일에 다시 올 터이니 그것을 다 기민 구제에 쓸 수는 없으므로 쌀일랑 군량으로 두고 피곡만으로 기민을 구제하라 함이었다.

남궁제는 백성더러 솔잎을 따오라 하여 솔잎 가루를 만들어 그것 한 되에 쌀 가루 한 홉을 섞어 물에 타서 먹게 하였다. 그러나 이러한 방법으로도 많은 피난민을 다 먹일 수는 없었지만, 그것도 없어 먹는 사람이 백에 하나도 다 되지 못하였다.

하루는 밤에 크게 비가 내려 한데서 밤을 새우는 굶은 백성들이 울고 신음하는 소리가 차마 들을 수가 없었다. 아침에 일어나 보니, 밤동안에 죽어 쓰러진 사람이 얼만지 이루 셀 수가 없었다.

이여송은 다시 심유경을 서울로 보내어 서울의 일본군과 화의를 진행하였다. 이 화의에 관한 것은 조선 조정에는 일체로 알리지 아니하였다. 그것은 유성룡 이하로 조선 대관들이 화의를 배척하는 까닭이었다. 마침내 화의가 성립되어 4월 19일에 일본군은 서울에서 철퇴하고 4월 20일에 명군이 한성에 들어왔다.

한성을 철퇴한 일본군은 아무도 따르지도 아니하고 막지도 아니하는 길을 가고 싶으면 가고, 쉬고 싶으면 쉬면서 부산으로 내려갔다.

그리고 작년 진주 목사 김시민(金時敏)에게 진주성에서 패한 설분을 한다 하여 6월에 대군으로 진주성을 포위하여 6월 28일에 진주성을 깨뜨렸다. 이 싸움에서 조선측으로 군사와 백성 6만 명이 죽고 진주 목사 서예원(徐禮元), 판관 성수경(成守璟), 창의사 김천일(金千鎰), 경상 병사 최경회(崔慶會), 충청 병사 황진(黃進), 의병 복수장 고종후(高從厚) 등이 죽었다. 김천일과 최경회는 촉석루에 있다가 통곡하고 남강에 빠져서 자살하였다.

14

　계사년 시월 초사일에 왕이 서울로 돌아왔다. 그러나 이때에도 일본군이 전혀 철퇴한 것은 아니요, 울산, 부산, 김해 등지에 유진하고 있어서 명나라에 대하여 외교적으로 서로 절충하고 있었다. 경상남도 각지에 유정(劉綎) 등이 거느린 명군이 주둔하고 있었으나 그들은 전혀 싸울 뜻이 없고 오직 민간의 양식을 먹고 부녀를 겁탈하고 행패를 할 뿐이었다. 전라도 곡식을 날라다가 명병을 먹이느라고 전라, 경상, 양도 백성은 부역에 시달려 죽을 지경이었다. 왕은 일년 반 만에 서울로 돌아왔으나 경복궁, 창덕궁도 다 불타버리고 종묘도 빈 터가 되고 민가도 진고개 기타 남촌에 일본군이 유진하던 데를 제하고는 쑥밭이 되어버려서 정능골(貞陵洞＝貞洞) 월산대군(月山大君) 살던 집을 임시로 대궐로 삼고 거처하였다. 이때에 어떤 명나라 장수가 대궐을 지으라고 진언하였으나 왕은,

"깊은 원수를 못 갚았거든 어찌 집을 지으랴."
하고 짓지 아니하였다.

　그러다 이 정동 행궁은 적군이 있던 부정한 곳이니 차마 오래 거처할 수 없다 하여 경복궁 서쪽 모퉁이에 초가를 짓고 대궐을 삼았다.

　쑥밭이 된 서울 북촌의 도처에는 잡초와 가시덩굴이 황무하여 도둑과 짐승이 횡행하고 인왕산, 북악산에는 대낮에도 호랑이와 이리 무리가 들끓었다.

　왕이 돌아왔다는 말을 듣고 백성들이 사방으로부터 서울로 모여들었으나 먹을 것이 없어 길가와 풀밭에 굶어 죽는 사람이 날마다 수없었다. 시월이 지나고 차차 날이 추워지자 굶고 얼어 죽는 사람은 날마다 늘었다. 미처 내다가 묻을 수가 없어 이 골목 저 골목에 쓰러진 시체를 굶주린 개와 고양이들이 서로 싸우며 뜯어먹었다.

　혹은 굶은 어미가 등에 업혔던 어린 자식을 삶아 먹고, 혹은 새로 죽

은 시체를 뜯어먹고, 삶아 먹고는 중독이 되어 죽는 이도 있었다.
　왕은 이러한 교지를 내렸다.
　'近日飢民. 無術可濟. 余仰天憫歎. 欲先死而不得.'
　(요새 주린 백성을 건질 길이 없으니 내 하늘을 우러러 슬피 탄식하고 먼저 죽으려 하나 그도 못하노라.)
　그리고 왕은 매일 자실 양식으로 백미 6승을 받던 것을, '내 어찌 차마 세 끼를 먹으랴. 서 되 쌀도 다 못먹으려든 여섯 되를 무엇에 쓰랴' 하여 여섯 되 중에서 서 되를 덜어 굶는 백성을 주라 하였다.
　서울 안에는 다섯 곳에 진제장(賑濟場)을 벌이고 죽을 쑤어, 먹을 것 없는 백성을 구제하였으나 도저히 다 먹여 낼 수가 없었다. 대과에 급제한 사람들도 머리에 어사화를 꽂고 손에 홍패를 들고 진제장에 나와서 죽을 얻어 먹었다.
　일본군이 서울에 있을 때에는 혹은 딸을 팔고 혹은 젊은 아내를 팔아서라도 연명할 도리가 있었지마는 이제는 딸과 아내를 팔려 하여도 살 사람이 없었다. 밥 한 그릇에 과년한 딸을 팔고, 옷 한 벌에 아내를 팔아버리는 사람이 수두룩했다. 부모가 죽어도 거상도 입지 아니하고 도무지 처자니 형제니 하는 생각도 다 없어지고 말았다.
　얼마 후에 왕은 초가집을 떠나 정동 계림군(桂林君)의 집으로 대궐을 삼고, 심의겸(沈義謙)의 집으로 동궁을 삼고, 심연원(沈連源)의 집으로 종묘를 삼고, 정동 근방에 있는 대소 민가로 각사를 삼았다. 그리고 나무때기로 엉성하게 둘러 막고 그것을 시어소(時御所)라고 이름지었다.
　이순신은 그 동안에 축적하였던 쌀과 소금과 고기를 한성으로 실어 보내어 왕 이하로 서울에서 사는 사람들을 살렸다.

15

　이러하건마는 명병만은 배고픈 줄을 모르고 날마다 술과 고기에 묻혀 지내었다. 조선 백성들은 산에 올라 풀잎사귀, 풀뿌리, 송기, 느릅나무 껍질과 뿌리를 벗겨 먹어 산이 빨갛게 동탁하였다.

명나라 군사가 술에 취하여 길바닥에 토해 놓은 것을 백성들이 다투어 핥아먹고 힘이 약하여서 못 얻어 먹은 이는 곁에 서서 울었다.

큰 소 한 마리에 쌀 서 말, 세목 한 필에 조 두 되, 길에 나와 노는 어린 아이를 잡아다가 삶아 먹고, 심하면 산 채로 뜯어먹어서 아이를 혼자 내어놓을 수가 없었다. 게다가 크게 병이 돌아 날마다 죽는 사람을 미처 파묻을 수가 없어서 시구문 밖까지 끌어다가 내어버린 송장이 산더미같이 쌓여서 수십 길 높이가 되었는데 어떤 평안도 중 대여섯이 와서 구덩이를 여러 개 파고 한 구덩이에 수백 명씩 묻고 재를 올렸다.

뭇 백성들의 부녀는 말할 것도 없거니와 소위 사대부집 부녀들도, 혹은 일본 군사들에게 겁탈을 당하고, 혹은 명나라 군사들에게 겁탈을 당하여 낳은 자식이 뉘 자식인지를 알 수 없어서 화단을 면한 집들에서는 화단을 당한 집과 혼인을 아니하려 하였다. 만일 이러다가는 대가라는 대가에서는 자녀를 혼인할 길이 없으리라 하여 왕은 종실과 귀척으로 하여금 먼저 난 만난 집 자녀들과 혼인하게 하였다.

부녀들 중에는 겁탈을 아니 당하려 하여 반항히디기 죽온 이, 미리 죽은 이, 남편의 뒤를 따라 죽은 이, 부모의 뒤를 따라 죽은 이도 많았다.

장홍(張鴻)이란 자는 자기의 아내가 적에게 반항하여 정절을 잃지 않고 죽었다고 왕께 상소하여 열녀로 정문까지 내렸으나 후에 황신(黃愼)이 일본에 사신으로 갔다가 일본군에게 포로되었던 조선 부녀의 명부를 가져오자 그 속에 장홍의 처의 이름도 든 것을 보고 모두 장홍을 비웃었다.

난리가 처음 날 때에 어떤 사람이 점을 쳐서 송(訟)이라는 괘를 얻었는데, '殭尸如麻. 血流漂杵. 仁知其母. 不知其父. 然後干戈乃止.(주검이 삼 스러진 듯하고 피는 흘러 공이를 띄우리라. 사람늘이 제 어미는 알아도 아비는 알지 못하리라. 그런 뒤에야 싸움이 끝나리라.)' 한 것이 맞았다고 하였다.

아무 준비도 없이 밤낮 당파 싸움만 하다가 갑자기 싸움이 터지니 나라에 경비가 있을 리가 없었다. 그래서 벼슬 팔기를 시작하였다. 처음에는 쌀 백 섬에 3품, 30섬에 5품, 이 모양으로 값도 상당하였으나 전쟁이 일년이 넘어서부터 쌀 열 섬, 스무 섬에 통정대부, 가선대부를 준다 하여도 사는 사람이 없었다.

이런 판에 있어서 오직 이순신이 계사년 7월에 충청, 전라, 경상, 삼도 수군통제사가 되어 한산도에 본영을 두고 삼도 연해 각 고을 각 섬에 유리하는 백성들을 모아 혹은 농사를 시키고, 혹은 소금을 굽게 하고, 혹은 고기를 잡게 하고, 혹은 짐승을 치게 하고 또 혹은 대를 심어 화살을 만들게 하고, 혹은 항왜로 하여금 조총, 기타 일본식 무기를 만들게 하고, 혹은 병선을 새로 짓고 낡은 것을 수리하게 하여 조선 천지를 등에 짊어진 듯한 힘을 썼다. 전라도 경상도의 모든 섬과 연해 각 고을에는 오직 난리의 근심이 없을 뿐만 아니라 도무지 의식의 걱정이 없이 평화로운 생활을 할 수가 있었다. 그럴뿐더러 왕 이하로 서울 조정에서 공담과 공론으로 쓸데없는 싸움을 하고 앉았는 무리들의 입에 칠하는 풀도 이 통제(統制)로부터 혹은 강으로 실어 올려 보내는 쌀로 된 것이었다.

16

이때에 명나라의 병부상서 석성은 심유경의 진언을 믿어 일본 외교를 개시하기로 결심하였다.

위에도 말하였거니와 풍신수길은 나이도 많고 조선과 명나라의 사정에도 어둡고 하여 기어코 조선과 명나라를 때려 이기겠다는 야심을 가지고 있지마는 부하 장졸은 대개 싸움을 원치 아니하고 어서 본국으로 돌아가기를 바랐다. 그들은 싸워서 아무 소득이 없고 공연히 인명만 상하는 것임을 깨달은 까닭이었다. 그래서 소서행장이 이덕형을 통하여 가끔 조선의 조정에 화의를 청한 것이다.

오직 가등청정만은 풍신수길의 뜻을 받들려 하였으나 그의 세력은 소서행장에 미치지 못하였다.

이보다 먼저 심유경은 소서비탄수(小西飛彈守)라는 일본 장수를 청화사로 데리고 북경으로 가서 병부상서 석성을 통하여 명나라 조정에 일본의 강화 조건으로, 첫째 풍신수길을 왕으로 봉할 것, 둘째 해마다 조공하기를 허할 것을 제출하였다. 이른바 봉공(封貢) 두 조건이었다.

일본측의 제출 조건에 대하여 명나라 조정에서는 응징설(應懲說)과 허화설(許和說)이 분분하였으나 명나라 역시 끊임없는 내란에 국력은 피폐하여 도저히 전쟁을 계속하기가 어려울뿐더러 벽제관 싸움의 큰 패전으로 일본군의 무서운 맛을 보아 도리어 화의를 들어주는 것이 후한이 없으리라는 설이 유력하게 되었다.

그러나 봉은 상관 없지마는 공은 불가하다는 설이 유력하였다. 왜 그런고 하면 풍신수길을 왕으로 봉하는 것을 별로 명나라에 관계가 없다 하더라도 공을 허하여 해마다 일본 관민이 명나라 국경에 출입하는 것은 백해가 있고 일리가 없다는 것이다.

이리하여 명나라 조성의 의견은 '許封不許貢(봉은 허해도 공은 허치 아니한다)'으로 결정이 되었다.

그래서 명나라에서 책봉정사(册封正使)로 이종성(李宗誠), 부사로 양방형(楊方亨)을 일본으로 파견하기로 하였다. 심유경은 석성에게서 많은 기밀비(일본 군인 요인을 매수한다는)를 받아 가지고 종성, 방형, 정부 양사를 따라, 따른다는 것보다도 차라리 데리고 조선으로 향하여 을미년 4월에 서울에 도착하였다.

이종성 등은 책보(册寶)와 금백을 가지고 풍신수길로써 일본왕을 봉하러 가는 길이라 하여 서울에 머물러 일본군이 조선 지경에서 전부 철퇴하기를 기다려서야 떠난다고 일컫고, 당장 부산, 울산 등지에 있는 일본군에게 속히 철퇴하기를 교섭하였다.

이종성은 개구리를 좋아하여 전라도 남원으로 내려와 앉아서는 백성들로 하여금 개구리를 잡아들이게 하며 날마다 소를 잡아 새 술을 명하고 새 계집을 들이라 하여 그 폐단이 여간이 아니었다. 천사라고 하니 그의 위엄은 무서웠다. 그를 따르는 장졸뿐 아니라 조선 지경에 있는 명나라 장졸들은 거의 다 한둘의 조선 여자를 처첩으로 삼았다. 누구의 딸이든지 명나라 장졸의 눈에 들기가 무섭게 빼앗기고 말았다. 처녀는 말할 것도 없고 아내도 그러하였다. 그래서 젊고 아름다운 여자로서 명병에게 가기를 싫어하는 이는 길에서 명병을 만나면 일부러 한쪽 눈을 감아 애꾸가 되거나 한 다리를 절어 절름발이가 되거나 입을 한편으로 찌그려 얼굴을 보기 흉하게 하는 수밖에 없었다.

이종성, 양방형 등은 이 모양으로 호강만 하고 있는 동안에 편지를 가진 사자만 부산으로 오르락내리락하나 일본 군사는 철퇴할 기미도 보이지 아니하였다.

17

마침내 심유경이 몸소 부산으로 가기로 하였다. 조선에서는 황신으로 하여금 심유경의 접반(接伴)을 삼았다. 그리고 책봉정사 이종성과 책봉부사 양방형과 접반사로는 이조판서 이항복과 호조판서 김수가 임명되었다. 독자도 기억하시려니와 이항복은 명나라에 내부(內附) 하기를 주장하던 도승지였고, 김수는 난리 초에 경상 감사로서 달아난 사람, 그 뒤에는 이순신과 부산 협격을 약속하고도 피신한 사람이었다.

황신은 심유경을 따라 부산에 이르러 소서행장의 진으로 들어갔다. 소서행장은 황신이 자리에 앉기를 거절하였다. 황신은 성을 내고 밖으로 뛰어나왔다. 행장은 천관(天官)에게 실경이 될까 보아 그러한 것이라 하여 그 잘못됨을 사하고 다시 황신을 불러들여 앉히고,

"조선도 이러한 기개 있는 사람이 있으니까 버티어 가는 것이오."
하고 위로하였다.

황신이 앉은 자리에서 심유경이 소서행장에게 요구하는 것은 일본군이 전부 철퇴해야 책봉사가 부산으로 온다는 것이었다. 황신이 없는 곳

에서는 심, 소서 두 사람이 무슨 소리를 하였는지 알 수 없었거니와 아무려나 소서행장은 심유경을 진중에 머무르게 하고 자기만 명고옥(名古屋)으로 가서 수길을 보고 명령을 들어 가지고 온다 하여 배로 부산을 떠나서 일본으로 향하였다.

이 모양으로 명나라와 일본과의 사이에 지리한 외교적 절충(계사, 갑오, 을미, 병신 4년)이 있는 동안에 조정에서는 주전, 주화 양파가 갈리어 동서 당쟁을 겸하여 싸우기에 끝이 없었다.

주화론자로 먼저 발언한 것은 전라 감사 이정엄(李廷馣)이었다. 이정엄은 연안부를 지키기에 공이 있던 사람이다. 그는 지금 국세가 피폐하고 인민이 이산하였으니 잠시 화의를 들어 월왕구천(越王句踐)의 십년생취, 십년교훈(十年生聚, 十年敎訓)하고 와신상담(臥薪嘗膽)하던 것을 본받아 실력을 양성한 뒤에 한번 싸워보자는 것이었다.

이정엄의 의견에 대하여 주전의 여론이 벌떼같이 일어나 대간은 정엄을 죽임이 가하다고 극언하였다. 이것이 갑오년 5월 일이었다.

그달 26일에 영의정 유성룡이 왕의 부름을 받아 입궐할 때에 좌찬성 성혼(成渾)을 대동하였다. 내개 원래 주전논자이던 유성룡은 명나라를 믿을 수 없음과 인민이 서로 잡아먹을 지경이어서 조석을 난보이니, 명나라로 하여금 외교책으로 미봉지계를 삼아 적의 형세를 늦추고 안으로 국방에 힘써서 서서히 도모하자는 의견을 가지게 된 것이었다. 마침 성혼이 성룡과 뜻이 같아 그를 데리고 입궐한 것이다.

왕이 성혼을 보고 주전 주화에 대한 의견을 하문하자 성혼은,

"지금 국세가 위기일발이오니 잠시 싸움을 쉬고 자강을 도모함이 옳은가 하오. 우리 나라가 이미 능히 싸우지 못하고 또 능히 지키지도 못하고 도리어 명나라의 강화책을 반대한다는 것은 옳지 아니한가 하오."

하였다.

왕은 성혼의 말을 못마땅히 여겨서 대답이 없었다.

이때에 마침 위에 말한 이정엄의 주화 장계가 올랐다. 성혼의 말에 대하여서는 감히 입을 벌리지 못하던 무리들이 정엄의 장계가 오르자

벌떼같이 일어나,
"정엄은 베어야 하오."
하고 들끓었다.

18

성혼은 조정이 모두 정엄을 베라는 것을 보고 왕께 아뢰었다.
"정엄은 본래 충신 대절이 있는 사람이니 이 사람을 깊이 허물할 바는 아닌가 하오. 복절사의(伏節死義)할 마음이 없고야 이러한 말을 낼 수가 있소?"
하고 정엄을 변호하려 하였다.
그러나 왕은 크게 노하여 혼의 말이 끝나기도 전에,
"원수와 화친을 말하는 자는 죽음이 마땅하다."
하고 소리를 질렀다.
유성룡은 감히 말을 내지 못하고 물러나왔다. 이로부터 삼사(三司)가 다투어 주화론 배척을 주장하였다. 유영경이 그 두목이었다.
성룡은 뒤에 영경을 보고,
"영감이 그렇게 싸움을 주장하니, 싸울 힘이 있소?"
하고 물었다. 영경은 대답할 말이 없어 무안하였으나,
"대감은 주화오국(主和誤國)이라고 하시던 말을 잊었소?"
하고 반문하였다.
성혼이 물러난 뒤에 왕은, '一死吾寧忍.. 求和願不聞. 如何倡邪說. 敗義惑三軍.(한번 죽기는 차마 할지언정 화친을 구한단 말을 듣기를 원치 아니하노라. 어쩌다 사특한 말을 들려 의를 깨뜨리고 삼군의 마음을 혹하는고.)'하는 글을 지어 조당(朝堂)에 방을 붙이게 하고 이어서 전교를 내리되 '간사한 놈의 사특한 말이 이에 이를 법이 있는가. 무릇 조정의 처치와 변장의 소위, 기다 혼의 사특한 말에 그르침이 됨이로다' 하였다. 이리하여 성룡과 혼은 곧 사직하고 대죄하기를 청하였으나 왕은 듣지 아니하였다.

　이렇게 조선 조정에서는 주전론과 주화론으로 싸우고 있는 동안에 그런 것은 알은체할 것도 없이 명나라와 풍신수길과의 사이에는 화의가 진척되었다.

　처음에는 명나라 책봉정사가 부산의 일본 진중으로 오기 전에는 철병할 수 없다고 소서행장이 주장하기 때문에 남원에서 개구리 잡아먹기로 일을 삼던 이종성은 을미년 시월에 마침내 부산으로 내려가 소서행장의 진중에 들었다.

　그러나 소서행장은 관백 풍신수길의 명이 없이는 철병 여부를 단언할 수 없다고 하여 이종성을 만나지도 아니하고 먼저 가서 책봉사를 맞을 준비를 하고 또 책봉을 받을 예법을 연습할 필요가 있다 하여 병신년 정월에 소서행장은 심유경과 같이 일본으로 건너갔다.

　심유경은 이번에 자기가 일본으로 가서 수길을 만나기만 하면 만사는 다 해결된다고 장담하고, 문관의 옷을 입고 의기양양하게 배에 올랐다. 배에는 '調戟兩國' 넉자를 쓴 큰 기를 달았다. 이것은 자기 혀의 힘으로 족히 두 나라의 싸움을 말리겠다는 뜻이다.

　심유경은 풍신수길에게 망룡의(蟒龍衣)와 옥대(玉帶)와 익선관(翼善冠)과 대명지도와 무경칠서(武經七書)를 자기 개인의 이름으로 풍신수길에게 드려 그 환심을 사고 또 석성에게서 받은 여러 가지 보물과 금은을 풍신수길의 부하 여러 요인에게 뇌물로 보내어 책봉정부사보다도 자기가 중요인물인 것을 알리도록 하였다. 그리고 아리마망의 일본 여자에게 장가를 들어 재미있게 향락생활을 시작하였다.

　심유경이 일본으로 건너가 이렇게 풍신수길 이하 요인들의 환심을 사며 향락생활을 하고 있는 동안 부산에 남아 있는 책봉정사 이종성은 겁이 더럭 났다. 그것은 책봉 준비하러 간다던 심유경과 소서행장에게서 몇 달이 지나도록 소식이 망연할 뿐더러 자기만 부산에 내려오면 철퇴한다던 일본 군대는 조금도 물러가는 빛을 보이지 아니한 때문이었다.

19

 심유경이 일본으로 간 후에 수삭이 되어도 소식이 없으므로 심히 초조하던 책봉정사 이종성은 병신 4월 어느날 무서운 소식을 들었다. 그것은 명나라 복건 사람으로 왜구에게 포로가 되어 오래 일본에 있다가 도망하여 온다는 두 사람의 말이었다. 그 말은 이러하다. 풍신수길은 결코 명나라의 책봉을 받지 아니하리라, 이종성이 만일 바다를 건너가서 일본 땅을 밟는 날이면 다시는 돌아오지 못하리라, 먼저 건너간 심유경도 지금 감금을 당하고 있어서 벌써 죽었는지도 모른다, 그러므로 이종성은 결코 일본을 가지 말아라 하는 것이었다.
 이것은 심유경이 이종성을 미워하여(이종성은 개국공신 이문충의 자손으로 문벌이 심히 높기 때문에 매양 심유경을 일개 부랑자, 협잡꾼이라고 조인 광좌에 꾸짖은 까닭이었다) 그를 일본에 건너오지 못하게 하려는 꾀였다.
 이 꾀를 모르는 이종성은 그날 밤으로 군노 모양으로 변복하고 급한 심부름을 가노라 하여 파수보는 일본 군사를 속이고 사관에서 빠져 나와 밤새도록 남원을 향하고 도망하노란 것이 새벽이 되어 보니 울산의 일본성이었다. 그는 황겁하여 산으로 들어가 사흘 동안을 밥을 굶어 거의 죽게 된 것을 조선 사람에게 발견되어 서울로 올라와 북경으로 달아나버렸다.
 아침에 책봉정사 이종성이 달아난 것이 발각되자 일본 사졸들은 가슴을 치고 울었다. 그들은 소서행장이 일본을 다녀와서 책봉사를 데리고 가는 날이면 자기네도 조선 땅에서 철퇴하여 하루라도 빨리 그리운 고국의 처자를 만나리라 하고 그것만 고대하다가 이제 책봉사가 달아나고 보니 전쟁이 끝날 기회를 잃어버린 것이라고 낙심한 까닭이었다.
 부사 양방형은 늦잠을 자다가 이종성이 달아났다는 말을 듣고 곧 이종성의 사관으로 달려가 방을 수색하였다. 책봉사의 인이 남아 있는 것을 보고 그는 곧 그 인을 들고 소란하는 일본 장졸들을 향하여 여기 책봉사의 인이 있고 또 부사인 내가 있으니 걱정할 것 없다고 효유하였다. 그리고 남아 있는 명나라 관리와 군사를 불러 놓고 달아난 이종성이 명나라의 이름을 더럽히는 놈이라고 타마하였다. 양방형의 말에 일본 군사들은 진정하였다.

이종성이 달아난 후 며칠이 아니 되어서 소서행장이 일본으로부터 돌아왔다. 명나라에서는 이종성이 도망하였다는 보고를 듣고 부사 양방형으로 정사를 삼고 심유경으로 부사를 삼아 일본으로 가게 하였다. 그 때에 심유경은 조선 조정에 대하여 일본으로 통호사를 보낼 것을 청하였다. 그러나 조정에서는 원래 화의를 원치 않으므로 처음에는 거절하였으나 마침내 부득이 사신을 보내게 되어 심유경의 접반관이던 황신을 정사로 명나라 책봉사와 동행케 하였다.

병신년 2월 2일, 대판(大阪)에서 풍신수길 일본왕 책봉식(冊封式)이 거행되었다.

이보다 먼저 풍신수길은 복견성(伏見城)에 굉장하고 화려한 궁전을 조영하여 명나라 책봉사를 거기서 맞아 위엄을 자랑하려 하였으나 불의에 대지진이 일어나 모처럼 지은 궁궐이 다 무너지고 말았다. 그래서 풍신수길은 지진에 무너져도 겁나지 아니할 만한 헛가게 모양으로 집을 짓고 책봉식을 거행하게 되었다.

이날 명나라 책봉정사 양방형이 앞에 서고 부사 심유경이 금인(금으로 새긴 도장)을 들고 뒤를 따르고, 풍신수길측으로는 덕천가강(德川家康), 가등청정, 소서행장 등 각 제후가 열립하였다.

20

식이 시작되자 풍신수길이 누런 정막을 열고 지팡이를 짚고 청의 동자 둘을 뒤에 세우고 식장에 나왔다. 그는 무릎이 습으로 아프다 하여 지팡이를 짚은 것이다.

수길이 나오며 시위가 무슨 호령을 하니 모인 사람들이 다 송구하여 엎드렸다. 이 소리에 책봉부사 심유경도 엎드리고 정사 양방형도 엎드려버렸다. 그들은 자기네를 어찌하지나 않을까 하고 겁을 집어먹은 것이다.

풍신수길은 명나라 사신이란 것이 이처럼 자기 앞에 굴복하는 것을 보고 픽 웃고,

"이리 오르라 하여라!"

하고 마치 아랫나라 사신이나 불러 올리는 것처럼 명령을 하였다.

소서행장은 황망하게 풍신수길의 곁으로 가서,

"천조(天朝)에서 온 사신은 우대해야 하오."

하고 아뢰었다.

이에 심유경은 일어나 풍신수길의 앞에 이르러 명나라 황제가 하사하는 금인과 왕으로 봉하는 관복을 드리고 또 수길의 신하 되는 사람 50여 명의 관복도 드렸다.

애초에 명나라에서는 신하의 관복은 30벌밖에 장만하지 아니하였다가 그 뒤 일본에 와본즉 아무래도 50벌은 있어야 하겠으므로 갑작스럽게 여관에서 만들고 그러고도 부족하여 양방형과 심유경의 입던 옷까지 벗어서 보충한 것이었다.

금인과 관복을 드리고 나서는 양방형이 책봉문을 낭독하였다.

명나라 황제의 책봉문을 읽는다 하여 풍신수길더러 꿇어 엎디기를 청하였으나 수길은,

"나는 습으로 무릎이 아파서 꿇지는 못한다."

하고 다만 허리만 굽히고 다른 사람들은 모두 굴복하였다. 수길은 책봉문이 낭독되는 중에도 가끔 고개를 들어 명나라 사신도 바라보고 다른데도 바라보고, 더구나 양방형의 떨리는 목소리와 전에 들어 보지 못하던 명나라 발음이 우스워서 킥킥 웃기도 하였다. 물론 무슨 소리를 읽는지 그는 한마디도 알아들을 리가 없었다.

그 글은 이러하였다.

'奉天承運. 皇帝制曰. 聖仁廣運. 凡天地覆載. 莫不尊親. 帝命溥將. 暨海隅日出. 罔不率俾. 昔我皇祖. 誕育多方. 龜紐龍章. 遠錫扶桑之域. 貞珉大篆. 榮施鎭國之山. 嗣以海波之揚. 偶致風占之隔. 當玆盛際. 宜纘彝章. 咨爾豐臣秀吉. 崛起海邦. 知尊中國. 西馳一介之使. 欲慕來同. 北印萬里之關. 懇求內附. 情旣堅於恭順. 恩可斬於柔懷. 玆特封爾爲日本國王. 錫之誥命. 於戲寵賁芝函. 襲冠裳於海表. 風行奔服. 固藩衛於天朝. 爾其念臣職之當修. 烙循要束. 感皇恩之已渥. 無讃款誠. 祇服綸言. 永遵聲教. 欽哉.

萬曆二十三年 正月二十一日'

 이 책봉서는 깁에 쌌는데 청, 황, 적, 백, 흑의 오색 무늬가 있는 바탕에 구름과 학의 모양을 짜 넣은 것으로 길이가 18척 7촌, 너비가 1척 4푼이요, 연원일 밑에는 사방 네치 서푼되는 '制誥之寶'라는 인을 치고, 또 그 다음에는 부(符)가 찍혔다.

 이튿날 풍신수길은 명나라에서 내린 일본왕의 장복을 입고 익석관을 쓰고 그 부하 제장들도 각각 품계를 따라서 명나라에서 내린 관복을 입고, 책봉사 일행을 주빈으로 하여 대연을 배설하였다. 음식상도 명나라 예법을 따라 기가 3척이요, 방이 5척이요, 쇠고기, 닭고기, 생선을 담고 금은으로 아로새기고 꽃 무늬를 놓고 '사루라꾸(猿樂)'라는 음악을 하고 ―― 이날 밤에 풍신수길은 태장로(兌長老), 삼장로(三長老), 철장로(哲長老) 등을 불러서 명나라 황제가 보낸 책봉문을 새겨 들이라 하였다.

 '너로 일본 왕을 봉하노니' 하는 구절에 이르러 수길은,

 "미친놈, 제가 봉하는 건 다 무에야?"

하고 픽 웃었다.

21

 그러나 여기 문제가 남았다. 그것은 책봉으로 하여 명나라와 일본과의 화의는 되었으나 조선과 일본과의 화의는 아직 아니된 것이었다. 풍

신수길은 조선 조정에서 보낸 사신 황신이 벼슬이 낮다 하여 만나기를 거절하였다.

"내가 포로로 잡아 온 조선 왕자를 놓아 보냈거든 왕자가 와서 사례를 해야 옳지, 그래 말직을 보내어?"

하고 아무리 해도 조선 사신을 만나 보려 아니하였다.

심유경은 조선서는 대언 장어로 만사를 자기가 해결할 듯이 말하였으나 풍신수길 앞에서는 벌벌 떨고 입도 잘 벌리지 못하였다.

이에 평조신이 아무리 하여서라도 조선과 화의를 하여 전쟁이 다시 일지 않게 할 양으로 풍신수길 앞에 이르러 조선 사신 인견하기를 간청하였다.

"안 된다니까 그러네."

하고 수길은 여전히 어성을 높였다.

"왕자가 사신으로 오기 전에는 안 된다니까 그래. 이 소서놈은 어디 갔나? 너희놈들 하는 일이란 다 그래. 명나라만 하더라도 나를 명나라 왕을 봉한다길래 화의를 한다고 했는데 그 책문인가 보니까 어디 그렇더냐. 나를 일본왕을 봉한다고 했으니 그래 내가 일본왕이 되려면 명나라 왕이 봉하기를 기다린단 말이냐. 모두 이 소서놈의 농간이야."

하고 소리를 질렀다. 조신은 소서행장의 사위다.

"그런게 아니오. 조선으로 말씀하면 왕자는 나이도 어리고 또 싸움 통에 북방에 가서 일을 잘못하여 민심을 잃었다고 먼 곳에 귀양을 가서 아직 아니 돌아오고, 또 대관들로 말씀하오면 일본에만 가면 죽는 줄만 알고 아무도 오려는 사람이 없사옵고, 이 황신이란 사람만이 예로부터 사신을 죽이는 나라는 없는 법이라고 해서 자청하여 온 것이오. 또 소인도 일본이 비록 강하나 결코 사신은 죽이지 아니한다고 담보를 하여서 오게 된 것이오. 이번 사신을 잘 우대하셔서 돌려 보내시면 그 후에는 안심하고 왕자라도 올는지 모르오."

하고 거짓말을 꾸며대었다.

"하하하……조선놈이란 못난 놈들이다. 황가인가 한 놈이 자청해 왔다니 어디 불러라! 하하…….."
하고 웃었다.

　이리하여 조선 사신의 사관도 수길이 손수 지정하고 또 만나 보기로 한 것이다.

　이렇게 형식적 예절은 끝이 났으나 며칠이 지나는 동안에 수길은 이번 화의란 것이 결국 자기에게는 아무 소득이 없음을 깨닫게 되었다. 더구나 가등청정 일파의 보고로 이번 책봉이란 것도 도리어 욕이란 관념을 수길이 가지게 되었다.

　이래서 책봉사 일행은 다시는 풍신수길을 만나지도 못하고, 또 풍신수길이 명나라 황제에게 보내는, 책봉을 감사한다는 회답도 받지 못하고 섣불리 굴다가 목숨이나 잃어버릴 것을 두려워 슬몃슬몃 꽁무니를 빼어서 일본을 떠나버리고 말았다.

　황신은 일본과의 화의가 이루어지지 못한 것과 풍신수길의 생각이 반드시 그대로만 있지 아니할 것을 보고 곧 본국으로 사람을 먼저 보내어 수길이 봉을 받지 아니함을 아뢰고 필시 적이 다시 움직일 것을 아뢰었다.

　이 보고를 받고 왕은 이원익을 불러 눈물을 흘리며 적을 막을 방책을 원익에게 맡겼다. 원익은 적극적으로 적을 싸워서 막을 힘이 없으므로 소극적으로 청야법을 쓰기로 하여 영남, 호남, 호서 각지에 명령하여 곡식과 사람을 모두 산성으로 옮기어 적병이 오더라도 양식을 얻지 못하게 하라 하였다.

22

　병신년 12월에 풍신수길이 명나라의 책봉을 받는 식은 거행하였으나 다만 책봉뿐이요, 명나라에서 땅을 베어 주는 것도 없고, 또 통상조차 허하지 아니하고 그뿐 아니라 조선에서는 왕자를 돌려 보낸 사례사도 오지 아니할뿐더러 이순신에게 대한 원수를 갚지 못하여 일본군의 위신을 잃었다는 것이 새로 분하게 되어 수길은 가등청정에게 병선 만여 척을 주어 정유년 정월에 다시 조선을 침범케 하였다.
　소서행장은 이때에 부산에 있었으나 명나라와 화의를 알선하다가 실패한 까닭에 수길의 신용을 잃어 다시 무슨 말을 할 수가 없었다.
　가등청정이 '조선 왕자를 친히 일본에 사례사로 오게 할 것과'과, '조선 수군을 격멸한 것'이라는 두 가지 사명을 받아 가지고 조선으로 건너올 때에 그에게 가장 걱정되는 것은 이순신이었다. 그의 생각에 정면으로 이순신과 충돌하여 가지고는 도저히 이길 가망이 없었다. 왜 그런고 하면 6년 전에도 백전백승하던 이순신이어든 지나간 6년 동안에 병선을 세 갑절이나 더 짓고, 군량을 많이 쌓고, 장졸도 날로 조련하여 수로나 질로나 한산도 싸움 때에 비길 바가 아닌 데다가 포로 일본 군사를 이용하여 조총 기타 일본 무기를 많이 제조하였을뿐더러 경상, 전라, 충청 제도의 요해지에는 거미줄같이 망대와 파수병과 수비하는 군사를 두어 물 한 방울 부어서 샐틈 없이 방비를 엄밀히 하였다. 또 일본군에서 염탐한 바에 의하면 한산도 기타 요해지에 쌓아 놓은 군량과 소금, 마른 생선 등속은 넉넉히 3년 동안 이순신의 5만 대군과 연해 백성을 먹일 만하다고 하였다.
　"명나라는 두렵지 않지만 이순신이 큰일이다!"
　이것이 가등청정 이하 일본 장졸의 입버릇이었다.
　이때에 조정에는 유성룡의 세력이 떨어지고 서인과 동인풍에 북당이 채를 잡게 될뿐더러 몇 해 동안 전쟁이 쉬인 틈을 타서 당쟁이 다시 불일듯 일어났다. 마치 오랫동안 전란 통에 싸우지 못한 설치나 하려는 듯이 밤낮으로 피차에 취모멱자(吹毛覓疵)하여 '可殺' '可斬(죽여라)'이라는 대의명분을 주고 받고 하노라고 나라에서는 배가 산으로 올라가는지 바다로 들어가는지도 모를 형편이었다.
　게다가 한산도 싸움의 고마운 맛도 거의 잊어버려 이순신의 공로를 생각함보다도 일개 무부로서 정이품이라는 벼슬 자리가 아니꼽게 생각하는 편이 많게 되었다. 이 기회를 타서 이순신을 미워하는 현 충청 병사 원균이 천 가지 만 가지로 이순신을 무함 중상하는 선전을 하였다. 그 요지는 한산도의 싸움이나 당포, 당항포의 싸움은 기실 이순신보다도 원균 자신의 공이라는 것, 또 부산의 적병의 소굴을 무찌르자고 자기가 강경히 주장하였음에 대하여 이순신은 항상 겁을 내어 피하기 때문에 대첩을 못 하였다는 것, 이순신이 조정의 분부를 듣기도 전에 제 마음대로 논공행상을 하여 사정을 썼다는 것, 통제사가 된 뒤에는 제 마음대로 백성을 섬으로 옮기고 군기를 제조하고 병선을 제조하고 한산도에 궁궐 같은 집(제승당, 制勝堂)을 지어 왕공과 같은 호화로운 생활을 한다는 것, 하향 천민을 심복으로 써서 제 당파를 만들고 경관(서울서 온 벼슬아치)을 무시한다는 것 등등이었다.

'그놈 죽일 놈이다' 하는 소리가 서울 장안의 대관집 사랑에서 가끔 들리게 되었다. 그놈이란 물론 이순신을 가리킨 것이다.

23

바로 이내나. 소서행장은 동사 요시라(要時羅)를 시켜 경상병사 김응서(金應瑞)를 찾아 보게 하였다.

요시라는 조선말을 잘하는 사람이요, 또 일본군 중의 주화론자인 소서행장의 부하이기 때문에 김응서는 매양 안심하고 그를 만났다.

요시라는 김응서를 보고 지금 가등청정이 대군을 거느리고 정월 7일에 부산에 올 예정이니 조선 수군으로 하여금 중로에 맞아 싸워 멸하라, 그리하면 두 나라가 다시 싸우지 아니하고 무사하게 될 것이요, 조선으로 말하면 임진년 원수를 갚게 될 것이요, 소서행장으로 말하면 가등청정에게 대한 원수를 갚게 될 것이니 피차에 좋은 일이 아니냐 하였다.

그리고 요시라는 소서행장이 어떻게 가등청정과 원수인 것을 재주 있게 말하고 또 얼마나 일본 군사가 싸움을 원치 아니하는 가를 말하였다.

김응서는 이 말을 믿었다. 그리고 대구에 유진하고 있는 도원수 권율에게 이 말을 보고하고 권율은 다시 이 말을 조정에 장계하였다.

왕은 권율의 장계를 받고 비국 제신(備國諸臣)을 불러 물었다.

"참 좋은 기회요."

하고 그 말대로 하기를 주장한 이는 윤두수의 아우 윤근수(尹根壽)였다. 그러나 황신은 윤근수의 말에 반대하였다.

"행장과 청정이 비록 틈이 있다 하오나 비밀한 계교가 적에게서 나왔단 말씀을 듣지 못하였으니 이 속에는 필시 괴계가 있는가 하오."

왕은 영의정 유성룡을 돌아보며,

"황신의 말이 옳은 것 같소마는 경의 생각은 어떠하오?"

하고 물었다.

유성룡은 이 말에 대하여 가부를 말하지 아니하였다. 그는 속으로는 황신의 말을 옳게 여겼으나 자기의 말 한마디가 또 무슨 트집이 될까를 두려워 함이었다. 말 한마디가 사람을 살리고 죽이는 때다. 유성룡은 자기의 지위가 풍전등화인 것을 자각하였다. 그는 심히 마음이 약하여졌다.

왕은 이에 황신으로 위유사(慰諭使)를 삼아 비밀히 순신에게 보내었다.

이때에 이순신은 가등청정군이 다시 온다는 소식을 듣고 전쟁 준비에 분주하였다. 관하 각읍 수령, 첨사, 만호, 군관 등에게 대변령(대기령)을 내리고 한산도에 있는 함대에도 출동 준비를 명하여 오랫동안 잠잠하던 충청, 전라, 경상도의 연해 각지는 갑자기 활기를 띠었다. 그러나 장졸이든지 일반 백성이든지 하나도 겁내는 이가 없음은 마치 승전을 굳게 믿는 사람들과 같았다. 지나간 6년 동안 이순신의 정치적 수완, 군사적 수완, 인격의 감화를 본 장졸과 인민들은 완전히 이순신과 동심 일체를 이루어 그와 사생을 같이 하는 것이 당연한 일, 하늘이 정한 일로 알고 있었고 또 이순신이 살아 있는 동안 적병은 한 걸음도 겨내도를 넘지 못할 것을 확신하였다.

황신이 위유사로 한산도에 이르자 이순신은 봉명 하사라 하여 배에 까지 내려와 국궁하고 맞았다. 황신은 이순신을 처음 보거니와 오십을 하나 둘 넘을락말락한 그의 풍신과 태도에 절로 공경하는 마음이 생겼다. 더구나 여러 백 척 전선에 수만 군졸이 마치 잠이나 든 듯이 정숙하게 자기를 맞는 양을 볼 때에 꿈의 세상이나 아닌가 하고 의심하였다. 더구나 순신이 거처하는 방이 다른 장졸이나 다름없이 검소하고 진중에 일개 여자도 없는 것을 보고는 더욱 놀라지 않을 수 없었다. 이순신이 왕공과 같이 호화로운 생활을 한다는 말은 누가 지어내었는가, 왕공과 같은 것은 오직 이순신의 인격뿐이라 생각하였다.

24

　황신은 이순신에게 왕의 분부를 전하고 의견을 물었다. 순신의 대답은 이러하였다.
　첫째로 청정과 행장이 비록 사이가 좋지 못하다 하더라도 적에게 제 나라의 군기의 비밀을 누실할 리가 없고, 둘째도 실사 행징의 밀과 같이 그날 그 시에 청정의 군사가 온다 하더라도 먼저 그럴 듯한 말로 조선의 수군을 유인할 때에는 필시 적은 해로에다가 복병을 많이 베풀거나 무슨 음모를 하였을 것이니, 함대를 많이 끌고 간다면 적이 모를 리가 없고, 그렇다고 적게 거느리고 간다면 도리어 적에게 습격을 받을 것이요, 셋째 일본의 소식을 듣건대 풍신수길은 해전에 패한 원수를 갚고자 하여 새로 배를 많이 지었다 하니, 저는 전국력을 기울여 오거든 우리는 겨우 삼도의 수군을 가지고 싸울 때에는 지세와 조수의 힘을 빌리지 아니하면 아니될 것이어늘 이제 망망한 대해에서 수 많은 함대와 수 적은 함대가 싸운다 하면 백 번 패할 근심이 있을지언정 한 번 이길 소망은 없는 것이요, 넷째 적이 아무리 많은 수군을 거느리고 온다 하더라도 경상, 전라의 바다를 지나지 아니하고는 소용이 없을 것이니 가만히 남해의 요해를 지키고 있다가 적을 맞아 싸울진대 모든 섬과 바다의 물이 다 이편의 힘이 될 것이요, 다섯째 설사 망망한 대해에서 싸워 적을 이긴다 하더라도 적은 달아나면 그만이니 소득이 없을뿐더러 만일에 이편이 불리하다 하면 앞에는 적의 함대가 있고 뒤에는 부산, 김해의 적의 소굴이 있으니 그 사이에 끼인 이편은 진퇴 유곡할 것이니 대해의 적을 맞아 싸운다는 것은 만만 부당한 일이라는 것이었다.

순신의 말을 듣고 황신은 절절히 옳다고 탄복하였다.

"그러면 어찌하리이까?"

하는 황신의 최후의 질문에 순신은,

"순신이 살아 있는 동안 적병은 하나도 전라도 바다를 넘기지 아니하리다고 상감께 아뢰시오."

하였다.

황신이 한산도에서 복명하기 전에 요시라는 김응서를 찾아 벌써 가등청정이 조선 땅에 하륙하였다는 말을 고하고,

"글쎄 왜 이순신이 가만이 있었소?"

하고 원망하는 빛을 보인 뒤에,

"들으니까 청정이 대마도(조선말로 '두마섬')에서 순신에게 사람과 폐백을 보내었다 하오."

하였다.

김응서는 요시라의 말을 그대로 대구에 있는 도원수 권율에게 보하고, 권 도원수는 또 그대로 조정에 장계하였다.

황신이 서울로 돌아온 때에는 벌써 권 도원수의 장계가 궁정에 올라 '舜臣可斬(순신을 죽여라)'이라는 상소가 하루에도 4,5차례씩 오르는 때였다.

그중에서도 박성(朴惺)이란 사람은, 순신은 적의 뇌물을 받고 나라를 판 놈이니 곧 베라고 격렬한 상소를 하였고 이러한 틈을 타서 평소에 유성룡과 이순신의 공명을 못마땅히 생각하던 서인들의 다수와 동인들 중에도 북당에 속한 자들은 순신을 죽일 것을 극론하였다.

유성룡도 말이 없고 오직 이원익만이 이순신이 결코 그러한 사람이

아님을 역설하고, 그가 체찰사로 지난해에 한산도에 갔을 때에 본 것을 예로 들어 순신의 충성을 증명하였다. 군율 엄한 것, 순신이 검소하고 사졸과 고락을 같이하는 것, 인민과 군사가 모두 순신을 부모와 같이 사모하는 것, 청렴 결백하여 진중에 한 계집과 두 벌 옷이 없는 것, 또 소를 잡고 술을 마련하여 체찰사인 자기의 이름으로 군사를 즐겁게 한 것 등을 아뢰었다.

25

왕은 원익의 말을 듣자 순신의 충성을 믿으나 좌우가 하도 순신의 죄상을 적발하므로 사성 남이신(南以信)을 한산도로 암행시켜 당시 사정을 엄탐해 오기를 명하였다.

왕이 특별히 사성 벼슬하는 사람을 택한 까닭은 아무쪼록 정치에 관계 없는 사람을 택하려 함이었다(사성이란 대학 교수와 같은 벼슬이다).

남이신은 서울을 떠나기 전에 몇몇 요인의 부름을 받았다.

남이신은 한산을 잠깐 들러 병사 김응서와 대구의 도원수 영문에 들러 서울로 달려왔다.

그의 회보는 이러하였다.

가등청정은 배 한 척을 타고 조선으로 오다가 해중에서 바람을 만나 조그마한 섬에 7일 동안이나 갇혀 있었다. 소서행장은 곧 요시라를 이순신의 진중으로 보내어 그 뜻을 말하고 곧 전선을 보내어 가등청정을 사로잡기를 재촉하였으나 이순신은 가등청정을 두려워하여 나아가 싸우지 못한 것이었다.

남이신의 보고도 그가 정치 관계자가 아니요, 공정한 학자라는 점에서 더구나 믿을 만한 것이라고 주장되었다.

이에 조정에서는 이순신을 '虛張大言 欺罔君父(큰소리를 하여 임금을 속인다)' 한다는 죄로 금부에 명하여 잡아 올리라 하였다.

원균은 더욱 이 기회를 이용하여 순신을 모함하였다. 그는 애초에 순신이 전라 좌수사로서 아무리 적병이 경상도 연해를 유린하여도, 당시 경상 우수사인 원균 자기가 아무리 구원을 청하여도 듣지 아니하여 마침내 자기는 고군 분투하다가 패하였고, 그 후에 이영남을 순신에게 보내어 수십차 청한 결과로 겨우 출동한 것이요, 당포, 당항포, 한산도 등 여러 번 싸움에도 순신은 매양 회피하는 것을 자기가 재촉하여 부득이 응전하였고 싸울 때에도 매양 자기가 앞장을 섰으며, 그러므로 공은 원균에게 있건마는 순신은 모두 저 하나의 공인 것처럼 장계한 것이라 하였다.

원균의 이 말은 일반 여론에 큰 충동을 주었다. 그것은 여태껏 이순신을 수전의 큰 공신으로 알았던 것이, 그것은 전혀 순신에게 속은 것이요, 정말 공훈은 원균이라 함이 판명된 까닭이었다. '임금을 속인다'는 것 중에 큰 이유는 실로 이것이었다.

이제 이순신을 잡아 올리는 데 대하여 큰 걱정이 생겼다. 그것은 이순신이 만일 그렇게 흉악한 놈이라 하면 호랑이 떼 같은 일본 총으로도 못 당해내는 이순신이 잡혀 올 것이냐가 문제된 까닭이었다. 만일 힘으로 이순신을 잡는다 하면 조선의 힘은커녕 명나라에 청병을 하여서라도 잡을 수 없을 것이라 하는 것이다.

그러나 이것은 겉으로 하는 말이요, 순신을 잡으려는 대관들은 순신을 잡아 오는 것은 가장 쉬운 일인 줄을 잘 알았다. 그것은, 순신은 충신이요, 다른 뜻이 없음을 안 까닭이었다. 왕명이라 하면 그는 두말없이 잡혀 올 것을 믿은 까닭이다.

금부도사가 십여 명 나졸을 데리고 순신을 잡아 올리라는 명을 받들고 한산도로 온 것이 정월 25일이었다. 통제사를 잡으러 왔다는 말을 듣고 장졸들과 백성들은 물끓듯하였다.

순신은 제승당 뜰 아래에 엎디어 금부도사가 가지고 온 잡으라는 명령을 받고 즉석에서 금부 나졸의 손에 의해 항쇄와 수갑을 채움이 되었다.

'통제 대감이 잡혀 가시면 우리는 다 죽는다' 하고 백성들은 제승당 앞에 모여 울고 떠들었다. '조정에 간신놈들이 우리 대감을 시기하여 죽인다' 하고 금부도사 앉았는 제승당 앞의 등장을 들었다. '경관놈들을 죽여라!' 하는 폭언을 하는 사람도 있었다.

26

처음에는 매우 거만하던 금부 관원도 백성들이 이렇게 서두르는 양을 보고 겁이 나서 순신에게,

"대감, 살려 줍시오!"

하고 빌었다. 그리고 떨었다.

순신은 우후 이몽귀와 순천 부사 권준과 조방장 어영담을 불러 순사들과 백성들을 진정시키라고 명하였다.

그러나 국가의 간성으로 믿고 자기네의 부모와 같이 존경하고 흠모하던 이순신이 이처럼 항쇄, 수갑에 상투를 풀어 뒤로 젖히고 옷고름을 풀어 헤친 욕된 모양을 보고는 순사들은 비록 순령을 지켜서 잠잠하나 백성들의 울분은 풀리지 아니하였다.

금부도사는 겁을 내어 순신의 결박을 끄르라 명하고 다시 순복을 입히려 하였으나 순신은 듣지 아니하였다. 왕명으로 맨 결박을 왕명이 아니고 누가 끄르느냐 하였다.

그날 밤을 금부 관원 일행은 떨며 지내고 이튿날인 정월 26일에 금부도사는 순신의 앞에 공손히 읍하고 서서,

"대감 어찌하오리까?"

하고 처분을 물었다.

"가자!"

하고 순신은 나섰다.

제승당 앞에는 백성들이 모이고 앞바다에는 이 소문을 들은 이웃 백성들이 부로 휴유하고 배를 타고 모여들었다.

순신이 나졸에게 끌려 제승당 층계를 내릴 때에 백성들은 뜰에 엎디어,
"대감 못가시오! 우리를 버리고 어디를 가시오?"
하고 울며 길을 막았다.
그중에서 늙은이 하나가 금부도사 앞에 나와,
"우리 조선을 누구의 힘으로 보전하였소? 우리 통제사 대감이 아니시면 오늘날 상감께선들 서울에 돌아오실 수가 있으며 여러 양반님네들인들 평안히 앉아서 호강을 할 수 있겠소? 이제 통제사 대감을 잡아가시면 사흘이 못하여 경상, 전라도는 적병의 판이 되지 아니하겠소. 통제사 대감이 무슨 죄가 있소? 이 어른이 죄가 있다 하면 나라를 안 보하고 백성을 죽을 곳에서 빼어낸 죄밖에 어디 있소? 접때에 남 어사(남이신을 가리킨 말이다)가 내려와서 대감이 무슨 잘못하신 것이 없느냐 하길래 우리 백성들은 그렇게 말하였건마는 도시 이것이 웬일이란 말이오? 하니 사또(금부도사를 부르는 말)께서도 서울 올라가셔서 상감께 우리 백성들의 말을 믿고 통제사 대감일랑 잡아가지 마시오."
하고 간곡하게 말하였다.
다른 백성들은 이 노인의 말이 옳다는 듯이 물끄러미 금부 관원들을 바라보고 있었다.
금부 관원들은 어찌할 줄을 모르고,
"대감 어찌하면 좋소?"
하고 순신을 바라보았다.
순신은 고개를 들어 백성들을 바라보며,
"상감께옵서 명이 계시니 아니 갈 수 없소. 부로들의 정성은 고마우나 이렇게 길을 막으면 왕명을 거역하는 것이니 이것이 가장 옳지 못한 일이오."
하였다.
백성들은 이러한 일에도 순신의 말을 믿고 복종하였다. 그들은 길을 열어 순신이 걸어나갈 곳을 내고 오직 순신의 뒤를 따라서 선창까지 가

며 울었다.

마침내 순신은 배에 올랐다. 순신이 잡혀 가는 배가 한산도에서 떠나서 고성을 향하여 나갈 때에 바다에 지키고 있던 병선과 민선에서는 일제히 통곡소리가 일어났다. 금부 관원들은 육지에 내릴 때까지 혼이 몸에 붙지 아니하였다.

몇 번을 많은 민선에 포위되어, '우리 사또를 왜 잡아가느냐?'고 힐난을 받았다. 그럴 때마다 금부 관원들은 순신에게 어찌하랴고 빌었다. 순신은 왕명을 순종하는 것이 신자의 도리라고 타일러서 해산시켰다.

그러나 육지에 내려서부터는 금부 관원들은 순신에게 대하여 대단히 거만하게 되었다.

더구나 경상도 지경을 벗어나서부터는 순신을 걸음이 더디다고 철편으로 때리기까지 하였다. 입으로 퍼붓는 모욕의 언사는 말할 것도 없었다. 도중에서 혹시 이 가엾은 죄인이 이순신인 줄 아는 사람은 읍하여 경의를 표하기도 하고 술 한잔을 대접하기를 청하기도 하였으나 금부 관원들은 일체 듣지 아니하였다. 연로 수령들도 순신을 대역 죄인으로 대우하고 누구 하나 은근한 호의를 표하는 이가 없었다.

이 모양으로 궁흉 극악한 죄인의 형상으로 이월 초사흗날에 남대문에 들어왔다.

27

순신은 이월 초사흗날 서울로 들어와 그날 밤을 금부의 찬 방에서 큰 칼을 쓰고 지내고, 이튿날인 4일에 좌의정 윤근수가 왕명을 받아 의정부에서 제일차로 이순신을 국문하였다.

이날 이순신이 큰칼을 쓰고 금부 나졸 20여 명에게 끌리어 금부를 나와 황토마루를 지나 정능골(지금 정동)의 정부로 올 때에 길가에는 백성들이 수만 명이 한산도에서 일본 수군을 전멸시킨 무서운 장수 이순신을 본다고 식전 아침부터 모여들었다. 혹은 이순신이 일본 사람을 끼고 역모를 하다가 붙들려 온 것이라 하는 이도 있었으나 대부분은 간신들이 이순신의 공을 미워해서 무함하여 죽이려는 것이라고 하였다.
 대신들이 아침에 잠을 깨는 것은 한나절이 지나서였기 때문에 이순신이 의정부로 끌려 온 것은 지금으로 이르면 열한 시나 되어서였다.
 이순신은 머리에 굵게 비자루를 써서 얼굴을 볼 수가 없었고 오직 큰 칼이 유난히 크게 보였다. 두 손은 잔뜩 등뒤로 비끄러 붉은 오라로 결박을 지우고 저고리 고름은 뜯어 걸음을 걷는 대로 앞자락이 펄렁거려 흰 가슴이 보였다. 바지를 잔뜩 치켜 입혀서 고의춤이 길게 늘어지고 정강이가 반이나 드러나고 발은 벗겨서 맨발로 아직 언 땅을 밟았다.
 호송하는 나졸들은 까닭도 없이 가끔 철편을 들어 순신의 어깨와 등을 후려갈겼다. 그러할 때마다 순신은 한 걸음씩 쉬었다.
 황토마루에 이르렀을 때에 무슨 생각이 났던지 나졸은 철편으로 이순신의 앞 정강이를 후려갈겨서 순신은 앞으로 쓰러질 듯 무릎을 꿇었다. 등에 떨어지는 둘째 철편에 순신이 다시 일어날 때에는 두 정강이는 터져서 흘러내리고 땅에 닿았던 자리에는 꺼멓게 흙이 묻었다.
 이것을 보고 모여 섰던 백성들 중의 어떤 사람이 순신에게로 내달으며,
 "이놈들아, 충신을 때려 피를 흘리느냐. 그 철편을 나를 다오. 충신을 무함하는 간신놈들의 대가리를 바술 테다."
하고 날뛰었다. 그 사람은 패랭이를 쓴 사십 남짓한 사람이었다.
 이 광경을 보고 군중들은,
 "충신을 살려라!"
하고 소리를 질렀다.
 순신을 호송하는 나졸들은 이 패랭이 쓴 사람을 철편으로 두들겨 잡았다. 그는 거진 다 죽어서 피투성이가 되어서 길에 넘어진 것을 나졸 두 명이 죽은 개 끌듯 상투를 끌고 포청으로 향하고 가다가 백성들이 소리를 치는 바람에 내버리고 두 나졸은 달아나버렸다.
 이 일이 생긴 뒤에는 순신은 더 얻어맞지를 아니하고 의정부까지 갔

다.

영의정 유성룡은 순신을 천거한 사람이라 하여 이 자리에 참여하지 아니하고, 우의정 이원익은 순신을 두호한다 하여 또한 기피를 당한 것이었다.

그 제일회 국문은 이러하였다.

"너는 국은이 지중하거든 어찌해서 의심을 품고 적의 뇌물을 받고 적장 청정을 놓쳤느냐?"

하는 것이 첫 질문이요, 또 순신의 죄의 요령이었다.

국문하는 윤근수는 대신의 관복을 입은 키가 자그마한 사람이나 소리는 컸다. 나이로 말하면 순신과 비등하였다.

"소인이 덕이 없고 재주가 부족하여 적을 막지 못한 죄는 만사 무석(萬死無惜)이오마는 적장에게서 뇌물을 받은 일은 없소."

하는 것이 순신의 첫 대답이었다.

28

"너는 또 이번 금부 관원이 교지를 받들고 너를 잡으러 내려갔을 때에 거만하게 그 관원을 욕하고 또 부하 군졸을 충동하여 관원에게 폭행을 시키려 하였다 하니 네 죄를 알겠지?"

하는 것이 둘째 질문이었다.

"그런 일은 없소."

하고 순신은 간단히 부인하였다.

"금부 관원이 당하고 와서 보한 말인데 없대?"

하고 근수의 말이 거칠었다.

그러나 순신은 이런 말 같지 아니한 말에 변명하려고도 아니하고 입을 다물었다.

첫날 국문은 이러한 대체 말로 그치고 말았다. 윤근수도 순신이 죄없음을 속으로는 안 까닭이었다.

조정에서는 첫날의 국문이 철저치 못함을 공박하는 의논이 높았다. 순신과 같이 임금을 속이고 적에 매수를 당하여 조국을 파는 악인은 마땅히 정강이가 부러지도록 악형을 하여야 실토를 하리라고들 떠들었다.

윤근수는 자기가 원치 않은 일을 맡게 된 것을 한하였다. 그러나 내 약한 그는 여론에 밀려가지 아니할 수 없었다. 만일 조금이라도 공평한 체하는 태도를 취하여 순신에게 유리하게 하였다가는 자기마저 순신과 함께 몰릴는지도 모르는 것이다.

윤근수는 첫날 국문에서 이순신의 위인을 간파하였다. 그의 당당한 태도, 자기를 위하여 변명하지 아니하는 태도는 윤근수뿐 아니라 모든 보는 사람으로 하여금 그를 두려워하는 생각을 발하게 하였다.

이튿날은 모든 악형하는 기구를 준비하고 순신의 제이회 국문이 개시되었다. 단근질하기 위하여는 숯불 피운 화로와 인두가 준비되고 여러 가지 오라와 곤장과 주리틀 제구와 갖은 형틀이 준비되고 좌우에는 금부 나장, 나졸 중에도 간판 사납고 악형으로 이름난 사람들을 들여 세웠다.

이날은 임진년에 원균이 순신에게 청병할 때에 곧 듣지 아니하고 천연한 죄로부터 국문을 개시하였다.

"원균이 네게 청병할 때에는 너는 어찌해서 곧바로 응하지 아니하였느냐?"

하는 질문에 순신은,

"조정에서 아직 명이 아니 계셔서 그리하였소."

하고 자기가 천연한 것이 죄됨을 자백하였다.

"당포, 당항포, 한산도 여러 싸움에 원균이 매양 수공이어든 어찌해다 네 공인 것같이 위에 아뢰어 군부를 속였느냐?"

하는 데 대해서는 순신은 일체 대답이 없었다.

"대답할 말이 없지?"

해도 순신은 대답이 없었다.

이것은 순신이 제 죄를 자백한 것으로 기록되었다.

한산도에서 궁궐 같은 집을 짓고 주색에 침윤하였다는 죄상에 관하여서도 순신은 대답이 없었다.

다음에 본 문제로 들어가,

"어찌해 적장 청정이 온다는 시일을 알고도, 또 잡으라는 조명을 받고도 나아가 잡지를 않았느냐? 청정에게서 뇌물을 받고 놓아버린 것이라지?"

하는 데 대해서 순신은 다른 때와 달리 자세하게 그때 사정을 설명하였다.

첫째는 적의 간자의 말을 믿을 수 없는 것, 둘째는 부산, 울산, 김해에 적의 근거가 있으니 가벼이 망망대해로 전군을 끌고 나갔다가는 복배 수적할 근심이 있는 것, 셋째 그럴 듯한 말로 이편을 유인할 때에는 반드시 무슨 괴계가 있던 것, 넷째 선불리 적의 괴계에 빠져 전함대를 몰고 나갔다가는 그 빈틈을 타서 적의 함대가 경상, 전라의 바다를 지나 경강을 엄습할 것, 다섯째 적의 병선과 병기와 군사는 수효로 보아 이편의 3,4배가 넘으니 넓은 바다에서 싸워서는 승산이 없고 오직 지리와 조류를 이용하여서만 막아낼 수 있는 것, 일언이폐지하면 지금 우리 형편으로 보면 나아가 큰 바다에서 적과 싸우는 것은 불리하고 가만히 경상, 전라의 바다를 지키는 것이 상책이란 것을 말하였다.

29

둘쨋날에도 악형은 아니하고 말았다. 윤근수는 비록 한두 번 순신을 고문하지 아니하면 아니될 형세를 느끼지마는 막상 순신을 대하고 순신의 온후한 태도와 조리 정연한 말을 듣고는 악형할 용기가 나지 아니하였던 것이다.

조정에시는 둘쩃번 국문에도 순신의 실토를 받지 못하였디 히여 윤근수를 불신임하는 의론이 비등하였다.

그날 밤에 윤근수의 집에는 순신에게 사정을 두지 말고 반드시 청정에게 매수되어 조명을 거역하였다는 죄상을 자백케 하라는 편지와 방문이 수 없었다. 그중에는, '우리 서인의 부침에 관한 중대사니 일호 사정 두지 말라' 하는 협박장까지 들어왔다.

이튿날 세번째 국문에서 윤근수는 자신을 보전할 필요상 순신을 고문하기로 결심하였다.

이날 국문의 중심 문제는,

"네가 적장 청정에게 뇌물을 받고 놓아 주었다지?"

하는 것이었다. 순신은 처음에는 부인하였으나 여러 번 물음을 받을 때부터는,

"나는 할 말을 다하였소."

하고 이내 입을 벌리지 아니하였다.

윤근수는 금부 관원에게 순신을 고문하기를 명하였다.

나졸들은 순신의 상투를 뽑아 잔뜩 뒷짐에 비끌어매고 주리를 틀기 시작하였다.

순신의 두 다리의 살은 터져 피가 흘렀다. 정강이뼈는 휘었다. 그러나 굳게 닫힌 순신의 입은 영원히 닫힌 듯이 열리지 아니하였다.

주리를 틀어도 효과가 없는 것을 보고 단근질을 시작하였다. 뻘겋게 달은 인두는 순신의 넓적다리를 부쩍부쩍 지졌다. 기름이 타고 피가 흘렀다.

순신의 전신은 이길 수 없는 고통으로 경련을 일으켰다. 그러나 그의 얼굴은 조금도 찌그림이 없었다.

"그놈이 훈련원에서 말에서 떨어져 다리가 부러지고도 제손으로 비끌어매고 다시 말을 타고 그예 과거를 다 보고야 만 놈이다. 독한 놈이다."

하고 마침내 윤근수는 고문을 중지하기를 명하였다.

그러나 형틀에서 끌어내릴 때 순신은 긴장하였던 신경이 풀어지는 서슬인지 그만 기절하여버렸다. 그도 53세의 늙은 몸이요, 임진년 이래로 6년간 노심초사에 많이 몸이 쇠약했을뿐더러 중한 열병을 치르고

난 지가 얼마 안 되는 까닭에 이 악형에 견디지 못한 것이다. 순신은 그날 밤 몸에 열이 나고 전신이 아파 심히 고통하였다.

이때에 서울에는 순신의 인아 친척(姻婭親戚)과 친지와 예전 그 부하로 있던 사람들도 있었지마는 혹시나 순신의 공초 속에 자기 이름이나 나오지 아니할까 하여 전전긍긍할 뿐이요, 아무도 감히 돌아보는 이가 없었다. 오직 전라좌수사 이억기가 옥중으로 사람을 보내어 순신을 위문하고 인삼을 넣고 달인 미음을 쑤어 들여 순신을 대접하였다. 그도 금부 옥졸 중에 예전 훈련원에서 순신의 은혜를 받은 사람이 있어서 그 사람의 알선으로 그리한 것이었다.

억기의 사자를 보고 순신은,

"다시는 내왕하지 말라. 혐의를 받으리라. 나 하나를 생각하지 말고 영감(이억기를 가리키는 말)의 몸을 생각하라 하여라. 내가 죽으면 영감밖에 수군을 맡을 사람이 없다. 곧 우수영으로 돌아가 전쟁준비를 하여라. 경상도와 전라좌도 수군이 패하고 일본 함대가 전라우도 바다를 지날 날이 멀지 아니하리라."

하였다. 그리고 억기의 사자 편에 순신은 충청병사 원균이 순신의 자리로 충청, 전라, 경상 삼도 통제사가 되어 명일 발정한다는 소식도 들었다.

윤근수는 왕께 순신이 아무리 고문을 받아도 실토하지 아니한다는 말을 아뢰었다.

왕은 대신과 육조와 삼사의 대관을 불러 순신을 어떻게 처치할까를 물었다. '개왈 가참(다 말하기를 순신은 베일 것이오)'이라 하였다.

30

이 모양으로 여드레나 두고 계속하여 국문하였으나 순신은 여전히 입을 다물고 말이 없었다. 그러나 순신은 죄를 자복하거나 말거나 실군기(失軍機)라는 죄 하나는 벗을 수가 없는 것이라 하여 12일에 유죄의 판결을 내렸다.

다음에 남은 것은 형의 양정이었다. 죽일 것인가, 목숨은 살리고 다른 벌을 줄 것인가.

조정에서는 사형론이 우세하여 아무도 감히 순신을 위하여 변호하는 사람이 없었다. 이리하여 대세는 순신의 사형으로 기울어질 뿐이었다.

이러하는 동안에 울산에서는 사명당 유정(惟政)과 적장 가등청정과의 사이에 담판이 개시되었다가 파열되어 전쟁이 다시 벌어질 것이 분명해지자 사람들은 이순신 같은 명장을 죽이는 것을 겁내게 되고 더욱 왕의 생각이 그러하였다. 그러나 아무도 순신을 위하여 변명하거나 목숨을 빌어주는 이가 없으니 왕으로도 어찌할 도리가 없었다. 나라야 어찌 되었던 내 사사 감정만 만족하면 그만이라는, 또 세력 잡은 윗사람과 자기가 속한 당파의 다수 군중의 비위만 맞추어 벼슬 올라가기로만 일을 삼는 사간원이니, 사헌부니, 심지어 학문으로 업을 삼아 일세의 풍교를 제 손에 쥐었다는 홍문관이니 하는 데 있는 주책없는 젊은 관리들이 줄곧 순신을 죽이라는 상소로 일을 삼으니 순신의 목숨은 실로 풍전등화와 같았다.

이때에 판중추부사 정탁(鄭琢)이 일어나,

'舜臣名將. 不可殺. 軍機利害. 難可遙度. 其不進. 未必無意.'

(순신은 명장이니 죽이는 것은 옳지 아니하나이다. 군사상의 이해관계는 멀리 헤아리기 어려운 일이니 순신이 나아가지 아니한 것이 반드시 뜻이 없음이라고 할 수는 없는 일이온즉 청컨대 널리 용서하시와 훗날 공을 세우게 하소서.) 한 것이다.

정탁은 전 대신이요, 국가의 원로라 그의 말에 대해서는 감히 정면으로 다투는 이도 없었다. 이에 왕은 순신을 특사하여 백의종군을 명하였다.

사월 초하루에 순신은 사(赦)를 입어 출옥하였다. 이날부터 순신이 원수진에 가는 동안을 그의 친필로 쓴 일기를 보자. 그는 오래 못하였던 일기를 출옥하는 날부터 시작하였다. 일기는 물론 순한문이다.

'丁酉四月初一日. 辛酉晴. 得出圜門. 到南門外. 尹生侃奴家則. 莘, 芬, 及蔚. 與士行遠卿同座. 一室話久. 尹知事自新來慰. 備邊郎李純智來見. 知事歸. 夕食後. 佩酒更來. 耆獻亦至. 李令公純信. 佩壺又來. 同醉致懇. 領台鄭判府事琢. 沈判書喜壽. 金二相命元. 李參判廷馨. 盧大憲稷. 崔同知遠. 郭同知嶸送人問安.'

이것이 첫날 일기다. 번역하면,

(사월 초하루. 신유. 맑다. 원문을 나와 남대문밖 윤생간의 집에 가니 봉, 분 두 조카와 아들 울이 있고, 사행과 원경도 같이 앉았다. 함께 오래 이야기할 때 윤 지사 자신이 와서 위문하고 비변랑 이순지도 찾아왔다. 윤 지사는 저녁때에 돌아가더니 술을 차고 다시 오고, 기헌도 왔다. 이순신(방답 첨사이던)도 술을 차고 와서 함께 취하여 정회를 풀었다. 판부사 정탁과 심 판서 희수와 김 이상 명원과 이 참판 정형과 노 대헌 직과 최 동지 원과 곽 동지 영도 사람을 보내어 문안하였다.)

31

'初二日. 壬戌. 雨. 雨終日. 與諸姪話. 方業進饌芒豐.'

(초이튿날. 임술. 비오다. 종일 비오다. 조카를 데리고 이야기하다. 방업이란 사람이 음식을 대단히 많이 차렸다.)

'初三日. 癸亥. 晴. 早登南程. 金吾郎李士贇, 書史李壽永, 羅將韓彥香先到水原府. 余則秣馬于仁德院. 暮投水原. 愼伏龍偶到. 見吾行. 備酒慰之. 府使柳永健出見.'

(초사흘. 맑다. 일찍 남쪽 가는 길을 떠나다. 금부도사 이사빈, 서리 이수영, 나장 한언향은 먼저 수원부로 가고, 나는 인덕원에서 말을 먹이고 저물게야 수원에 다다랐다. 신복룡이 우연히 왔다가 내 길을 보고 술을 내어 나를 위로하였다. 부사 유영건이 나와 보았다.)

'初四日. 甲子. 晴. 早發登程. 到禿城下. 則牛刺趙撥備酒設幕吾山黃天詳家以待. 由振威到. 黃以卜重出馬載送. 爲謝不已. 由水灘投平澤縣李內隱孫家則. 待之甚殷.'

(초나흘. 맑다. 일찍 떠나 독성 밑에 이르니 반자 조발이 진위에서 와 오산 황천상의 집에 막을 치고 술을 차려 놓고 기다렸다. 황은 짐이 무겁다 하여 말을 내어 실어다주었다. 정말 고마운 일이다. 물여울을 지나 평택현 이내은손의 집에 들었다. 대단히 은근하게 대접을 받았다.)

'初五日. 乙丑. 晴. 日出登途直到墳山拜哭. 因到蕾家. 拜先廟. 聞南陽叔永世.'

(초오일. 맑다. 해뜨자 길을 떠나 선산에 이르러 배곡하고 이어 뇌-장조카-의 집에 가서 선묘에 배례하였다. 남양 아저씨가 돌아가셨다고 한다.)

'初六日. 丙寅. 晴. 遠近親知皆來會敍曠而去.'

(초육일. 맑다. 원근에 있는 친지들이 다 와서 오래 막힌 인사를 하고 갔다.)

'初七日. 丁卯. 晴. 金吾郞自牙縣來. 余往待甚慇懃. 洪察訪來. 李別坐. 尹孝元來見. 金吾宿于興伯家.'

(초칠일. 맑다. 금부도사가 아산으로부터 왔다기에 내가 가 보니 대단히 은근하게 대접하였다. 홍 찰방이 오고 이 별좌와 윤효원이 찾아왔다. 금부도사는 홍백의 집에 묵었다.)

'初九日. 己巳. 晴. 洞中各佩酒壺. 慰遠行. 情不能拒. 極醉而罷. 都事善飮不至亂.'

(초구일. 맑다. 동네 사람들이 저마다 술병을 차고 와서 멀리 가는 길을 위로하였다. 정을 막을 수 없어 더할 수 없이 취한 뒤에야 말았

다. 도사도 술을 잘 마시나 체면을 잃지 아니하였다.)

'初十日. 庚午. 晴. 食後到興伯家. 與都事話.'
(초십일. 맑다. 식후에 홍백의 집에 가서 도사와 이야기하였다.)

'十一日. 辛未. 晴. 曉夢甚煩. 心懷極惡. 戀病親. 不覺淚下. 送奴探聽消息. 都事歸溫陽.'
(십일일. 맑다. 새벽에 꿈자리가 대단히 사납다. 병중에 계신 어머니를 생각하니 눈물이 흐른다. 종을 보내어 소식을 들어 오라 하였다. 도사도 온양으로 갔다.)

　여기 한마디 말할 필요가 있다. 초계로 옮긴 권율의 진으로 향하는 길에 고향에 들러 분묘와 사당에 참배하였으나 그의 모 부인은 아직도 전라도 순천부에 있던 것이다. 순신이 한산도에 통제사로 있는 동안에 모 부인을 순천에 있게 하고 공무의 여가를 타고 배로 근친하던 것이다. 아주 한산도나 또는 더 가까운 곳에 모시지 아니한 것은 다른 장수들이 멀리 가족을 떠나 있는 정경을 생각한 까닭이었다. 그 모 부인은 순신이 잡혔다는 소식을 듣고 놀라 슬퍼서 병이 생긴 것이었다. 그러다가 순신의 꿈자리가 사납던 바로 그날 곧 십일에 세상을 떠난 것이다.

'十二日. 壬申. 晴. 奴太文. 自安興梁入來. 傳簡而初九日. 天只與上下無事到泊安興云. 豚蔚先送于海汀.'
(십이일. 맑다. 종 태문이 안홍뜰로부터 들어와 편지를 전하였다. 초아흐렛날에는 어머니와 집안이 다 무사히 안홍에 배를 타고 왔다고. 아들 울을 먼저 바닷가로 보내었다.)
　순신의 어머니는 순신이 잡혀 간 뒤에 얼마를 기다리다가 마침내 고향을 향하고 길을 떠난 것이었다.

32

순신은 그 어머니의 부음을 듣던 날을 이렇게 일기에 기록하였다.

'十三日. 癸酉, 晴. 早後往. 往迎事出發海汀路. 路入洪察訪家. 暫話間. 蔚送愛壽云. 時無船到消息. 又聞黃天祥. 來到興伯家云. 與洪告別. 到興伯家. 有頃. 奴順花至. 自船中告天只訃. 奔出擗踊. 天日晦暗. 卽奔去于蟹巖則. 船已至矣. 慟裂不可盡記.'

(십삼일. 맑다. 아침을 먹고 어머니를 마중하러 바닷가로 향하여 떠났다. 가는 길에 홍 찰방 집에 들러 잠시 이야기하노라니 울──순신의 아들──이 애수──순신의 손자──를 보내어 말하되, 아직 배 들어왔다는 소식이 없다고. 또 들은즉 황천상이 홍백의 집에 왔다 하기로 홍 찰방과 작별하고 홍백의 집에 갔다. 이윽고 종 순화가 배를 타고 와서 배 위에서 어머님의 부음을 고하였다. 뛰어나가 가슴을 치고 발을 구르고, 하늘이 캄캄하여졌다. 곧 게바위로 달려가니 배가 벌써 닿았다. 아프고 쓰림을 어찌 다 적으랴.) 하고 이 일기 끝에는 '追錄(뒤에 적었다)'이라고 잔 글자로 적었다. 그날은 일기 쓸 경황이 없고 후일에 추측하였다는 말이다.

14일에는 관을 짓다는 말이 있고, 15일에는 입관하였다는 말과, 오종수(吳從壽)란 사람이 진심으로 호상하였다 하여 분골 난망이라 하고, 천안 원이 왔단 말과 전경복(全慶福)이란 사람이 연일하여 진심으로 상복을 만들어 주어서 고맙다는 말을 쓰고 다음에,

'十六日. 丙子. 陰雨. 曳船移舶中方浦. 靈柩上轝. 行遠本家. 望里慟裂. 如何可言. 至家成殯. 雨勢大作. 南行亦迫. 呼哭呼哭. 只待速死而已. 天安倅還歸. 追錄.'

(십육일. 흐리고 비오다. 배를 끌어 중방개에 옮겨 매고 영구를 상여에 올려 본가로 돌아왔다. 고향을 바라보니 아프고 슬픔을 어찌 다 말하랴. 집에 이르러 빈소를 차리니 비가 퍼붓는다. 남쪽으로 갈 기약이 또 박두하니 우짖고 우짖으며 오직 어서 죽기만 기다릴 뿐이다. 천안

원이 돌아갔다. 추록.)

이렇게 썼다. 앓는 어머니가 돌아오기만 날을 꼽고 고대하다가 마침내 영구를 모시고 비를 맞으며 옛집으로 돌아가는 그의 슬픔을 짐작할 수 있다.

'十七日. 丁酉. 晴. 金吾書吏李壽永. 自公州到來促行.'
(십칠일. 맑다. 금부 서리 이수영이 공주로부터 와서 길을 재촉하였다.)

'十八日. 戊寅. 雨. 雨終日. 氣甚不平. 只哭殯前退來. 奴令守家. 追錄.'
(십팔일. 비. 종일 비오다. 마음이 심히 불평하다. 다만 빈소에 곡하고 물러나왔을 뿐이다. 추록.)
마침내 죄인인 순신은 어머니 장례도 못 치르고 금부 관원에게 끌려 길을 떠나지 않을 수 없게 되었다.

'十九日. 己卯. 晴. 早出登程. 哭辭靈筵. 天地安有如吾之事乎. 不如早死也. 到蕾家. 謁告先廟. 行到寶山院則. 天安倅先至川邊下馬而歇. 林川郡守韓述上京. 過去前路. 聞吾行入來吊去. 豚薈. 葂. 蔚. 荄. 芬. 莞. 及卞主簿. 倂隨至天安. 元仁男亦來見. 分手上馬. 行到日新驛宿. 夕雨灑. 追錄.'
(십구일. 맑다. 일찍 길을 떠났다. 영연에 곡하였다. 천지에 어디 나와 같은 일이 있으랴! 일찍 죽음만 못하다. 뇌의 집에 이르러 선묘에 하직하고 길을 떠나 보산원에 이르니 천안 원이 먼저 와서 냇가에 말을 내려 쉬고 있었다. 임천 군수 한술도 상경하는 길에 앞길로 지나다가 내가 간다는 말을 듣고 들어와 조상하고 갔다. 아들 회, 면과 울, 해, 분, 완(조카들)과 변 주부가 천안까지 따라오고 원인남도 와 보았다. 작별하고 말에 올라 일신역에 이르러 샀다. 서녁에 비가 뿌렸나. 추록.)

20일에 공주에서 조반하고 금부도사를 만나고, 21일에 은원에 다다르니 김익(金翼)이란 사람이 와서 말하기를 임달영(任達英)이란 자가 무곡을 하러 사진포에 왔다는데 그 형적이 수상하니 조심하라고 충고하였다. 아마 순신을 암살하러 보낸 자객으로 의심한 모양이었다.

33

21일에 여산 관노의 집에 숙소를 정하였다. 밤에 순신은 심사가 불편하여 홀로 일어나 앉아 국사와 어머니를 생각하고 울었다.

22일에 삼례 역리의 집에서 자고 저녁때에 전주 감영에 들어가 남문 밖 이의신(李義臣)의 집에 들었다. 판관 박근(朴勤)이 와 보고 부윤도 후대하였다.

23일에 일찍 떠나 오원 파밭에서 아침을 먹고 저녁에 임실현에 이르러 의례로 현감을 만났다. 현감은 홍언순(洪彥純)이었다.

24일. 맑다. 일찍 떠나 남원에서 십리 되는 이희경(李喜慶)의 집에서 잤다.

25일. 비가 올 듯하다. 아침을 먹고 길을 떠나 운봉 박룡(朴龍)의 집에 드니 비가 크게 내려 머리를 내어밀 수가 없다. 들은즉 원수는 이미 순천으로 향하였다고 한다. 곧 사람을 금부 관원의 하처로 보내고 머물기로 하였다. 원은 병이라 하여 나오지 아니하였다.

26일. 흐리다. 아침을 먹고 길을 떠나 구례현 손인필(孫仁弼)의 집에 들었다. 원이 급히 나와 보고 대단히 은근하게 대접하였다. 금부 관원도 와 보았다.

27일에 순천에 도달하였다. 그날 일기를 그대로 적자.

'二十七日. 丁亥. 晴. 早發到順天松院則. 李得宗, 鄭愃來俟. 夕到鄭元溟家則. 元帥知我之至. 送軍官權承慶致吊. 又問平否. 慰辭甚懇. 夕主倅來見. 鄭思駿亦來. 多言元公悖妄顚倒之狀.'

(이십칠일. 맑다. 일찍 떠나 순천 송원에 다다르니 이득종, 정선이 와서 문안하였다. 저녁에 정원명의 집에 이르니 원수가 내가 온 것을 알고 군관 권승경을 보내어 조상하고 또 문안하고 위로하는 말이 심히 간절하다. 저녁에 원이 와 보았다. 정사준도 와서 원공(원균을 가리킨 말)이 패망 전도하는 모양을 많이 말하였다.

도원수 권율은 통제사로 내려온 뒤의 원균의 소위를 보고 벌써 불안한 생각을 가지고 이순신의 아까움을 깨달은 것이다.

'二十八日. 戊子. 晴. 都元帥又送軍官承慶問候. 用傳喪中氣困. 從氣蘇平出來云. 今聞親切軍官在於統制處. 送簡與關文出來則. 率去看護云而簡與成來.'

(이십팔일. 맑다. 도원수가 또 군관 승경을 보내어 문후이고, 또 상중에 몸이 곤할 터이니 기운이 회복되거든 나오라고 전하였다.)

그래도 도원수 권율은 순신을 알아 대단히 친절하게 대우한 것이었다.

'五月初二日. 壬辰. 晚晴. 元帥往丁寶城. 兵使往于本營. 巡使往于潭陽之路來見而歸. 府使來見. 陳興國自左營揮涙而言元帥. 李亨復, 申弘壽亦來. 南原奴末石來自牙山. 傳靈筵平安. 獨坐空軒. 悲慟何堪.'

(오월 초이일. 저녁에 맑다. 원수는 보성 가는 길에 병사는 본영으로 가는 길에, 순사는 담양으로 가는 길에 와 보고 갔다. 부사도 와 보았다. 진흥국이 좌수영으로부터 와서 눈물을 흘리며 원균의 일을 말하였다. 이형복, 신홍수도 왔다. 남원 관노 끝돌이가 아산으로부터 와서 영연이 평안하시다는 말을 전하였다. 홀로 빈집에 앉았으니 비통함을 견디지 못하였다.)

'初二日. 癸巳. 晴. 李奇男來見. 蔚改名. 音莅悅. 萌芽始生. 草木盛長. 字義甚美.'

(초삼일. 맑다. 이기남이 찾아왔다. 울의 이름을 열 자로 고쳤다. 열

은 움이 비로소 나서 초목이 성장한다는 뜻이니 글자 뜻이 대단히 좋다.)

'初四日. 甲午. 雨. 是日乃天只辰日. 悲慟何堪. 鷄鳴起生. 垂泣而已. 午後雨大作. 鄭思駿來. 李壽元亦來.'
(초사일. 비. 오늘은 어머니 생신이다. 슬픔을 어찌 견디랴. 닭 울 때에 일어나 울 따름이었다. 오후에 큰 비가 왔다. 정사준이 오고 이수원도 왔다.)

'初五日. 乙未. 晴. 朝府使來見. 晚忠淸虞候元裕男. 至自閑山. 多傳元公之悖妄. 又道陳中將卒離叛. 勢將不測云云.'
(초오일. 맑다. 아침에 부사가 와 보다. 와서 원공의 패망한 일을 많이 전하고 또 말하기를 진중 장졸이 이반하여 형세가 장차 어찌될는지 모른다고 하였다.)

34

5월 초이레. 정혜사 중 덕수(德修)가 와서 순신에게 짚신 한 켤레를 바치는 것을,
"내가 그것을 받을 까닭이 있나!"
하여 거절하였으나 늙은 중은,
"소승이 가난하여 대감께 바칠 것이 있사오리까. 손수 삼은 짚신 한 켤레라도 정성으로 드리는 것을 아니 받아 주시면 소승이 수백리 길을 대감을 뵈오려 올라온 정성을 물리치는 것이 아니오니까."
하여 재삼 간청하므로 순신은 노승 덕수의 정성에 감격하여 값을 주고 그 짚신을 받았다. 정혜사는 충청도 예산에 있는 절이다. 이 중은 이순신이 아산에 왔다는 말을 듣고 그리로 찾아갔다가 순신이 떠났다 하므로 뒤를 따라 여기까지 온 것이다. 순신이 자기가 삼은 짚신을 받아 발

에 신어 보는 것을 보고 기뻐 눈물을 흘리며 합장하고, '나무 관세음보살, 나무 관세음보살 마하살' 하며 수없이 부르고 물러갔다.

이튿날인 8일에는 수인(守仁)이라는 늙은 중이 두우(杜宇)라는 젊은 중을 데리고 찾아와서 순신을 보고 절하며,

"소승은 대감 같으신 나라의 기둥 되는 양반께 드릴 것이 없사와 소승이 데리고 있던 두우를 데리고 왔소. 이 애는 밥을 잘 짓고 또 소찬을 정결하게 만들줄 아오니 대감 곁에 두시고 조석 시봉을 하게 하시오."

하였다.

순신이 상중에 있는 것을 생각하고 소찬 만드는 중을 데려온 것이었다. 순신은 여러 번 사양하였으나 듣지 아니하고 수인은 두우를 떼어두고 가버렸다.

이날 통제사 원균의 조상하는 편지가 순신에게 왔다. 이것은 도원수 권율이 명령한 것이다.

10일에 큰 비가 내렸다. 주인이 햇보리밥을 지어 순신에게 드렸다.

11일에 체찰사 이원익의 군관 김성이 순천에 왔다. 체찰사도 일간 순천에 오리라는 말을 전하였다. 체찰사 이원익은 이순신을 믿고 아끼는 사람이었다. 체찰사 부사가 순신을 보고자 청하였으나 순신이 몸이 불편하여 보지 아니하였다.

이튿날 순신은 이원룡(李元龍)을 보내어 부사에게 문안하였더니 부사는 김덕린(金德麟)을 보내서 순신에게 문안하였다. 김덕린은 김덕령(金德齡)의 아우다.

그날 저녁에 순신은 향사당으로 부사를 찾아 밤이 삼경이 되도록 이야기하였다. 부사는 상사나리 상공이 자기에게 하는 편지에 일을 많이 한탄하였다고 했다.

14일에 순신은 순천부를 지나 솔틔(松峙)를 넘어 운봉을 거쳐 잔수강을 건너 저물게 구례에 다다랐다. 체찰사 이상공이 진주로 가는 길에 일간 구례로 온다는 말을 듣고 순신은 체찰사를 만나기 위하여 구례에

머물렀다.

19일에야 체찰사가 곡성으로부터 구례로 들어온다 하므로 순신은 죄인으로서 성중에 있는 것이 미안하다 하여 동문밖 장세호(張世豪)의 집으로 옮기고 그 뜻을 현감에게 고하였더니 현감이 곧 찾아와서 보았다. 그날 저녁때에 체찰사가 입성하였다.

이튿날인 20일에 체찰사 이원익은 순신이 이 고을에 있다는 말을 듣고 먼저 군관 이지각(李知覺)을 보내어 문안하고 얼마 있다가 또 군관을 보내어 조상하였다.

"당고하였다는 말을 인제야 듣고 놀랐소. 슬픈 말씀은 물을 말이 없소."

하고 전갈하였다. 그리고 저녁에 만날 수 있느냐고 물었다.

"해만 지거든 곧 가 뵙는다 여쭈오."

하고 순신은 군관에게 말하였다.

해가 진 뒤에 순신은 동헌으로 체찰사를 찾았다. 체찰사는 상중인 순신에게 경의를 하여 소복으로 대하였다.

체찰사는 순신을 대해 국사를 근심하는 의논을 하였다. 순신은 자기가 죄인이므로 다만 듣고만 앉아 있었다.

23일에 이 체찰사는 다시 사람을 보내어 순신을 불렀다. 이날 원익은 순신을 향하여 비분한 어조로 국사가 날로 그릇됨을 개탄하고 다만 죽는 날을 기다릴 뿐이라고까지 말하고 양인이 서로 대하여 눈물을 흘렸다. 순신은 이튿날 초계도 원수진으로 간다는 말을 고하여 작별 인사를 하였다.

35

이튿날 아침 이순신이 구례를 떠나려 할 때에 체찰사는 군관 이지각을 보내어 안부를 묻고 또 양식하라고 쌀 두 섬을 보내며 경상우도 연해의 지도를 하나 그려 보내라고 하였다. 순신도 지도를 가진 것이 없으나 그려 보내었다. 그러다가 그날은 비가 와서 못 떠나고, 이튿날도 비가 그치지 아니하여 못 떠나고, 또 그 이튿날인 26일에도 비가 종일 퍼부었으나 이날은 비를 무릅쓰고 길을 떠났다. 사량 만호 변익성(邊翼星)이 순신을 보러 배를 타고 찾아 왔으나 길 떠날 때라 잠깐 상면하고 말도 못 하였다.

　석주관(石柱關)에 이르니 비가 퍼붓고 길이 미끄러워 일행이 넘어지고 자빠지기를 여러 번하였다. 그 아들 열은 잠시도 곁을 떠나지 아니하고 순신을 부축하였다. 저물어서 악양 이정란(李廷鸞)의 집에 당도하니 문을 닫고 일행을 거절하였다. 김덕령의 아우 덕린이 먼저 들었다는 핑계였다. 열이 주인을 불러 간청하여 겨우 방 하나를 얻어 들었다. 일행의 행장은 물에 넣었던 것같이 젖었다.

　27일에 괏틔(豆峙), 28,9일에 하동을 들러 유월 초일일에 하루 종일 비를 맞으며 청수역을 지나 저물게 단성 땅 박호원(朴好元)이라는 사람 머슴의 집에 드니 주인은 이순신이라는 말을 듣고 혼연히 맞아 안방을 내어 주었으나 방은 좁고 물것은 많아서 한잠을 못 이루고 밤을 새웠다.

　다시 사흘을 걸어 유월 초오일에 초계에 이르러 어떤 주막에 들었으나 이튿날 그 주인이 과부란 말을 듣고 곧 다른 집으로 떠났다.

　초파일에 도원수 권율이 남원으로부터 돌아왔다. 그는 명장 양호(楊鎬)를 맞으러 갔던 것이다. 가등청정이 다시 조선을 침범한다 하여 조정에서는 다시 명나라에 청병하여 양호라는 사람을 경략사(經畧使)로 보낸 것이다.

　순신이 원수를 찾으니 원수는 순신을 반갑게 맞았다. 시국에 관한 여러 이야기를 한 끝에 권 원수는 박성의 상장초(上章草)를 순신에게 보였다. 박성의 상장에는 권 원수의 처사가 너무 소탈한 것을 많이 말하였으므로 원수는 스스로 편안치 못하여 체찰사 이원익에게 상서하였다는 말을 하였다. 순신은 권율의 진에서 사처로 돌아와 마음이 불편하여 저녁밥을 폐하였다.

11일에 순신의 아들 열이 곽란을 일으켜 밤새도록 고통하였다. 순신은 손수 아들의 손발을 더운 물로 씻고 약을 달이고 하느라 밤을 새웠다.

12일에 행주 싸움에서 이름낸 승장 처영이 부채 한 자루와 짚신 한 죽을 가지고 와서 순신을 보았다. 순신은 다른 물건으로써 그것을 갚았다.

이날 부산에 있는 적병이 창원으로 향하고, 서생포에 있는 적병은 경주를 치려 한다는 고목이 왔다 하여 원수는 중군장에게 군사를 주어 전선으로 내보내었다.

17일에 순신이 원수를 찾았더니 이날 원수는 순신을 향하여 통제사 원균이 마음이 바르지 못하여 항상 거짓말을 한다는 것을 통분히 여긴다 하고 그 예로 비변사의 계를 보였다. 그 내용은 이러하였다.

"원균의 장계에 수륙으로 함께 나아가 먼저 안골포의 적을 친 후에야 주사가 부산에 들어갈 것이니 먼저 육군을 보내어 안골포의 적을 치게 하소서."

권 원수는 이에 대한 장계에 이러한 말을 하였다.

〈統制師元均. 不欲前進而. 姑以安骨浦先討爲辭. 舟師諸將. 多有異心而. 元均入內不出. 絶不與諸將合謀. 慎事可知.〉

"통제사 원균이 나아가 싸우기를 원치 아니하오며 오직 안골포를 먼저 쳐야 한다는 것으로 핑계를 삼사오며, 주사 제장이 많이 의심을 두건마는 원균은 안에만 있고 밖에 나오지 아니하오며, 한 번도 제장으로 더불어 의논하는 일이 없사오니 일을 그르칠 것을 알리오이다."

36

이 기회에 통제사 원균에 관한 이야기를 좀 하자.

원균은 소원 성취하여 이순신을 모함하여 떼고, 그 자리의 통제사가 되어 곧 처첩을 거느리고 한산도로 도임하였다.

그는 도임하는 길로 순신이 신임하던 부하를 혹은 벼슬을 떼어내어 쫓고, 혹은 먼 섬의 만호, 권관 같은 것으로 좌천시킨 후에 서울서 떠날 때에 대관들에게 청을 받은 자제(대개 서자거나 그렇지 아니하면 과거에도 참여 못할 무식한 이, 못난 이, 부랑 자제들)로 관부를 삼고 자기는 제승당에 깊이 들어앉아 밤낮으로 술 먹기와 계집 희롱하기로 일을 삼고, 군사 조련, 병기 수리 같은 것은 일체 잊어버리고 말았다. 혹은 관내를 순찰한다 하여 배를 타고 연해 각읍, 각면을 순회할 때면 가련한 민가 처자나 과부를 조사하여 강제로 빼앗아다가 제승당에 두고 첩을 삼음으로 도임한 지 석 달 되던 때에는 일개 통제사의 첩이 열둘이라는 소문이 나게 되었다.

순신은 제승당에 날마다 혹은 밤중이라도 제장을 모으고 군사 일을 의논하였으나 원균은 제승당 가로 높이 담을 쌓고 그 속에 밤낮 파묻혀 있어서 자기만 밖에 나오지 아니할뿐더러 부하가 무슨 일을 물으러 들어오는 것도 허하지 아니하였다.

밤이 깊도록——어떤 때에는 밤이 새도록 제승당에서 질탕한 풍악 소리와 섦은 여자의 쌀쌀대고 웃는 소리와 취한 동세사가 무슨 뜻에 맞지 아니하는 일이 있어서 호령하는 소리와 뒤를 이어서 들리는 젊은 여자의 울음소리가 들릴 때에 군사들은 담 밖에 모여 서서 구경도 하고 수근거리기도 하였다.

병선에서는 노름하는 군사들의 투전하는 소리와 싸우는 소리가 높고 군사들 중에는 이런 통제사 밑에 있다가는 언제 어찌 될지 모른다 하여 달아나는 이도 있었다.

통제사는 순신이 천신만고로 모아 쌓아 놓은 군량을 백성들에게 내어 팔고 또 얼마쯤 넉넉한 백성들에게는 존문(存問)을 놓아 군비라 하고 전국을 받아들여서는 갈수록 더욱 음탕한 생활을 하였다. 다만 고량진미에 술만 취하고 계집만 희롱하기로는 만족하지 못하여 서울서 데리고온 부랑자 군관들로 하여금 새로운 노는 방법을 연구하기를 명하였다.

그렇게 연구해 낸 것 중의 한 가지는 대청에 돈과 볶은 콩같은 것을 뿌려 놓고는 여자들을 벌거벗겨서 엉금엉금 기어다니며 그것을 줍게 하는 것이었다. 이것은 원 통제사의 대갈채를 받아, 이것을 발명한 군관은 벼슬 한자리를 올려 주었다.

고성에서 새로 15,6세 되는 처녀를 데려온 어느 날 밤, 제승당에서는 여자의 애걸하는 소리, 우는 소리가 들리고 뒤를 이어 여자가 발악하는 소리가 들리고, 뒤를 이어 여자의 아구구 하는 고통하는 소리가 들리고, 통제사의 삼군을 호령하는 듯한 호통치는 소리가 들리고 마침내 협문이 삐걱 열리고 그 여자는 벌거벗은 피 흐르는 시체가 되어 내던짐이 되었다. 원 통제사는 대장명을 거역하는 이 괘씸한 처녀에게 군법을 시행한 것이다.

"이놈아! 네가 편안히 죽을 줄 아느냐?"
하고 처녀의 시체를 거적으로 싸던 군사는 제승당을 향하여 주먹질을 하였다.

한산도 수풀 속에서는 여전히 부엉이가 울고 푸른 바닷물은 여전히 물결쳤다.

이때에 조정에서는 도원수 권율을 통하여 원균에게 출동명령을 내린 것이다. 부산으로 날마다 적의 함대가 들어오니 나아가 막으라는 것이다.

이 명령은 가장 당연한 것이었다. 원래 이순신이 죄를 입은 것이 부산의 적을 치지 아니한다는 것이요, 원균이 통제사 되기를 자청한 것이, 또 조정이 원균을 통제사로 한 것이 순신의 자중책, 방수 제일책을 뒤집어엎고 원균의 적극책, 진공 제일책을 쓰기 위한 것이다. 그러나 원균은 도임한 지 4,5개월이 되도록 도무지 싸우러 나가는 기색이 없으니 조정에서나 도원수나 그를 재촉하고 책망하는 것이 당연한 일이다.

그러나 원균에게 싸울 뜻은 없었다. 그가 통제사가 되어 온 것은 싸우려 함이 아니다. 부산으로 나아가 치기는커녕 적선이 겨내도만 넘어오는 것이 보이더라도 —— 보이기는커녕 그렇다는 말만 듣더라도 한산도 본영을 버리고 계집이나 몇 데리고 달아날 판이었다.

37

이에 원균은 싸우러 나가지 아니할 핑계를 만들었다. 그것은 안골포의 적을 먼저 치지 아니하면 아니 된다는 것이요, 또 안골포의 적을 치려면 수군만으로는 할 수 없으니 육군으로 합력하자는 것이었다. 그런데 안골포의 적으로 말하면 언제 온 것이냐 하면 이순신이 갈려 가고 원균이 통제사로 온 뒤였다. 순신이 한산도에 웅거한 동안에 적선은 가덕 이서에 그림자를 번쩍하지 못하였던 것이다. 순신이 가고 균이 한산도에 와서 주색에 침윤하는 것을 보고 적은 안심하고 진해 앞바다로 출몰하게 된 것이다.

이때에 권 원수 진에는 일본군 십만이 두마섬(對馬島)에 와서 조선으로 건너올 기회를 기다린다는 정보가 왔다.

6월 19일, 도원수 권율은 이순신을 대하여,

"웬 이 사람의 일이라고는 말할 수가 없구려. 적병 십만이 금명간 부산으로 건너 온다는데 통제사는 안골포, 가덕도에 있는 적을 다 소멸하고야 주사를 낸다고 하니 어디 세월이 있소? 웬 심사인지를 알 수가 없구려. 필경 이 핑계 저 핑계로 천연 세월만 보내자는 모양이니 내가 몸소 사천으로 가서 감독할 수밖에 없소."

하였다.

"적병 십만이 대마도에 있다는 것은 어떻게 아시오?"

하고 순신이 율에게 물었다. 순신은 또 속지나 않는가 하는 근심이 있기 때문이었다.

"평행장이 요시라를 보내어서 우병사 김응서에게 건너오는 날짜까지 고하였다는구려."

하는 것이 권 원수의 대답이었다.

"적병 십만이 대마도에 와 있을 법도 하고 적의 수군이 많이 올 법도 하오마는 행장이 그 날짜를 우리에게 바로 이를 리는 없을 것이니 필시 무슨 괴계가 있는가 하오. 소인 같은 죄인으로서 이런 말을 하기는 미안하오마는 통제사가 자중하는 것이 당연하지 아니한가 하오. 또 안골포와 가덕도에 적의 대부대가 있는 것이 사실이라 하면 그것을 그냥 두고 주사를 부산으로 끌고 가는 것은 심히 위험한 일인 줄 아오."
하고 순신은 말하였다.

이 말에 권율은 많이 낯빛을 변하면서,
"웬 또 그런 소리를 하는구려!"
하고 순신을 노려보았다.

순신은 더 말하는 것이 마치 자기의 지난 과실을 변명이나 하는 것 같을까 하여 입을 다물었다.

권율은 잠깐 뒤에 낯빛을 화평히 하여,
"대감은 그래도 원 통제사를 두호하시오?"
하고 웃었다.

권율은 막료를 데리고 곧 사천으로 갔다. 그는 순신의 말의 진리를 깨닫지 못하였다. 순신은 자기의 과거의 죄명을 변명하자는 것도 아니요, 또 원균을 두호하자는 것도 아니요, 오직 나라 일의 이해를 말한 것으로 공정한 사실을 말한 것이지마는 권율은 처음에는 변명으로 듣고 화를 내었고, 나중에는 두호로 듣고 순신의 관대함을 탄복하였을 뿐이요, 진정한 순신의 뜻을 깨닫지 못한 것이다.

권 원수가 사천에 와서 내린 진격 명령을 받은 원균은 할 수 없이 부산을 향하여 전함대를 출동하지 않을 수 없게 되었다.

전라 우수사 이억기며, 경상 우수사 배설(裵楔) 등은 안골, 가덕 등 연해 각지에 있는 적병의 눈에 띄지 아니하도록 밤을 타서 행선 하기를 주장하였으나 원균은 듣지 아니하고 아침에 한산도를 떠나서 당당하게 부산으로 향하였다. 이것이 우리의 당당한 위엄으로 적의 예기를 찌르는 것이라고 칭하였다.

이날 동풍이 세게 불어 절영도까지를 돛 한 번 달아 보지 못하고 줄

곧 저어 갔다. 군사들은 심히 피곤하였으나 원균은 명령을 엄히 한다 하여 조금이라도 팔을 쉬는 자는 목을 베라 하여 수십 명을 베었다. 게다가 평상시 배에는 양식과 나무와 물을 준비하지 아니하여서 군사들이 배가 고파도 밥을 지어 먹을 수가 없었다.

  연해 각지에 있는 적의 척후들은 원균의 함대가 대거하여 부산을 향하는 것을 보고 육지로 서로 통신하여 함대보다도 먼저 부산에 그 소식을 전하였다. 행장은 원균의 함대가 부산으로 향하였다는 말을 듣고 무릎을 치며 기뻐하고 요시라를 불러 손수 술을 부어 그 공을 칭찬하였다. 부산에 있던 일본 전선 5백여 척은 일제히 절영도 앞으로 출동하였다.

38

  원균의 함대가 절영도를 지나 동해로 나섰을 때는 벌써 다 저녁이었다. 앞에는 몇 십 척의 일본 전선이 오색기를 달고 떠놀면서 마치 원균의 함대를 습격하려는 듯이 빙포를 하고 북을 울렸다. 원균은 전군에게 총공격령을 내렸다.

  바람은 더욱 일고 물결은 더욱 날뛰었다. 온종일 노를 젓기에 피곤한 원균의 군사들은 배가 고프고 목이 말라 죽고 싶었다.

  원균은 칼을 빼어 들고 군사를 독촉하여 노를 저어 일본 적선을 습격하게 하였다. 그러나 활 두어 바탕 거리에 둔 함대가 가까워졌을 때에 일본 함대는 뱃머리를 돌려 대마도쪽을 향하고 달아났다. 원균은 달아나는 적을 따라서 피곤한 군사를 재촉하였다.

  얼마 후에 해가 거의 다 넘어가려 할 때에 문득 원균의 함대 뒤에서 고각과 포성이 들린다. 돌아본즉 부산쪽으로부터 난데없는 일본 병선 백여 척이 내달아 원균의 함대에 싸움을 돋우었다.

  원균은 따라가던 적의 함대를 버리고 새로 나타난 대함대를 맞아 싸우기를 명하였다. 두 함대 사이에는 활과 총포가 왔다갔다 하였으나 도무지 물결이 세어서 자유로 배를 운전할 수가 없었다.
 일본 함대는 또다시 가덕을 향하는 듯이 뱃머리를 서쪽으로 돌려서 살같이 달아났다.
 원균은 그 뒤를 따랐다. 그러나 얼마 아니하여 또 부산쪽에서 2백척은 될 듯한 대함대가 내달아서 원균의 함대의 측면을 위협하였다. 원균이 갈팡질팡하는 동안에 해는 아주 저물고 군사들은 더 낼 기운이 없어지고 말았다.
 원균은 가덕쪽으로 향한 적의 뒤를 따르기로 하였으나 벌써 함대는 통제력을 잃어버렸다. 노를 잡은 군사들은 태반이나 나가 넘어졌다. 몇 군사의 목을 베었으나 그래도 무가내였다. 팔의 근육이 굳어지고 기운이 진한 것이다.
 마침 바람이 동풍이기 때문에 배들은 저절로 흘러 초승달이 다 넘어간 뒤에야 가덕도에 하나씩 하나씩 와 닿았다. 군사들은 물을 얻어 먹으려고 미친 사람들 모양으로 섬에 뛰어내렸으나 거기에는 일본군사들이 복병을 하고 있다가 하륙하는 족족 잡아 죽여서 경각간에 4백여 명 장졸이 소리도 없이 죽음을 당하였다.
 원균의 함대가 동해에 나떠서 갈팡질팡하는 동안에 일본 함대는 조선 함대의 빈틈을 타서 가덕과 연해 각지를 점령한 것이다. 원균의 함대를 동해로 유인해 내어서 피곤케 하는 한편으로 지금까지 조선 함대를 꺼려서 못 들어가던 지점의 근거를 잡으려 한 것이 이번 소서행장의 꾀다.
 원균은 가덕도에 일본 군사의 복병이 있는 것을 보고 겁을 내어 자기 먼저 캄캄한 바다를 저어 거제도의 칠천도를 향하고 달아났다. 다른 배들도 장수의 뒤를 따라 달아났다. 권율은 원균이 절영도 앞에서 갈팡질팡하다가 수십 척의 병선과 천여 명 군사를 싸움도 못하고 잃어버렸다는 보고를 듣고 곧 종사관과 군관을 보내어 원균을 사천의 원수진으로 불렀다. 그래서 통제사 이임 이래의 태만한 죄와, 또 이번 원정의 실패를 책하고 장 오십을 때려 다시 부산을 진격하기를 엄명하였다.

원수에게 매를 맞은 원균은 이것이 다 이순신이 자기를 무함한 것이라 하여(이순신이 원수의 진에 있음을 알므로, 그러나 이순신은 사천에는 따라가지 아니하고 초계에 머물러서 무 밭을 갈고 무 씨를 뿌리고 있었던 것이다) 분하여 칠천도의 본진으로 돌아가서 술을 많이 먹고 대취하여 도무지 제장을 만나지 아니하였다.

칠천도 대패전

1

권 원수에게 장형을 당한 원균은 칠천도 본진으로 돌아오는 길로 방에 숨어 술을 먹고 대취하여 계집만 희롱하고 당초에 싸울 준비를 하지 아니하였다.

일본 전선이 보인다는 경보가 연해 들어오지마는 아무도 감히 원균에게 고할 사람이 없었다.

전라 우수사 이억기는 통제사의 이 꼴에 분개하여 문 지키는 군사를 칼로 위협하고 밤에 원 통제사의 방문 밖으로 가서,

"소인 아뢰오."

하고 보기를 청하는 뜻을 말하였다.

이때에 마침 원균은 한 계집의 무릎을 베고 또 한 계집을 가슴에 안고 드러누웠다가 억기의 소리를 듣고 취한 목소리로,

"누구냐? 누가 이 밤중에 내 방 앞에 온단 말이냐!"

하고 소리를 질렀다.

"전라 우수사 이억기요."

하고 억기는 어성을 높였다.

"웬일이야? 왜 자지들 않고 나를 찾아!"

원균의 어성은 노기를 띠었다.

"적선이 포구 밖에 출몰한다 하니 필시 밤을 타서 습격할 모양이오. 이곳이 물이 얕고 또 썰물이 되었으니 곧 진지를 옮기지 아니하면 우리는 꼼짝 못 할 것이오. 주사를 물 깊은 다른 곳으로 옮기지 않으면 아

니 되겠소."
하였다.
　"그것은 대장이 알아서 할 일이오."
하고 원균은 계집을 시켜 문을 열게 하고 몽롱한 취안으로 이억기를 바라보며 위엄을 보이려 하나 도무지 몸이 말을 듣지 아니하여 그 비둔한 몸이 이리로 쓰러지고 저리로 쓰러지려 하였다.
　"사또는 국가의 중임을 지시고 이렇게 급한 때에 배에도 오르지 아니하시고 술만 잡수시니 군심이 소란하여 수습할 수가 없소. 어서 배에 오르시오. 배에 오르시오!"
하고 억기는 엄숙한 어조로 재촉하였다.
　원균은 무어라고 중얼거리더니 한 계집의 목을 껴안고 귀에 대고 무슨 말을 하는 듯 뺨을 부비는 듯하다가 무엇을 알아들었다는 듯이 고개를 끄덕끄덕하고는,
　"내 칼, 내 칼!"
하고 손을 내두른다.
　한 계집이 벽에 걸린 칼을 벗겨,
　"사또 칼 여기 있소."
하고 원균에게 준다.
　원균은 칼을 받아 쭉 빼어든다. 계집들은 칼을 보고 깩깩 소리를 지르며 구석으로 달아나 숨는다.
　"하하하하……."
하고 원균은 안 떠지는 눈을 억지로 크게 뜨려고 애를 쓰며 웃는다.
　"내 칼이 여기 있거든 천만 명이 덤비기로 무서울 것이 있느냐."
하고 또 하하…… 웃고 일어나서 비틀비틀 칼춤을 시작한다. 원균의 손에 비껴들린 칼이 번쩍번쩍 돌아갈 때마다 계집들은 팔로 제 머리를 가리우며 칼날을 피해 돌아간다.
　"여보, 우수사!"
　원균은 춤을 멈추고는 칼을 늘이고 이억기를 부른다.

"사또! 일이 급하오. 어서 배로 나갑시다."

공손하게 재촉하였다.

"조년들은 어찌하나. 하하……."

하고 구석에 섰는 계집을 따라가서 목을 껴안는다.

억기는 다른 계집을 시켜 원균에게 군복을 입히게 하고 또 소리를 쳐 우후와 종사관을 부르라 하였으나 그들도 어디로 술을 먹으러 가고 없었다.

이억기는 군사들과 함께 원균을 붙들어 배에 올렸다.

원균은 기어이 계집들을 데리고야 간다고 하므로 억기는 그 계집들까지 데리고 가게 하였다.

원균이 배에 오른 뒤에 이억기는 경상 우수사 배설과 함께 진지 옮기기를 청하였으나 원균은 듣지 아니하였다. 서늘한 해풍을 쏘인 원균은 얼마쯤 정신이 들었다. 그러나 그는 일전 절영도 앞에서 일본 함대에게 번롱을 받던 것을 기억하므로 넓은 바다에서 적을 맞아 싸우는 것이 겁이 났다. 첫째 난바다에서 싸우다가는 불여의한 때에 피신할 수도 없지 아니하냐. 원균은 육지가 보이는 곳에 머물러 있기를 원하였다.

이억기와 배설은 도저히 원균의 뜻을 움직이지 못할 줄을 알고 각각 제 배로 돌아갔다.

밤은 깊어 간다. 달빛이 어스름하게 소리없는 바다를 비춘다.

2

7월 16일 새벽. 달이 넘어가고 바다가 일시 어두워진 때에 일본 함대는 그늘을 타서 칠천도의 원균 함대를 습격하였다.

이때에 경상 우수사 배설은 원균에게 진지를 옮겨 깊은 곳으로 나가기를 강권하였으나 듣지 아니하므로 자기의 주사만 끌고 바다로 나와 있다가 일본 함대가 습격하는 것을 보고 한산도를 향하여 도망해버렸다. 배설은 원균의 함대가 전멸할 것을 미리 알기 때문에 한산도의 함락도 경각에 달린 것을 짐작하고 한산도로 돌아오는 길로 군기고와 군량고(십만 석이 있었다)에 불을 지르고 거기 살던 백성을 육지로 옮겨 피난시켰다.

칠천도 포구 안에 있던 원균의 함대는 때마침 조수가 들기를 시작하였으나 아직도 물 깊이가 큰 판옥선을 움직일 만하지 못하여 적이 습격하여 오는 것을 보고도 가만히 앉아서 기다릴 수밖에 없었다.

일본 함대는 작은 배에 적병을 실어 조선 판옥선을 습격케 하여 판옥선 위에는 배마다 단병전이 벌어졌다. 일본군이 그렇게 두려워하던 거북선도 마른 땅에서는 아무 위력을 발하지 못하였으나 그래도 적병이 쉽사리 올라오기가 어려운 까닭에 70여 포혈로 총포를 놓아 적에게 많은 손해를 주었다. 그러나 거북선 이외의 다른 판옥선들은 모두 일본 군사의 습격을 받아 온통 피로 젖게 되었다.

일본 군사는 칼이 길고 날카롭고, 또 칼 쓰는 법이 익숙하여 단병전으로는 도저히 조선 군사의 적수가 아니었다. 더구나 조선 수군에게는 칼찬 사람이 많지 아니하여서 아무 저항도 못 하고 죽어버리고 말았다.

이순신은 일본 군사가 긴 칼을 가진 것을 보고 단병전할 기회가 있을 것을 예상하여 한산도에 칼 만드는 장색을 불러 긴 칼을 많이 만들게 하고 또 군사들에게 칼 쓰는 법을 조련하게 하였다. 이순신이 항상 몸에 지니던 '三尺誓天 山河動色(칼을 들어 하늘에 맹세함이어, 산과 물이 빛을 움직이는도다)'라고 새긴 것이나, '一揮掃盪 血染山河(한번 둘러 후려치니 산과 물이 피에 물들도다)' 하는 것이나 다 이때에 만든 것이다.

그러나 원균은 군관 이외에게 큰 칼을 차기를 금하여 순신이 만든 칼은 한산도 군기고에 자고 있었다.

원균은 그제서야 술이 깨고 정신이 들어서 뱃머리에 나서서 바라보았다. 포구 안이 군사들의 아우성소리요, 총포와 화살 나는 소리였다. 조선 병선 몇 척에는 불이 일어 화광이 하늘을 찌르고 그 불빛에 두 나라 군사들이 어울어져 싸우는 양이 번뜻번뜻 보였다.

어떤 군사는 피를 뿜고 바다에 거꾸로 떨어지고 어떤 군사는 피 흐르는 칼을 들고 뱃머리로 쫓기는 적군을 따라갔다.
"악, 악, 악, 악······."
온 천지는 이 소리로 찼다.
원균은 선실로 뛰어들어가 병부를 집어들고 다시 뛰어나와 작은 배를 불렀다. 그러나 아무도 그 소리에 응하는 이가 없었다.
원균이 바다로 뛰어들려 할 때에 원균의 총희 ─ 어제 밤새도록 희롱하던 ─ 두 계집은 매무시를 풀어헤친 채로 따라나와 원균의 소매와 군복 자락을 붙들고 매달리며,
"사또, 소녀는 어찌하고요?"
하고 울고 부르짖었다.
"놓아!"
원균은 칼을 빼어 들이쳤다. 두 계집은 원균의 칼에 죽었다.
원균은 칼과 군복을 벗어버리고 바다로 뛰어들었다. 바닷물은 허리밖에 차지 아니하였다. 원균의 배에 있던 장졸들은 원균을 따라 바다로 뛰어들었다. 마지막으로 남은 늙은 군사 하나가 원균이 탔던 배에 불을 지르고 뛰어내렸다.
원균이 푹푹 들어가는 개흙판을 엎더지며 자빠지며 기어나왔다. 그의 몸은 온통 흙투성이가 되었다.
육지를 밟는 길로 원균은 달아났다. 비둔한 그는 몸이 무겁고 숨이 차서 다른 군사들과 같이 뛸 수가 없었다.
원균이 서울서 데리고 온 군관들은 원균을 돌아볼 새 없이 다 앞에서 달아나버리고 말았다. 원균을 부축하고 곁을 떠나지 아니한 것은 아까 배에 불을 지르던 늙은 군사 하나뿐이었다.

3

원균이 뒷등에 올라가 고개 마루턱 늙은 소나무 밑에 앉아 가쁜 숨을

쉬고 옷소매로 이마와 목의 땀을 씻을 때에는 벌써 햇발이 올려 쏘았다. 그러나 포구 안에서는 아직도 아우성소리가 울려 오고 총포의 화약 불빛이 번쩍거렸다. 전라 우수사 이억기가 최후까지 남아 싸우는 것이었다.

이때에는 물도 많이 밀려와 배들이 둥실둥실 떠돌았으나 그러나 그때에는 배들은 혹은 싸워 죽고 혹은 달아나서 없는 빈 배였다.

이억기의 부하도 이억기를 따라 끝까지 싸웠다. 그러나 대세는 기울어져서 이억기의 배까지도 적선의 포위를 받아 장졸이 거의 다 싸워 죽고 말았다.

그래도 이억기만은 칼을 빼어들고 뱃머리에서 혼자 싸웠으나 마침내 적의 조총에 맞아 바다에 떨어지고 말았다. 이때에 적군의 일대는 벌써 원균이 탔던 배를 점령하여 수색한 결과 원균이 없는 것을 보고 곧 하륙하여 원균을 따랐다.

고개 소나무 밑에서 십수 명 부하를 데리고 쉬던 원균은 고개 밑에 적군이 다다른 것을 보았다. 그의 곁에 있던 부하들(서울서 온 군관들)은,

"사또, 어서 달아납시다."

하고 먼저 달아나버렸다.

원균도 일어나 그 뒤를 따르려 하였으나 다리가 말을 듣지 아니하였다. 늙은 군사 하나만이 아까 배에서 나올 때 모양으로 원균을 부축하였을 뿐이었다.

"나를 좀 업어라!"

하고 원균은 늙은 군사에게 빌었다.

늙은 군사는 활과 전통을 원균에게 들리고 원균을 업었다. 그러나 그 비둔한 몸을 업고는 얼마를 달아날 수가 없었다. 적군은 점점 가까이 왔다.

늙은 군사는,

"소인이 늙어서 기운이 없소."

하고 원균을 길가에 내려놓으려 하나 원균은 아니 내리겠다고 어서 가자 졸랐다.
　늙은 군사는 보채는 어린아이 뿌리치듯 원균을 떼어놓고,
　"사또, 보시오. 적이 벌써 저기 보이오. 달아나더라도 죽기는 일반이니 여기서 한 번 사내답게 싸우다가 죽읍시다."
하고 마치 수하 사람을 타이르듯이 개유하였다. 그리고 늙은 군사는 원균에게 군복을 입히고(원균이 벗어놓고 달아난 것을 늙은 군사가 주워서 허리에 차고 왔던 것이다) 원균의 손에서 활과 전통을 빼앗아 적군과 응전할 준비를 하였다.
　"사또, 이왕 죽더라도 체면은 보셔야 하오."
하고 원균의 옷깃을 바로잡고 전립 패영을 단단히 메어 주었다.
　원균은 마치 얼빠진 사람 모양으로 눈만 멀뚱멀뚱하고 늙은 군사가 하라는 대로 하고 있었다.
　"인제 칼을 빼어 드시오."
　늙은 군사가 최후의 명령을 원균에게 하고는 전통에서 살을 빼어 활에 메워들고 나무 뒤로 몸을 숨겼다. '아!' 하는 소리가 들리고 적병이 활 한 바탕 밖에 다다른 것을 볼 때에 늙은 군사의 탕 하는 소리와 함께 살은 푸르륵 소리를 내고 날았다. 앞선 군병 하나가 가슴에 손을 대고 쓰러졌다.
　늙은 군사는 또 살을 메워 쏘았다. 나무 뒤에 숨어서 내려다보고 겨누고 쏘는 살은 한 방도 헛맞히지 아니하였다. 연하여 4,5명이 쓰러지자 적은 잠깐 주저하더니, 군사를 헤치어 산병선을 펴 가지고 올라왔다.
　늙은 군사는 마지막 화살을 시위에 대며 원균을 돌아보고,
　"사또, 인제는 화살도 다하였소. 이것도 전등 통제사 대감께 배운 재주요. 인제는 사또가 칼로 싸워 한 놈이라도 베시오."
하고 마지막 살을 날리고 활을 분질러버렸다.

4

 활을 분지른 늙은 군사는 돌멩이를 들어 팔매치기를 시작하였다.
 따라오던 적병들은 조선 군사의 그림자는 없고 늙은 군사 하나가 태연히 서서 돌을 던지고 있는 것을 보고 더구나 분명히 화살은 날아와서 사람을 7,8명이나 죽였는데 혼자 선 늙은 군사가 활을 아니 가진 것을 보고, 멈칫 서서 따라오지를 아니하였다. 혹시나 이곳에 대부대의 복병이나 있는 것이 아닌가 의심하는 모양이었다.
 늙은 군사는 연해 돌팔매질을 하였다. 이 돌팔매가 무서운 것은 아니겠지마는 적군은 웬일인지 오던 길로 물러가고 말았다.
 늙은 군사는 고개턱까지 따라가며 돌을 던졌으나 적군은 그것을 본체도 아니하고 다 종적을 감추어버리고 말았다.
 늙은 군사가 원균이 섰던 자리로 돌아왔을 때에는 원균은 간 곳이 없었다. 거기 남은 것은 군복과 전립과 칼과 병부뿐이었다. 원균은 늙은 군사가 돌팔매질을 하여 적을 막는 동안에 군복을 벗어버리고 달아난 것이다.
 아무도 원균이 간 곳을 아는 이가 없다. 물에 빠져 죽었으리라 하고, 혹은 거지 모양으로 집에 돌아와 뒷방에 숨었다가 칠천도 싸움에 놀란 것이 병이 되어 죽었다고도 한다. 그러나 이 늙은 군사는 원균의 옷과 병부를 싸가지고 고성에 와 있던 도원수 권율에게 가서 이날 전황을 말하고 원균은 끝까지 싸우다 죽었다고 고하였다.
 이날, 맨처음 배를 버리고 달아난 군사들은 일본군의 복병을 만나 거의 다 전멸하고 말았다.
 소서행장은 요시라를 시켜, 전에 이순신을 꾀어내려고 하던 것과 같은 솜씨로 경상 우병사 김응서를 달래어 원균을 부산 앞바다로 끌어내어 일변 군사를 피곤케 하고 소성과 군사들에게 대한 원균의 위신을 떨어뜨리게 하고, 일변 조선 주사의 실력(병선), 수효, 전술 등을 알아본 뒤에 일거에 수륙 협공으로 원균의 주사를 무찌르려 하여 모두 그 계교대로 된 것이다.

　칠천도에서 승전한 일본 수군은 임진년 이순신의 주사에게 패한 원수를 갚은 것을 기뻐하여 만만세를 불렀다. 이때 칠천도에서 원균의 주사를 전멸시킨 일본 장수들은 다 한두 번씩 이순신에게 패함을 당한 등당고호, 협판안치, 도진충항(島津忠恒) 등이었다.

　칠천도에서 조선의 수군을 전멸한 일본군은 다시 꺼릴 것이 없었다. 그들은 수로로, 육로로 평생에 탐내던 전라도로 물밀듯 질풍같이 몰려들었다. 가등청정은 서생포를 떠나 육지로 전라도 남원으로 향하고, 소서행장은 수로로 순천에 하륙하여 역시 남원을 향하였다. 그때 남원에는 명나라 총병 양원의 본진이 있던 까닭이었다.

　이때에 고성에 있던 도원수 권율은 늙은 군사로부터 칠천도 대패전의 전말을 듣고, 대사가 다 그릇되었다 하여 사천을 지나 진주로 들어갔으나 청정의 대병이 온다는 말을 듣고 진주도 버리고 초계도 버리고 도내 산성으로 달아나버리고 말았고, 체찰사 이원익도 칠천도 패보를 듣고는 산성에 들어가 숨어버렸다. 오직 의병장 곽재우만이 창령 화왕산성을 죽기로써 지켰으나 마침내 일본군은 그 앞으로 지나가고 말았다.

5

　체찰사 이원익, 도원수 권율이 다 산성으로 들어가 숨고 오직 의병장 곽재우가 창령 화왕산성을 지켰으나 너무 궁벽하여 적병에게 함락은 아니 되었지마는 적병을 막지는 못하고 그들을 통과시켰다.

　이때에 가등청정은 대구를 지나 질풍같이 전라도의 남원을 향하여 몰아왔다. 그 길에 경상, 전라 두 도의 접경인 요해지가 안음현의 황석산성이었다.

　안음 현감 곽준(郭䞭)은 전 함양 군수 조종도(趙宗道)와 함께 죽기로써 황석산성을 지키기로 결심하고 군사와 가족을 모두 황석산성으로 옮기었다. 옮기는 날에 곽준과 조종도는 군사들과 따르는 백성들에게 향하여 죽기로써 지키기를 맹세하고 군사들과 백성들도 그리하였다.

조종도는,

"나는 도망하는 놈들과 함께 더럽게 죽지 아니하련다. 나는 나라를 위해서 싸워 죽으련다."

하고 피난하기를 권하는 친구들을 향하여 말하였고 가족을 데리고 곽준을 따라 황석산성으로 들어오는 날, '崆峒山外生猶喜. 巡遠城中死亦榮.' 이라는 글을 지었다.

이때에 전 김해 부사 백사림(白士林)이 위쪽으로 도망을 하는 길에 황석산성에 들른 것을 곽준과 조종도는 그의 벼슬이 높은 것과 또 무관인 것을 생각하고 만류하여 주장을 삼았다.

군사들도 일개 현감인 곽준보다는 부사 백사림을 더욱 존경하고 믿었다.

마침내 8월 초승에 적군이 황석산성을 포위하였다. 그러나 대장인 백사림은 어느 틈에 도망하였는지 없어지고 말았다. 백사림이 달아났단 말을 듣고 군사들은 거의 다 흩어져서 하루가 다 못하여 황석산성은 함락을 당하고 말았다. 곽준은 적의 항복 권고를 물리치고 끝까지 싸워 그 아들 형제 이상(履祥), 이후(履厚)와 함께 적의 칼에 죽고 곽준의 사위 유문호(柳文虎)는 적에게 사로잡혀 가고, 문호의 아내인 준의 딸은, '아버지가 죽어도 내가 죽지 아니한 것은 남편이 있기 때문이어니와 남편마저 잡히니 내 어찌 살랴' 하고 붙드는 시비에게 말하고 목을 매어 죽고, 조종도도 그가 산성에 들어갈 때에 '巡遠城中死亦榮'이라고 한 것같이, 장순(張巡), 허원(許遠)의 본을 받아 성중에서 싸워 죽었다.

이때에 남원에서 명장 양원이 성을 높이 쌓고 성 둘레에 늪을 파고 성 위에 대포와 소포를 걸고 요동군 3천 명과 조선군 2천을 거느리고 지키고 있었고 전주에는 명장 진우충(陳愚衷)이 있었다. 이 때문에 일본군은 남원의 명군을 깨뜨려 일거에 전라도를 손에 넣으려 한 것이다.

일본군은 8월 1일에 병을 발하여 세 길로 남원을 향하였으니, 일대는 평수가(平秀家=宇喜多秀家)가 대장이요, 소서행장이 선봉이 되어 군사 5만을 거느리고 경상도로부터 운봉을 지나 남원으로 향하였고, 일대는 모리휘원(毛利輝元)이 대장이 되고 가등청정이 선봉이 되어 군사 5만을 거느리고 경주를 떠나 밀양, 대구를 지나 전의관을 거쳐 남원으로 향하였다. 또 일대는 소조천수추(小早川秀秋)가 군사 8천을 거느리고 밀양, 현풍을 지나 충청도로 향하여 구원군이 올 길을 끊으려 하였다.

　8월 13일에 일본군 선봉대가 남원성 밑에 도착하였다.

남원 함락

1

일본군 선봉대가 온 것을 보고 양원과 그 부하 명병들은 모두 무서운 생각이 났다. 그들은 남원에 들어온 후에도 전라도 각지에서 소와 돼지를 가져다가 날마다 배껏 먹고 취하고 또 양가 여자들을 붙들어다가 진중에 두고 희롱하였다. 아무리 미미한 졸병이라도 조선 여자를 한둘씩 희롱하지 아니한 자는 없었다. 남원 부내의 조선 백성들은 다 그 처가족을 산으로 피난 보내고 늙은 부녀들만 남아 있었다. 술취한 명병은 주야를 불문하고 문을 차고 민가에 들어와서는 손으로 음란한 시늉을 하면서 여자를 내어놓으라고 주인을 때렸다. 어린아이, 젊은 남자까지도 옷을 벗기고 음란한 짓을 하였다. 그래도 백성들은 감히 반항을 못하였다.

이렇게 행악을 하고 향락에만 빠졌던 명병들은 일본군이 온다는 말을 듣고 다들 겁을 집어먹었다.

남원 성중에 있는 조선 장수로는 전라병사 이복남(李福男), 조방장 김경로(金敬老), 광양 현감 이춘원(李春元) 등이 있었다. 병사 이복남이 양원의 부름을 받고도 오기를 싫어하다가 하도 여러 번 부르자 부득이 수백의 군사를 끌고 왔다.

이복남이 오기를 싫어한 것은 싸움을 무서워함보다도 명병을 싫어한 까닭이었다. 임진 이래로 전라도 백성들은 조정에 있는 대관들과 명병에 대하여 심각하게 불신임하는 감정을 가졌었다. 거기는 여러 가지 이유가 있었다.

첫째는 순변사 이일 같은 자격 없는 장수에게 군사를 주어 상주의 대패를 하여 첫번 큰 수치를 주었다는 것, 둘째는 서울을 지키지 아니하고 조정이 의주로 달아났다는 것, 셋째는 조정에 있는 대관이란 작자들이 모두 당파 싸움만 하고 하나도 사람 같은 것이 없었다는 것, 넷째는 행주 싸움에 이긴 것이 전라도 군사연마는 논공 행상할 때에는 뒷줄에 숨어서 목숨을 아끼던 경관에게만 후하고, 승장 처영 이하로 시골 장졸에게는 박하였을 뿐 아니라 거의 무시하였다는 것, 마지막으로 국가의 간성이요, 전라도의 부모라고 할 만한 이순신을 무함하였다는 것 등이었다. 이것으로 전라도 백성의 조정 대관들에게 대한 원망을 샀다.

이 원망은 마침내 충청, 전라 양도의 혁명운동으로 화하여 폭발하였다. 이제 그 대강을 들면 이러하다.

갑오년에 홍산 사람 송유진(宋儒眞)이, '王惡不悛. 朋黨不解. 賦役煩重. 生民不安. 鷹揚牧野. 雖有愧於夷齊. 吊民伐罪. 實有光於湯武.'라는 격문을 돌려 혁명당을 모의하였다. 그들의 뜻은 '왕이 악함을 고치지 아니하고, 집권계급이 당파 싸움만 하여 백성만 못살게 부려먹고, 관리들이 비록 백이숙제의 뜻에 부끄럽다 하더라도 탕과 무왕 모양으로 이 악한 왕과 그 밑에 있는 대관놈들을 응징하자' 하는 것이었다.

그러나 이 운동은 실패하여 수령 송유진과 그 동지 오윤종(吳允宗), 김천수(金千壽), 이춘복(李春福), 김언상(金彦祥), 송만복(宋萬福), 이추(李秋), 김영(金永)은 다 잡혀서 목을 잘리고, 나중에 전주로 잡혀간 이산겸(李山謙)도 사형을 당하고, 송유진의 심복이요 동지로 있다가 관에 밀고한 홍우(洪瑀) 홍각(洪慤) 두 사람은 당상에 올랐다.

같은 해에 남원에는 김희(金希), 고파(高波) 등이 동지를 모아 난을 일으켰다. 도원수 권율이 그때 전라병사로 있던 김응서로 하여금 치게 하였으나 혁명군에게 참패를 당하고, 다음에 상주 목사 정기룡(鄭起龍)으로 하여금 고파의 군사를 치게 하였으나 도리어 관군이 혁명군에 가담하여 또 참패를 당하였다. 이리하여 남원, 운봉을 중심으로 한 7,8읍은 전혀 혁명군 손에 들어갔다.

2

 그 밖에도 이몽학(李夢鶴)의 난이 있어서 크게 떠들었으나 그것은 충청도에서 일어난 일이었다.
 이 모양으로 중앙정부에 대하여 민심이 이반하는 중에도 전라도는 우심하였다.
 또 명병에 대해서 당시 명병을 친히 겪은 지방에서는 다 지긋지긋하게 생각하였다. 명병이라면 소졸까지도 오만무례하고 행악이 막심하여 적군이나 다름이 없는 데다가 일본과 싸워서 이겨 본 것은 평양 싸움 하나뿐이요, 평양 싸움에서도 앞장을 서서 큰 공을 이룬 것은 조선 군사였다. 이여송은 벽제관 한 싸움에 꽁무니를 빼어 달아났고, 유정 같은 자는 싸움은커녕 도리어 적에게 매수되어서 이순신의 행동을 방해나 놓을 뿐이었다. 그렇거늘 조정에서는 적군이 거의 다 물러간 때에는 주둥이로 주전론을 주장하여 이순신의 싸우지 아니함을 공격하던 무리가 한 번 일본군이 다시 건너오자 한 놈도 몸소 나아가 싸울 용기가 없고 오직 제 모가지와 처첩의 무리를 안보하기에만 급급하여 명나라에 애걸하여 또 청병을 하여 온 것이다.
 "일본과 싸우기 전에 먼저 조정에 앉은 간특한 놈을 죽여버려야 한다!"
하고 외친 것은 이몽학뿐 아니라 모든 혁명군의 표어였고 전국 백성의 소리였다.
 남원과 전주에 명병이 와서 백성들은 지긋지긋이만 생각하고 응하는 빛이 없음이 이 때문이었다.
 8월 14일에는 일본군이 삼면으로 남원성을 에워싸고 성하에 이르러 싸우기를 청하였다.
 명 총병 양원은 남문 밖에 있는 민가를 온통 불살라버렸다. 그것은 성밖에 나아가 적군을 맞아 싸울 용기는 없고 오직 적군이 숨어서 싸울 자리를 없이 하기 위함이니 겁 많은 장수가 잘하는 방법이었다. 싸움도 못 이기고 백성들의 집만 살라버린다고 백성들은 울고 원망하였다.

15일 밤에 적군은 풀을 베어 단을 만들어 성밖에 파 놓은 해재를 메웠다. 적군이 밤새도록 이 큰 역사를 하는 것을 모르고 명병은 중추라 하여 술과 떡을 먹고 질탕하게 놀았다.

이튿날 새벽에 적군은 사면으로부터 성으로 기어올랐다.

이에 놀란 명 총병 양원 이하 장졸은 성중에 있던 재물을 약탈하여 몸에 지니고 말을 타고 북문으로 달아나려 하였다.

"어디를 가오?"

북문을 지키던 조방장 김경로가 양원의 말을 붙들고 눈을 흘겼다.

"싸우지 아니하고 어디를 가오? 대인은 황상의 명을 받아 가지고 이 남원에 싸우러 오지 아니하고 놀러 왔었소? 양가 여자를 함부로 희롱하고 민가의 재물을 모두 약탈해 가지고 어디를 간단 말이오? 이 문은 열 수 없소."

하고 딱 버티었다. 김경로의 손에는 칼이 들려 있었다.

양원은 처음에는 무례하다 하여 위협하려 하였으나 조선 군사의 형세가 자못 불온한 것을 보고,

"전주로 가서 청병해 온다!"

하고 김경로에게 문 열기를 간청하였다.

"안 되오. 남원성에서 같이 죽읍시다."

김경로는 듣지 아니하였다.

마침내 양원은 전라병사 이복남에게 문 열기를 명하였다.

이복남은 김경로가 명장에게 거역하는 것을 보고 죄가 자기에게 올까 두려워하여 김경로에게 문 열기를 명하였다.

경로는 대장의 명을 어길 수 없어 문을 열었다. 양원 이하로 명병들은 앞을 다투어 북문으로 내달았다.

3

 양원 이하로 명병이 북문으로 다 나간 뒤에 전라병사 이복남도 따라 나가려 하였다.
 김경로는 칼을 들어 복남의 탄 말의 목을 베고,
 "오랑캐놈들은 다 달아났거든 조선의 국록을 먹는 병사가 어디를 간단 말이오? 이 성에서 싸워 죽읍시다."
하였다.
 광양 현감 이춘원도 복남의 뒤를 따라 도망하려다가 경로가 복남의 탄 말을 베는 것을 보고 피하지 못할 줄을 알고 부하 군사를 독려하여 싸우기로 결심하였다.
 김경로는 북문을 닫아 걸고 병사를 앞세우고 싸우기를 재촉하였다. 병사는 경로가 무서워 조선 군사들에게 싸우기를 명하였다. 군사들은 소원을 이룬 듯이 소리를 지르고 남문을 향하여 돌격하였다.
 이때 벌써 성중에는 불이 일어 연기와 불기둥이 사방에서 올랐다.
 조방장 김경로는 칼을 두르며 군사를 독려하여 싸웠으나 불과 수천의 군사로 도저히 4,5만의 적병을 저항할 수가 없었다. 그래서 마침내 전군이 전멸을 당하고 경로와 병사 이복남과 광양 현감 이춘원은 다 용감하게 싸워 죽었다. 이날 싸움에 조선 군사로서 살아 남은 것은 오직 김효의(金孝義)라는 사람 하나뿐이었다. 그는 물 있는 논에 죽은 사람 모양으로 가만히 자빠져 있다가 적군이 없는 사람 틈을 타서 일어나 전주로 달아나 이날 싸움의 결과를 자세히 말하였다.
 북문으로 빠져 달아난 명장 양원은 겨우 가정 몇 명을 데리고 전주로 도망하여서 말하기를 일본군과 격전하여 군사를 다 잃고 왔노라고 싸움한 수고를 자랑하였으나 김효의가 살아오기 때문에 양원의 거짓말이 탄로가 되었다. 사실인즉 양원이 삼천 병마를 거느리고 북문을 나서자 일본군은 미리 이러할 줄을 알고 복병하고 있다가 명병을 엄습하였다. 명병이 일본군의 긴 칼에 겁을 내어 칼을 피하느라고 두손으로 머리를 가리우고 고개를 숙이면 일본군의 칼은 바로 그 내민 목에 떨어져서 마치 파리 머리를 자르는 것 같았다. 이 모양으로 명병 삼천은 한 번 싸워 보지도 못하고 다 죽었다. 어떤 군사는 몸에 지녔던 보물(민가에서 약탈한 것)을 내어 무릎을 꿇고 두 손으로 일본 군사에게 받들어 드리고 '살려줍소사'고 빌었다. 총병 양원도 말에서 내려 찼던 칼과 부절(符節)과 몸에 지녔던 은 금을 넣은 전대를 끌러 두 손으로 받들고,
"나는 양 총병, 나는 양 총병."
하고 살려 주기를 빌었다.

일본 군사 중의 장수되는 사람 하나가,
"그놈은 대장이니 살려 보내라. 살려 보내어서 일본 군사가 어떻게 무서운지 명나라에 알리게 하여라."
하고 발길로 등덜미를 차서 쫓아버렸다.

이렇게 간신히 목숨을 보전해 달아난 양원은 전주성에 들어서면서 진우충이란 명장을 만나서는 싸우고 왔노라고 거짓말을 한 것이다.

그러나 김효의의 공술도 있고 또 양원의 부하 중에 살아 남은 군사 몇 사람도 양원이 얼마나 비겁하게 칼과 부절을 일본 장수에게 바치고 살려 주기를 빈 것을 발설하여 양원은 북경에서 사형을 당하고 그 모가지는 조선으로 돌려보내어 각지에 돌리게 하였다. 양원이 조선 백성에게 명나라의 위신을 잃게 하였다는 까닭으로였다.

남원이 함락되자 일본 군사는 무인지경같이 동복, 광주, 나주, 능주, 영암, 해남, 광양, 순천, 보성, 장흥은 물론이요, 익산, 김제, 김구, 고부, 정읍까지도 수일 안에 점령해버리고, 전라도에서 남은 것은 여수, 홍양, 완도, 진도, 무안, 장성, 무장, 고창 등 몇 고을뿐이나 이것도 다른 일만 아니 생겼다 하면 며칠 안에 다 점령되었을 것이다.

벽 파 정

1

전라도뿐 아니라 충청도로 직산까지 적의 선봉대가 올라가고 진천, 천안, 전의, 공주, 부여, 용안, 서천까지 점령되어 임진년에도 점령 아니 되었던 지방까지 다 점령되고 말았다.

원래 임진년에 일본군이 충청도의 바다에 면한 부분과 전라 좌수도를 손에 넣지 못한 것은 이순신의 수군을 두려워한 까닭이었다.

그런데 이제는 이순신이 없고 또 조선의 수군이 전멸하였으니 일본군으로는 도무지 거칠 것도 꺼릴 것도 없었다. 한산도를 점령한 일본 수군이 전라도의 바다로 들기만 하면 한성 이서로 의주까지 한 달이 못하여 점령할 형세였다. 비록 명나라 군사가 있다고 하나 그 정예라고 할 만한 양원의 요동군이 남원에서 참패를 하였으니 그것은 일본군에게는 도무지 무서울 것이 없었다.

한산도와 전라도를 손에 넣은 일본군은 수군의 힘을 모아 전라도 바다를 통과하는 것이었다. 그러나 전라도 바다는 아직 일본 수군이 들어가 본 경험이 없기 때문에 수로를 잘 모르고 또 전라도의 좌수영과 우수영에 얼마 가량의 병력이 있고 방어준비가 있는지도 잘 몰랐다. 이순신은 반드시 용의주도하게 무슨 준비를 하여 두었으리라고 일본군이 생각하지 아니할 수 없었던 것이다. 그 사정만 분명히 알면, 일본 수군은 파죽의 세로 전라도 바다를 지나 경강과 황평 양서를 석권할 것이다. 사실상 그러한 경륜을 가지고 있었다.

칠천도 대패전의 경보가 조정에 올라온 것은 싸움이 있은 지 닷새 뒤인 7월 21일이었다.

때마침 왕은 종묘를 수리하고 평시보다 늦게 천신하는 예식을 행할 때이었다.

왕은 친히 이 놀라운 경보를 받고는 실색하여 손에 들었던 술잔을 떨어뜨렸다. 좌우 제신들도 모두 낯이 흙빛이 되었다.

이순신이 통제사로 있는 동안 수군이란 것을 그리 중요하게 보지 아니하였으나 그 수군이 전멸하였다는 말을 들을 때에는 왕이나 모든 대관들의 생각에는 직각적으로 일본 병선이 경강으로 들이닫는 모양이 보였다. 그들은 전신에 소름이 끼치는 것을 깨달았다.

비록 그 무리들에게(다라고는 못 하겠지마는) 국가나 인민을 생각하는 근심은 바라지 못하겠지마는 가장 그 무리의 가슴을 찌르는 것은 자기네의 영화와 사랑하는 가족의 일이었다. 그들의 머리에 '또 피난을 가야 하겠구나' 하는 생각이 약속한 듯이 일제히 돌았다.

왕은 환궁하는 길로 비변사 제신을 불러 대책을 물었다. 그들은 다 이순신을 탄핵하고 원균을 거천하던 무리들일뿐더러 무슨 대책이 있을 리가 없다. 그들의 능사는 오직 저는 꼼짝 아니하고 가만히 있다가 남이 무슨 일을 할 때에 주둥이를 놀려 탄핵을 하는 것이었기 때문에 왕의 물음을 받은 대관들은 잠잠하였다. 오직 벌벌 떨 뿐이었다. 왕이 성낼 것이 무서워서, 일본군이 다시 서울을 점령할 것이 무서워서.

"또 대가가 평양으로 가시는 수밖에 없을까 하오."

하고 어떤 원로가 피난하기를 청하였다.

"상국에 시급히 구원을 청하는 수밖에 없을까 하오."

하고 또 한 대신이 아뢰었다. 모두 그들이 할 수 있는 유일한 생각이었다.

이런 말을 먼저 내는 것도 그 무리 중에서 가장 용기 있는 자였다. 다른 무리들은 속으로 생각은 할지언정 저는 말할 용기가 없고 남이 말해주기를 바랄 뿐이었다. 그럴뿐더러 남이 먼저 말을 하더라도 솔선해서 찬성할 용기들도 없었다.

2

아무리 오래 앉았더라도 '피난'과 '청병' 이외에 다른 계책이 나오지를 아니하였다.
"싸우자던 사람들은 다 어찌 되었나?"
하고 황망한 중에도 왕은 한 번 풍자하는 말을 하였다.
병조판서 이항복은 직책상 가장 구체적인 진언을 하지 않을 수 없었다.
"방금지계로 보옵건댄 이순신으로 다시 통제사를 삼는 수밖에 없는가 하오."
하고 이항복은 구체적 대답을 아뢰었다.
경림군(慶林君) 김명원이 뒤를 이어,
"병조판서의 말이 옳은가 하오. 다시 이순신으로 통제사를 삼는 길밖에 없는가 하오."
하고 이항복의 말에 찬성하는 뜻을 표하였다.
아무도 감히 여기 반대하는 자는 없었다. 속으로 다 찬성이었으나 그렇다고 미운 동인편인 이순신을 찬성하는 말도 하기 싫었다. 그 무리들은 잠잠하였다.
이렇게해서 이순신은 다시 충청, 전라, 경상 삼도 수군통제사가 되었다.
이보다 먼저 이순신은 초계에서 김장할 무밭(죄인으로) 직무를 갈고 배추씨를 뿌리고 채마에 새와 개를 보고 있을 때에 칠천도 대패전의 소식을 이틀 후인 18일에 들었다. 새벽에 채마를 돌아보러 나가려 할 때 이덕필(李德弼), 변홍달(卞弘達) 두 사람이 한산도로부터 와서 순신에게 칠천노 패선하던 이야기며 원균이 달아난 이야기며, 경상 우수사 배설만이 한산도로 돌아와서 그곳에 있는 군량과 군기와 가옥을 다 불살라버리고 서쪽으로 달아난 것이며, 전라 우수사 이억기, 충청 수사 최호(崔湖) 등 순신이 평소에 신임하던 장수들이 죽은 것을 전하였다.
　순신은 이 소식을 듣고 통곡하였다.
　이윽고 도원수 권율이 고성으로부터 돌아와서 순신을 불러 보고,
　"일이 이렇게 되었으니 어찌하오? 모두 내 불찰이오."
하고 심히 슬퍼하였다. 그가 자기의 불찰이란 것이 자기가 김응서의 말을 믿고 순신을 죄가 되게 하였다는 뜻이다. 권율은 순신에게 대하여 면목없는 표정으로,
　"이 일을 어찌하면 좋소?"
하고 순신의 의견을 물었다. 순신은,
　"그러면 소인이 연해 지방을 한 번 돌아보고 계책을 정하려오."
하고 선선하게 대답하였다. 권 원수는,
　"그러시면 작히나 좋겠소. 도무지 내가 대감을 대할 낯이 없소."
하였다. 원수는 처음으로 순신을 대감이라고 불렀다.
　순신은 송대립(宋大立), 유황(柳滉), 윤선각(尹先覺), 방응원(方應元), 현응진(玄應辰), 임엽립(林葉立), 이원룡(李元龍), 이희남(李喜男), 홍우공(洪禹功) 등 아홉 사람을 데리고 우선 삼가(三嘉)로 향하였다. 이 아홉 사람은 원수 밑에 있던 군관으로서 원수가 순신의 막하로 준 사람들이다.
　순신은 단성, 진주를 지나 7월 21일에 곤양에 들러 오후에 노량에 다다랐다. 그곳에는 한산도에서 순신의 부하로 있던 거제 현령 안위(安衛), 영등포 첨사 조계종(趙繼宗) 등 십여 명이 한산도로부터 와서 머물러 있다가 순신을 보고 통곡하고, 거제, 고성 방면으로부터 피난해 오던 백성들도 순신을 보고는 일변 반갑고, 일변 감개무량하여 통곡하였다.
　경상수사 배설은 순신을 피하여 보지 아니하고 우후 이의득(李義得)이 와 보고 칠천도 싸움에 관한 보고를 하였다. 이의득은 칠천도 패전의 원인은 통제사 원균이 먼저 도망한 까닭이라고 눈물을 흘리며 말하였다.

이날 밤에 순신은 거제 배 위에서 안위와 밤을 새워 이야기하였다. 그 이야기는 적군의 형세와 원균의 패전한 이유에 관한 것이다.

순신은 비분한 생각에 한잠을 못 이루고 그 때문에 안질이 났다.

3

이튿날 수사 배설이 순신을 찾아왔다. 그 역시 원균이 패전한 까닭을 말하였다.

순신이 정성에 이르러 군사를 점검할 때 도원수가 보낸 군사는 빈활을 메었을 뿐이요, 화살도 없고 말도 없었다. 순신은 이날 일기에 '可嘆可嘆(가탄가탄)'이라고 썼다.

8월 초삼일 아침에 선전관 양호(梁護)가 이순신으로 삼도 통제사를 삼는다는 교유서를 가지고 왔다. 그 교서는 이러하였다.

〈王若曰. 嗚呼. 國家之所倚以爲保障者. 惟在於舟師. 而天未悔禍. 凶鋒再熾. 遂使三道大軍盡於一戰之下. 此後. 沿海城邑. 誰復屛蔽. 而閑山已失. 賊何所憚. 燒眉之急. 近於潮夕. 目下之策. 惟當召聚散亡. 收合船艦. 急據要害之處. 儼然作一大營則. 流逋之衆. 知有所歸. 方張之賊. 亦庶幾乎式遏. 而膺是責者. 非有威惠智幹素見服於內外則. 曷能勝斯任哉. 惟卿. 聲名早著於超授閫寄之日. 功業再振於壬辰大捷之後. 邊上軍情. 恃爲長城之固. 而頃者. 遞卿之職. 俾從戴罪之律者. 亦出於人謀不藏. 而致今日敗衄之辱也. 尙何言哉. 尙何言哉. 今特起卿于墨衰. 拔卿于白衣. 授以兼忠淸全羅慶尙等. 三道水軍統制使. 卿於至之日. 先行招撫. 搜訪流散. 團作海營. 進扼形勢. 使軍聲一振則. 已散之民心. 可以復安. 以賊亦聞我有備. 不敢再肆猖獗. 卿其勗之哉. 水使以下並節制之. 其有臨機失律者. 一以軍法斷之. 若卿殉國忘身. 相機進退. 在於己試之能. 余曷敢多誥. 於戱. 陸抗再鎭河上. 克盡制置之道. 王遜出自罪籍. 能成掃盪之功. 益堅忠義之心. 庶副求濟之望. 故玆敎示. 想宜知悉.〉

(왕이 가라사대, 슬프다! 국가 의지로 믿는 것이 수군뿐이어늘 하늘이 아직도 재화를 부족다 하시와 적병이 다시 날뛰어 드디어 삼도 대군

이 한 싸움에 다하였으니 이 앞으로 바닷가 성읍을 뉘 있어 보호하며 한산도를 이미 잃었으니 적이 무엇을 꺼리리오. 위급한 일이 조석에 달렸도다.

지금에 할 일은 흩어진 군사와 배를 모으고 급히 요해처를 정하여 큰 수군영을 지음에 있을 뿐이니 그리하면 도망한 무리도 돌아올 곳을 알 것이요, 날뛰는 적도 혹시 막을 수도 있으리로다.

이 책임을 맡을 만한 이는 위엄과 은혜와 재간이 전부터 내외에 신망을 받는 이가 아니고 어찌 감당하리오. 그런데 경은 전번 뛰어 대장을 삼을 때에 벌써 명성이 드러났고 또 임진년 대승전에 공업이 다시 떨치어 변방 군사가 장성과 같이 굳게 믿던 바라. 저지음께 경의 벼슬을 갈아 죄명을 쓰게 한 것은 사람의 생각이 잘못되어 그러함이로다. 그리하여 오늘의 패전의 욕을 당하니 또 무슨 말을 하며, 또 무슨 말을 하랴.

이제 특히 거상 중에 불러내고 백의에서 뽑아내어 겸 충청, 전라, 경상 등 삼도 수군통제사를 제수하노니, 경은 이 교서를 받는 즉시로 일변 있는 군사를 부르고 흩어진 이를 두루 찾아 해군을 조직하고 형승처를 점거하여 군성을 떨치게 하라. 그러하면 흩어진 민심도 다시 안정될 것이요, 적도 우리에게 준비가 있음을 들으면 다시 제 마음대로 창궐하지 못할 것이니, 경아, 힘쓸지어다.

수사 이하로 다 절제하되, 만일 일에 임하여 명을 지키지 아니하는 자 있거든 다 군법으로 처단하라.

경이 나라를 위하여 목숨을 잊고 진하며 퇴함에 시기를 잃지 아니함은 이미 시험한 바라, 내 어찌 감히 여러 부탁을 하리오.

아, 육항은 두 번째 하상을 지켜 잘 제치의 도를 다 하였고, 왕손은 죄적에서 나와 능히 소탕의 공을 이루었으니, 더욱 충의의 마음을 굳건히 하여 나라를 건지려는 내 소망을 맞추게 할지어다. 이런 전차로 이에 교시하노라. 마땅히 알아 할지어다.)

4

 순신은 교서를 받고 나라 일이 급하니 일각을 지체할 수 없다 하여 즉일 발정하여 팥재(豆峙)로 향하였다. 초경에 행보역에 이르러 말을 먹이고 밤비를 맞으면서 다시 행보역을 떠나 팥재에 다다랐을 때에는 훤하게 동이 텄다.

 쌍계동에 다다르니 개천에는 물이 창일하고 뾰죽뾰죽한 돌부리가 많아서 건너기가 대단히 위태하여 물이 찌기를 기다리자는 사람도 있었으나 순신은 건너기를 명하였다. 해가 저물어 구례현에 이르니 계전이 적연하여 무인지경과 같았다. 전에 들었던 북문 밖 주인집을 찾았으나 주인은 산골로 피난하고 빈집 뿐이었다. 손인필(孫仁弼), 손응남(孫應男) 두 사람이 밤에 이른 감을 가지고 찾아왔다.

 초사일에 곡성에 이르니 역시 관군은 달아나고 백성들은 피난하여 관사와 여염이 텅비었다.

 이튿날 옥과 지경에 당도하니 피난하는 백성이 길에 찼다. 아이들을 입고 옷보퉁이를 지고 그 정경이 실로 참혹하였다. 피난민들은 이순신이 온단 말을 듣고 모두 길에 앉아 기다리고 있었다. 순신이 오는 것을 보고 백성들은 일제히 소리를 내어 통곡하였다.

 순신은 말에서 내려 백성들을 향하여 피난을 가면 어디로 가느냐, 어디나 적병 없는 곳이 없으니 다 집에 있어서 일하고, 군사 되기를 원하는 자는 따르라고 하였다. 그 자리에서 장정 30여 명이 군사 되기를 자원하여 순신을 따랐다. 그리고 백성들은 이 통제사가 오셨으니 살았다 하고 다 집으로 돌아갔다.

 순신이 옥과현으로 들어가는 길에 이기남(李奇男) 부자를 만났다. 이기남은 일찍 순신의 신임을 받던 군관으로 원균에게 쫓겨난 사람이었다. 기남의 아버지는 이 통제라는 말을 듣고 길바닥에 엎디어 순신에게 절하였다. 평소 그 아들에게서 순신의 말을 많이 들은 것이다.

 이순신이 읍에 들어왔다는 말을 듣고도 원은 병이라 칭하고 나와 보지를 아니하였다. 순신은 군관을 보내어 현감을 잡아오라 하였다. 그때에야 현감은 이순신이 통제사인 줄을 알고 황망히 순신의 여관으로 와서 뜰에 엎디어 대죄하였다.

초팔일에 순천 지경에 드니 병사 이복남이 달아날 준비를 하므로 부하 사졸이 거의 다 흩어졌다는 말을 들었다. 부유창(富有倉)에 다다르니 병사 이복남이 벌써 영을 내려 불을 질러서 그 많은 군량 마초가 재가 되고 말았다. 순신은 이 광경을 보고 분개함을 마지 아니하였다.

광양 현감 구덕령(具德齡), 나주 판관 원종의(元宗義)가 창저(倉底)에 있다가 순신이 온다는 말을 듣고 비둘기재(鳩峙)로 달아난 것을 순신이 전령하여 부르니 마지못해 왔다. 순신은,

"너희가 국록을 먹는 관원이 되어서 나라에 일이 있으면 몸을 잊고 나서는 것이 도리어든 내가 온다는 말을 듣고 달아나는 것은 무슨 버릇이냐!"

하고 엄책하였다.

구덕령, 원종의는 군법으로 처단될까 두려워 순신의 앞에 엎디어 사죄하고 목숨을 내어놓고 순신을 따르기로 맹세하였다.

순천 부중에 들어가니 인적이 적연하다. 중 혜희(惠熙)가 와서 순신에게 뵈오니, 순신은 혜희에게 의장첩(義將帖)을 주어 중을 모집하여 의병을 조직하라 하였다.

순천 성중에는 관사와 창고, 군기가 여전하였다. 병사가 이것을 처치하지 아니하고 달아난 것이다. 순신은 군기를 내어 부하 각관에게 나눠 주었다. 이리하여 순신이 통제사 교지를 받고 진주 지경을 떠날 때에 겨우 부하라고 아홉 사람밖에 없던 것이 순천에 이르러서 백 명 가량의 무장한 군사를 얻게 된 것이다.

5

8월 9일에 이순신은 순천을 떠나 낙안에 다다랐다. 낙안에서는 순신

이 온다는 말을 듣고 읍에서 5리나 되는 곳에 4,5백 명 백성이 나와 맞았다. 늙은이, 부인네, 아이들까지도 일찍부터 길에 나와서 아직 더운 볕에 땀을 흘리며 우리 영웅 이순신을 한번 보자고 순천쪽을 바라보았다. 이 백성들 생각에는 순신이 통제사로 있는 동안 적병이 전라도를 범치 못하더니 순신이 잠시 통제사를 그만두자 적병이 전라도에 편만하였으니 다시 전라도에서 적병을 물리쳐 줄 영웅은 이순신밖에 없다고 생각한 것이다.

저녁때가 되어 이순신은 검소한 군복에 말을 타고 김응서가 선물로 보낸 큰 칼을 찼다. 순신을 따르는 군사들도 순천 군기고에서 얻은 군복과 군기를 가졌다. 모두 활과 전통을 메고 더러는 칼을 차고 더러는 창을 들었다. 오랫동안 창고에 넣어 두고 돌아보지 아니한 군복의 야청물은 날고 다홍 소맷동에는 얼룩이 보였고 더러는 좀먹은 자리, 쥐가 쏜 자리가 있고 구김살이 여기저기 있었다. 그래도 군사들은 좋은 장수를 만난 것을 기뻐하는 듯이 기운차게 우쭐거리며 걸음을 걸었다.

"통제 대감 오신다!"

하고 군중에서 누가 외지는 소리가 들리사 길가와 나무 그늘에 있었던 백성들은,

"어디, 어디?"

하고 모두 일어서서 앞을 바라보았다.

이순신의 길고 풍성한 수염이 눈에 보일 만한 때에는 백성들 중에는 느껴 우는 소리가 들렸다.

"저런 장한 양반을 그 간신놈들이 무함을 했어."

하고 중얼거리는 갓 쓴 노인도 있었다.

순신은 백성들의 앞에 이르러 말에서 내렸다. 맨처음에 읍하고 섰는 노인의 앞에 서며 순신은,

"어찌들 다 이렇게 나왔소?"

하고 물었다.

"통제 대감께서 오신다니까 아침부터 나와서 기다리오."

하고 그 노인은 잠깐 고개를 들어 순신을 바라보았다.

"군수는 어디 갔소?"

하고 순신은 다시 물었다.

"예……아뢰옵기 황송하오나 본관 사또는 어제 도망하였삽고 병사또께옵선 적병이 임박하였으니 창고를 다 불사르고 백성은 피난하라고 영을 내리시와 어젯밤 본관 사또는 창고와 관사에 불을 지르고 달아났사옵고, 그러다보니 백성들이 누구를 믿고 거접을 하오리까. 그래서 다들 부로 휴유하고 피난을 가려다가 관속이나 부민들은 벌써 도망하옵고 소인네와 같은 가난한 백성들만 어찌할까나 하고 방황하옵던 차에 통제 사또께옵서 이 고을로 행차 계시다 하옵기로 인제는 살아났다 하고, 이렇게 아침부터 나와 행차를 고대하고 있소. 사또께옵서는 아무 죄도 없으신데도 소인의 참소를 받으시와 옥중 고행을 하시옵고 또 대고를 당하시다 하오니 무에라고 여쭐 말씀이 없소."

하고 소매로 눈물을 씻었다.

순신은 노인의 말을 듣고 감개무량하였다. 노인은 손으로 곁에 선 젊은 사람을 불렀다. 그 젊은 사람은 노인의 아들인가 싶었다. 젊은 사람은 노인의 손짓하는 대로 두어 식기나 들 듯한 검은 질그릇 술병과 백지에 싸고 지푸라기로 묶은 봉지를 받들어 순신에게 드렸다.

"이것이 술이오. 사또께 드릴 것이 없어 변변치 못한 술과 안주를 가지고 왔소."

하고 허리를 굽혔다.

6

순신이 노인의 술과 안주를 받는 것을 보고 백성들은 나도나도 하고 술과 안주와 삶은 닭과 산 닭과 마른 문어와 전복과 떡과 신발, 버선, 간장, 이런 물건을 모두 순신에게 바쳤다.

"까닭없이 물건을 받을 수 없소."

하고 순신이 사양하면 그들은 울며 강권하였다. 돈으로 치면 모두 몇푼 어치 안 되는 것이지마는 그것은 백성들이 그들의 영웅을 대접하는 정성이었다.

부득이 순신은 그것을 다 받아 군사들에게 분배하고 난 뒤에,
"나라를 위하여 목숨을 내놓고 싸우기를 원하는 이는 나서라!"
하였다.

백성 중에서 백여 명이 나섰다. 그러나 그중에는 늙은이가 많아서 도저히 싸움에 견딜 수가 없었으므로 순신은 그중에서 장정 삼십여 명을 뽑아내어 순천서 가지고 오던 군복을 입히고 활과 살통을 주었다. 군사로 뽑힌 장정들은 기뻐 뛰나 못 뽑힌 늙은이들은 울며 자기네도 한몫 낄 수 있음을 맹세하고 졸랐다. 순신은,
"집에 남아서 백성들을 안도하게 하시오."
하고 타일렀다.

순신이 낙안 읍내로 들어갔을 때에는 읍내의 관사와 창고는 다 재가 되고 말았었다. 순신이 오는 것을 보고 남아 있던 늙은 관속과 백성들은 모두 눈물을 뿌리며 나와 맞았다.

읍을 떠나 십리쯤 나가자 그곳에도 부로들이 길에 늘어서서 순신이 오기를 기다리고 있었다. 그러다가 순신의 일행이 오자 길을 막고 음식과 의복 등속을 드렸다. 아무리 사양해도 울며 강권하였다.

순신은 여러 날 노독과 정신 감동으로 신기가 불편함을 깨달았다. 순신의 나이는 지금 53세. 게다가 옥중 고초를 당하고 사모하는 어머니가 돌아가고, 심로하고 여러 날 비를 맞으며 걸음을 걷고 밤에는 빈대와 벼룩으로 잠을 못 자고, 또 상중이어서 고기를 아니 먹고 하기 때문에 건강이 매우 쇠약하여서 갑자기 4,5세나 나이를 더 먹은 듯하였다. 더구나 노중에서 백성들이 통곡하고 맞는 양을 볼 때에 당장에서는 눈물이나 슬퍼하는 양을 보이지 아니하였으나 밤에 혼자 있을 때에는 밤이 깊도록 혼자 울고 밖에 나가 하늘을 우러러보고는,

"하늘이여! 이 백성을 건지소서. 내 목숨을 받으시고 이 불쌍한 백

성을 살리소서."
하고 빌었다.

　순신은 원래 귀신을 믿지 아니하였으나 이때부터 하늘에 비는 습관이 생겼다. 그도 그럴 수밖에 없었다. 통제사라고 이름뿐이요, 배 한 척이 있나 군사가 있나, 군기가 있나 군량이 있나, 근거지가 있나, 나라 일이니 힘 및는 데까지 목숨 있는 때까지 해야 된다 할 수밖에 없다는 결심과 의무감으로 나서기는 하였으나 앞길이 창망하지 아니할 수 없었다. 순신의 앞길에는 오직 실패가 있을 뿐이요, 죽음이 있을 뿐이요, 그 뒤를 이어서는 조정의 무함과 욕설과 모욕이 있을 뿐이었다. 이것을 모르는 이순신이 아니었다.

　보성 김안도(金安道)의 집에서 하룻밤을 지내는 동안에는 몸이 불편한 것도 아울러 순신은 밤새도록 고민하고 하늘에 빌었다.

　낙안, 보성, 순천 등지의 수령에게 미리 경거망동하지 말 것을 통제사의 이름으로 명령하였건마는 그들 수령들은 병선도 없고 군사도 군기도 없는 통제사를 두려워하지 아니하고 도리어 벼슬이라면 쓴 것 단 것도 모른다고 비웃었다.

　11일에도 몸은 회복되지 아니하였다. 안도의 집에 물것이 많아서 양산원(梁山沅)의 집으로 옮겼다. 송희립(宋希立), 최대성(崔大晟) 등이 찾아왔다. 그들은 본래 순신의 신임받던 부하 맹장으로서 원균에게 쫓김을 당한 사람들이었다.

　18일에 회령포에 당도하자 수사 배설이 수질이라 칭하고 나와 맞지 아니할 뿐더러 이튿날 교서를 숙배할 때에도 참예하지 아니하므로 순신은 영리를 시켜 배설을 잡아다가 그 오만무례함을 꾸짖고 정강이 사십 도를 때렸다.

7

　순신이 회령포로 온 데는 이유가 있었다.

순신은 순천, 낙안, 보성 등지로 다니며 배를 구하였으나 도저히 싸움에 쓸 만한 배가 없었다. 그래서 고민하던 중에 거제 발포 첨사가 와서 배설이 병선 12척을 끌고 회령포에 와 있는데 도무지 싸울 뜻이 없고 도망할 기회를 기다린다는 말을 전하였다. 이 때문에 순신은 아픈 몸을 끌고 회령포로 내려온 것이다.

배설은 7월 16일의 칠천도 싸움에 원균과 뜻이 맞지 아니하여 제 병선을 끌고 한산도로 도망하여 한산도의 관사와 창고를 불사르고는 바다로 떠다니며 도망할 기회를 찾다가 그믐께 노량진에서 이순신을 만나 죽기로써 노량진을 지키라는 권고를 받았다. 노량진은 경상도 바다에서 전라도 바다로 넘어오는 목으로 군사상 가장 요긴한 곳이었다. 배설은 즉석에서는 그러하기를 승낙하였으나, '大廈將傾. 一木難支.(큰집이 무너지는데 외나무로 버틸 수 있나.)'라고 자칭하고 순신이 다녀간 다음날에 곧 노량진을 떠나 전라도 바다로 들어온 것이다.

그러나 천만 의외로 회령포에서 이순신을 만났다. 순신이 왔다는 소식을 듣고 설은 일변 두렵고 일변 귀찮았다. 첫째로 순신을 만나면 순신은 반드시 노량신을 시키지 아니한 것을 책망할 것 같고, 둘째로는 나아가 싸우기를 명할 것 같았다. 이것은 배설에게는 진정 싫은 일이었다.

배설은 일본 수군이 몇백 척인지를 안다. 일본 수군이 얼마나 위세가 맹렬한 줄을 안다. 그 수군이 금명간에 전라도 바다로 밀어 넘어올 줄을 안다. 이제 열두 척밖에 없는 병선을 가지고 5백 척인지 6백 척인지 모를 적을 대항하자는 것은 곧 싸워 죽자는 말과 마찬가지인 것을 배설은 잘 안다.

이래서 배설은 순신을 보기를 꺼린 것이나 그렇다고 설마 순신이 영리를 보내어 자기를 잡아다가 장형을 칠 줄까지는 몰랐었다. 배설은 매를 맞고 순신에게 불려 청상에 올라가 황송하여 엎디었다.

순신은 좌우를 시켜 배설에게 시사의 군복을 입히게 하고,

"장수는 싸우는 것밖에 일이 없소. 지금 적선이 녹도에 왔다 하니 일

각을 지체할 수 없소. 다행히 열두 병선이 남았으니 곧 나가 적을 막아야 하겠소. 행선 준비를 하오!"
하고 배설에게 명령하였다. 배설은 한참이나 주저하다가,
"소인도 싸울 뜻이 없는 것도 아니오마는 지금 적선은 노량진을 넘어선 것 만해도 4,5백 척이 될 것이오. 한산도 저쪽에 있는 적선을 합하면 천여 척이라 하오. 이제 열두 척 병선을 가지고 이렇게 많은 적군의 수군을 막으려 하는 것은 마치 주먹으로 무너지는 하늘을 버티는 것과 다름이 없는가 하오. 소인의 미련한 생각에는 아직 바다를 버리고 뭍에 올라 육군을 모아 뭍에 오르는 적을 막는 것이 상책이 아닌가 하오. 사또 뜻이 어떠하온지?"
"그것은 조정에서나 할 말이오. 우리는 수군으로 바다를 막으라는 명령을 받은 사람이니 힘 믿는 데까지, 목숨 있는 날까지 바다를 막는 것이 우리 직책이오. 성화같이 행선 준비하오!"
하고 순신은 배설에게 엄명하였다.
배설은 매맞아 아픈 다리를 끌고 마지못하여 배에 올랐다. 순신도 부하를 거느리고 배에 오르고 성화같이 군량과 물을 배에 싣게 한 뒤에 열두 척 병선은 돛을 달고 회령포를 떠났다.

8

회령포를 떠난 것이 8월 20일. 함대를 배나루(梨津)로 옮겼다.
21일 새벽에 순신은 갑자기 곽란을 일으켜 구토 설사를 시작하여 마침내 인사불성이 되었다. 이튿날도 낫지 아니하고 또 이튿날도 낫지 아니하여 병세는 더욱 위중하였다. 그래서 부득이 배에서 내려 민가로 들어가 쉬었다.
24일에 순신은 병을 무릅쓰고 배에 올라 행선령을 내렸다. 칼거리(刀掛地)에 이르러 아침 먹고 걱금섬(古今島)을 지나 어란진에 이르니, 벌써 관리와 백성은 다 달아나고 텅 비었다. 그날 밤을 어란진 앞바다

에서 지냈다.

이튿날인 25일에 어떤 보자기(해녀)가 소를 훔쳐가다가 붙들려서 공초하는 말이 적선이 뒤에 온다고 함으로, 순신은 거짓말을 하여서 군심을 소란시키는 허경자 두 사람을 잡아서 베었다.

그러나 그 이튿날인 26일에는 임준영(任俊英)이라는 군관이 말을 달려와서 적병이 배나루까지 왔다는 말을 고하였다. 이날에 전라 우수사 김억추(金億秋)가 왔다. 김억추는 칠천도에서 전사한 이억기 대신으로 우수사가 된 사람이다.

이튿날인 27일에 경상 수사 배설이 순신을 보고,

"적선 3백여 척이 배나루까지 왔다 하니 어찌하오?"

하고 무서워하는 빛을 보였다.

"싸우지 어떻게 하오?"

하고 순신은 그 빛나는 눈으로 설을 바라보았다.

"열두 척으로 삼백 척을 어떻게 싸우오?"

하고 설의 음성은 떨렸다. 그는 적선과 순신을 다 같이 두려워 함이었다.

"그러면 수사는 어디로 피신한단 말이오?"

하고 순신은 웃었다.

"피신한다는 것은 아니오마는."

하고 설은 물러갔다. 그러나 설은 어찌하면 이 죽을 곳을 빠져나갈 수가 있을까 하여 고집불통하는 순신을 원망하였다.

28일에 과연 적선 8척이 불의에 어란진 앞바다에 나타났다. 열두 척 전선에 탄 아직 싸움 경험 없는 병사들은 모두 겁을 내어서 더러는 배를 육지로 저어다가 붙이고 하륙하려 하고, 경상 수사 배설은 달아나려는 기색을 보였다.

순신은 칼을 빼어 들고 배설에게 적선 추격을 명하고 순신이 몸소 선봉이 되어 적진을 향하여 배를 달렸다. 설은 부득이 순신의 명을 이기지 못하여 뒤를 따르고 제선들도 어찌나 하면서 순신의 배의 뒤를 따랐다.

 순신의 함대가 북을 치고 습격하는 바람에 적선은 기를 꺾이어 뱃머리를 돌려 달아났다. 적선이 달아나는 것을 보고야 부하 제선은 기운을 얻어 앞을 다투어 적선을 따랐다.

 칡머리(葛頭)에 이르러 순신은 쇠를 울려 군사를 거두었다. 군사들은 더 못 따르는 것이 아까운 듯이 뱃머리를 돌려 의기양양하게 어란진으로 돌아왔다.

 순신은 적의 척후가 어란진에 순신의 함대가 있는 것을 보고 갔으므로 반드시 대부대의 적선의 습격이 있을 줄 알고 곧 전함대 열두 척을 노루섬에 옮겼다가 이튿날 진도 벽파진으로 진을 옮겼다.

 벽파진은 진도의 동쪽 끝에 있어 해남을 바라보는 곳이다. 앞에 조그마한 섬이 막아 있어서 그 안에 능히 수십 척의 배를 숨길 수가 있었다.

 벽파진에서 여러 작은 섬 틈바구니로 북으로 20리나 가면 진도와 해남 두 끝이 한강 너비만이나 한 물목을 새에 두고 마주 닿은 울뚝목(鳴梁 또는 鳴洋)이라는 해협이 있고 그 해협을 지나서 오른편 해남쪽으로 오긋하게 들어간 곳이 전라도 우수영이다.

9

 순신이 외로운 열두 척 함대를 끌고 서쪽으로 돌아온 뜻은 이 울뚝목의 지세를 이용하자는 것이었다.

 울뚝목은 난바닷물이 목포 앞바다로 돌고 나는 좁은 문이어서 하루 네 차례 조수가 들고 날 때에는 악악 소리를 지르고 물결이 길이 넘게 턱이 지고 거품이 일고 용솟음을 쳐서 배가 다닐 수가 없게 되는 곳이다. 그 이름을 울뚝목이라고 하는 것은 우는── 골── 목이라는 뜻이니, 그러한 물목을 남방말로 도라고 하는데 도라는 것은 돌(梁)이라는 말이 변한 것으로 한산도 싸움으로 유명한 견내도라는 도도 이 도다. 순신의 생각에는 이 울뚝목이 있었던 것이다.

　순신이 임진년에 전라 수사로 있을 때에 좌수영 앞 경상도로 통한 바다에 쇠사슬을 건너 매어 방비한 것이 있거니와 순신이 통제사가 된 뒤에 전라 우수사 이억기에게 명하여 울뚝목에도 쇠사슬 두 줄을 안목과 밖목에 건너 매게 하였었다. 울뚝목의 급한 조류와 두 줄의 쇠사슬, 이것은 순신이 크게 믿는 것이었다.

　순신의 함대가 벽파진에 와 있다는 소문을 듣고 각처 바다에 흩어져 있던 민간의 상선과 어선이 모여들기를 시작하였다. 수없는 적선이 질풍같이 몰아 온다는 소식을 들은 뱃사람들은 순신의 위대한 날개 밑에서 살 길을 찾으려 한 것이다.

　9월 초이일 새벽에 경상 수사 배설이 도망하고 말았다.

　9월 초칠일에 탐망꾼 임중형(林仲亨)의 보고에, 적선 55척이 칡머리를 돌아왔는데 그 중 12척은 벌써 어란진에 와서 우리 주사를 찾는다고 하였다.

　순신은 곧 각선에 대기령을 내리고 피난한 민선에 대하여서는 경동 말고 가민히 있으리는 명령을 내렸다.

　경상 수사 배설이 도망한 것은 군사들에게 큰 불안을 주었다. 게다가 새로 서울서 내려온 전라 우수사 김억추라는 사람은 아직 30내외의 아무것도 모르는 유치하고 철없는 인물로서 좌의정 김응남(金應南)이 사사로운 정분으로 대장의 중임을 맡긴 것이었다. 순신은 김억추를 처음 만나 군사에 관한 이야기를 하여 보고 그 무지함에 놀라서 억지로 시킨다면 만호감이 될까 하였다. 그래도 배설은 마음은 겁할지언정 목숨은 아낄지언정, 병법에는 소양이 있고 실진의 경험도 있는 사람이었다. 순신은 그 재주를 아껴서 아무쪼록 진중에 머물게 하려 하였으나 그는 새벽에 몰래 배를 타고 달아나버렸다. 순신의 낙심도 여간이 아니었다.

　적선 55척! 이것이 군사늘과 피난 온 민선들의 무서움이 아닐 수 없었다. 과연 이 통제가 이 적을 막아낼까? 의구하는 것은 당연한 일이었다.

신시나 되어서 과연 적선 13척이 벽파진을 향하고 방포하여 달려들었다. 순신은 전함대에 출동을 명하고 자기가 선봉으로 적선을 맞아 싸웠다.

순신의 함대가 북을 치고 방포를 하며 내닫는 양을 보고, 또 뒤에 많은 배가 있는 것을 보고 적선은 곧 뱃머리를 돌려서 달아났.

순신은 부하를 격려하여 추격하려 하였으나 바람과 물에 다 거슬릴 때이므로 벽파진으로 돌아왔다.

순신이 13척 적선을 물리치고 돌아오는 것을 보고 군사들과 피난민들은 환호하였다.

해가 지자 순신은 각선에 명하여 적이 야습할 염려가 있으니 다 출동 준비를 하도록 명하고 민선에 대하여서는 포성을 듣거던 일제히 횃불을 들고 모두 멀찍이 따라나오기를 명하였다. 그리고 순신은 함대를 거느리고 섬 그늘에 숨어 있었다.

10

이경이나 되어서 과연 적의 포성이 들렸다. 배들은 모두 겁을 집어먹었다. 순신은 만일 피하는 자 있으면 군법 시행한다고 엄명하고 총포와 활을 준비하고 가만히 기다리고 있었다.

적선의 포성은 점점 가까이 왔다. 순신은 나는 듯이 섬 그늘에서 배를 몰아 나오며 일성 포성을 놓고 북을 울렸.

순신이 탄 배가 앞서 나가는 것을 보고 부하 제선들도 포성을 내며 따라 나섰다. 벽파진에 머물러 있던 피난선들은 포성을 듣고 일제히 횃불을 들고 오락가락하였다.

일경 동안이나 포성이 계속되다가 적선은 달아나고 말았다.

9월 9일, 바닷바람은 찼다. 군사들은 아직 여름옷을 입었다. 겹옷을 어디서 구하나?

피난선은 점점 늘었다. 순신이 여러 번 적선을 쳐 물리쳤다는 소문을 들은 백성들은 더욱더욱 순신을 신뢰하고 모여들었다.

순신은 선인 중에 낫살 먹은 사람을 불러 지금 군사들이 겹옷이 없고 또 먹을 것이 없으니 모아 내기를 청하였다. 이 선인은 다른 선인들과 의론하고 옷과 쌀과 생선을 모아 순신에게 바쳤다. 비록 조금씩 모은 것이지마는 수백 척에서 모은 것이라 적지 아니하였다.

또 진도와 해남 백성들이 송아지와 돼지를 갖다가 바치는 이가 있으므로 순신은 9월 9일을 잡아 군사들에게 크게 잔치를 베풀었다. 열두 척 병선을 한데 모아 가지런히 연결해 놓고 장수나 군졸이 모두 한데 모여서 먹고 마시고 소리를 하고 춤을 추었다. 순신도 장졸들 틈에 섞이어 손수 술을 따라 주고 위로하였다. 이날은 마침 바람이 없어 바다는 거울과 같이 고요하고 진도와 해남의 모든 섬과 산들은 맑은 공기와 일광 속에 또렷또렷하였다. 장졸들의 잔치가 끝나자, 피난하러 모인 뱃사람들을 모아 또 잔치를 베풀었다. 그들 중에서 나이 오십이 넘은 사람에게는 순신이 손수 술을 따라주었다. 그 사람들은 순신에게 술을 권하고 고기를 권하였으나 순신은 술을 받아 마셔도 고기는 먹지 아니하였다.

초아흐레 반달이 바로 벽파진 위에 걸릴 때까지 잔치는 계속되었다. 그러나 순신은 장졸이 취하기를 허락지 아니하였다. 그래도 장졸이나 백성이나 모두 난리를 잊어버리고 오래 못 보던 태평시절을 당한 듯이 즐겼다.

이때에 적의 척후선 2척이 산 그늘로 숨어서 감보섬까지 들어왔다. 그것은 순신의 함대의 허실을 정탐하기 위한 것이었다.

순신은 영등포 만호 조계종에게 명하여 적선을 잡으라 하고 여전히 잔치를 계속하였다.

영등포 만호는 방포를 하며 적선을 엄살하였다. 군사들도 모두 기운을 내어 활을 쏘고 배를 저었으나 적선은 달아나버렸다.

14일에 임준영이 해남 방면을 육지로 정탐하고 돌아와 보고하기를 적선 2백여 척이 칡머리를 돌았는데 그중의 55척이 벌써 어란진에 왔다 하고 또 적에게 사로잡혔다가 도망해 온 중걸(仲乞)이라는 사람의 말에, 적이 말하기를 조선 주사 십여 척이 자기네 배를 엄습하여 사람을 많이 죽였으니 보복을 해야 한다 하고, 또 자기네 병선을 많이 불러다가 이순신의 주사를 다 멸한 뒤에 곧 경강으로 올라간다고 하더라고 하였다.

이 보고를 듣고 순신은 그 말을 다 믿지는 아니하였으나 적의 대부대가 엄습해 온 것이 확실함을 알고 곧 전령선을 우수영에 보내어 큰 싸움이 생길 터이니 백성들은 피난하라고 명하였다.

11

이튿날인 9월 15일에 순신은 함대를 우수영 앞으로 옮겼다. 그것은 적은 병력을 가지고 울뚝목을 등지는 것이 이롭지 못하다는 까닭에서였다.

우수영 앞으로 함대와 민선을 옮긴 날 밤, 가을달이 대낮같이 밝은데 순신은 제장을 장선으로 불러 약속하였다.

"병법에 말하기를 '必死則生, 必生則死(죽으려고 하면 살고, 살려고 하면 죽는다)'라 하였고, 또 '一夫當逕, 足懼千夫(한 사람이 길을 막으면 천 사람을 두렵게 할 수가 있다)'라 하였으니 이것이 지금 우리를 이름이다. 너희 제장은 살 생각을 말고 조금도 영을 어기지 말라. 우리는 나라를 위하여 사생을 같이 하기를 맹세하였으니 나라 일이 이같거늘 어찌 한 번 죽기를 아끼랴. 나라와 의리를 위하여 죽으면, 죽어도 영광이 아니냐. 조금이라도 군령을 어기는 자는 군율로 시행하리라."

하였다. 순신의 약속을 들은 제장은 일제히 군복 왼편 어깨를 벗고 칼을 들어 영대로 할 것을 맹세하였다.

순신은 다시,

"살 뜻을 두지 말로 오직 죽을 뜻을 두라. 나라와 의리를 위하여 죽기로써 싸우라! 만일 조금이라도 군령을 어기는 자는 군법 시행하리라."

하고 약속하자 제장은 또 칼을 들어 맹세하였다.

이러하기를 세 번 한 뒤에 순신은,

"적선은 반드시 오늘 밤 달이 진 때에 그늘에 숨어 습격할 것이오. 지금까지 여러 번 온 것은 정탐하러 온 것이어니와 이번에는 대함대가 올 것이오. 또 적장 마다시(馬多時)는 수전을 잘하기로 이름이 있다 하니 큰 싸움이 있을 것이오. 만일 우리가 이번에 적군을 물리치지 못하면 날이면 적군은 곧 경강으로 올라가서 한강 이북이 모두 적의 손에 들 것이니, 이번 한 싸움에 나라의 운명이 달린 것이오. 우리는 이러할 때를 당하여 죽기로써 나라를 안보하지 아니하면 아니될 무거운 짐을 진 것이오. 비록 적선이 천 척이라 하더라도 우리가 죽기로써 막으면 막을 도리가 있으니 제장은 일심하여 명령을 복종하시오."

이날 밤에 순신은 전함대의 장졸에게 밥과 고기를 많이 먹이고 영이 내릴 때까지 잘 자라고 한 뒤에 순신은 피난 민선들에게 영을 내려 더러는 활 서너 바탕 밖에, 더러는 너더댓 바탕 밖에 안익진(기러기 날개)형으로 벌려 있기를 녕하여 의병(疑兵)을 삼고 방포를 군호로 하여 진퇴하기를 명하였다.

그리고 순신은 선상에 나와 꿇어앉아 하늘에 빌었다. 하늘은 구름 한 점 없이 맑고 보름달은 낮같이 밝은데 기러기떼가 소리를 지르며 떠오는 것이 보였다.

'水國秋光暮. 驚寒雁陣高. 憂心轉輾夜. 殘月照弓刀.'

(물나라에 가을빛이 저물었는데 추위에 놀란 기러기떼 높이 떴구나. 근심 많아 잠 못 이루는 밤에 남은 달이 활과 칼에 비치었도다.)

하는 연전 한산도에서 지은 시를 생각하지 아니할 수 없었다.

5백 척 적선과 12척 내 주사, 이것으로 싸울 순신은 칼을 어루만지고 잠을 이루지 못하였다. '三尺誓天 山河動色'이라고 쓴 칼과 '一揮掃蕩 血染山河'라고 쓴 두 자루 칼을 번갈아 어루만지고 순신은 기러기 소리를 세고 있었다.

12

9월 16일. 동이 트려 할 때에 노적봉에서 망을 보던 별망꾼이 적선이 보인다는 군호를 하였다. 그 군호는 횃불이었다. 아직도 새벽 어두운 빛이 남아 있는 때에 세 자루 횃불이 번쩍하는 것은 심히 비장한 일이었다. 이윽고 별망꾼의 배가 순신이 탄 기함으로 왔다.

"사또, 적선이 감보섬 앞에 다다랐소!"

하는 별망꾼의 어성은 숨이 찬 듯하였다.

"몇 척이나 되더냐?"

순신의 음성은 침착하였다.

"몇 척인지 도무지 헤아릴 수가 없소. 바다를 덮은 것 같소."

할 뿐이었다.

순신은 기를 달아 전함대의 출동을 명하였다.

13척(한 척은 우수사의 배다)의 함대가 울뚝목에 다다랐을 때에는 벌써 적선은 아직도 미는 물에 순풍까지 맞아서 쏜살같이 울뚝목으로 밀려 들어왔다. 그 적선은 130여 척이었다.

적선은 이편 함대를 보고 진을 벌려 에워싸려는 모양을 보였다. 이것을 보고 순신의 뒤에 달려오던 배들은 마치 물과 바람을 이기지 못하는 듯이 하나씩 둘씩 뒤로 물러나갔다. 그들은 적선이 이렇게 많은 것을 보고 바로 몇 시간 전에 맹세한 것도 잊어버리고 회피하려는 생각을 가진 것이다.

그중에도 우수사 김억추의 배는 마치 물러가는 배를 막기나 하려는 듯이 맨뒤로 까맣게 떨어져서 뱃머리만 기함을 향하고 슬슬 돌았다. 아직 차마 달아나버리지는 못하는 것이었다.

순신의 배에 있는 장졸들도 배젓기를 쉴까 말까 하는 태도였다. 순신은 칼을 들어 적진을 향하여 배를 젓기를 독려하였다.

순신은 울뚝목의 우수영쪽 입의 한복판을 막고 구름 같은 적선을 향하여 먼저 대포를 놓아 싸움을 돋우었다. 그리고 군관들로 하여금 활에 살을 먹여 들로 적선이 활 한 바탕 안에 들어오기를 기다리게 했다. 적선은 점점 가까이 왔다. 이편의 포성에 응하여 적선에서는 수십 방의 포성을 내어 엄포하였다. 그 소리가 고요하던 산과 바다를 뒤집는 듯하였다.

이 엄포로 기함에 있던 장졸들은 떨고 노를 젓던 팔이 굳어졌다. 순신은,

"적선이 비록 천 척이 오더라도 내 배 하나를 당치 못하리라."
하고 군사들을 독려하여 적진을 향하여 배를 젓게 하였다.

순신은 손수 활을 들어 맨앞에 선, 뱃머리에 선 갑옷 입고 투구 쓴 적장을 향하여 활을 당기었다. 푸르륵 소리가 나는 듯 마는 듯, 그 장수는 두 팔을 벌리고 물에 떨어졌다.

이것을 보고 군관들도 일제히 활을 쏘았다. 뱃머리에 섰던 적의 장졸이 퍼덕퍼덕 쓰러졌다.

순신을 일변 활을 쏘며 지자, 현자 각양 총통을 놓게 하니, 순신의 기함 하나에서 발하는 총통 소리는 우레와 같고 검은 연기는 적의 눈에서 순신의 배를 감추어버리고 말았다. 이 연기나는 화약은 순신이 발명한 것이다. 때마침 들물이 거의 끝나고 참이 되어 불어 오던 동남풍도 잤다. 만번 바다를 가리운 검은 연기는 아침의 무거운 공포에 눌려 움직이지를 아니하였다. 오직 수없는 화살과 화전만이 검은 구름 속으로서 수없이 적선을 향하여 날았다.

적의 함대는 놀랐다. 오직 배 한 척이 당돌히 앞을 막고 총과 활을 빗발같이 쏘아 붓는 것에 의심이 들어가 이편에 무슨 계교가 있는지 얼른 판단이 아니 된 것이다.

그러나 그 동안에 적선은 다섯 겹인지 여섯 겹인지 모르게 반달 모양으로 순신의 배를 에워싸고 오직 뒤만 텄을 뿐이었다.

순신은 황급해서 낯빛이 파랗게 질린 장졸을 돌아보며 또 한 번,

"적선이 천 척이라도 우리 배를 어찌하지 못한다! 조금도 동심 말고

힘껏 쏘아라!"
하고 배에는 초요기를 높이 달아 뒤에 떨어진 배들을 부르기를 명하였다.

13

이보다 먼저 순신은 중군령기를 달아서 중군을 불렀으나 중군 미조항 첨사 김응함(金應諴)은 이 부름에 곧 응할 용기가 없어서 다만 오락가락하고만 있었다.

순신은 뱃머리를 돌려서 중군을 베어서 효시하여 군령을 세우려 하였으나 만일 순신이 뱃머리를 뒤로 돌리는 것을 보면 뒤에서 바라보고 있던 배들은 더구나 겁이 나서 달아날 것을 근심하여 그도 못하였다. 그래서 마침내 초요기를 단 것이다.

이때에 적선은 다섯 겹 여섯 겹으로 순신의 배 한 척을 에워싸기 시작하여 빗발같이 쏟아지는 적의 탄환과 화살이 배의 주위에 떨어지고 더러는 순신이 선 곳에서 한두 걸음 밖에 와 박혔다. 적은 분명히 순신의 배를 꽉 에워싸고 순신의 배에 기어올라 단병전을 하려는 것이었다. 이때에 오직 적을 두렵게 한 것은 순신의 활이었다. 순신의 활이 한 번 울 때마다 적병 하나가 쓰러졌다. 수백 척 적선을 지척에 두고 순신 혼자서 배 한 척을 버티고 선 것만도 적의 간담을 서늘하게 하였거든, 하물며 백발백중하는 그의 활의 힘은 적에게 신비한 두려움을 주었다.

그러나 적은 이 혼자 버티고 섰는 이가 이순신인 줄을 안다. 그는 당포, 당항포, 안골포, 한산도 등 싸움의 원수다. '아무리 해서라도 이순신에게 원수를 갚아라' 하는 것이 이번 다시 출병할 때에 풍신수길이 제장에게 엄명한 바다. '일본 군사는 반드시 원수를 갚는다는 것을 잊지 말아라' 하는 것이 그 뒤를 이은 말이었다.

더구나 이 함대의 총사령관인 마다시는 안골포 싸움에서 순신에게 대패를 당한 사람이다. 목숨을 열 조각으로 내더라도 이순신을 잡아 나라의 원수와 자기 개인의 원수를 갚으려고 이를 갈았다.

마다시는 뱃머리에 선 것이 이순신인 것을 알아보았다. 그는 부하에게 명하여 결사적으로 이순신의 배를 점령하기를 명한 것이다. 실로 순신의 배의 운명은 풍전등화와 같았다.

순신은 연방 연기 나는 대포를 놓아 자기 배를 적의 눈에서 감추고는 그 동안에 화살을 준비하고 배 위치를 좀 옮기고 그러다가 연기가 걷히면 쏘았다.

순신은 이번 싸움에 살아날 것을 기약하지 아니하였다. 그러나 적군이 울뚝목을 지나는 날에는 전라, 충청은 말하 것도 없고 한성의 운명이 경각에 달리고 따라서 전조선의 운명이 경각에 달린 줄을 알므로 그는 이곳에서 적을 막다가 살이 다하고 힘이 다하면 몸으로라도 막다가, 몸도 다한 뒤에야 말 결심이었다.

조정에서 배설의 장계를 보고 순신에게 바다를 버리고 육전을 명하는 교지를 내렸을 때에 순신은 이렇게 장계하였다.

'自壬辰至于五六年間. 賊不敢直突於兩湖者. 以舟師之扼其路也. 今臣戰船尙有十二. 出死力拒戰則. 猶可爲也. 今若全廢舟師則. 是賊之所以爲幸而. 由湖右達於漢水. 此臣之所恐也. 戰船雖寡. 微臣不死則. 賊不敢侮我矣.'

(임진으로부터 5,6년간 적이 감히 바로 전라, 충청을 찌르지 못함은 주사 그 길을 막음이니이다. 이제 신의 전선이 오히려 열둘이 있사오매 죽을 힘을 내어 싸워 막을진대 아직도 가망이 있사옵거니와 이제 만일 주사를 전폐하오면 이는 적이 다행으로 여길 바이오며 충청도를 돌아 한강에 갈 것이오니 이것이 신이 두려워하는 바이로소이다. 전선이 비록 적사오나 소신만 죽지 아니할진대 적이 감히 우리를 넘보지 못하리로소이다.)

이 장계를 올린 것이 바로 수일 전인데 배설이 달아난 것은 이 장계 초를 본 까닭이었다.

초요기를 보고 중군장 김응함은 점점 순신의 배로 가까이 왔다. 그러나 그는 혼이 몸에 붙지 아니하여 마음을 진정치 못하였다.

이때에 거제 현령 안위의 배가 먼저 순신의 배에 와 달렸다.
순신은 일변 활을 쏘면서,
"안위야! 안위, 너는 군법에 죽으려느냐. 너는 군법에 죽으려느냐. 네가 도망하면 어디 가서 산단 말이냐?"
하고 안위를 노려보았다.
안위는 황망히 적선 속으로 달려들었다. 이때에는 또 중군장 김응함의 배가 순신의 배 곁에 와서 영을 기다렸다.
순신은 여전히 활 시위에 살을 먹이며,
"응함아, 너는 중군장이 되었거든 멀리 피하여서 대장을 돕지 아니하니 네 죄를 면할까."
하고 칼을 빼어 응함을 베려다가,
"지금 적세가 급하니 네 공을 세워서 죄를 속하여라."
하였다. 김응함은 황송하여 배를 몰아 적진으로 달려들었다.

14

안위의 배와 김응함의 배는 활과 총을 어지러이 쏘며 철통같이 에워싼 적진 속으로 달려들었다. 죽은 결심을 한 그들은 결코 겁 있는 사람들이 아니었다. 그들은 순신이 혼자서 싸우는 양을 볼 때에 미안한 감정과 나아가 같이 죽을 기운을 낸 것이다.
이제는 세 배에서 어지러이 쏘는 화살에 적의 사상은 더욱 많았다. 그러나 그와 동시에 적의 살기는 더욱 등등하였다.
이편의 맹렬한 공격에 약간 뒤로 물러가는 듯한 적의 함대로서는 그중에 크고 삼층루 있고 오색기 단 배 하나가 앞을 서고 다른 두 배가 뒤를 따라 안위의 배로 달려들어 안위의 배를 꽉 둘러싸고 적병들이 안위의 배로 다투어 올랐다. 안위는 활을 던지고 칼로 싸우기를 명하였다. 안위와 그 부하 장졸은 뱃전을 잡고 기어오르는 적병을 칼과 도끼와 몽둥이로 함부로 패었다. 적은 손을 찍히는 이, 팔을 찍히는 이, 머리가 깨어지는 이, 어깨가 찍히는 이, 수가 없었다. 그러나 안위의 부하도 하나 둘 죽어 거의 다하게 되려 하였다.

순신은 배를 달려 안위의 배를 구하러 갔다. 순신은 몸소 뱃머리에 서서 쉴새 없이 활을 당기었다. 이 광경을 보고 김응함의 배도 다른 적선을 버리고 안위의 배를 에워싼 세 적선으로 달려들었다.

칼빛은 번개와 같고 화살은 소낙비와 같았다. 양군이 어울러져 싸우는 양은 전에 보지 못하던 참담한 장면이었다.

순신은 적의 세 배 중에 가장 큰 배가 과거의 경험으로 보아 적의 기함인 것을 짐작하고 그 배에 나와 선 장수로 보이는 이만을 골라서 쏘았다. 순신의 살은 다른 군관들의 살보다 갑절이나 멀리 가고 갑절이나 빠르고 또 한 대도 헛맞힘이 없었다. 순신의 살 한 대가 전통에서 없어지면 적병 하나가 쓰러졌다.

마침내 적의 기함인 듯한 배에 탄 군관들이 거의 다 죽고 배가 뒤로 물러갈 모양을 보일 때에 어떤 갑옷 입고 투구 쓴 장수가 칼을 빼어들고 뱃머리에 나서서 부하를 지휘하였다. 뒤로 물러나려 하던 배는 다시 노를 저어 앞으로 달렸다.

순신은 전통에 마지막 남은 화살 한 대를 시위에 먹여 그 장수를 향하여 쏘았다. 그 살은 바로 그 장수의 가슴을 뚫었다. 그 장수는 무에라고 큰소리 한마디를 지르고 거꾸로 바다에 떨어졌다. 바다에는 시체가 수없이 떠돌고, 시체 주위로는 붉은 피가 여러 가지 모양을 그렸다. 물이 참 때가 되었으나 아직도 돌아서기를 시작하지 아니하자 시체들은 모두 순신의 배 있는 곳으로 가만가만히 흘렀다.

적장이 순신의 살에 맞아 떨어지자 안위와 김응함의 군사들은 적선으로 뛰어올라 적선 세 척을 완전히 점령하였다.

순신의 곁에 섰던 포로 준사(俊沙)라는 이가 배 밑에 흘러 온 비단옷 입은 시체를 가리키며,

"사또, 사또, 이것이 분명히 안골포에서 싸우던 적장 마다시요."

하였다.

순신은 김돌손(金乭孫)을 시켜 갈구리로 그 시체를 끌어올렸다. 준사는 펄펄 뛰며,

"분명 마다시요. 소인이 그배에 있었는데 모르겠소? 분명히 마다시요."

하였다.

순신은 명하여 마다시의 머리를 베어 깃대에 높이 달았다. 그리고 총공격령을 내렸다. 이때에는 기다리고 기다리던 조수가 썰물로 돌아선 것이다.

이편이 이기는 것을 보고야 녹도 만호 송여종(宋汝悰), 평산포 대장(代將) 정응두(丁應斗)의 배가 따라오고 멀리 뒤떨어져 있던 배들도 왔다.

15

대장 마다시와 그 장선을 잃은 적군은 기운이 꺾이어 진이 어지러워졌다. 순신의 총공격령을 받은 함대는 모두 기운이 백배하여 적진으로 돌입하였다. 지자, 현자 총통과 활을 소낙비같이 쏘며 북을 치고 소리를 지르며 내달으니 마치 강산이 흔들리는 듯하였다.

마침 물은 썰물이 되어 이편은 물을 따라 싸우고 저편은 물을 거슬러 싸우게 되자 이편 배들은 살같이 적선을 향하고 달려가지마는 저편 배는 아무리 힘껏 저어도 그 자리를 유지하기도 어려웠다. 원체 이편 배는 저편 배보다 튼튼하기 때문에 뱃머리로 저편 배의 허리를 냅다 받으면 저편 배는 허리가 부서졌다.

이 모양으로 한 시각이 못 하여 적선 30척을 깨뜨리고 수없는 사상자를 내었다.

적선은 갈팡질팡하다가 물결을 따라서 달아나고 말았다. 순신은 추격을 명하여 벽파정 저쪽까지 따라가다가 적은 함대로 많은 함대를 넓은 바다까지 따라가는 것이 옳지 않다 하여 쇠를 울려 추격 중지를 명하였

다.

　순신의 함대의 뒤를 따라 3백여 척의 피난선들도 북을 치고 소리를 지르고 따라나와서 벽파정 앞바다에는 구름 같은 큰 함대를 이루었다. 이순신의 함대는 열두 척밖에 없는 줄로 알았던 적병은 이렇게 큰 함대가 있는 것을 보고 더욱 놀랐다. 순신은 3백여 척의 배에 명하여 모두 돛을 달게 하고 일렬횡대로 진을 이루어 가지고 멀리 쫓기는 적선을 따르는 모양을 보이며 물이 돌아서기를 기다렸다.

　들물이 되어 순신의 함대가 다시 울뚝목을 지나 우수영으로 돌아올 때에는 벌써 석양이 서산에 걸린 때였다. 바다 좌우쪽에는 종일 싸움을 보며 가슴을 조리던 백성들이 순신의 배를 보고 팔을 내어두르고 소리를 질렀다. 어떤 이는 너무도 감격하여 발을 구르고 통곡하고, 어떤 이는 덩실덩실 춤을 추었다.

　하루 싸움에 피곤한 군사들도 피곤한 줄도 모르고 북을 치며 춤을 추었다.

　함대가 우수영에 다다랐을 때에는 벌써 달이 오르기 시작하였다. 우수영에 남아 있던 백성들과 각지로서 싸움 이긴 소문을 듣고 모여온 백성들은 순신의 함대가 오는 것을 보고 소리를 지르고 날뛰었다. 더러는 쌀자루를 메고 오고, 더러는 마른 고기와 장과 나무를 지고 오고, 더러는 돼지와 송아지와 술을 지고 왔다.

　마치 사람과 강산이 다시 살아난 듯하였다. 달조차도 어제보다 더 밝은 빛으로 하늘을 달리는 듯하였다.

　순신은 소와 돼지를 잡아 군사들을 먹이고 술은 한 사람에게 석 잔을 더 주지 말기를 명하였다.

　순신은 저녁밥이 끝난 뒤에 제장을 장선에 모으고 오늘 싸움에 힘쓴 공로를 칭찬하고, 처음에 피신한 죄는 용서한다는 것을 선언하였다. 제장은 찼던 칼을 떼어 앞에 놓고 순신의 앞에 엎드려 통곡하였다. 더구나 중군장 미조항 첨사 김응함은,

　"살아서 사또께 뵈올 면목이 없소."

하고 슬피 울었다. 순신은,

"이 앞에 또 여러 번 싸움이 있을 것이니, 이번 싸움을 거울 삼아 다 죽기로써 마음을 삼으라."

하고 한 번 더, '必死則生. 必生則死. 一夫當逕. 足懼千夫.'를 말하였다. 순신은,

"이렇게 하면 이기리라, 이렇게 하면 지리라."

하고 어젯밤 꿈에 고하던 어떤 이상한 사람을 생각하고 밤이 깊도록 뱃머리에 서 있었다. 달은 순신의 빛나는 눈과 옆에 찬 칼을 비추었다. 군사들은 곤하게 잠이 들었다.

16

벽파정에서 적의 대함대를 쳐 물린 순신은 함대를 끌고 칠산바다까지 순회한 뒤에 시월 초구일에 다시 우수영으로 내려왔다.

적은 벽파정에서 패하여 달아나다가 이순신의 함대가 추격하지 아니하는 것을 보고 해남에 머물렀다. 그들은 조만간 순신의 함대가 추격해 올 것을 기다리고 분을 머금고 있었다. 이대로 참패하여 돌아갈 면목은 없었던 것이다. 만일 순신이 열두 척의 적은 함대를 가지고 넓은 바다에만 나오는 날이면 아직 삼백 척이나 남은 대함대를 가지고 한 번 싸워 보자는 계획이었다.

그러나 열흘이 지나도 순신의 함대는 따라오지 아니하고 보름이 지나도 순신의 함대는 빛도 보이지 아니하였다. 배에 실은 군량을 다 먹어버리고 또 무인지경이나 다름없는 해남에서는 군량은 더 얻을 길도 없었다. 그뿐 아니라 장졸들은 싸울 뜻을 잃었고, 벽파진 대패전의 보고를 들은 순천의 소서행장은 다시 수로로 서울을 향할 생각을 끊어서 구원을 보내지 아니하였다.

순신은 해남에 정탐선을 보내어 적이 혼란한 상태에 있다는 보고를 듣고 곧 민선 3백여 척에 무장을 시켜서 해남을 총공격할 계획을 세웠

다.

 '싸울 뜻이 있는 군사 한 명은 싸울 뜻이 없는 군사 백 명을 당한다' 하는 것을 순신은 이용한 것이었다. 벽파정 싸움이 지난 지 20여 일이 지났으니 적병은 반드시 분하고 긴장한 마음이 풀리고 지루하여 싸울 뜻이 없어졌으리라고 간파한 것이다.

 그뿐더러 순신이 당당한, 승전한 함대를 끌고 전라도의 서해안을 순시하는 동안에 승전을 축하하는 백성들로부터 군량과 의복을 넉넉히 얻고, 또 각진에 있던 군기도 많이 얻었다. 게다가 순신의 부하 장졸들은 가는 곳마다 백성들의 눈물겨운 환영을 받아 더욱더욱 용기를 얻었다. 또 의용병으로 순신을 따르려는 장정도 5백여 명을 더 얻었다.

 이 사람과 군기와 군량으로 피난 민선 3백 척을 무장하여 비록 훈련은 부족하나마 당당한 대함대를 이룬 것이다.

 순신은 당당한 3백 척의 대함대를 끌고 우수영을 지나 벽파진을 지나 해남을 향하였다. 그것이 시월 십일 사경이다.

 이튿날인 11일에 함대가 어란진 앞바다에 다다랐을 때 결사대 정탐꾼 이순(李順), 박담동(朴淡同), 박수환(朴壽還), 태귀생(太貴生), 네 사람을 보내어 해남의 적정을 살피게 하였다.

 오정이나 되어 정탐꾼이 돌아와,

 "해남에는 연기가 창천하였소. 적선이 흩어져 남쪽으로 향하여 달아나오."

하고 보고하였다.

 "오, 그놈들이 달아나는구나!"

하고 순신은 만족한 듯이 웃었다.

 순신은 함대를 발음도에 대고 상상봉에 올랐다. 이날 바람은 없고 날이 맑아서 따뜻하기가 봄날과 같았다.

 순신은 상상봉에서 적선의 숨은 곳을 찾아보았다. 동에는 앞섬이 가로놓여서 멀리 바라볼 수가 없다. 북으로는 나주를 향하여 영암 월출산이 파랗게 바라보이고, 서쪽으로는 비금도로 향하여 안계가 툭 터졌다.

중군장 우치적(禹致績)이 오고 조효남(趙孝南), 안위, 우수(禹壽)도 왔다.

조계종이 와서 해남의 적정을 아뢰고 적이 순신의 주사를 싫어한다는 말을 고하였다.

17

이튿날 가리포 첨사, 장흥 부사 등이 순신에게 와서 승전을 축하하였다. 이튿날인 13일에 배 조방장과 경상 우후가 오고 또 임준영이 정탐 임무를 마치고 돌아와서 이러한 보고를 하였다.

"해남에 있던 적병은 초칠일에 우리 주사가 내려오는 것을 보고는 겁을 내어 11일에 다 달아나버렸다 하오."

하는 것이었다. 그러나 정탐으로 순신의 신임을 받는 임준용은 놀랄 만한 보고를 또 하였다.

"해남 아전 송언봉(宋彦逢)이란 놈과 신용(愼容)이란 놈이 적의 진중에 들어가서 적의 앞잡이가 되어 사인을 많이 죽였다 하오."

하는 것이었다.

순신은 임준영의 보고를 듣고, 곧 순천 부사 우치적, 금갑 만호 이정표(李廷彪), 제포 만호 주의수(朱義壽), 당포 만호 안이명(安以命), 조라 만호 정공청(鄭公淸), 군관 임계형(林季亨), 정상명(鄭翔溟), 태귀생, 박수환 등과 일대의 군사를 해남으로 보내어 해남의 치안을 유지하고 잔적을 소탕할 것을 명하였다.

시월 십사일에 순신은 군사 일을 생각하다가 삼경이 넘어서야 잠이 들었다.

잠이 들락말락한 때에 순신은 한 꿈을 꾸었다. 그것을 순신의《난중일기》에 있는 대로 적어 보자.

'十四日. 辛未. 晴. 四更夢. 余騎馬行邱上. 馬失足. 落川中而不蹶. 末豚葂.

似有扶抱之形而覺. 不知是何兆耶. 夕有人自天安來. 傳家書. 未開封. 骨肉先動. 心氣慌亂. 粗展初封見荵書則. 外面書痛哭二字. 知菀戰死. 不覺墮膽. 失聲痛哭痛哭. 天何不仁之如是耶. 我死汝生. 理知常也. 汝死我生何理之乖也. 天地昏黑. 白日變色. 哀我小子. 棄我何歸. 英氣脫凡. 天不留世耶. 如知造罪. 禍汝及身耶. 令我在世. 竟將何依. 號慟而已. 夜度如年.'

(십사일 신미. 맑다. 사경 꿈에 내가 말을 타고 언덕 위를 가다가 실족하여 개천에 떨어졌으나 넘어지지는 아니하였는데 막내아들 면이 나를 붙들어 안으려는 모양 같았다. 깨어 보니 이것이 무슨 징조인가. 저녁에 천안으로부터 사람이 와서 집안 편지를 전하였다. 떼어보기 전에 벌써 골육이 먼저 동하여 심기가 황란하다. 겨우 겉봉을 떼어보니 열의 편지인데 외면에 '통곡'이란 글자를 쓴 것을 보고 면이 싸워 죽은 줄 알고 낙담하여 실성 통곡하였다. 하늘이 어찌 이같이 어질지 아니하신가. 내가 죽고 네가 살아야 떳떳하거든 네가 죽고 내가 살았으니 이런 변이 어디 있을까. 천지가 캄캄하여지고 백일이 빛을 잃는구나. 슬프다 내 아들아, 나를 두고 어디로 돌아갔느냐. 영기가 뛰어나더니 하늘이 세상에 두시지 아니하심인가. 내가 지은 죄가 네 몸에 미친 것이냐. 내가 이제 세상에 있은들 장차 누구에게 의지하랴. 통곡할 따름이로다. 한밤을 지내기가 일년과 같구나!)

순신의 셋째 아들 면이 죽은 것은 이러한 일로였다.

벽파진의 마다시의 함대가 참패를 당하고 대장 마다시가 죽었다는 말을 들은 가등청정은 부하에게 명하여 충청도 아산에 있는 순신의 가족을 사로잡아 오라고 명하였다.

하루는 일본 군사가 뱀밭을 향하고 온다는 말을 듣고 집에 남아 있던 가족들은 모두 도망할 준비를 하였다. 그러나 그때에 열일곱 살되던 면은 '적병이 오거든 나가 싸워 한 놈이라도 죽일 것이지 도망을 해서 쓰느냐'고 형들의 만류도 아니 듣고 제 키에 어울리지도 아니하는 긴 칼을 차고 활과 전통을 지고 말을 몰아 적병 온다는 곳으로 맞아 나갔다.

18

면은 단기로 집 동쪽 고개를 넘어 동으로 말을 달렸다. 5리쯤이나 가서 약 50명의 말 탄 적병을 만났다.

면은 말을 세우고 적진중을 향하여 활을 쏘았다. 이곳은 벌판이라 몸을 숨길 곳은 없었다.

면의 화살은 경각간에 적병 2,3명을 쏘아 떨어뜨렸다. 불의에 이변을 당한 적병들은 적이 한 어린 소년인 것은 보고 말을 급히 몰아 면을 에워싸려 하였다.

면은 까딱없이 서서 쏘았다. 적병의 조총 탄환이 면의 말을 맞혀 말이 거꾸러지자 면은 땅바닥에 서서 활을 쏘았다.

면은 화살이 다하자 칼을 빼어 들고 달려드는 적을 저항하였다.

적병은 면을 꽉 에워싸고 군사를 시켜,

"네가 누구냐?"

하고 면에게 물었다. 화살을 다 써버린 면은 오직 칼을 들고 적의 공격을 기다릴 뿐이었다.

"나는 이면이다."

하고 면은 대답하였다.

"네가 이순신의 아들이냐?"

"그렇다. 나를 살려 놓고는 한 걸음도 너희가 이곳을 지나지 못하리라!"

하고 면은 눈을 부릅떴다.

"내가 너의 가족을 죽이러 가는 것이 아니라 우리 대장이 보호하라기에 오는 것이다. 만일 더 저항하면 너도 죽여버리고 네 가족도 죽이려니와 네가 항복만 하면 너도 살리고 네 가족도 해치지 아니하고 데려다가 편안히 살게 할 것이다."

하고 그중의 대장인 듯한 사람이 말하였다. 면은 아버지가 웃던 모양을

본받아서 껄껄 웃으며,

"이순신의 아들이 너에게 항복할 듯싶으냐? 이순신의 가족이 너희 칼에 죽을지언정 젖먹는 어린아이기로 항복할 듯싶으냐? 잔말 말고 이리 나와서 내 칼을 받아라."

하고 칼을 들어 칼끝을 대장에게 겨누었다. 곁에 있던 적병들이 악! 하고 면에게로 달려들려 하였다. 그러나 대장은 소리를 질러 그것을 막았다.

"오냐, 네 뜻이 장하다. 그러면 나하고 싸워 볼까."

하고 대장이 말에서 내려 면의 앞으로 나왔다.

대장은 나이 사십이나 되었을까, 웃수염이 여덟 팔자로 나고 얼굴이 희고 눈에 영채가 있고 키는 중키나 될, 날랠 듯한 사람이었다. 그는 면의 앞에 서서,

"네가 갑옷 투구를 아니 입었으니 나도 갑옷과 투구를 벗을 테다."

하고 칼을 곁에 있는 군사에게 맡기고 투구를 벗었다.

면은 적이 갑옷과 투구를 벗는 동안에 가만히 기다리고 있었다.

적장은 갑옷과 투구를 벗어놓고 칼을 들고 면을 향하여 섰다.

면은 한 번 칼자루를 다시 잡고 적장을 향하였다.

"요옵!"

하고 적장은 칼로 바로 면의 얼굴을 엄습하였다. 그는 면을 어리게 본 것이다. 면은 적의 칼을 피하면서 적의 왼편 옆구리를 찔렀다. 그러자 적의 왼편 옆구리에서는 피가 흘렀다. 그러나 중상은 아니었다.

적은 면의 칼쓰는 법이 범상치 아니한 것을 보고 정신을 가다듬었다. 두 사람은 어울어져 싸웠다. 칼과 칼이 마주칠 때에는 불꽃이 일었다. 두 칼이 번뜩일 때에는 햇빛이 비치어 무지개를 뻗쳤다.

면은 공세를 버리고 수세를 취하여 적의 칼 쓰는 법을 보고 그 허를 찌를 생각을 하였다.

그러나 어린 적에게 먼저 옆구리를 찔린 적은 얼마쯤 상기하여 연해 공세를 취하였다.

"이번 칼에는, 이번 칼에는!"
하고 적은 초조하나 면의 작은 몸은 용하게도 적의 칼끝을 피하였다.
　만일 싸움이 오래 끈다 하면 면은 기운이 지쳐서 도저히 적을 견디지 못할 것 같았다.
　마침내 면은 적의 검술의 허실을 다 보았다. 적은 부하 군졸에 대한 면목으로라도 면을 이마로부터 두 쪽에 갈라버릴 야심을 가진 것이었다.

19

　적의 허실을 다 짐작한 면은 한 걸음 바싹바싹 다가들어 공세를 취하였다. 면의 칼끝이 자주 적의 몸과 옆구리와 가슴을 범하였다. 지금까지 힘이 부친 듯하던 면은 새 기운을 얻은 듯이 몸이 가벼워지고 칼날 돌아가는 것이 더욱 빨라졌다.
　이것을 본 적은 초조한 생각을 넘어서 일종의 무서운 생각을 가진 듯하였다. 그의 이마에서는 땀이 흘렀다. 그러나 면은 가끔 한 손으로 앞으로 넘어오려는 초립을 뒤로 젖혀 바로잡을 여유를 보였다.
　이러기를 거의 일각이나 한 때에 면은 힘없이 칼을 옆으로 비끼는 듯하였다. 이 틈을 타서 온 칼이 바로 면의 이마를 내리쳤다. 이번에는 면의 몸이 두 쪽으로 갈라지리라고 생각하였다.
　그러나 이것은 면의 일종의 전술이었다. 적이 연해 자기의 이마를 겨누는 눈치를 보고 정면에 허한 빛을 보여 적의 칼을 유인한 것이다. 그리고 적이 혼신의 힘을 다하여 면의 정면을 내리칠 때에, 면은 나는 듯이 적의 왼편 옆으로 몸을 돌려 칼끝이 깊이 적의 왼편 가슴을 찔렀다. 피는 면의 칼로 흘러내렸다. 면이 칼을 들어 다시 적의 목을 치려 할 때에 적은 쓰러지고 뒤에서 다른 적이 내달아 면의 칼 든 팔을 찍었다.
　면은 곧 왼손으로 땅에 떨어진 칼을 집었으나 다른 칼이 또 면의 왼편 팔을 찍었다. 그리고 뒤를 이어 오는 칼이 또 면의 목을 쳐 떨어뜨렸다.

　면에게 가슴을 찔러 넘어졌던 적은 이윽고 눈을 뜨더니,

　"그, 고놈을 죽이지 말아라."

하고 외쳤다.

　"벌써 죽였소!"

하고 면의 목을 쳐 떨어뜨린 사람이 말하였다.

　"아깝다!"

하고 적은 눈을 감았다가,

　"조선에 아직도 사람이 있구나. 순신의 집은 습격하지 말고 돌아가거라."

하고 적도 죽었다.

　적은 죽은 대장과 동료의 시체를 말에 싣고 오던 길로 돌아갔다.

　면이 죽은 것은 이러하여서였다.

　이때에 면의 목을 잘라 떨어뜨린 적은 후에 수군이 되어 싸우다가 순신에게 잡혀서 죽었다.

　순신은 곧 전라, 경상 양도의 바다를 손에 넣으려 히였으나 날은 점점 추워 가고 군량은 없고 군사도 부족할뿐더러 병선, 군기도 부족하여 가벼이 단행할 수가 없었다.

　그래서 순신은 미조항 첨사, 강진 현감 등으로 하여금 군량을 실어오라 명하고, 또 일변 목포항에 있는 보화도(寶化島)에 병영을 건축하여 만일의 경우에 근거지를 삼기로 준비하고 또 김종려(金宗麗)로 염장의 감자도감검(監煮都監檢)을 삼아 바람섬 등 열세 섬에 소금을 굽게 하였다.

　각처에 숨었던 장졸들도 하나씩 순신에게로 돌아왔다. 순신은 돌아온 자는 죄를 사하여 다시 썼으나 그렇지 아니한 관리들, 예하면 경상 수사 배설 같은 자는 죄를 적어 장계하였다.

　10월 24일에 명나라 주사(해군)가 강화도에 왔다는 기별이 순신에게 왔다.

명나라 주사는 수군도독 진린(陳璘)이 거느린 7천 명 수군과 백여 척 전선이었다.

그 이튿날인 25일에 선전관 박희무(朴希茂)가 교지를 받들고 내려왔다. 그것은 명나라 수군이 정박할 만한 근거지를 알아 올리라는 것이었다.

순신은 고금도가 합당한 뜻으로 대답하고 자기는 보화도에 병영과 창고 건축을 독려하였다. 대개 순신은 조선군과 명군이 도저히 같이 하기 어려울 것과 또 명군이 싸움에 방해는 될지언정 도움이 되지 못할 것을 잘 안 까닭이었다.

순신은 날마다 몸소 4,5백 명 역군을 독려하여 병영, 창고, 도로, 선창 등의 공사를 하였다.

20

벽파진 싸움에 이순신이 승전한 영향은 어찌되었나.

둘쨋번 명나라 청병도 8월 15일 남원의 패전에 기세가 꺾이어 서울을 버리고 물러가 압록강을 지키자는 말까지 났었다. 명군의 생각에는 일본군이 수륙으로 병진하는 날에는 도저히 조선 안에서 일본군을 저항할 수 없다고 믿었다.

원래 명군은 일본군을 무서워함이 여간이 아니었다. 그래서 정유년에 둘쨋번 청병이 되어 조선으로 온 경리사 형개(邢价)는 심유경을 시켜 외교적으로 일본군을 물리치려 하였다. 그러나 심유경은 벌써 일본이나 명나라 조정에나 신용을 잃은 사람이었다. 그는 풍신수길이 봉을 받고 명나라를 섬기는 충성을 가졌다고 명나라 황제를 속였던 것이다. 그러나 풍신수길의 군사가 다시 조선으로 건너왔다는 보고가 북경 조정에 전해지자, 양방형, 심유경 등 책봉사로 갔던 사람들뿐 아니라 그들을 믿고 추천하였던 병부상서 석성까지도 죄를 입게 된 것이었다.

이러하므로 형개의 명을 받은 심유경은 몸소 가등청정의 진으로 들어가기가 무서워서 조선의 유정(사명당)으로 하여금 '형 총독이 대병 70만을 거느리고 오니 곧 퇴병함이 일본에 이하리라. 나는 싸움이 일기를 원치 아니하는 생각에서 이 말을 미리 보내는 것이니 후회가 없이 하라' 하는 밀서를 전하게 하였다.

이때 청정은 서생포에 유진하고 있었다. 그는 심유경에게 이렇게 회답을 썼다.

'太師言. 大明兵遝至. 是我所願也. 朝鮮弱兵. 而無向我敵也. 對大明之兵. 快作一戰. 朝鮮國者不足言. 大明北京燒却之. 不可回首. 幸又幸也.'

(태사―― 심유경을 가리킴 ―― 의 말에 대명병이 쏟아온다 하니 이는 소원이라. 조선병은 도무지 적수가 되지 아니하니 대명병과 쾌히 한 번 싸워서 조선국은 말할 것도 없고 대명나라 북경까지 불살라버릴 터이니 머리를 돌리지 말지어다. 이런 좋은 일이 또 있는가.)

이러한 편지를 받은 심유경은 말할 것도 없고 명병도 간담이 서늘하였다. 사실 청정은 겨울이 되기 전에 압록강을 넘을 예정이었다. 그러나 벽파진에서 마다시의 대함대가 참패를 당하자 일본군은 전진할 기운을 잃어버렸다.

왜 그런고 하면 조선은 8년 풍진에 백성이 농사를 짓지 못하여 육지에는 양식이 넉넉지 못한 데다가 조정에서는 체찰사 이원익의 계교에 따라 경상, 충청, 경기 제도에 청야법을 행하였다. 장정과 부녀와 양식과 재물을 모두 산성으로 옮기고 평지에는 아무것도 남기지 아니하였다. 그러므로 일본군이 한성과 압록강을 향하자면 군량 군기를 바다로 운반하지 아니하고는 될 수 없는 일이었다. 일본군이 조산 바다의 제해권을 가지는 것은 군사행동을 위하여서는 절대로 필요한 일이었다. 그러므로 만일 이순신이 벽파진 싸움에 져서 일본 함대에게 경강으로 통하는 길을 주었다면 그 싸움이 있은 지 열흘이 넘지 못하여 서울이 함락되었을 것이요, 다시 한 달이 넘지 못하여 가등청정의 계획대로 압록강에 다다랐을 것이다.

이렇게 되자 일본군은 겨울이 가깝다는 것을 핑계로 전진 계획을 버리고 순천, 사천, 김해, 부산, 기장, 울산 등 해안 요지에 혹은 성을 쌓고, 혹은 집을 짓고, 혹은 밭을 갈아 반영구적 주둔계획을 세우고 다시 때가 돌아오기를 기다리기로 한 것이다.

　이렇게 일본군의 전진 기세가 돈좌되는 것을 보고 조선의 조정과 명군도 기운을 얻어 한번 싸워 볼 생각을 하게 된 것이었다.

죽기까지

1

이 모양으로 일본군은 벽파진 한 싸움에 전진할 생각을 끊고 정유년 겨울을 날 준비를 하였다.

전라도쪽으로부터 말하면 순천 왜교에는 소서행장이 진을 치고, 사천에는 도진의홍(島津義弘), 도진충항(島津忠恒)이 있고, 남해에는 입화종무(立花宗茂), 유마청신(有馬晴信), 대촌희전(大村喜前), 송포진신(松浦鎭信) 등이 있고, 남해 당도, 거제도 간에는 수군이 지키고, 죽도에는 와도직무(鍋島直茂)가 있고, 양산에는 흑전장정(黑田長政)이 있고, 부산에는 총대징격인 평수가(平秀家)라고 일컫는 우희다수가(宇喜多秀家), 모리휘원(毛利輝元), 소조천수추(小早川秀秋) 등이 있고, 서생포에는 주전론자의 선봉인 가등청정이 있고, 울산성은 가등청정이 쌓고 수비하는 것이었다. 일본군의 총수는 13만이요, 진영은 710리에 뻗치었다.

그런데 명병측은 어떠하였던가 하면, 남원 패전의 보고를 듣고 강화론자인 병부상서 석성을 벌하고 남원을 지키다가 달아난 양원과 전주에 있어서 남원을 돕지 아니한 진우충을 군법에 처하여 베고, 절강 도어사 진효(陳効)로 조선감군(朝鮮監軍)을 삼고, 산동우정사 만세덕(萬世德)으로 도찰원 우첨도어사 해방순무(都察院右僉都御使海防巡撫)를 삼고, 도독 동일원(董一元), 유정 등으로 하여금 병 5만 천을 거느려 조선으로 향하게 하고 또 수군도녹 진린(陳璘)으로 하여금 수군 일반을 거느리고 조선으로 향하게 한 것이다.

명군은 남원의 패전이나 벽제관의 패전이나 다 조선군이, 혹은 겁이 나서 먼저 달아나고 혹은 적과 통하여 군기를 누설한 책임으로 돌렸다. 그것은 전패한 명나라 장수들이 자기네의 책임을 가볍게 하려는 핑계였다. 그러나 조선은 또 이 불명예스러운 책망에 대하여 대답할 말이 없었다. 왜 그런고 하면, 이순신, 권율(행주 싸움에서만) 등 몇 사람을 제하고는 다 적의 빛만 보면 달아나는 무리가 아니었던가. 조금만 적의 발걸음이 멀어지면 입만 살아서 주전론을 뿜내던 자들도 적이 5백 리 밖에만 왔다고 하면, 벌써 짐을 싸고 달아날 생각을 하지 아니하였던가. 그리고 애걸복걸로 명나라에 구원을 청하기로 능사를 삼지 아니하였던가. 둘쨋번 명군이 조선으로 올 때에 명나라 장수가 조선 임금에게 보낸 질문서는 실로 조선 사람된 사람으로는 부끄러워서 죽게 할 만한 것이었다. 그 글을 여기 적어 독자와 함께 등이 젖도록 부끄러운 땀을 흘려 보자.

'中國憫屬國淪沒. 再勒王師. 惠出望外. 是宜爲君者. 有枕戈嘗膽之志. 爲臣者. 有主憂臣辱之節. 庶民有親上死長之義. 而我之大兵迭出. 以助聲勢. 倭雖强. 其如朝鮮何. 奈何國主思弄. 大臣逃竄. 總兵賣國而泄機. 庶民望而降虜. 卽如昨日南原之陷. 全州之火. 朝鮮官兵. 竟不聞使在. 而且倒戈反向者有之. 乘機內亂有之. 是明甘心於倭矣. 今咨該國. 痛自警省. 若果上下. 交勉力圖死守. 將卒三軍. 有進無退. 中國卽當大發兵餉. 助爾討賊. 若自輕社稷. 竄伏草求. 求緩須叟. 中國豈得代爲爾戍. 卽當選師境上. 自固封疆. 爾東西南北自在也. 該國自計歸著之地. 務吐由衷. 從實祥答. 勿持兩端悞我軍機.'

(중국은 속국이 망하는 것을 불쌍히 여기어 두 번째 군사를 보내니 그 은혜는 바랄 수 없는 일이다. 이만하면 임금 된 자는 마땅히 장을 베고 쓸개를 핥는 뜻이 있고, 신하 된 자는 임금의 근심을 덜기 위하여 몸을 바치는 절이 있고, 백성 된 자는 위를 사랑하여 앞서서 죽을 의가 있어야 할 것이다. 그러할진대, 우리 대병이 나아가 성세를 도우면 왜 비록 강하다 한들 조선을 어찌하랴. 그러하거늘 임금은 달아날 생각만 하고, 대신은 도망할 생각만 하고, 대장은 나라를 팔고 군기를 누설하

고, 백성들은 나도나도 하고 적에게 항복함은 어쩜이뇨. 저즘께 남원이 빠지고 전주를 잃을 때에도 조선의 관병은 있단 말을 듣지 못하고 혹은 창을 거꾸로 들어 반란을 일으키고, 혹은 기회를 타서 내란을 일으키니 이는 분명히 왜를 달게 여김이다.

이제 그 나라(조선)에 묻노니 아프게 스스로 깨어 만일 위와 아래 서로 힘을 써 죽기로 지키고 삼군을 거느려 나아감이 있고 물러감이 없을진대 중국은 마땅히 크게 군사를 내어 너를 도와 적을 치려니와 만일 스스로 사직을 가벼이 여기고 걸핏하면 도망하여 고식적으로 무사하기를 구할진대 중국이 어찌 너를 위하여 지켜 주랴. 곧 군사를 거두어 나 맡은 지경이나 지킬 터이니 너는 동으로 가든지 서로 가든지 남으로 가든지 북으로 가든지 네 멋대로 할 것이요, 네 나라 스스로 돌아갈 곳을 찾을지어다. 거짓말 말고, 아무렇게나 말고 진정으로 성의 있게 대답하라. 양단을 다 잡아 우리 군기를 그르치게 하지 말지어다.)

2

이러한 모욕적 자문을 받고도 조선의 조정에서는 왕이나 대신이나 매양 고담준론으로 일을 삼던 대간이라는 위인들이나 감히 분개하지도 못하고 오직 황송할 뿐이었다. '예, 황송하오, 살려 줍시오' 할 뿐이었다. 그리고 왕은 한문 잘하는 사람을 시켜 변명하는 회답을 하였다. 그리고 곧 평안도, 황해도, 경기도, 함경도 군사 만여 명을 모집하여 명나라 경리 양호(楊鎬), 제독 마귀(麻貴)의 분부를 듣게 하고 명병과 합력하여 한강의 여러 여울을 지키게 하였다.

그러나 음식이나 의복이나 조선병과 명병과는 큰 차별이 있었다. 명병은 좋은 옷에 좋은 음식에 술과 고기를 막 먹어도 조선 군사는 명병이 내버리는 것을 얻어먹고, 조선 군사 중에 아무리 시위가 높은 이라도 명병 중에 가장 지위가 낮은 이보다 낮았다. 그래서 걸핏하면 욕을 얻어먹고 매를 얻어맞고, 심지어는 까닭없이 뭇매를 맞아 죽는 이도 있었다. 이러한 고초를 겪어도 조정이나 대관들이나 다들 명나라 장졸에게 아첨하고 시중들기에 그들은 돌아봄을 받지도 못하였다.

오직 경기도 도체찰사 유성룡이 몸소 강변으로 순회하면서 조선 장졸을 위로함이 있을 뿐이었다.

왕도 몸소 서울을 나와 강변 각군을 순시하였다.

경리 양호 이하 명나라 장졸의 폭행은 조선편의 무기력을 볼수록 더욱 증장하여 그칠 바를 몰랐다. 그들은 군자금이라 하여 날마다 왕에게 재물을 조르고, 만일 달라는 대로 한 번이라도 응하지 못하면, '너희는 재물을 숨기고 군비를 아니 대니, 황상께 아뢰어 죄를 내리게 하겠다'는 둥, '너희가 그러면 우리는 갈 테니, 그리 알라'는 둥 위협을 일삼았고 재물을 늑탈하며 만일 항거하면 때리고 차고 죽였다. 그들의 눈에는 조선의 대관이니 양반이니 하는 것도 없었다. 그들은 양반의 집에 보물이 많고 어여쁜 부녀가 많은 것을 알기 때문에 양반의 집같이 보이는 집을 골라서 폭행을 하였다.

그들은 일본군과 싸운다 칭하고 남방으로 내려가는 길에 더욱 폭행이 심하였다.

유성룡은 참다 못하여 왕에게 이러한 상소를 하였다.

'臣觀待天兵之事. 其間耗失疊之弊. 不可紀極. 雖竭國內之力爲之. 其勢亦將難支. 近自南下以後. 遼薊宣大等處之兵. 沿途作拏. 毆打官吏. 結縛下人. 要索酒食. 日以益甚. 守令不能支當. 遂以苟免爲計. 遠避散僻之地. 只使下人主管. 其泛濫侵突. 何所禁止. 至於刷馬每站. 責出騎持而去. 百不一遷. 朝朝暮暮相繼不絶. 民間牛馬一空. 責出猶不已. 其爲生民之厄. 亦不可忍言. 然. 他無可求之策. 只宣令接待使. 從便禀呈於提督. 出令于管下諸將. 庶可少戢於萬一. 而亦未知如何. 徒爲憫嘆耳.'

(명나라 군사의 작폐를 이루 견디어낼 수가 없소. 나라에 있는 힘을 다 털어 대더라도 도저히 버티어 갈 수가 없소. 요새에 남쪽으로 내려오기 시작한 후로부터는 연도 작폐가 무쌍하오. 관리를 때리고 하인을 결박하고 술을 내라, 밥을 내라 하여 갈수록 더 심하니 수령들은 그 행

패에 못이겨서 달아나 산속에 숨어버리고 하인들만 남아서 접대를 하고 있소. 참참이 있던 말은 다 타고 가서는 백에 하나도 올려 보내지를 아니하니, 민가에 마소가 자취를 끊었소. 그래도 내고 내라니 백성의 정경은 차마 볼 수 없소. 달리 도리가 없으니 접대사를 시켜서 틈을 타서 제독에게나 이런 말을 해 보게 하시면, 혹시 좀 나을는지 그도 어떨지 모르니, 이런 딱한 일이 있소.)

3

이 모양으로 명군은 갖은 행악을 다 하면서 남도로 내려갔다. 그러나 그들은 일찍 한 번도 승전해 본 일은 없었다.

이 동안에 순신은 고금도에 근거지를 잡았다. 고금도는 벽파진에서 해남반도의 끝을 돌아 완도를 지나 흥양반도를 돌아서 좌수영으로 통하는 요해에 있는 섬이다. 조악섬(助樂島라고 쓴다)과 고금도(본래는 걱금섬) 사이에는 한강 너비 만한 곳이 있는데 물이 깊어 아무리 큰 배라노 무시로 동행할 수 있을뿐더러 곬이 두 섬 틈바구니로 휘임히게 구부러져 있기 때문에 밖에서 엿볼 수가 없이 되었다. 신지도 밖 난바다를 통하면 몰라도 내해를 통하려면 여기만큼 물 깊은 곳이 없었다. 그뿐더러 뒤에는 좌수영 뒤 쇠복산과 같은 높은 봉이 있어 그 봉에 오르면 사방 바다의 형편을 바라볼 편의가 있었다.

순신이 벽파진 싸움에 이긴 후에 각처로서 모여든 군사가 8천 명이 넘었다. 순신은 이 군사들을 이끌고 고금도로 온 것이다. 그런데 첫째로 걱정되는 것이 군량이었다. 이에 순신은 한 계교를 내어서 충청, 전라, 경상 삼도를 통행하는 배에게 통행첩(通行帖)을 주게 하고 통행첩이 없이 다니는 배는 간세(奸細=犯法)로 논하여 일체 통행을 금지하였다. 배의 대소를 나누어 대선은 쌀 3석, 중선은 2석, 소선은 1석을 받고 통행권을 주었다. 백성들은 순신의 해군을 믿고 재물을 가지고 섬으로 피난하는 것이 성풍이 되었기 때문에 이만한 쌀을 바치는 것은 어려운 일이 아니어서 저마다 쌀을 갖다 바치고 통행첩을 얻었다. 이렇게 하여 받은 쌀이 십일 내에 만석이 넘었다.

군량을 관비하기에 성공한 순신은 각지에 명을 내려 동과 철을 모아 들이게 하였다. 백성들을 밥주발과 숟가락을 바치는 이조차 있었다. 순신은 고금도에 조병창을 세우고 대포와 조총을 만들게 하였다.

또 각 섬과 연해 각지에서 재목을 실어 들여 배 짓기를 시작하고 한편으로는 대를 실어 들여 화살을 제조케 하였다.

이렇게 많은 군사와 공장이 모여들기 때문에 장사하는 사람들, 피난하는 사람들도 모여들어서 고금도는 한 달이 넘지 못하여 큰 도시를 이루었다.

순신은 명나라 군사가 거처하기 위한 병영을 짓고 대장이 거처할 영문을 짓고 또 함대가 정박할 방파제를 쌓았다.

이렇게 고금도 준비가 다 되어 이순신 혼자만이 넉넉히 적을 소탕할 능력이 생길 만한 때에 명나라 수군제독 진린이 만 명 가까운 수군을 끌고 강화도로부터 내려왔다. 이름은 청병이나 기실은 순신의 행동을 방해하여 적을 놓아 보내고 마침내는 순신을 죽게 하는 결과를 낳게 만들었다.

12월, 진린이 고금도를 향하여 서울을 떠날 때에 왕은 군사를 거느리고 청파벽까지 나와 전송하였다.

이날 진린의 부하는 전송 나온 양주 목사를 차고 때리고 찰방 이상규(李尙規)를 오라로 목을 매어 땅바닥에 끌고 다니며 유혈이 만연하게 하였다.

유성룡은 진린을 보고 이 찰방을 놓아 주기를 청하였으나 진린은,

"너희 조선 관원들은 이렇게나 해야 버릇을 가르친다. 너희놈들이 하는 일이 무엇이냐? 적이 오면 너희놈들은 도망하고 우리 대명나라 사람들더러 죽을 땅에 나가게 하고!"

이렇듯 도리어 호령하였다.

자리에 있던 왕은 얼굴이 주홍빛이 되었다. 그러나 감히 한마디도 말

을 못하였다.

　유성룡은 같이 앉았던 재상들을 돌아보고,

　"가석하오. 이순신이 또 패하겠소. 무엇하러 명나라에 청병을 한단 말요!"

　"순신이 인과 한 군중에 있게 되면 반드시 순신이 하는 일은 못 하게 할 것이요, 도리어 순신이 원치 아니하는 일을 시킬 것이오. 순신의 장수 권리를 침탈할 것이오. 순신의 군사를 학대할 것이오. 순신이 이것을 거스르면 노할 것이오. 쫓으면 더할 것이니 이러고야 아니 패하고 어찌하오?"

하였다. 일좌가 다 유성룡의 말에,

　"참 그렇소!"

하고 옳다는 뜻을 표하였다. 그러나 속으로는,

　"요놈, 네가 순신을 두호하느라고."

하고 이를 악물었다.

　나중에는 유성룡의 이 말이 명나라를 모욕한 말이라 하여 재상들 간에(명나라 말고 소선의) 유성룡을 모는 이유의 하나가 되었디.

4

　진린의 수군이 가까이 왔다는 소문을 듣고 순신은 2백 척 전선에 기를 꽂고 위의를 갖추어 바다에 나아가 맞았다.

　진린은 열두 척밖에 없다는 이순신이 수백 척 병선을 가진 것을 보고 놀라고 또 그 수백 척 병선이 장수의 한 명령에 법도 있게, 민활하게 진퇴하는 것을 보고 놀래었다. 도저히 자기 수하에 있는 수군은 그러할 수가 없었다.

　진린의 군사가 고금도에 하륙하자 순신이 몸소 진린, 능자룡(登子龍) 등 상관을 새로 건축한 영문으로 인도하고 또 부하를 시켜 모든 군사를 병영으로 인도하게 하였다. 진린은 모든 것이 다 신비요, 그러면서도 하나도 미비한 것이 없음을 보고 놀래었다.

　명나라 장졸이 다 자리를 잡을 만한 때에 순신은 미리 준비하게 하였던 주식으로 명나라 군사에게 크게 잔치를 베풀어 장졸이 다 취하지 아니한 이가 없었다.

　"경사에 온 것 같다."

하고 진린은 더할 수 없이 만족하였다. 그말 뜻은 북경을 떠난 뒤로 이때껏 한 번도 이렇게 유쾌하고 풍성한 대접을 받아 본 일이 없다는 뜻이었다.

　진린은 서울서 오는 길에, 고금도에 도달하거든 무엇이든지 한 가지 책을 잡아 이순신을 혼을 내어 그 기를 꺾으리라고 마음을 먹었었다. 그러나 모든 절차와 설비와 대접에 하나라도 책을 잡을 것이 없었다.

　술을 취하도록 마신 명나라 사졸들도 이순신을 가리켜 과연 좋은 장수라고 칭찬하였다. 만일 조금이라도 책을 잡히었던들 이순신도 청파의 이 찰방 모양으로 목에 올가미를 씌워 갖은 모욕을 당하였을 것이다. 명나라 장졸의 눈에 왕과 대신도 없거든 하물며 일개 변방 무장이랴.

　그러나 일은 그렇게 순탄하게 가지만 아니하였다. 원래 명나라에 있을 때부터도 탐람하고 포악하기로 유명하던 진린이다. 한번 무슨 핑계만 잡으면 벼락이 내릴 것은 물론이었다.

　그런데 불행히 한 일이 생겼다.

　진린이 온 지 얼마 오래지 아니하여 적의 수군의 일대가 고금도에서 그리 멀지 아니한 녹도를 습격한다는 경보를 받았다. 순신은 왕으로부터 모든 군사는 진 도독의 절제를 받으라는 명령을 받았으므로 곧 이 경보를 진린에게 보였다. 진린은 이때야말로 명나라 수군의 위엄을 보일 첫 기회라 하여 순신에게는 아무 말도 아니하고 명나라 전선 50척을 명하여 이 적군을 소멸하라 하였다. 순신은,

　"상국 주사가 물길을 잘 알지 못하니 소인의 전선으로 하여금 돕게 함이 어떠하오?"

하고 진린에게 청하였다. 진린은 잠깐 생각하였으나 조선 주사가 선봉

이 되지 아니할 것을 조건으로 허락하였다. 이는 공을 이순신에게 빼앗길 것을 두려워 함이었다.

진린의 명대로 명선 50척은 기고 당당하게 녹도를 향하여 달리고 조선 병선은 멀리 뒤를 따랐다. 순신은 조선 병사에게 명병이 위험한 지경에 빠지기까지는 싸우지 말라고 재삼 당부하였다.

녹도를 못미처 앞선 명선은 적의 선봉을 발견하였다. 적선은 30척 내외였으나 배들이 모두 크고 배 위에 깃발을 달아 심히 찬란하였다.

명선에서는 먼저 방포하여 기세를 보였다. 적의 함대는 잠시 관망하는 모양이었으나 또 방포하고 응전하였다. 아마 그것이 이순신의 함대가 아니요, 명나라 함대인 것을 볼 때에 안심한 모양이었다.

격전이 한 시나 계속하자 두 함대는 점점 피곤하여 거의 단병전이 연출되었다. 멀리서 바라보기에 명나라 전선 4,5척에 적군이 올라가는 것이 보였다.

5

명선 세 척이 완전히 일본군에게 점령을 당하자 나머지 명선들은 항오를 어지럽게 하여 퇴각하였다. 일본군은 그 뒤를 따라 질풍같이 몰아왔다.

이때에 섬 그늘에 숨어서 가만히 전황을 보고 있던 주장 안위는 적의 함대에 대하여 공격령을 내렸다.

안위는 벽파진에서 이순신이 하던 병법을 본받아 자기가 몸소 선봉이 되어 대포와 화살을 빗발같이 적선을 향하여 발사하며 질렀다.

이렇게 격전한 끝에 적은 당해내지 못할 줄 알고 빼앗았던 명선 세척을 버리고 또 배 두척을 안위에게 빼앗기고 동으로 달아났다. 안위는 녹도 저쪽까지 이르다가 순신의 당부대로 군사를 거두었다.

안위는 이순신에게 잡아 온 적선 두 척과 그 배에 있던 즙물과 적병의 머리 40급을 바쳤다.

진린은 명병이 패하고 조선군이 이긴 것을 보고 분이 나서 명선의 주장을 앞에 꿇리고 손수 목을 베려 하였다. 이때에 순신은 적의 머리 40급을 진린에게 주며,

"누가 이기었거나 다 마찬가지 아니오. 이것을 노야께 드리니 황상께 바시치오."

하였다.

진린은 순신이 제 공을 자기에게 주는 것을 보고 심히 기뻐하였다. 그래서 노염을 거두고 죽이려던 주장을 살려주었다.

이날 진린은 명군 장졸에게 대하여,

"이로부터 이 통제를 노야(老爺)라고 부르고, 이 통제의 절제를 내 절제와 같이 받아라."

하는 명을 내리고 또 순신에게 대하여서도,

"명나라 장졸 간에 만일 행패하는 자가 있거나 군령을 어기는 자가 있거든 내게 물어볼 것 없이 먼저 형벌하고 나중에 알리시오."

하였다.

이때부터 진린은 무슨 일에나 반드시 이순신에게 물어 하고, 이순신을 부를 때에는 반드시 이 노야라 하고, 승교를 타고 어디를 갈 때에도 반드시 이순신과 가지런히 가고 감히 앞서 가지 아니하였다.

이로부터 명군은 감히 조선 군사나 백성에게 대하여 행패를 하지 못하였다. 그리고 명나라 장졸들은 길에서나 어디서나 이순신을 보면 반드시 진린에게 대한 것과 같은 예로 공경하였다.

진린은 이순신에게 경복하여 명나라 황제에게 순신의 장재와 인물을 칭찬하여,

'統制使有經天緯地之才. 補天浴日之功.'

(통제사는 경천위지하는 재주가 있고 보천 욕일한 공이 있나이다.)

하였다. 명나라 황제가 이순신에게 '有明軍水軍都督(명나라 수군도독)'이라는 벼슬과 인과 영기와 칼을 준 것이 다 진린의 천이었다.

명나라 수군 도독이라면 어떤 의미로 보면 조선 왕보다도 낮지 아니

한 지위였다. 그러므로 조선에서는 누구든지 이순신에게 죄를 줄 자가 없는 셈이었다. 그뿐 아니라 벽파진 대승전의 보고가 명나라 조정에 알려지자 명나라에서는 불사첩(不死帖)이라는 단서 철권(丹書鐵券)을 순신에게 주었다. 이것을 가진 이는 당대뿐 아니라 그 자손까지도 사형을 받지 아니하는 힘이 있는 것이다.

그러나 순신은 일체 명나라 수군 도독으로 자처하거나 자칭하는 일이 없었다. 그가 조정에 대해서는 말할 것도 없거니와 부하나 명군에 대하여서도 자기의 관명을 쓸 필요가 있을 때에는 항상 조선 벼슬인 충청 전라 경상 삼도 수군통제사라는 직함을 썼다. 순신의 머리에, 유명 수군 도독이라고 모든 조선 직함보다도 먼저 쓴 것은 제 나라보다도 명나라를 존중하는 훗사람들(글 잘하고 지위 있는)이었고 조선의 뭇백성들은 순신과 함께 통제사라고 불렀다.

6

무술년 9월 15일에 순신은 진린과 함께 또 함대를 거느리고 고금도를 떠났다. 이는 순천에 와 있는 명장 유정과 합하여 왜교에 웅거하고 있는 소서행장군을 수륙으로 합공하려 함이었다.

순신의 생각에는 먼저 왜교의 소서행장군을 격멸하고 다음에 사천과 부산과 울산을 차례로 격멸할 계획이었다. 왜 그런고 하면, 일찍 계사년에 경상 감사 김수와 상약하고 부산의 적을 협공하려 하였으나 김수가 겁을 내어 약속을 지키지 아니하기 때문에 실패하였지마는 지금은 울산에도 명군이 와 있고 사천 근방에도 명군이 와 있으므로 만일 진실로 수륙협공을 한다고 하면 적을 격멸하기는 반드시 어려운 일이 아니었던 것이다.

오직 염려되는 것은 믿을 수 없는 명나라 장수의 심사이시나는 진린은 이미 순신에게 심복하여 순신의 의사대로 좇는 터이므로 수군에 있어서는 염려가 없다고 자신한 것이다.

19일에 순신에게 있어서는 가장 감개무량한 좌수영에 이르러 참담한 폐허가 된 것을 보고 20일 미명에 좌수영을 떠나 괴섬(描島)에 이르니 때는 신시였다.

이때에 벌써 명장 유정의 군사는 육지로부터 적진을 공격하여 포성이 은은히 들렸다.

순신은 작은 배를 적진으로 보내어 싸움을 돋우었다. 이때에 왜교에는 5백 척 전선과 3만 명의 적의 장졸이 있어 당시 조선에 있는 적진 중에서는 가장 큰 근거지였다. 더구나 왜교의 근거지는 사천, 울산 등지에 있는 적에게 군량을 공급하는 근원이므로 만일 왜교의 적진이 함락된다고 하면 사천, 부산, 울산 등지의 적은 불공자파가 될는지도 몰랐을뿐더러 풍신수길이 이미 죽었으므로 적의 사기는 많이 저상되었던 것이다.

22일 싸움에 명 유격장이 팔에 총을 맞고 당인(명나라 사람이라는 말) 11명이 전사하고 지세 만호, 옥포 만호도 총을 맞았다.

때는 마침 조금이라 물이 얕아서 큰 배가 노루섬 안까지 들어갈 수가 없었다. 큰 싸움을 하려면 아직 적군을 항구 안에 봉쇄해 놓고 그믐사리가 되기를 기다릴 수밖에 없었다.

진린은 순신의 말대로 주사를 노루섬으로 옮겨서 왜교에서 나오는 바다 입을 봉쇄하고 물이 살아나기를 기다렸다.

왜교라는 데는 여수반도가 순천에 붙은 밑둥으로서 그 입에 노루섬이 문 모양으로 가로막아서 노루섬 앞을 지나지 아니하고는 바다에 나올 수가 없는 곳이다.

이곳에 소서행장은 영구적인 성을 쌓고 토지를 개간하여 농사를 짓게 하고 인근 읍에 부하를 보내 전곡을 가져오게 하였던 것이다.

그믐날, 1일 2일에 순신은 진린에게 총공격하기를 청하였으나 진린은 듣지 아니하였다.

이러는 동안에 또 조수는 점점 줄기를 시작하였다.

순신은 심히 초조하였다. 지금같이 물이 깊은 때면 적이 아무리 응전하지 아니하더라도 거북선(새로 고금도에서 지은 것 두 척)과 기타 전선으로 적선의 정박지를 습격할 수 있을 것이다. 만일 이 기회를 놓친다 하면 다시 반 달이나 기다리지 아니하면 기회가 없을 것이요, 그리하는 중에는 적이 사천, 부산 등지에 청병을 하게 될 것이었다. 그러나 진린은 듣지 아니하였다.

7

원래 싸우기 좋은 기회는 그믐날과 초일, 초이 양일이었다. 이날에는 물도 많이 밀거니와 또 물때가 바로 밤이기 때문에 적이 모르게 진군하기가 편하였다. 순신은 연하여 진린에게 싸우기를 말하였으나 진린은 육상에 있는 유정의 군사가 싸우지 아니하는 것을 보고 싸우기를 즐기지 아니하였다. 진린이 말을 듣지 아니하면 순신이 혼자 총공격을 할 수는 없었다. 순신은 진린의 절제를 받아야 하기 때문이다. 그래서 순신은 정찰한다는 핑계로 수십 척씩 배를 놓아 적을 습격하고 있었다. 그러는 동안에 이일의 싸움에 순신의 처 종형인 사도 첨사 황세득(黃世得)이 총을 맞아 죽었다.

순신은 조상하는 제장에 대하여, '세득이가 나라 일로 죽었으니 죽어도 영화롭다' 하였다.

순신은 3일에도 진린에게 싸우기를 재촉하였다.

"오늘도 지나면 물이 얕아지오. 그러면 다시 반 달을 기다리지 아니하면 싸울 기회가 없소. 또 반 달을 기다리는 동안에는 적이 사천, 부산, 울산 등지에 있는 적을 청해 올 것이니 그리 되면 우리는 복배로 수적하는 곤경에 빠질 것이오. 오늘은 아직도 물이 과히 줄지 아니하였으니 오늘 기회는 놓칠 수 없소."

하였다. 그래도 진린은,

"유 총병과 약속이 아니 되었으니 주사로만 싸울 수가 있소?"

하고 응치 아니하였다.

"만일 오늘을 놓쳐버리면 명나라 주사나 조선 주사나 한 척도 남아 돌아가지 못하리다."
하고 순신은 극력으로 진린을 재촉하였다. 진린은 마지못하여 순신의 말을 좇았다.

이리하여 초사흘의 왜교 총공격이 개시되었다. 그러나 이때는 벌써 물때가 낮을뿐더러 진린을 움직이는 동안에 때가 늦었다.

그러나 이날 싸움에 적선 50여 척을 깨뜨렸다. 진린의 함대는 싸울 뜻이 없어 뒤로만 돌다가 조선군이 이기는 것을 보고야 앞으로 내달았다. 그러나 이때에는 벌써 조수가 물러나오기 시작한 때였다. 순신은 진린에게 배를 보내어,

"조수가 나갈 때가 되었으니 군사를 거두라."
하고 청하였다. 그러나 진린은 듣지 아니하였다. 그는 이왕 싸우는 이상이면 조금이라도 공을 세울 야심이 있었던 것이다.

과연 순신의 말을 듣지 아니한 명나라 전선 중에 호선 20척과 전선 19척이 풀에 올라앉아버렸다. 이것을 보고 적군은 작은 배를 타고 모여들어서 배 위에 있는 명군을 하나 아니 남기고 다 죽여버리고 말았다. 순신은 보고만 있을 수 없어서 전선 7척에 병기를 많이 싣고 가 구원케 하였으나 물이 얕아서 도저히 수백 보를 격하고는 더 들어갈 수가 없었다.

이것을 보고 진린은 마치 모든 것이 순신의 책임이나 되는 듯이 분해하고 화를 내었다.

초나흘에도 순신은 공격을 계속하여 다시 수십 척의 적선을 깨뜨렸으나 진린은 싸울 뜻이 없었다.

초오일에는 서풍이 크게 불어 배를 안정할 수가 없었고, 초육일에 도원수 권율이 순신에게 비밀히 사람을 보내어, '유 제독이 달아나려 한다'는 기별을 전하였다.

순신은 이 소식을 듣고 그날 일기에 '痛憤痛憤(통분통분)'이라고 적었다.

또 이날에는 일본에 포로로 잡혀 갔다가 도망해 온 변경남(邊敬男)이라는 사람에게서 평수길이 죽고 그 자리를 다투는 자가 많다는 말을 들었다.

그 이튿날인 7일에 제독 유정이 군관을 진린에게 보내어,

'陸軍暫退順天. 更理進戰.'

(육군은 잠시 퇴군하였다가 다시 준비하여 싸우려 한다.)

하였다.

8

순신은 명장 진린의 방해로 하여 왜교의 적을 토벌하지 못하고 한을 머금고 좌수영을 거쳐 고금도 본영으로 돌아갔다.

이 동안에 유정은 순천으로 돌아가 누웠다. 그는 소서행장한테 많은 뇌물을 받고 싸울 뜻이 없었던 것이다. 그 뇌물 중에는 일본 여자 하나도 있었다. 이항복이 유정을 움직이려고 애를 썼으나 유정에게는 모기 소리만큼도 아니 들렸던 것이다.

순신은 고금도에 있는 동안에 진린에게 혹은 의리를 가지고 혹은 이해관계를 가지고 달래어 그를 움직이기에 힘을 썼다. 애초에 순신이 인을 끌고 고금도로 돌아온 까닭이, 인으로 하여금 적에게 유혹될 기회가 없게 하고자 함이었다. 순신의 이 계획은 성공하였다. 인은 마침내 순신의 성의에 움직임이 되어 소서행장의 군사와 한 번 싸울 결심을 하게 된 것이다.

11월 9일에 순신은 인과 함께 다시 함대를 끌고 고금도 본영을 떠나 11일에 유도(釉島)에 다다라 진을 쳤다. 이번 보름사리를 타서 총공격을 하려 함이었다.

13일에 적선 십여 척이 노루섬 밖으로 나오는 것을 둘이 쫓고, 순신은 인과 함께 진을 노루섬으로 옮겼다.

14일에 적선 두 척이 강화를 청한다고 칭하고 인의 진에 왔다. 순신

은 인이 유혹받지 아니하기만 빌었다.

　밤이 되어 술시나 된 때에 순신이 바다를 바라보니 적선 하나에 장수인 듯한 이가 타고 노루섬에 들어와 인이 있는 도독부로 들어가는 것이 보였다. 이것은 아까 낮에 적의 사자가 왔을 때에 인이 밤에 만나기를 약속한 것이었다.

　순신이 사람을 도독부로 보내어 알아본즉 적장은 돼지 두 마리와 술 두 항아리를 가지고 와서 한 시각 동안이나 통사만 사이에 세우고 무슨 이야기를 하고 돌아갔다고 한다.

　이튿날인 15일에 순신은 인을 도독부로 찾았다. 그러나 인은 순신에게 적의 강화 청하는 문제에 대하여 아무 말도 아니하였다. 이날도 적선이 세 번이나 인의 진중에 출입하였다.

　이튿날인 16일에도 소서행장의 사자가 인에게 오고 이날에는 인이 그 부하 진문(陳文)이란 자를 소서행장에게 답례사로 보내었다.

　진문이 적진으로 들어간 지 얼마 아니하여 오도주(五島主)라는 적장이 배 세 척에 말과 창, 검 등 선물을 실어다가 인에게 바쳤다. 이로부터 적선이 더욱 빈번히 인에게 왕래하고 왕래할 때마다 반드시 말과 무슨 상자 같은 선물이 왔다.

　순신은 대사가 다 틀어지는 것을 한탄하였다.

　16일에 인은 순신을 자기 진중으로 청하였다. 인은 술과 안주를 내오고,

　"노야, 이것은 소서행장이 보낸 술이오, 일본술이 조선술보다 낫소. 한잔 자셔 보오."

하고 은근히 권하였다.

　"소인은 적이 주는 음식을 먹을 수 없소."

하고 물리쳤다. 인은 좀 머쓱하였으나 다시 웃는 낯을 지어,

　"나도 처음에는 아니 믿었지마는 소서행장이 여러 번 사람을 보내어 자기네는 돌아갈 터이라고 화친을 청하니 제출물에 돌아간다는 것을 구태여 싸울 것은 무엇이오? 나는 대감의 의향을 듣고서야 대답한다고

했소마는 화친을 허하는 것이 좋을 듯하오."
하였다.
 이것은 거짓말이 아니었다. 그는 순신을 꺼려서 화친의 허락은 아니하였던 것이다.
 순신은 지필을 당기어 '大將不可言和. 讐賊不可縱遣.'이라고 써서 인의 앞에 돌려 놓았다. 대장은 화친을 말하는 것이 옳지 않다, 원수는 그저 놓아보낼 수가 없다는 뜻이다. 이것을 보고 인은 부끄러워 낯을 붉히고 다시 아무 말도 아니하였다.
 그날 밤에 소서행장의 사자가 인의 회답을 듣고자 왔을 때에 인은, '我爲爾倭已言于統制而見拒. 今不可再言.'이라고 대답하였다. 나는 너희를 위하여 통제사에게 말하다가 거절을 당하였으니 이제 다시 말할 수는 없다는 뜻이었다.

9

 인의 이 회답을 받은 소서행장은 사자를 순신에게 보내어 총, 검, 방물 같은 것을 바치고 한 번 만나 의사를 통하기를 청하였다.
 순신은,
"할 말이 있거든 서울로 가라고 하여라. 나는 적군의 사자를 만날 까닭이 없다."
하고 만나기를 거절하였다.
"그러나 이왕 가져온 것이니 물건만이라도 받으시오."
하고 우후가 순신에게 다시 아뢰니 순신은,
"임진년부터 적을 수없이 잡아서 얻은 총검이 산더미 같으니 너희 대장의 머리밖에는 쓸 것이 없다고 일러라."
하여 그 물건도 거절해버렸다.
 소서행장은 순신이 강경하여 어찌할 수 없음을 보고 제이단의 책으로 순신과 인을 떼어 보려 하였다. 그래서 인에게는 조선군과 같이 진을 치고 있는 것이 상국의 위엄에 관계되지 않느냐 하고 또 순신에게는, '장군 같은 큰 재주를 가지고 어찌하여 일개 진린의 밑에서 그 절제를 받으시오? 나는 적이라는 생각을 버리고 장군을 흠모하는 충정으로 이 말을 하오' 하여 사자를 보내어 각각 이 말을 전하게 하였다. 순신은,

"내 나라 땅에 내가 진을 치거든 아무러기로 다 내 뜻이니 적이 아랑곳할 바가 아니다."
하여 물리쳐버렸다.

소서행장은 순신이 인의 곁에 있고는 인을 매수하기가 어려움을 깨달아 백방으로 계교를 썼으나 효과가 없었다.

이날에 순신은 인을 찾아 보고,
"오늘이 가장 조수가 깊으니 총공격을 합시다."
하고 청하였다. 그러나 적의 뇌물에 취한 인은 순신의 말대로 움직이지를 아니하였다. 그리고 도리어,
"나는 아직 행장은 그냥 두고 남해에 있는 적을 먼저 칠까 하오."
하고 딴전을 부렸다.

순신은 인의 말이 무슨 뜻인지를 알았다. 그것은 남해를 칩네 하고 명나라 함대를 불러 적이 달아날 길을 열어 주려 함이었다.

순신이,
"남해에 있는 것은 다 적에게 포로 되었던 조선 사람들이지 어디 적이 있소?"
한즉 인은 퉁명스럽게,
"이미 적에게 붙었던 놈들이면 적이나 마찬가지. 이제 가서 치면 힘 안 들고 목을 많이 벨 터인데 아니 쳐?"
하고 오만한 모양을 보였다.

순신은 정색하고,
"황상이 명을 내리어 적을 치라 하심은 조선 인명을 구하려 하심이어늘 이제 적은 치지 아니하고 도리어 조선 인명을 주륙한다 하면 아마

황상의 본의는 아닐 것이오."
하였다. 이 말에 인은 대노하여,
"황상이 내게 장검을 주셨어!"
하고 칼을 만졌다.
순신도 소리를 가다듬어,
"한 번 죽기는 아깝지 아니하지마는 나는 대장이 되어서 결코 적을 두고 우리 사람을 죽이지는 아니하겠소."
하고 또 꾸짖었다. 그러나 순신은 인을 버리려 아니하고 어떻게 해서라도 그의 마음을 돌려 이번 싸움을 하려 하였다. 그는 나라 일을 위하여서는 개인 감정을 돌아보지 아니한 것이다.
오랫동안 다툰 끝에 인은 남해로 가기를 단념하였다. 그러나 소서행장의 배 두 척이 밖으로 나가기를 허락하였다. 이 말을 들은 순신은 곧 인을 찾아 보고 어찌하여 배 두 척을 내어보냈느냐고 힐문하였다. 인의 대답은,
"저의 나라로 퇴군한다는 통지를 하러 보낸 것이라기에 보냈다."
함이었다.
순신은 발을 구르며,
"그 배는 사천으로 간 것이 분명하니 우리는 이제 복배로 수적하게 되었소. 반드시 사천, 부산에 있던 적선이 노량진으로 넘어올 터이니 곧 가서 맞아 싸우지 아니하면 우리는 앞 뒤로 협공을 당할 것이오."
하였다.
인은 이 말에 깜짝 놀란 듯이 얼굴빛이 달라졌다.
"그럴까? 그러면 곧 가지요."
하고 17일 밤에 전함대를 띄워 노량진으로 향하였다.

10

18일 미명에 노량진 근해에 이르러 인의 지휘대로 명나라 함대는 바

로 노량진 목을 막아 진을 치고 순신의 함대는 관음포 어구의 섬 그늘에 숨어서 진을 쳤다.

애초에 순신은 자기가 몸소 노량진 목을 막고 지키다가 넘어오는 적군을 일거에 무찌르려 하였으나 인은 공을 다투어 그것을 허하지 아니하였다. 만일 적의 함대가 노량진을 넘어선다 하면 왜교에 있는 적과 합세할 위험이 있기 때문에 순신은 이것을 깊이 근심하였다. 그러나 인은 순신을 선봉으로 세워 전공을 그에게 주고 싶지 아니하였으므로 순신의 의견을 좇지 아니하였다.

18일 유시부터 적선이 창선도로부터 출동하기 시작하여 더러는 암목포에 와 서고 더러는 노량에 정박하여 그 수를 알 수 없었다.

이날 밤 이경에 순신은 제장에게 이밤에 반드시 큰 싸움이 있을 터이니 다 죽기로써 마음을 삼으라고 재삼 약속하였다.

순신은 심서를 정할 길이 없어 하다가 삼경이 되어 세숫물을 들이라 하여 머리를 빗고 세수하고 통제사의 군복을 입고 배 위로 올라가 꿇어앉아 하늘에 빌었다.

"이 원수만 없이 하면 죽어도 한이 없사오니 도와주옵소서."

이때에 큰 별 하나가 횃불 같은 꼬리를 끌고 날아와 관음포 바닷속으로 떨어졌다. 달은 밝고 얼음 기운을 머금은 바람은 금빛나는 물결을 희롱하였다.

사경이나 되어서 조수를 타고 적선 5백 척이 꼬리를 물고 노량으로 넘어왔다.

인은 통사를 시켜,

"대명 수군제독 진린이 황상의 명을 받고 여기 있으니 너희는 뒤로 물러가라!"

하고 호령을 하였다.

그러나 5백 척의 일본 함대의 눈에는 대명 수군제독도 없었다. 저편에서는,

"우리는 조선 수군과 싸우려는 것이요, 대명과 싸우려는 것이 아니

니 비켜서라."
하는 대답이 왔다.

일본군의 이 대답은 진린을 격노하게 하였다. 그래서 진린은 포화를 열어 일본군에 대하여 싸움을 돋우었다. 그러나 일본군은 조류를 타고, 명군은 조류를 거슬러 싸우기 때문에 도저히 적수가 되지 아니하였다. 싸운 지 한 시각이 되지 못하여 명군은 물을 따라 뒤로 물러가 달아났다. 일본군은 달아나는 명군을 따라 조총을 콩볶듯 놓으며 시살하였다.

그러나 무인지경같이 달리던 일본군은 난데없는 대적을 만났다. 그것은 관음포에서 기다리고 있던 이순신의 수군이었다.

순신의 수군은 일제히 돛을 달고 내달아 일본 함대의 앞을 막고 대포와 군센 활과 조총으로 시살하였다. 순신이 고금도에서 새로 지은 거북선 두 척은 마치 바닷속에서 솟아오른 괴물 모양으로 불과 연기를 뿜고 좌충우돌하여 다닥뜨리는 대로 적선을 부수었다. 아직도 거북선의 위력을 본 일이 없는 적선은 새로운 괴물에 놀라고 일찍 한산도와 그 밖의 싸움에서 거북선에게 혼이 난 사람들은 옛날 기억을 일으켜 떨었다.

겨울 바람에 부싯싯같이 마른 적선의 돛과 선체는 순신의 화전을 받아 화약과 같이 타올랐다. 노량, 관음포의 일대는 하늘이나 바다 모두 불빛이 되고 대포 소리와 화살 날아가는 소리와 죽는 군사의 아우성 소리에 흔들렸다.

순신의 군사들은 진린 때문에 싸우지 못하던 분풀이를 마음껏 하려 들었다. 저마다 앞을 다투었다.

시간이 지났다.

조수가 돌아서서 노량진 동쪽으로부터 서쪽으로 흐르던 조수는 서쪽으로부터 동쪽으로 흘러가게 되었다. 조수를 따라 바람도 돌아섰다. 지금까지 역풍과 역조로 싸우던 순신은 이제야 순풍과 순조를 만나고 적군이 역풍과 역조를 만나게 되었다.

11

조수와 바람을 다 만난 순신은 더욱 북을 울려 싸움을 돋우었다. 오경이 될 때에는 적선 5백 척 중에 3백여 척이 혹은 불에 타고 혹은 부서졌다.

거북선은 쫓기는 적선을 따라 다닥뜨리는 대로 뒤를 찌르고 옆구리를 찔렀다. 그의 입과 70여 개 포혈에서는 끊임없이 탄환과 연기를 뿜었다. 이곳 물길에 익지 못한 적선은 노량에 있는 수없는 암초에 부딪쳐 상하는 것도 적지 아니하였다.

나머지 백여 척 적선이 노량진 목으로 빠져나가려 할 때에 산 그늘로부터 난데없는 일대의 전선이 내달아 길을 가로막았다. 이것은 순신이 미리 감추어 두었던 것이다. 앞을 막힌 적선은 뒤를 돌아보았다. 뒤를 따르던 조선 함대는 어디론지 자취를 감추고 말았다. 그들은 방향을 돌려 오던 길을 다시 향하였다.

그러나 패잔한 적선이 관음포 앞에 다다랐을 때에 섬 그늘로부터 거북선을 포함한 일대의 전선이 내달았다. 싸울 기운과 뜻을 잃은 적선은 어디나 길 열린 데로 달아날 수밖에 없었다. 그들은 마침내 관음포 속으로 들어가버렸다.

이 관음포란 곳은 어구에서 보면 저쪽 바다로 뚫린 물길같이 보이나 기실은 뒤가 막힌 남해의 한 개굽이다. 순신은,

"적선을 하나도 놓아 보내지 말아라!"

하는 주지로 마침내 적의 패잔 함대를 이 병 속에 몰아 넣은 것이다.

밤은 훤하게 밝았다.

바다 위에는 깨어진 배조각, 모로 넘어진 배, 불타다가 남은 배, 피 흐르는 시체로 참담한 모양을 보였다.

진린의 함대는 넓은 곳에서 바라보고 '조선 함대가 다 망하는구나!' 하고 생각하고 있다가 지리산 꼭대기 찬 눈에 새벽 햇빛이 자주 빛으로 비칠 때에야 전멸한 것은 일본 함대요, 순신의 함대가 아닌 것을 알았

다. 그리고 진린은 일변 무안하고, 일변 공을 빼앗긴 것이 분하여 곧 함대를 몰고 관음포로 왔다. 관음포는 진린이가 이순신에게 지정한 정박지다. 만일 순신이 싸움이 끝난 뒤에도 그 정박지에 있지 아니한다 하면 인은 그것을 트집을 잡았을는지도 모른다. 그러나 순신의 함대는 마치 언제 싸움이 있었나 하는 듯이 제자리에 진용을 정제하고 있었다. 다만 한 가지 다른 것은 배 수효가 적어진 것과 배마다 피가 흐른 것이었다. 이 싸움에 순신의 함대도 60여 척의 전선과 천여 명의 군사를 잃은 것이다.

 인은 순신을 찾아,

 "적선은 다 어디 갔소?"

하고 물었다.

 순신은 바다를 가리켰다. 인은 바다에 너른하게 뜬 깨어진 배, 탄배, 시체를 보았다.

 "그리고 나머지 백여 척은 이 속으로 달아났소."

하고 관음포를 가리켰다.

 인은,

 "그것은 왜 놓아 보냈소?"

하고 책망하는 어조였다.

 "이곳은 뒤가 막혀서 나갈 데가 없소."

하고 순신은 어조를 바꾸어,

 "소서행장은 어찌 되었소?"

 "밤 동안에 다 달아났소."

하고 인은 면목 없는 듯이 고개를 숙였다. 그는 소서행장의 함대가 달아나는 것을 전송하고 있었다. 그는 순신을 다시 살아서 만나 보리라고 생각지 아니하였던 것이다. 으레 순신의 함대는 이날 밤에 전멸하였으리라고 믿었던 것이다.

 "내가 나가 남은 적을 토벌하겠소."

하고 인이 관음포로 들어가려 하였다.

"마시오. 궁구를 물추라 하였소. 가만두었다가 나올 때에 잡아도 늦지 않소."
하고 순신은 굳이 말렸으나 인은 듣지 아니하고 자기 함대를 끌고 관음포로 들어갔다. 이렇게 자루 속에 몰아 넣은 적이라도 잡아서 자기의 공을 만들자는 것이다. 최후의 승리는 자기에게 있다고 자랑하는 것이었다.
그래도 한 번 더 말리는 순신에게,
"그러니까 조선 사람은 겁이 많단 말이야. 참견 말고 내가 적을 잡는 구경이나 하오."
하고 인은 불쾌한 듯이 소리를 질렀다.

12

순신의 만류도 물리치고 적을 따라 갈 때에는 벌써 해가 많이 올라왔다. 갈 곳을 잃은 일본 함대는 인의 함대가 따르는 것을 보고 죽을 결심으로 육박하여 인의 배는 경각간에 일본 함대에게 포위를 당하고 선봉으로 섰던 칠십 노장 등자룡은 그 부하 70여 명과 함께 일본군의 칼에 죽었다.
인이 위태해진 것을 본 순신은 친히 배를 끌고 인을 구하러 갔다. 순신의 배가 오는 것을 보고 적은 인을 버리고 그 사격을 순신에게로 집중하였다. 워낙 바다가 좁아서 배가 자유로 위치를 바꿀 수가 없기 때문에 마치 과녁을 쏘는 듯이 순신에게로 조총을 겨누었다.
그러나 순신은 태연히 뱃머리에 서서 기를 두르며 독전하였다. 이왕 싸움을 시작한 이상에는 뒤로 물러갈 수는 없는 것이다.
"하나도 놓아 보내지 말고 적을 잡아라!"
하고 순신은 호령하였다.
더 도망하려 하여도 도망할 곳을 잃은 적은 오직 죽기까지 싸울 길밖에 없었다. 이렇게 적이 순신의 배를 향하여 전력을 다하는 동안에 인을 비롯한 명나라 배들은 위기를 면하여 슬슬 뒤로 빠져나왔다. 그러나 명나라 수군은 이 싸움에서 전례없는 대손해를 입었다.

인을 위험에서 구해낸 순신은 마침내 적의 탄환에 가슴을 맞았다.

순신은 곁에 섰던 조카 완(莞)에게 손을 들었던 기를 주며,

"내가 죽었단 말을 말고 내 대신 싸워라!"

하고 명하고는 군사들에게 안기어 장중으로 들어왔다.

장중에 들어와 누운 순신은 한 번 둘러 눈을 떠서 곁에 모여 선 부하들을 보고,

"나를 혼자 두고 어서 나아가 싸워라. 적을 하나도 놓아 보내지 말아라."

하고는 눈을 감았다.

탄환은 순신의 가슴을 맞혀 군복 속으로 피가 흘렀다. 순식간에 순신의 낯빛은 창백해지고 숨은 끊겼다.

완은 순신의 명대로 기를 받두르며 독전하였다. 완은 순신의 손에 길린 조카요, 그 모습이 순신과 흡사하였다. 그래서 적군은 말할 것도 없거니와 우리 군사도 싸움에 정신이 팔려 순신이 죽은 줄도 모르고 완이 순신인 줄만 알고 있었다.

낮이나 되어 적은 50여 척 전선을 더 잃고 4,50척이 혈로를 얻어 달아나고 말았다. 만일 명군이 힘써 싸웠던들 하나도 남지 못하였을 것이다.

싸움이 다 끝난 뒤에 인은 순신의 배 곁으로 배를 끌고 오며,

"이 통제, 노야!"

하고 큰소리로 불렀다. 그는 순신이 자기를 죽을 곳에서 구원해 준 것이 감격하여 감사하러 온 것이다.

이때에야 완이 통곡하며,

"숙부는 돌아가셨소."

하고 대답하였다.

인은 완의 말을 듣더니 교의에서 몸을 일으켜 엎어지기를 세 번이나

하며,

"나를 살리려다가 노야가 죽었구나!"

하고 가슴을 치며 통곡하였다.

완과 인의 통곡하는 소리에 비로소 조선군이나 명군이 순신의 죽음을 알고 일시에 통곡하여 바다에는 곡성이 진동하였다.

인 이하 명군의 제장, 조선 제장은 주먹으로 눈물을 씻으며 순신의 시신이 누운 장중으로 들어갔다.

순신의 낯빛은 하얗고 눈은 뜬 채로 있었다. 순신이 누운 자리에는 피가 홍건하게 고여 있었다. 순신의 몸에 있던 피는 이 마지막 전장에서 한 방울도 아니 남기고 다 쏟아진 모양이다.

완은 순신의 피 위에 꿇어앉아,

"작은아버지!"

하고 통곡하며 손을 들어 순신의 눈을 감겼다. 완의 손이 내려 쓸기 세 번 만에 순신은 자는 듯이 눈을 감았다.

순신의 유해는 고금도 본영으로 돌아갔다가 아산 선영에 안장되었다. 순신의 상여가 지날 때에 백성들은 길을 막고 통곡하였다. 왕도 어려운 한문으로 제문을 지어 조상하고 우의정, 선무공신 일등을 책하였다. 원균은 삼등이었고, 권율이 이등이었다.

그러나 그까짓 것이 무엇이 그리 긴한 것이랴. 오직 그가 사랑하던 동포의 자손들이 사당을 짓고 춘추 제향을 지냈다. 그때에 적을 보면 달아나거나 적에게 항복한 무리들이 다 정권을 잡아 삼백년 호화로운 꿈을 꾸는 동안에 조선의 산에는 나무 한 포기조차 없어지고 강에는 물이 마르고 백성들은 어리석고 가난해졌다.

그가 돌아간 지 334년 4월 2일에 조선 오백년에 처음이요, 나중인 큰 사람, 이순신의 슬픈 일생을 그리는 붓을 놓는다.

(나는 충무공이란 말을 싫어한다. 그것은 왕과 그 밑의 썩은 무리들이 준 것이기 때문이다.)

李光洙의 작품세계
― 장편소설 《李舜臣》을 중심으로 ―

― 文學評論家 ―　　申　東　漢

　춘원(春園) 이광수(李光洙)는 수많은 역사소설을 썼다. 그 주요한 장편 작품만 들어보더라도 1923년에 처음 쓴 《선도자(先導者)》를 비롯하여 《이순신(李舜臣)》《단종애사(端宗哀史)》《이차돈(異次頓)의 사(死)》《마의태자(麻衣太子)》《공민왕(恭愍王)》《세조대왕(世祖大王)》《원효대사(元曉大師)》《사랑의 동명왕(東明王)》 등 여러 편을 들 수 있다.
　이렇게 많은 역사소설을 쓰면서 이광수는 그의 문학적인 신조였던 계몽주의적인 입장에서 민족의 지도자상을 그리고, 그 가운데에서 겨레의 장단점을 작품의 등장인물을 통해서 묘사했다고도 볼 수 있다.
　춘원이 역사상의 여러 지도자상을 찾아 작품화한 가운데에서도 가장 높은 품격의 인물로 꼽은 것이 바로 이순신이다. 그는 장편 역사소설 《이순신》을 1931년 동아일보에 연재하였다.
　작품을 발표하기에 앞서 이광수는 당시 동아일보 사장 고하(古下) 송진우(宋鎭禹)로부터 집필의 권유를 받았다고 말하면서 아래와 같은 〈작자의 말〉을 쓰고 있다.

　'나의 외우(畏友) 고하(古下)는 과거 조선에 우리가 숭앙(崇仰)할 사람이 3인이 있다 합니다. 한 분은 단군(檀君), 한 분은 이조(李朝) 세종대왕(世宗大王), 그리고 또 한 분은 '이순신'이라고 합니다. 그리고 고하는 날더러 삼부곡(三部曲)으로 '단군' '세종대왕' '이순신'이란 소설을 쓰라고 권합니다. 단군은 조선민중의 최초의 지도자로, 세종대왕은 조선문화의 집대성자로, 이순신은 충의(忠義)의 권화(權化)인 무인(武人)으로 우리 조선민족의 전형이요, 숭앙의 표적이 된다는 뜻입니다.

　나도 이 점에서 고하의 말에 공명합니다. (중략) 나는 이순신을 철갑선의 발명자로 숭앙하는 것도 아니요, 임란(壬亂)의 성공자로 숭앙하는 것도 아닙니다. 그것도 위대한 공적이 아닌 것은 아니지마는, 내가 진실로 일생에 이순신을 숭앙하는 것은 그의 자기희생적, 초훼예적(超毁譽的), 그리고 끝없는 충의(忠義=愛國心)입니다. (중략) 그러므로 이 소설 《이순신》에서 내가 그리려는 이순신은 이 충의로운 인격입니다. 나는 나의 상상으로 창조하려는 생각이 없습니다. 고기록(古記錄)에 나타난 그의 인격을 내 능력껏 구체화하려는 것이 이 소설의 목적입니다.'

(1931년 5월 30일 《동아일보》에 실렸음)

　이와 같이 이광수는 소설 《이순신》의 집필의 동기를 밝히고 있다. 여기에서 "나의 상상으로 창조하려는 생각이 없다"고 말하고 있는 것은 그의 겸손한 태도에서 나온 말로 받아들일 수도 있는 것이다.

　이광수가 평소에 생각하고 작품화하려는 가장 뛰어난 인물로 이순신을 지목하고 소설화하려는 데 있어서 작가의 창조적인 작용은 있을 수 없다는 말은 소설 《이순신》을 쓰는 데 있어서 그대로 드러나 있다고도 볼 수 있다.

　즉 작품의 구성에 있어서 춘원의 소설적인 묘사와 함께 이순신이 정유년(丁酉年=1597년) 2월에 원균(元均)의 모함으로 금부관원(禁府官員)들한테 붙잡혀 서울로 압송되어 고문을 당하는 고초를 겪은 끝에, 원로대신(元老大臣) 정탁(鄭琢)의 상소(上疏)로 금부(禁府)에서 풀려나 백의종군(白衣從軍)하는 과정을 춘원은 이순신의 난중일기를 옮겨 놓는 것으로 대신하고 있다.

이순신이 적은 난중일기를 옮겼다고 하지만 그것이 적절하게 배열되었을 뿐이지, 작품의 전체 흐름을 차지하는 것은 아니다. 더구나 이순신이 금부에 끌려가 처절한 고문을 당하면서도 끝끝내 의연한 태도를 지켜 나가는 장면 등의 묘사는 춘원의 능수능란하고 유려한 묘사로 해서 읽는 사람의 가슴에 감동의 소용돌이를 일으키게도 하는 것이다.

춘원은 또 다른 글에서도 소설 《이순신》을 쓰면서 아래와 같이 말하고 있다.

'나는 조선 사람 중에 두 사람을 숭배합니다. 하나는 옛 사람으로 이순신이요, 하나는 이제 사람으로 안도산(安島山)입니다. 나는 7,8년 전에 《선도자(先導者)》라는 소설을 쓰다가 말았거니와, 그 주인공이 안도산인 것은 말할 것 없습니다. 이제 《이순신》을 쓰니, 결국 나는 내 애인을 그리는 것입니다.

이순신에 대해서는 예전 《소년(少年)》 잡지에 《우리 영웅 충무공 이순신》이라는 신체시(新體詩)를 지은 일이 있습니다. (중략)

글이나 그림으로 저 생긴 것 이상은 못쓸 법입니다. 내가 이순신을 그리거나 안창호(安昌浩)를 그리거나, 결국 내 인격 정도 이상은 넘지 못할 것을 내가 압니다. 그러니 나는 나 이상 할 수는 없기 때문에 다만 내 힘을 다하여서 내 애인을 그릴 뿐입니다.'

(1931년 7월 《삼천리(三千里)》 잡지에 실렸음)

위의 글에서도 알 수 있듯이 이광수는 이순신과 도산(島山) 안창호(安昌浩)를 가장 숭배하는 인물로 꼽고 있는 것이다.

이렇게 해서 꾸며진 소설《이순신》을 통해서 춘원은 일찍이 없었던 국난(國難)인 임진·정유 왜란 가운데에서 국왕이 의주(義州)까지 피난가는 초비상시국 속에서도 정승(政丞)·판서(判書)들은 서로 붕당(朋黨)을 앞세우고 노론, 소론을 가려 헛된 논쟁이나 벌이는 당시의 상황을 자세히 묘사하여 소설화하고 있다.

임진왜란에서 이순신이 창안한 철갑선(鐵甲船) 즉 흔히 말하는 거북선을 만들어내는 데서 시작되는 소설《이순신》은 비록 지금의 독자가 읽어 내려가면서 느껴지는 구투(舊套) 문체가 좀 거슬리기는 하지만, 이순신이라는 인물의 순국정신으로 이어지는 숭고한 인간성과 그 행동이 독자의 심금을 울려주고도 남는다.

우리 나라에 상륙한 왜군이 육상의 전투에서는 장수들의 서투른 작전과 비열한 행동으로 후퇴를 거듭하여 임금이 서울을 버리고 도망을 가는 치욕을 겪는다. 그 속에서 오직 이순신 장군만이 수군(水軍)을 거느리고 백전백승(白戰白勝)의 기세를 올린다.

우선 거북선을 앞세워 왜군의 해상부대를 무찌르는 첫 승리를 옥포(玉浦) 해전(海戰)에서 거둔다.

이 싸움을 춘원은 아래와 같이 그 전말(顚末)을 그리고 있다.

'수효는 팔십여 척이라고 하나 정말 병선(兵船)이라고 할 만한 것은 삼십도 다 되지 못하였다. 이러한 단약한 주사를 끌고 오백척이라고도 하고 칠백척이라고도 하는 적군을 맞아 싸우려는 것은 누가 보든지 어림없는 일이라고 할 것이었다.'

'옥포의 싸움에 적선 사십여 척을 깨뜨리고 적군이 죽은 자가 부지기수로되 이 편 군사에는 죽은 사람은 하나도 없고 오직 순천부 정병

(順天府正兵) 이선지(李先枝)가 왼편 팔에 살을 맞았을 뿐이었다. 거북선의 활과 화전의 위력에 적군의 조총(鳥銃)은 아무 힘을 쓰지 못하였다.'

이와 같은 옥포승전(玉浦勝戰)에서의 서술에서도 알 수 있듯이 이순신은 소수의 병선을 거느리고 절대적인 수적 우세를 자랑하는 왜의 수군을 여지없이 패퇴(敗退)시키고 마는 것이다.

이순신의 뛰어난 전략과 그 용감성은 그의 서전(緒戰)이라고도 할 수 있는 옥포승전에서부터 유감없이 나타난다. 그것을 춘원은 아주 구체적이면서도 손에 잡힐 듯이 그려 놓고 있는 것이다.

한편 이순신을 끝끝내 모함하고 그를 결국 죽음에까지 이르게 한 간신배(奸臣輩) 원균의 모습도 옥포승전의 대목에서 춘원은 아래와 같이 그리고 있다.

'그렇지마는—— 적병과의 전쟁에는 군사 한 사람밖에 상한 이가 없었지마는, 전쟁이 끝난 뒤에 노획품을 나눌 때에 원균(元均)의 군사는 순신의 군사 두 사람을 활로 쏘아 맞혔다. 그래도 원균은 이것을 금하지 아니하였다. 원균으로 말하자면, 자기가 탄 전선은 순신의 준 바요, 부하에 오직 작은 배 두 척이 있어 전쟁 중에는 적병의 철환을 피하여 항상 뒤로 돌았다. 그러다가 전리품(戰利品)을 빼앗을 때에는 가장 용감하게 제 편 군사를 쏜 것이었다.'

이리하여 끝끝내 이순신을 괴롭히면서도 적괴의 싸움에는 비겁하고 전리품을 거두어들이는 데에는 약삭빠를 뿐 아니라 아군에게 화살을 쏘아대는 원균을 비롯한 그 부하들의 모습이 춘원의 붓끝에서 여실히 묘사되고 있다.

소설 《이순신》에 있어서 춘원은 이순신과 원균의 인간적인 대비(對比)를 너무나도 뚜렷이 그리고 있다. 오늘에 와서 일부 사람들이 이순신의 충의정신이 너무 과장되고 원균의 비열성이 지나치게 강조되었다고 말하는 이들도 있다.

그러나 이것은 정론(正論)에 이의(異議)를 달아 화제를 모아보려는 일종의 장난에 지나지 않은 것 같다.

그것은 사실(史實)에 입각해서 쓴 춘원의 소설 《이순신》을 통해서도 짐작할 수 있는 일이 아닐까 생각된다.

어쨌든 이와 같이 사실에 충실하면서도 흥미와 박진력을 아울러 갖춘 소설 《이순신》은 많은 춘원의 역사소설 가운데에서도 가장 특색있으면서도 그의 문학적 솜씨를 뛰어나게 발휘한 작품이라고도 할 수 있다.

비록 춘원이 일제 말기에 훼절(毁節)하였다고는 하지만 그의 문학적 생애를 살펴볼 때 소설 《이순신》을 통해서도 알 수 있듯이 우리 독자에게 애국정신을 고취하고 민족성의 장단점을 지적하는 목적 아래 문학작품을 썼다는 것은 분명하다.

그가 여러 편의 역사소설을 통해서 우리 나라의 이상적인 지도자상을 그리려 애썼고 또 대의를 위해 스스로를 내던지는 순교자를 그려나간 것을 부인할 수는 없다. 다만 일제말의 친일행위가 자기모순의 함정에 빠지는 비극을 겪게 되기는 하지만…….

어쨌든 역사소설 《이순신》은 이광수의 여러 소설 가운데에서도 뚜렷한 특색을 지닌 작품으로 문학사 위에 그 자취를 크게 차지하고 있는 것이다.

이광수(李光洙) 연보

1892년   평안북도 정주군 길산면에서 이종원(42세)과 3취 부인 충주 김씨(23세)를 부모로 하여 전주 이씨 문중의 5대 장손으로 태어나다.
1902년   8월, 부모 모두 콜레라로 사망하여 일시에 3남매가 고아가 되다.
1903년   동학에 입도하여 박찬명 대령집에 기숙하며, 동경과 서울로부터 오는 문서를 베껴 배포하는 심부름을 하다.
1905년   일진회(천도교)의 유학생 9명 중에 선발되어 도일하다.
1908년   명치학원 급우 山岐俊父의 권유로 톨스토이에 심취. 홍명희의 소개로 육당 최남선(19세)을 알게 되다.
1910년   향리의 오산학교 교주 남강 이승훈의 초청으로 동교의 교원이 되다. 7월 백혜순과 결혼.
1913년   한·만 국경을 넘다. 상해에서 홍명희·문일평·조용은·송상순 등과 동거하다.
1914년   최남선 주재로 창간된 〈청춘〉에 참여.
1916년   와세다 대학 문학부 철학과에 입학하다. 〈매일신보〉로부터 신년 소설 청탁을 받고 구고(舊稿) 중의 박영채에 관한 것을 정리하여 《무정》이라 함.
1917년   〈학지광〉 편집위원. 두 번째 장편 《개척자》를 〈매일신보〉에 연재.
1919년   〈조선청년독립단 선언서〉 기초. 조동우·주요한의 협력으로 〈독립신문〉의 사장 겸 편집국장에 취임.
1921년   허영숙과 정식으로 결혼.
1924년   〈동아일보〉 연재 사설 〈민족적 경륜〉이 물의를 일으켜 일시 퇴사하다. 김동인·김소월·김안서·전영택·주요한 등과 함께 영대(靈臺) 동인이 되나.
1926년   양주동과 문학관에 관하여 처음으로 지상 논쟁을 하다. 동아일보사 편집국장에 취임함.

1928년 〈동아일보〉에 《단종애사》 연재.
1929년 《3인 시가집》(춘원·주요한·김동환)을 삼천리사에서 간행.
1931년 이갑을 모델로 《무명씨전》을 〈동광〉에 연재함.
1932년 계몽문학의 대표작 《흙》을 〈동아일보〉에 연재하다.
1933년 조선일보사 부사장에 취임. 장편 《유정》을 〈조선일보〉에 연재하다.
1937년 동우회 사건으로 김윤경·박현환·신윤국 등과 함께 종로서에 유치되다.
1938년 단편 《무명》과 전작 장편 《사랑》의 집필에 착수함.
1939년 《세종대왕》 집필에 착수. 김동인·박영희·임학수의 소위 '북지황군위문'에 협력함으로써 친일의 제일보를 내딛다. 친일 문학단체인 조선문인협회 회장이 되다.
1940년 香山光郎으로 창씨개명.
1942년 장편 《원효대사》를 〈매일신보〉에 연재. 제1회 대동아문학자대회(동경)에 유진오·박영희와 함께 참가함.
1943년 이성근·최남선과 함께 조선인 학생의 학병 권유차 동경을 다녀오다.
1946년 돌베개를 베어온 탓으로 안면신경마비와 고혈압으로 고생하다. 광동 중학교에서 영어와 작문을 가르치다.
1947년 홍사단의 청함을 받아 사릉으로 돌아와 전기 《도산 안창호》 집필에 착수.
1949년 반민법에 걸려 육당과 함께 서대문 형무소에 수감되다. 이상협의 청탁으로 《사랑의 동명왕》 집필을 시작.
1950년 유작 《운명》을 집필. 공산군에게 납북되어 사망.

이 순 신

- ■ 저　자 / 이　광　수
- ■ 발행자 / 남　　용
- ■ 발행소 / 一信書籍出版社

주 소 : １２１ − １１０ 서울 마포구 신수동 177 − 3
등 록 : 1969. 9. 12. No. 10 − 70
전 화 : 703 − 3001 ∼ 6
FAX : 703 − 3009

ISBN 89-366-1653-6　　　값 10,000원